JN108968

川柳マガジン年鑑

SENRYU MAGAZINE ALMANAC 2020

川柳すずむし吟社

川柳すずむし吟社は昭和十一年に渡辺銀雨氏によって創設され、今日まで五代の主幹のバトンを受けながら地域の五城目町芸術文化の一員として活躍して参りました。これからも細やかながら同人がワンチームで頑張って参ります。

（渡辺　松風）

秀句抄

子が誕生男の靴を締め直す　細田　陽炎
生き残るために噛み付く事もある　加藤　円心
興味ある話ふたつの耳で聴く　佐々木良可
コンビニは無いがきれいな水がある　柴田　銀河
美女一人何処に立たせるかで揉める　渡部　光人
消しゴムが僕の余生を書き　三浦　春水
この町で生きると決めた人間味　荒川　一滴
直らない癖を個性にしてしまう　鈴木さくら
チョコパフェ溶けて別れを受け止める　佐藤ちづる
我慢することも覚えた泣きぼくろ　大原美どり

川柳すずむし
月刊・A5判約40頁
頒価600円（〒共）
編　集・すずむし吟社編集部
発行人・渡辺松風
年間誌代7200円（〒共）
会員募集／見本誌有／ご請求は下記発行所まで。

秋田魁新報の2020年1月1日の文化欄に掲載された川柳すずむし吟社11月例会のひとコマです。

2019年12月22日、五城目町「五城館」大ホールで開催された佐々木良可氏東北川柳連盟功労者表彰、佐藤榮子氏秋田県川柳懇話会功労者表彰、石井トモ子氏五城目町芸術文化章授賞合同祝賀忘年会での集合写真。

結社情報

●発行所　川柳すずむし吟社
〒018-1724
秋田県南秋田郡五城目町
東磯ノ目1-7-11
TEL018-852-2430
●主　幹　渡辺松風

定例句会情報

●日時　毎月20日（原則として）
●句会場　五城目朝市ふれあい館
※全国の第一線で活躍する選者の共選にて「渡辺銀雨賞 すずむし全国誌上川柳大会」を毎年好評開催。

東葛川柳会

昭和六十二年創立の当会も、平成を経て令和の時代へと突き進んだ。楽しく学びあう句会、読んでタメになる『ぬかる道』、志高い巻頭言、HPやメーリスの整備など、デジタルとアナログの両睨みで更なる発展を目指す。

（江畑　哲男）

秀句抄

仕事下さい食う寝るだけじゃ呆けそうよ　塚本　康子
ベリーダンス踊れば臍が色気づく　大平　小鈴
スマホ指今更ページ捲れない　岩澤　節子
ユニクロをトレンドにするアスリート　日下部敦世
早食いの癖抜けきらずいる孤食　川名　信政
イクメンの定時退社は忍び足　北島　澪
妻のセンサー生きる車線を変えさせぬ　志田　則保
借用書しっかりサイン消えるペン　五月女曉星
老い二人今日の喧嘩はノーサイド　成島　静枝
教え子に柏市長も加えよう　江畑　哲男

川柳ぬかる道
月刊・B5判40～50頁
頒価500円
編集人・六斉堂茂雄
発行人・江畑哲男
年間誌代5000円（〒共）
会員募集／見本誌有／ご請求は下記発行所まで。

『熱血教師』出版記念川柳大会（令和元・8・31）

柏市長も駆けつけて

結社情報

●発行所　東葛川柳会
〒270-1108
千葉県我孫子市布佐平和台
5-11-3　江畑方
TEL03-3896-7057（五月女方）
●代表者　江畑哲男
●ホームページ：http://tousenkai.cute.coocan.jp/

定例句会情報

●日　時　毎月第４土曜日（原則として）
●句会場　柏市中央公民館他
●句会費　1,000円
※「楽しく学ぶ」をモットーに。年２回（春秋）に大会開催。川柳界内外から講師を招く。

作家集団「琳琅」

現代川柳の美を提唱した片柳哲郎が平成五年に全国の川柳作家を集めて創刊した「新思潮」を、令和二年に「琳琅」と改名・継続する。自分の川柳工房を展開する作品、作品鑑賞、新しい作品の探求を行っている。

（杉山夕祈）

秀句抄

本ひらくように白鳥翔び立てり　西田　雅子
魂の皮を剥こうか泣きながら　姫乃　彩愛
あなた越しの風につい飛んでしまう　澤野優美子
三半規管をセピア色した雨の音　吉見　恵子
残された言葉はペンダントになった　吉田　州花
恍惚の萩とこぼれる萩として　福田　文音
反芻を重ね根雪となってゆく　氈受　　彰
露草のマスク震えている花弁　岩崎眞里子
はらわたのない彫像が朽ちてゆく　新井　笑葉
風鈴に触れているのはきっと亡母　細川　不凍

現代川柳
琳　琅
No. 163　2020・7

現代川柳 琳琅
隔月刊・A5判約40頁
頒価年間3000円
編集発行・杉山夕祈

誌友募集／見本誌有／ご請求は下記発行所まで。

小樽吟行

横浜吟行

結社情報

●発行所　作家集団「琳琅」
〒420-0866
静岡市葵区西草深町 22-34
TEL054-266-3661
●代表者　杉山夕祈
●ホームページ：https://rinrou.com/
● E-mail：yuki_sugi_7877@nifty.com

研究会情報

●随時研修句会を各地で開催。
●幅広い現代川柳作家が集合。

川柳瓦版の会

昭和三十四年（一九五九年）に、岸本水府氏によって創立された時事川柳中心の結社。創設当時の社会を詠んだ作品を研究しつつ、「時事川柳とは何か」を常に追求して活動している。同じ志を持つ方のご参加を待っています。

（井上　一筒）

秀句抄

いろいろと頼まれ神も気が重い　嶋澤喜八郎
次期総理有力候補現総理　ふじのひろし
取説の通りに老いていく仲間　井上恵津子
将来に備える金と孤独力　靍田　寿子
骨壺に入らぬ骨は日本海　但見石花菜
50人待ち図書館の万葉集　清水久美子
焦げ付いているとも知らずキャッシュレス　松山　和代
開店前に並ぶせっかちな人と　立蔵　信子
もの作りに酔って寝すぎたしくじった　池田　漫遊
渋沢栄一造幣局の門に立つ　了味　茶助

川柳瓦版
月刊・A5判22頁
頒価400円（〒63円）
編集人・立蔵信子
発行人・井上一筒

会員募集／見本誌有／ご請求は下記発行所まで。

結社情報

●発行所　川柳瓦版の会
〒583-0881
大阪府羽曳野市島泉9-11-4
TEL072-953-8700
●代表者　井上一筒

定例句会情報

●日　時　毎月6日（原則として）
●句会場　大阪市中央公会堂
●句会費　500円

第9回「咲くやこの花賞」受賞者

第9回「咲くやこの花賞」表彰式の様子
（優勝者の中前棋人氏）

川柳文学コロキュウム

創立十七年目を迎えた当会では、大阪で開催の句会を第二百回となった今年二月でいったん小休止とし、今後は『川柳文学コロキュウム』誌を通して誌上発表の場をより充実させながら、全国に川柳の輪を広げてゆきます。

（赤松ますみ）

秀句抄

背を向けて立っているのはラスクのラ　久恒　邦子

守られぬ約束捨てられぬ小指　斉尾くにこ

落としぶた浮いた話が出ぬように　毛利　由美

秋空を激しく焼いたのはマティス　岡谷　樹

先送りばかりしたがる土ふまず　石澤はる子

冬晴や卒塔婆の前の猫と花　山本　洵一

さくら咲くけじめをつけて許すこと　木戸　利枝

光射す方へ私という場所へ　一橋　悠実

春の匂いか許されたのか分からない　神保　芳明

口笛が聞える私の幻想　森下よりこ

第200回句会集合写真

200回句会披講する赤松ますみ会長

川柳文学
コロキュウム
季刊・A5判72頁
誌価1000円(〒別)
編集発行・赤松ますみ

会員募集／見本誌有／ご請求は下記発行所まで。

結社情報

●発行所　川柳文学コロキュウム
〒560-0004
大阪府豊中市少路2-1-6-505
TEL06-6857-3327
●代表者　赤松ますみ

勉強会情報

●毎月場所を変えて開催。
●美術展や庭園などを吟行する勉強会。

川柳マガジンクラブ

柳派を問わない川柳界唯一の超句会として発足した川柳マガジン句会。楽しく、そしてどこまでも楽しく川柳を学ぶというのがコンセプトの句会。川柳の醍醐味を味わえる競吟はもちろん、川柳の上達に欠かせない句評会ほか、各句会が趣向を凝らして毎月句会を行っております。初めての方も、初めてではない方も、お気軽にご参加ください。

東京句会

●日　時　毎月第２日曜日
●場　所　駒込学園
（東京都文京区千駄木５-６-25）
●代表世話人　松橋帆波／植竹団扇

大阪句会

●日　時　毎月第３火曜日
●場　所　大阪市中央公会堂
（大阪市北区中之島１-１-27）

茨城句会

●日　時　毎月第４月曜日
●場　所　取手市立福祉会館
（茨城県取手市東１-１-５）
●代表世話人　太田紀伊子／葛飾凡斎／石渡静夫

奈良句会

●日　時　毎月第１日曜日
●場　所　かえる庵
（奈良市下三条町 24-１）
●代表世話人　山田恭正

静岡句会

●日　時　毎月第１日曜日
●場　所　コミュニティながいずみ
（静岡県駿東郡長泉町下土狩 1283-11）
●代表世話人　中前棋人／句ノ一

仙台句会

●日　時　毎月第３土曜日
●場　所　仙台市太白区中央市民センター
（仙台市太白区長町５-３-２）
●代表世話人　佐藤岩嬉／佐藤安子／島文庫

十四字詩

●日　時　奇数月第４水曜日（原則）
●場　所　北とぴあ
（東京都北区王子１-11-１）
●代表世話人　井手ゆう子

岡山句会

●日　時　毎月第３木曜日
●場　所　弘舟サロン
（岡山市北区庭瀬 193-５）
●代表世話人　原　脩二／岩崎弘舟

神戸句会

●日　時　毎月第３木曜日
●場　所　たちばな職員研修センター
（神戸市中央区橘通３-４-１）
●代表世話人　長島敏子

赤穂義士句会

●日　時　毎月第３月曜日
●場　所　加里屋まちづくり会館
（赤穂市加里屋 2188-15　花岳寺通り）
●代表世話人　片山厚子

高崎句会

●日　時　毎月第２土曜日（原則）
●場　所　高崎市労使会館
（群馬県高崎市東町 80-１）
●代表世話人　河合笑久慕／勢藤潤

川柳マガジン年鑑'20 目次

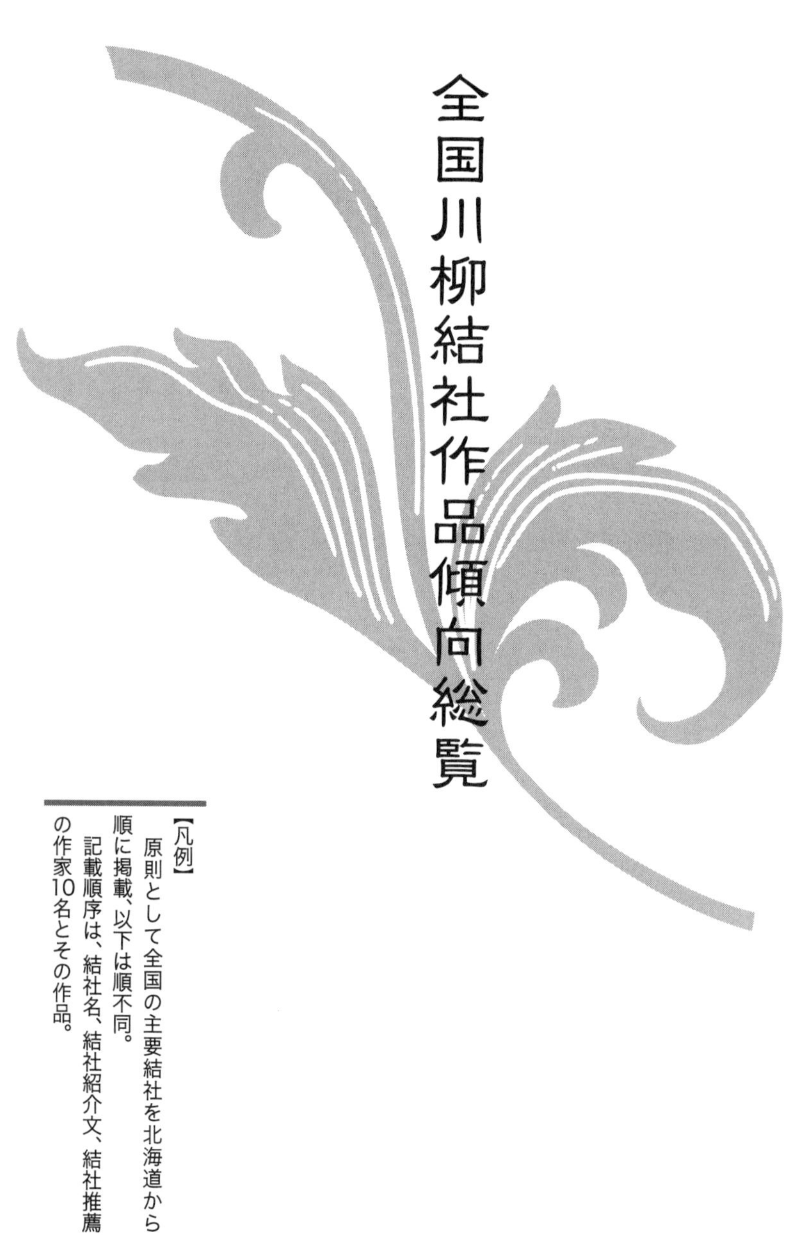

全国川柳結社作品傾向総覧

【凡例】

原則として全国の主要結社を北海道から順に掲載、以下は順不同。

記載順序は、結社名、結社紹介文、結社推薦の作家10名とその作品。

川柳あきあじ吟社

▼昭和四十三年に創立。昭和四十八年度に設けた「あきあじ賞」は四十七回を数える。毎月の句会では雑詠吟一句を提出し、出席者互選を行う。選外句について参加者から意見を頂き作句への参考になるよう整理している。
（橋爪まさのり）

生き方を変えると空気まで美味い　岩河　誠三
美ら海に埋めてはならぬ土砂民意　三浦　強一
里からの荷物は景色まで見える　高橋　和子
原点はふる里にある玩具箱　桶川　聖柳
肩書を取れば貧しい顔になる　坂本一本杉
同居にも独居にもいる覚悟　植木　啓子
偽装した平和が銃を磨きだす　田中　忠幸
朝のパン屋に街のあくびが落ちている　星野みどり
人間が好きで時には騙される　齊藤　哲夫
好奇の目みがき加齢を華にする　岩本　真穂

水脈

▼平成十四年創立。年三回柳誌「水脈」を発行し、十二月で五十三号となった。代表は置かず自由に活動を行っている。内容は同人作品、作品評、作品鑑賞、評論、エッセイ、創連（作品リレー）等。年三回合評会開催。
（浪越　靖政）

晴れ予報こころによって雨になる　中島　かよ
触れあった場所にすっくと白い百合　四ツ屋いずみ
袖幕で外部売が裏返る　河野　潤々
春の家爆弾ひとつ解凍す　西山奈津実
玉乗りのしすぎとかいてあるカルテ　小林　碧水
水無月のうなじを滑るビバルディ　麒　麟
うやうやしく月を掲げるむらさき野　酒井　麗水
マヌカンをマストに吊るし沖にでる　落合　魯忠
雨の茶房のミックスジュースな連帯感　一戸　涼子
太宰治も七十五歳になりました　浪越　靖政

岩見沢柳の芽川柳会

▼昭和四十一年創立以来、五十五年目を迎えます。北海道において老舗になりました。会のモットー「和」を大切に、それぞれの個性を生かした川柳を発信しています。一歩一歩の歩みと創作の喜びを生きる糧にしています。
（岡　嘉彦）

出口ない部屋で飛べない鳥になり　高松　時子
足跡をたどれば父の背なにあう　畠山糸蜻蛉
ユーモアを生きる要のひとつとし　新谷　和恵
ときめきが免疫力になるんです　内山よしお
だあれにもわからぬ恋をしています　松本津也子
ホッカイロ前に後ろに凍てる日日　小林　英子
わりきってあたえる愛はあたたかい　堀井美智枝
半分っこできる人いる幸福度　大野美奈子
老齢を軽くいなして踏む落葉　浜中　道子
合掌のすき間に今日の夕日みる　岡　嘉彦

札幌川柳社

▼創立六十二年を迎えた。札幌市内を中心にして、岩見沢市、江別市、北広島市の川柳会と輪を結び、地域への川柳の浸透と新人の育成に尽力している。十七音にドラマと夢を、楽しい心の結びつきの和を広げている。（岡崎　守）

ギラギラの若さへウインクしてみよう　岡崎　守
平成令和わたしは何も変わらない　浪越　靖政
待たされぬ歯医者はやはり下手だった　太秦　三猿
華やかな牡丹のように散る美学　青柳　忠
叩いても削除できない行がある　柳原　博美
D51の三重連を追うカメラ　磯松きよし
悪筆であなたに贈る相聞歌　落合　魯忠
天敵のチョコレートだがやめられぬ　鈴木　厚子
心という厄介ものと日日を生き　鈴木　英雄
珈琲はブラック雨が降りやまぬ　佐藤　芳行

オホーツク文庫（北見川柳社）

▼オホーツク圏の人口減少から地域文化を支えるため「オホーツク文庫」を創設して、北見川柳社の創作活動に一段と力を入れる一方、各短詩文芸団体との協力体制を促進している。（辻　晩穂）

指狐　驟雨の街を彷徨って　高橋　蘭
鈴つけて踊るわたしの影法師　西ノ坊典子
多数決に寄り添う尻尾の午前二時　佐久間梢風
モディリアーニの女と漂う冬木立　北川　拓治
ポケットの海に踏み出す文庫本　中村迷々亭
静謐の花ひとひらを谷折りに　林　勝義
Gパンに汗を知らない破れ穴　篠根　朱実
さくらさくら父母いた日のように咲き　山本　容子
群青の空へ煩悩濾過します　大山八重子
模索する歩幅へ弾む靴を買う　辻　敬子

青森県

川柳岩木吟社

▼それぞれの個性を尊重し、自由に楽しくがモットー。制約は無い。老若男女いろいろな人がいて、表現し、評し、語り合う。句会後の懇親会は笑いが絶えず、月に一度リフレッシュする時間である。（沢田百合子）

帰宅した夫も鰰（はたはた）抱えてる　松橋　洋
ノーサイド流れる汗に歓喜沸く　山下　泉
お互いに首まで取れぬ鬼どうし　三浦　旅男
善悪は鬼ごっこすぐ入れ替わる　大田　拓弥
愚痴聞いて愚痴を吐かせる赤提灯　長谷川　徹
その先を辿れば歪む男の絵　小野左千郎
ソクラテスの顔で泳いでいる金魚　櫛引　淡平
泣きたい日母のひらがな食べている　佐藤寿見子
人間だもの悪役の日もありますよ　沢田百合子
深追いをすればさみしい虹にあう　佐藤ぶんじ

岩手県

川柳塔みちのく

▼当会は昭和六十三年創立。一昨年創立三十周年記念大会を開催。創立者波多野五楽庵が長く川柳塔社の役員をされたことから、川柳塔社とのかかわりが深い。また柳誌には全国各地の川柳人から一句を頂いている。
（稲見　則彦）

影だけは僕の本音を知っている　岩淵　黙人
夢売りが帽子に摘んでいく苺　斉藤　劦
山の字を指でなぞれば岩木山　福士　慕情
安らかな眠りに欠かせないお酒　髙瀬　霜石
白という色彩きっとナルシスト　浅田　隆樹
目醒めては黒い縁取り脱ぎ捨てる　辻口風来坊
速報のニュースに焦げたじゃっぱ汁　吉川ひとし
千年を目指して芽吹く　こぼれ種　伊藤のぶよし
男だってつくづく鏡見て想う　稲見　則彦
父ちゃんも年だな酒にむせている　加藤　柳子

いわて紫波川柳社

▼人数的には少ないのですが、二十代、三十代、四十代の作家が、個性キラキラと会に刺激を与えてくれています。そのことはきっと明日に繋がるものと思っています。皆様のご指導よろしくお願いいたします。
（熊谷　岳朗）

赤とんぼ私の指も齢とった　鷹觜　閑雄
逆上がりゆうやけこやけ明日も晴れ　笹　美弥子
デコボコの道を歩いて丸くなる　小笠原ひとし
おいしそう春がこんがり焼けました　真田　義子
月光よあなた一人で光れない　細川　誠子
玄関の杖が元気と話してる　藤岡　トシ
にっこりとただにっこりと老いの影　柳澤　君子
正解はひとつじゃないよ紙風船　冨岡　敦子
神様も人を選んでいるのだな　武井　武
ご焼香秋の匂いがわからない　伊藤　豊志

川柳原生林社

▼正しい日本語の口語体で書き言葉で川柳作品を創ること、もちろん定型を守り、助詞止めのような句にすることなく、言い切ること。日本語のリズム感を大切にして、音に出来ない拗言は一音とはしない。
（澤田　文明）

金のある方ばかり向く多数決　小原　金吾
形見分け思い尽きない親の恩　兼平　史子
気付かない振りの優しさ意地悪さ　川村　静子
人情を置き去りにする成果主義　河野　康夫
媚を売る花には花にある事情　佐々木七草
処分する道具を念を入れ磨き　佐藤　三春
堪えているのに綴じ目から洩れる愚痴　鈴木みさを
肉親を超える絆となる伴侶　竹本　よし
いつまでも生きられてそな空の青　田中　士郎
忌憚ない意見を述べれば角が立ち　中島　久光

胆沢川柳会

▼何時の間にか、高齢者の集いになり、足を考え、毎月継続のため誌上句会を、選者順ぐりにやっています。年四回集いを開き、勉強会をやり、年一度近隣の川柳会合同の温泉で「湯けむり川柳フェスティバル」が好評です。（角掛往来児）

自分史のあれが火の乱華の乱　鳥羽　幸子
因習をあっさり破る嫁と居る　佐藤　岳俊
辛苦舐め歩いた人生花が咲く　門脇　酔文
極寒に造花の仏花四季を咲く　羽藤駄菓子
咲く花を一輪添えて花を恋う　高橋　祐梧
進むのも止まる戻るも皆勇気　鈴木　山椒
俺ならば勇気を持って核を絶つ　岩渕岩すけ
我が心耕しくれた父母がいる　千田くら子
卒寿道一歩踏み出し夢を追う　千葉あぼかど
句碑巡りどの石碑にも心（しん）うたれ　高橋田香夫

久慈川柳社

▼昭和四十五年六月、川柳不毛の地と言われていた岩手県久慈・九戸地区に、たった五名で立ち上げた小さなサークルが、創立五十周年の節目を迎える。現在の会員数二十五名、記念として全員参加の合同句集を刊行予定。（柳清水広作）

プライドをざぶざぶ雪ぐ冬銀河　中野　裕子
生きている夢の欠片を抱きしめて　谷藤　流花
ポケットの握り拳にある本気　澤瀬　海山
核家族個々の食事に色が無い　大久保珠美
茶柱の嘘にも慣れて狐雨　山岸　山河
ワイパーが訳を知ってるにわか雨　浜渡　牧子
風吹けば転ぶドミノの列にいる　野口　一滴
濾過すれば悲しみだけが濃く残り　山田　松子
森が病み聴こえる海のむせび泣き　村田　一夫
ひん曲る指よお前はわが勲章　太長根英子

宮城県

せんりゅう弥生の会

▼月一回の句会は宿題と宿題を互選し、没だった句について話し合う。みな真剣で時間はあっという間に過ぎる。その後場所を変えてお酒を頂きながら近況報告などをしていると午前様になることもしばしばである。（西　恵美子）

思いきりト音記号でジャンプする　しろ　章子
無香料だからずーっと咲いてます　北　れい子
幸せを数えていたら泣けちゃった　南　かほる
カラ返事後悔しても知らないよ　小桧山文恵
水たまり頭上の空を映す青　前濱　華津
沸点が低い夫は置いておく　飯田ふく江
静脈の中を流れて行く本音　西　恵美子

川柳宮城野社

▼一九四七年（昭和二十二年）、故濱夢助が創立した。構成メンバーは同人・会員約七百人で、東北最大の規模を誇る。夢助師は「宮城野は川柳道場である」と宣言。あらゆる態様の句を受け入れた。現主幹の雫石隆子は五代目。（あきた・じゅん）（堀之内稔夫）

新しい空へ広げてみる翼　堀之内稔夫
朝が来る昨夜あんなに泣いたのに　蠣崎ひろ子
風呂敷に包んだ種が騒ぎ出す　渋谷ますえ
やさしいねどこを押しても返事する　菅原　千瑛
武勇伝ないが男のままでいる　月波　与生
落丁の音がかすかにこの耳に　菊田　信子
北風にこたつの中の評論家　田村　富夫
束ねたらこんなに軽い鬼の骨　樫村　日華
こぼれ種そんな生き方だっていい　仁多見千絵

川柳マガジンクラブ仙台句会

▼創立以来十一年になり、句会も百回を越えました。会員数も自然減が目立ちますが、会員の営業努力で維持しております。他人の話にも耳を傾け、自分に固執することもなく、多くの佳句が生み出されるよう努めております。（佐藤　岩嬉）

二歳児にランドセル買うじじとばば　阿部日向子
見返り美人いいえ愛する山の神　柳川ひょうご
災害時色別される命なり　矢口　瑛香
あの人の名前を書いて西瓜わり　木立　時雨
打ち明けた悩み拡散するネット　佐藤　安子
自動車の次は実録本を売る　島　文庫
柔肌を3Lサイズ包み込む　笹　美弥子
吉野家でカツ丼たのみ断られ　木田比呂朗
天国から地獄についたクルーズ船　橋爪志津代
梅干しの味でつながる嫁姑　佐藤　岩嬉

川柳銀の笛吟社

▼柳誌発行の都合で今年より例会を第二日曜日としました。出席はかわらず三〇名以上で行っています。コロナの影響もあり、全国大会を誌上大会に変更しましたが、準備も順調に進んでおり、皆様のご参加をお待ちしています。（藤　咲子）

貫いた愛は香車の自負がある　川越　柳伸
ライバルが大きく見える日の誤算　宇野　幹雄
発芽する恋の予感に紅を買う　麻生えつこ
蝶になる銀杏は肩に君の手に　澤田　幸代
バラ十本を抱いた日の青い空　小林　廣夫
反抗期予防接種は効きますか　石郷岡ともこ
知ってるかいタオルが吸った血と涙　伊藤　良彦
湯治やど安年金を湯に浮かべ　今野　信
欠点があるから人でいられます　加藤ゆきとし
不器用で時流の風が掴めない　伊藤　光愁

茨城県

川柳すずむし吟社

▼川柳すずむし吟社は昭和十一年に渡辺銀雨氏によって創設され、今日まで五代の主幹のバトンを受けながら地域の五城目町芸術文化の一員として活躍して参りました。これからも細やかながら同人がワンチームで頑張って参ります。（渡辺　松風）

子が誕生男の靴を締め直す　細田　陽炎
生き残るために噛み付く事もある　加藤　円心
興味ある話ふたつの耳で聴く　佐々木良可
コンビニは無いがきれいな水がある　柴田　銀河
美女一人何処に立たせるかで揉める　渡部　光人
消しゴムが僕の余生を書き　三浦　春水
この町で生きると決めた人間味　荒川　一滴
直らない癖を個性にしてしまう　鈴木さくら
チョコパフェ溶けて別れを受け止める　佐藤ちづる
我慢することも覚えた泣きぼくろ　大原美どり

土浦芽柳会

▼本会は昨年二十周年を迎えた。創立当時の会員も高齢化し、その後入会された会員との世代交代も徐々に進んでいる。二十五周年には「芽柳」の名に相応しい芽吹きが感じられるようになっているものと確信している。（堤　丁玄坊）

消しゴムがあるから嘘も少し混ぜ　谷藤美智子
行間にきっとあるはずキーワード　富永　柳道
便利から始まる胸の空洞化　太田　鳴子
嘘に嘘重ねて自分見失う　内野　泰守
あたたかい拍手だ音がこだまする　高木ひろし
思い出が掛け算されて光り出す　山本千栄子
まだ欲があって午後を許さない　石引たか女
たまに会うからいい人でいいんだよ　久保田莉凡
聞きたくて聞けば聞きたくないナイショ　後藤　建坊
うるさいと言えず貴重なご意見と　富田こうし

水戸川柳会

▼小さな会だからできる強み。例会と勉強会をミックスした形で互選に時間を掛け思う所を述べ合い、より良い句作りの土台にしています。また会員のフットワークが軽く遣る気が旺盛で全国の大会誌上大会への意気も上昇中です。（佐瀬　貴子）

新たなる出会いへ賽を振ってみる　大森みち子
才能の芽に呼びかける好奇心　石川二三男
再雇用古稀の私のリサイクル　浦井　美子
ポケットを増やして少し丸くなる　鈴木　盛雄
自由の身になって不自由さが分かる　斎藤　松雄
おや何か起きそう妻が歌ってる　鈴木　浩
我儘な美女にヴィトンをまたひとつ　田尻美代子
失言にストレートジャブ飛んで来る　圷　芳雄
心がけ次第でかわる運不運　江崎　紫峰
鉛筆を持てば斬りたくなる世相　小原　正路

龍ケ崎川柳連盟

▼龍ケ崎市制六十周年祝賀で発足した本会も旧臘十二月七日に第五回市民川柳大会を開催。落語を聞いているような選者の話にお腹をかかえて笑い合う和やかさに市長の話も納得させられました。（太田紀伊子）

クロールで入歯外れて大慌て　久芳　紀生
歳時記を追い越し季節突っ走る　石渡　静夫
増加する子ども食堂功と罪　沼崎　公子
思い知る口から食べる大切さ　上野　正恵
日の暮がそわそわさせる急ぎ足　興梠あい子
食べほうだい元を取ってた頃もあり　塚本はる子
乱獲で庶民の味が高価格　秋本　好夫
便利だけど後が恐そうキャッシュレス　桝田　道隆
食べ残し処理をしている妻が肥え　渡部　寿明
今までになんぼ食ったかこの命　安田　英治

牛久川柳会

▼牛久川柳会は、太田紀伊子先生を講師としてお招きし、平成十四年に発足し、二十年の歴史を持ちます。約二十名のメンバーが集い、明るい笑い声が牛久沼まで響き、沼の河童も微笑んでいる、とのうわさです。（藤井　一夫）

八十路とてまだ元気です糸切り歯　石塚すみ江
言い足りぬさよならへ汽車動き出す　宮嵜　勇造
子供茶碗いつか孫にと出番待つ　長澤　祥子
濁流に耐えてきたのか丸い石　原　脩二
メイドインチャイナ脱いだら丸裸　野村　幸男
伸び上がる花火のごとく彼岸花　高野摩耶子
笑む妊婦お腹の命動いたよ　多田　容子
柿の実ももがれぬままの過疎の里　長谷川渓節
友来たる青い挫折を掘り起こす　安田　英治
清流で釣った美人がうちの妻　石原　昭

鹿行川柳会

▼平成十八年、茨城県生涯学習の川柳講座参加者有志により会を発足、平均年齢は毎年確実に一歳ずつ上がり、昨年は八十歳を超えた（笑）（栗原いさむ）

大丈夫よろよろしてもたどりつく　加藤　政司
ごはんまだ妻に聞いたら食べたでしょ　栗原いさむ
無料券もらってお礼高くつき　瀬尾　清子
忘れ物しても昼飯忘れない　関戸　正敏
さみしい時二人の園へ足が向く　本村　武久
はみだしたぬり絵のように紅をひき　山口　典子
ある歴史受け継いだこと残すこと　太田紀伊子

取手川柳会

▼取手川柳会は、平成十八年に川柳講座の受講者を中心にして、そのときの太田紀伊子氏を講師に迎えて、坂倉敏夫会長のもとに誕生しました。平成三十年に石塚流川が会長になり紀伊子講師は辞任したが現在会員は十一名。（石塚　流川）

火に油注いでしまう減らず口　大森　恵子
つつがなく暮らせと父の荷物来る　山中　相愛
悔やんでもじたばたしても消せぬ過去　前田　妙子
ミス認め素直さだけは買う上司　石塚　流川
懐かしいやっぱり違う母の味　宇都野なずな
顔見せてシニア料金認められ　菊池　孝子
子育てが親の将来担保する　中川　隆
米の出来まずまずだねと田の雀　田口　光子
幸せで質素な暮らし半世紀　葛飾　凡斎
難病も生きる証の一里塚　坂倉　敏夫

川柳ひたち野社

▼日立市内における川柳文芸の普及向上をテーマに昭和五十年四月創設。翌五十一年七月、第一回「日立の海観光川柳大会」開催。以来、県内や近隣各県より毎年百数十名のご参加をいただき、令和元年、第四十四回を重ねる。（植木　利衛）

目を伏せて家内はきついことを言う　大和田　稔
老いてなお青春切符愛してる　佐藤　清之
今日の酒笑い薬が入ってる　佐藤　光廣
限界を悟り切れずにいる免許　清水　勇
独り言意味不明だが意思表示　鈴木　章
朝風呂で癒す昨夜の不摂生　瀬谷　正一
仏様メロン食べ頃までですか　高橋　富雄
ドローンより紙飛行機が似合う空　中野のり子
一つずつ破れた夢を縫い合わす　廣木　平
負けてからモチベーションが燃え上がり　三浦　武也

つくばね番傘川柳会

▼昨年三〇周年を迎えたのを機に句会と勉強会（俎上の鯉）を合併させて、川柳力アップに励んでいます。今年は「焦らず自然体」をモットーに日々活動し、体験型川柳教室や他吟社とのコラボ句会を開催予定であります。（江崎　紫峰）

増税のカムフラージュがややこしい　阿部　邦博
我が家にはトップニュースのない平和　久保田達男
子の世話にならぬ暮しも老いに負け　井村甲子郎
心臓がちゃんと働く今日であれ　浅野ゆき子
狂想曲済んで令和が歩き出す　大森みち子
内視鏡耳そばたてる医者の私語　山荷喜久男
増税へ食べない着ない出掛けない　木下　種子
平凡に生き平凡を疑わず　内山　愛子
故郷の感触を踏む霜柱　倉永みちよ
骨貯金毎朝刻む万歩計　石塚　流川

つくば牡丹柳社

▼平成八年創立、つくば市内四会場で句会を開催、四月のつくば牡丹祭り川柳大会、九月のつくば市民川柳大会を軸に歩を進めている川柳会です。
（片野　晃一）

勤勉な蟻が支えて来た社会　原　悠里
前略と書けば言葉がよく弾む　岡　さくら
しあわせの上書き閉じてまた明日　小玉ひびき
侘びしさの底抜けてゆく春の雨　北山　蕗子
蒸発をしたい日もある散歩道　木下　種子
水の流れ雲の流れに似た処世　倉永みちよ
語るより聞きとる人が見極める　新國美佐子
半世紀思いを繋ぐ人がいる　山口かすみ
人生も三寒四温老いて春　石澤　三笑
この人なら心開いていい笑顔　田村　保子

川柳マガジンクラブ茨城句会

▼全国で三番目に発足した茨城句会。県中央は石岡あたりですが、会場のとり易かったのが取手。句評会とサロンの時間をブレーンストーミングで鑑賞や歴史を学び楽しい川柳の会にしようと毎回おみやげが沢山あります。
（太田紀伊子・葛飾凡斎）

味暦ルビーのようなサクランボ　葛飾　凡斎
嫁姑ルビーと輪ゴム仲がいい　片野　晃一
誕生日ルビーの指輪つけてポチ　坂倉　敏夫
ビー玉の中で際立つルビー色　高橋　まさ
巣ごもりが居心地よくて年を知る　木下　種子
不足なし我が人生はあるがまま　石渡　静夫
踏んばりがいつも足りない水すまし　吉村たい子
めくるめく思いこの世でもう一度　本荘　静光
打つツボを五感で語る目の強さ　久芳　紀生
七月の旅ミャンマーで買うルビー　太田紀伊子

下野川柳会

▼創立慶応三年という永い伝統の中に一貫して定型詩を尊重している。平明な言葉で親しみ易く且つ内容の深い作品を目指している。創立一五〇年を経過し、二〇一八年九月に一八〇〇号記念誌（合併号）を発行した。
（刑部　仙太）

正直に言ったばかりの風の向き　川俣　秀夫
ままごとのママにもちゃんと角がある　白石　先手
空白の史実を紙魚に吐かせたい　朝海　正雄
野の花が教えてくれた薄化粧　後藤美弥子
偽りの日記わたしにビターチョコ　松井　茂子
もう少し見ていたいから声かけず　野口　直子
仮面など外そう見栄も古くなり　伊藤　王子
お茶の声かかり農事の汗を拭き　桜井　子胤
返されて得した様な貸し忘れ　吉澤　恒子
コスモスといっしょ私も揺れて生き　山本美枝子

群馬県

川柳研究会「鬼怒の芽」

▼どうして句を詠み続けるのか。川柳と付き合うことになった原点を振り返り、改めて川柳との関係を見つめ直す。そういった行為を繰り返さないと川柳は長続きしない。そんな思いを抱いた結社であり続けたい。（三上　博史）

ポイントは要らぬ残りの世を生きる　赤羽とし枝
価値観の違いに出合うおでん鍋　大河原信昭
退職を決めると風はもう他人　髙橋　志江
少年の銀輪春の風に乗る　橋本紀久子
ロウソクの灯に水害を励まされ　早見　千代
棺打つ最後の音にある無情　松嶋　敬乃
涙腺の緩みを許す古希となる　松村よし子
男でも産んでください国のため　松本とまと
亡き人の温もり欲しい掛布団　吉本かめ女
人生が綴られていく雨滴　三上　博史

かぬま川柳会

▼二〇〇〇年創立、二月に「いちごいちえ鹿沼川柳大会」を開催、商品の特上いちごが好評である。会員は新人はもちろん、ベテランの加入もあり増えている。初声賞、ユーモア賞には賞品があり、毎回例会が盛り上がる。（松本とまと）

蛍舞う闇よりあれは母の声　伊藤　緑太
言い訳が下手で信用されている　大河原信昭
無駄な子は一人もいない茄子の花　大橋　芳明
まん丸い空気生みだす笑い皺　荻原　鹿声
銀行がコーヒーを出す預金高　篠田　東星
一騎討ち成果を奪い合う選挙　白石　洋
迷惑な客にも開く自動ドア　竹内竹ノ花
オレ流を通し味わう孤独感　中西　隆雄
人溶かす魔法の口を持っている　橋本紀久子
頑張ろういちごいちえへワンチーム　松嶋　敬乃

川柳さろんＧｕｎｍａ

▼〝人と時代へ据えるまなざし〟結社等の枠を超えて誰でも参加できる。自由な川柳談議の場。毎月第四日曜日（原則）午後〝集い〟を開催。句会と座談会の二部構成。闊達な意見交換が可能。会費なし。実費は割勘。（河合笑久慕）

吉報を喋りたそうな丸い顔　勢藤　潤
純粋を進化の詐欺が狙い撃ち　大木　孝知
改まる親に子どもは尻浮かす　安部　苑子
おんなです何処を押しても非常ベル　山津たかし
年金に介護保険が容赦ない　亀山ゆきこ
親選び出来ぬ子供の悲鳴聞く　大沢　覚
百年へひょいひょい跨ぐ水たまり　田島　悦子
約束はきれいに忘れ生きてます　小川　正男
永遠の愛を誓って三人目　湯本　良江
令和にもかかあ天下は変わらない　河合笑久慕

埼玉県

川柳マガジンクラブ高崎句会

▼平成三十年に始まった川柳マガジンクラブ高崎句会も早や二十回、当初は四人の参加者だったこともあるが、参加者は増え続けている。句評会を中心に楽しい激論が本会のモットーです。（勢藤　潤）

何となく波長が合って恋に落ち　黒崎　和夫
子のトゲへ拡大レンズ父は持ち　萩原　亜杏
三遊間抜けて終わった青春譜　田口もとい
褒めすぎた毬がぽんぽん落ちつかず　田島　悦子
レコードをかけて昭和にひたる耳　河合笑久幕
生きるとは石一つ積み一つ積み　竹中たかを
弾み過ぎ毬は都会へ跳んで行く　湯本　良江
女から男へ私リニューアル　簗瀬みちよ
嫌なこと年が耳栓してくれる　横澤　七五
今日だけの特価ですよに弱い耳　星野睦悟朗

ノエマ・ノエシス

▼「一句無援／一句無縁」を掲げ、川柳との真摯な切り結びを、ひたすら続けている集団です。毎月十ケ所で講座を開催。それぞれが心の現在地を晒け出し、《私》の《ほんとう》を見つけだす、そんな時間を重ねています。（高鶴　礼子）

漸悔のいつまで消えぬ水たまり　坂本　幸子
遺してくれたありがとうこそありがとう　山田　和子
幸せか　無口な父が聞いてくる　高沖　和恵
この顔が実印ですと生きてきた　斉藤　司堂
今はまだ黒煙これからの私　矢吹　香奈
騙されてあげようきっと哭いている　山口　糸子
一生を傍観者（びと）の決算書　星野　ヒロ
あの道の右折拒んでからひとり　飯田　啓子
堂々と泣いていいんだ足跡よ　高木由美子
刻下ただ生ききて生かされて羅刹　高鶴　礼子

千葉県

東葛川柳会

▼昭和六十二年創立の当会も、平成を経て令和の時代へと突き進んだ。楽しく学びあう句会、読んでタメになる『ぬかる道』、志高い巻頭言、HPやメーリスの整備など、デジタルとアナログの両睨みで更なる発展を目指す。（江畑　哲男）

仕事下さい食う寝るだけじゃ呆けそうよ　塚本　康子
ベリーダンス踊れば臍が色気づく　大平　小鈴
スマホ指令更ページ捲れない　岩澤　節子
ユニクロをトレンドにするアスリート　日下部敦世
早食いの癖抜けきらずいる孤食　川名　信政
イクメンの定時退社は忍び足　北島　澪
妻のセンサー生きる車線を変えさせぬ　志田　則保
借用書しっかりサイン消えるペン　五月女曉星
老い二人今日の喧嘩はノーサイド　成島　静枝
教え子に柏市長も加えよう　江畑　哲男

東京都

矢那川吟社

▼昨年四月から句会の場所を桜井公民館に移しました。そして秋の公民館まつりに全会員が任意の句を短冊に自書し、展示して来場の方々に句の評価をお願いしたところ百人を越える方々から貴重な意見を賜りました。（藤沢　健二）

雪の夜幻想的な音がする　塚本　秋華
焼き芋の声につられて走りだす　小高　聴子
嫌われて己が心の鬼退治　児玉梨恵子
里芋をつるり美人の水車小屋　木村　あい
野心など凡に無縁の負け惜しみ　細川十三英
介護の手魔女もいよいよ鬼となる　鵜沢　操
凧糸が切れて約束宙を飛ぶ　水越　則子
プロポーズリングが繋ぐ永遠の愛　田中　国明
縁結ぶ世話焼きおばさん良き時代　菊池　照生
新雪に人の五欲が浄められ　中居　杏二

とうきょうと川柳会

▼通称・都庁川柳会。昭和二十一年『都廳川柳會』を尾藤三笠氏らが結成（「三笠賞」で顕彰）、東京都職員文化会川柳部として継承。平成四年から都区職員・OB、一般の愛好者で当会を発足。『交友柳壇』を中心に、ゲスト講師を招き、学習会を開催。（松尾　仙影）

名は忘れ笑顔はちゃんと覚えてる　大戸　和興
地球儀はどこから見ても表側　石川　和巳
ツイッターペラペラ燃えるカンナくず　佐藤　牧人
女子会に年齢上限なんてない　中林　明美
夏の陽を弾くアロハで君が来る　高松　孝子
しゃあしゃあと官邸が押す横車　信　寛良
醗酵がマジックのよう美酒に変え　谷村　洋一
趣味減らし老後破産を回避する　斎藤　弘美
桜見る会税の私物化深い闇　菊地　順風
汚染水さらさら海へ流します　松尾　仙影

九品仏川柳会

▼創立十八年の宣伝をしない月例句会で、当日宿題（二題）を各自で板書し、全員で自由に批評討論。時間が許せば席題一句（会員選）。当日配布の会報に掲載の自由吟と前回の発表句を改めて朗読して鑑賞。会報はお手製。（速川　美竹）

人恋うて人を拒んで折れた葦　橋本　祐子
七宝へ無心の虹を焼き上げる　やまぐち珠美
ロボットに忖度してる浪花節　清水香代子
温度差を秘めて船出をする令和　沢田　宣子
あきらめか悟りか達磨立っている　岩崎　能楽
ずるずると責めず応えず夫婦坂　宮下　浩子
年金がちょっと足りない二千万　今井　茂
境目をぼかし隣家の草を抜く　島村　青窓
核に賭け僕は野となれ山となれ　新井　英明
のんびりと平和がいいねデモ続く　沼　希泉

川柳レモンの会

▼宣伝はせず口コミで成長した会。宿題二題は事前投句で、例会当日に印刷された形（無記名）で配布。選者の披講並び辛口のコメントと会員の自由討議。席題も二題で会員の選。厳しいながらも笑いの絶えぬ会。
（速川　美竹）

アフガンへつきぬ思いの愛の井戸　上山由美子
平方根開けば鬱が飛んでゆく　吉田わたる
姥捨て山BGMはヨイトマケ　狩野きよし
ツレションの放物線を照らす月　川邑　光昭
ジャスミンティ献杯　好きな人でした　海道かつ代
忖度の裏に隠れる蜜の味　小石沢塵外
浄玻璃の前では誰も偽れず　柏崎　澄子
医者に行く時間何とか作り出す　おかの蓉子
バッサリと白菜切って一人鍋　萩原千賀子
地獄希望と閻魔に啖呵マゾの俺　小野六平太

東京池袋川柳会

▼柳派、経歴を問わず誰でも楽しく参加出来、また切磋琢磨出来る「東京池袋川柳会」は「誌上句会」「句会」と展開をしております。
（平井　熙）

割り箸の様にすっぱり君と僕　井関由香里
ものぐさな父と母とに子沢山　沢渡　隆
剥せないテッパンなんです今日の嘘　林　くに子
ながら族それはラジオで始まった　原田　大吉
もしかしてもしもの夢に頬ゆるみ　草野　和子
流行を追い掛け財布を目を回す　関根　悟
車間距離ほどほどにおく嫁姑　内田　仲子
私はどんな踏み絵も踏んで来た　古舘雄一郎
来世はまだまだ遠い骨密度　宮澤さくら
四方山の話の中に或るよもや　津田　隆

のぞみ川柳会

▼歌舞伎座の隣でベテランから初心者が集い、和やかな句会を開いています。平易な言葉で人生の哀歓を詠み、鑑賞し合っています。ご投句での参加も大歓迎です。
（播本　充子）

原点へ戻ろう足は日本ある　五十嵐　修
乙女座に生まれて美しく笑う　髙田美代子
やるせない時間を溶かす角砂糖　髙木みちこ
孫のお供でジャニーズデビューれれれ　山田みどり
雨戸繰る清少納言も見てた空　松澤　星子
冗談がわからないからややこしい　湯浅　和枝
断捨離がすぎて私が居なくなる　岡村水無月
損なくじ引いた男の妻である　米澤　俶子
ちぎり絵に重なる色が色を生む　門脇千代子
どしゃ降りに僕の邪念が洗われる　米田　恭昌

川柳白梅会

▼昭和五十三年に創立され、月一回句会を開き隔月に柳誌「白梅」を発行しています。家庭的な雰囲気の中で川柳に親しみ、会員の友好を広めています。初心者歓迎の川柳愛好者のお会です。（遠藤　三太）

モテぬ訳鏡の中に聞いてみる　佐納　次郎
地球儀を回すとテロが落ちてくる　魚地　芳江
デュエットのキーが合わない冷めた仲　武者　駿造
時に静時に激しい母の川　園田マチ子
フィクションは心の踊る遊園地　大滝　則子
国会はヤジが飛び交う答弁書　村野　寛治
一強は烏合の野党あざ笑い　竹中えぼし
嘘と実を行ったり来たりできる蟻　右田　俊郎
真直ぐな道を歩いて残す悔い　星野きらら
アルバムの中から過去の日が踊る　潮田　春雄

読売多摩川柳クラブ

▼三十五年を超えた月刊川柳さわやかは、雑詠・時事吟・句会入選句に加えテーマ吟F（エフ）宇宙を掲載。表紙とカットもカラーで、読む楽しみの講読者と投句会員が多いのも当会の特長。編集後記兼随筆の川柳茶房も長期連載中。（市川　一）

両陛下強い絆でつとめ上げ　秋山　覚
長生きの秘伝教わる自然治癒　原島　幸男
ダイヤ婚米寿祝うも二人だけ　船本　敏弘
また一つ頑固親爺の店が消え　井上京一郎
平和への祈り令和へリレーされ　原島マサ夢
揉め事の無い我が家には山の神　小川喜美雄
イチローの野球哲学唸らせる　長嶋　六郎
AIの進化未来が怖くなり　涌井　君子
インフルを逃れたヒトにスギ花粉　秋広まさ道
どうにでもなれと思って再検査　馬場　美昭

川柳マガジンクラブ十四字詩句会

▼歯切れの良い七七句を勉強する句会です。発言・句評は自由奔放に…をモットーとして楽しい午後のひとときを過ごしています。奇数月の開催ですが、次回が待ち遠しく思える気楽な集まりです。是非、ご参加下さい。（五十嵐淳隆）

雨が上がって妻の鼻歌　佐藤　美文
ラッパ水仙出しゃばりな口　井手ゆう子
よいひとばかりだからつかれる　植竹　団扇
雨に息抜き晴れてあくせく　葛飾　凡斎
木綿の愛を選び貧乏　布佐　和子
恋を恋する妻のスカーフ　志田　則保
滝を登れた鯉の慢心　沢辺　祥子
車道の事故の命軽すぎ　早川　若丸
生きてこそする足首匂う　伊藤　聖子
目覚めて安堵夢で良かった　大谷　仁子

印象吟句会　銀河

▼句会で他人の作品をしっかり聴くのはなかなか難しいものです。それを印象吟は可能にします。課題からどんな発想が出てくるかが楽しみだからです。自作が入選しなくても楽しめる、この独特の雰囲気を味わってみませんか。（島田　駱舟）

つまんない奴だ何でも知っている　佐瀬　貴子
見えぬもの見ようと充血する正義　稲盛　あこ
詐欺師の切手まっ直ぐに貼ってある　小野　弘楽
そこの議員君はいるのか居ないのか　渡辺　梢
言い訳の近くに投げる浮き袋　二宮　茂男
たよりない男が好きな海の色　佐藤　清泉
水面で夫婦になってゆく絵の具　早川　若丸
ティータイムするする顔がほどけ出す　普川　素床
平和論天動説の風も吹く　清水香代子
階段は野心の先で切れている　末松　章子

東京みなと番傘川柳会

▼昭和三十九年創立以来、抒情川柳を主体に詠む吟社で、会員は全国に広がっています。本年より新体制となり、「みんなで会を作る」をモットーに一層の飛躍を目指しています。（青木　薫）

遅くなると言ったら遅く帰ってね　丸山　芳夫
別々のものを見てきた観覧車　菊地　良雄
残り火が私の過去に触れたがる　五十嵐　修
目標に幅を持たせてマイペース　近江　寛
欲望の電車に止まる駅がない　青木　薫
少年のわたし残したままに喜寿　上原　稔
哀しみを着換えなさいと秋が言う　真島久美子
嫁に出す不安嫁をもらう不安　石神　紅雀
一強と書くパワハラの民主主義　加藤友三郎
迷ったら性善説にすがりつく　吉田　弘子

川柳マガジンクラブ東京句会

▼当会は句評会（作品鑑賞）を重視しております。作品の一語、一字、全てに作者の思いが詰まっていると考え、自由闊達な句評のやり取りから、句意の伝わり方の違いを学び、次の作句の参考となるよう、みんなで学んでおります。（松橋　帆波）

立ち話まだかと犬が鼻鳴らす　大谷　仁子
冷やし中華終わりましたでふいに秋　菊地　順風
フラフープ追いつきそうな胴回り　菅野　直訓
通学路元気満載定期便　髙田以呂波
ゴミ捨てたハイ傘持った老いふたり　高塚　三郎
会長と社長のケンカこんなもん　唯　夕
白鳥の背に乗り逢瀬天の川　土屋喜代子
一番搾り二番はどこへ行くのかな　長谷川渓節
四十五でチャレンジ流石わが娘　水野　絵扇
一家言フレディーの歯が出過ぎてる　宮本　游子

神奈川県

川柳路吟社

▼川柳「路」吟社の設立は、昭和二十二年である。初代会長は中野懐窓、ひとつの形にこだわることなく、幅広い創作活動を視野に、これからもやっていく。

普段着となってブランド喋り出す　竹中えぼし
居心地のよい場所そこが一等地　加藤　佳子
ゴールへと白線上を四つん這い　原　新平
はちきれる笑顔の裏に在る苦笑　八木せいじ
躓きの元にお酒という火種　浅岡　水城
花束を抱えロボットご栄転　秋山　了三
失言は偶然飛び出した本音　田中　沙京
トランプはラグビーボールばかり投げ　白鳥　象堂
自画像は未完えがおの描けるまで　富岡　桂子
捨ててきた物を数えている深夜　牧内　摩季

海老名　川柳天馬

▼神奈川県海老名市で初めて結成された川柳の会です。昨年度は海老名市川柳協会も設立され、その傘下団体として活動しています。三周年の合同句集も刊行、年一回、他社から講演者を迎える、など活発に前進しています。
（やまぐち珠美）

若死の兄の分まで生きてやる　石田　旭山
亡き友に居酒屋の席空けて待つ　時田ふきのとう
目を瞑り一本の線描いてみる　夢うつつ
外は初夏ベッドの父の髭あたる　佐藤よしき
ねずみ算二千万などすぐたまる　石崎芙佐子
望外の攻めのショットにチップイン　森コンペ
茗荷食み今日のやなこと忘れちゃえ　田中三太夫
掌中の家内が今は空を飛ぶ　高橋いっき
来世ではバクに生まれて夢食らう　種市ワカシ
子の機嫌半分位あやつれる　松田　野原

長野県

川柳美すゞ吟社

▼昭和十一年創立の当吟社は、会員数約一二〇名で、長野県内では最大の吟社です。会員の高齢化に伴い、新風を吹き込んで組織の充実と活性化を図り、会員の相互の親睦を図るよう努めている所です。
（白川　清風）

雑魚だから思いもよらぬ味も出る　河井　豊子
いつか行く道に蒔いてる花の種　小出　蕗女
世渡りが下手な石でも円くなり　岡田　範子
新しい自分欲しくて途中下車　宮尾　柳泉
無冠でも生きた証しの駄句がある　漆間　包夢
眩しさはいらぬが欲しい希望の灯　湯本美代子
まだまだと虹に向かって舟を漕ぐ　関川　政子
あの橋を渡れなかった淡い恋　玉井　喜夫
病んでみて分かる夫婦の支え合い　丸山　紀子
白眼も恐れぬ挙手のただひとり　原　志津子

川柳の仲間　旬

▼元気はつらつ。十名以下の少数結社です。平成三年からの柳誌発行の断続は仲間の宝であり各地の誌友に感謝しております。半数以上が若い女性会員、新しい世の感性を頂いております。（丸山　健三）

この星に生まれて交わす宇宙論　小池　孝一
階段の横にひとり分の扉　樹萄　らき
思い出はうすくて酒を足して飲む　大川　博幸
やわらかい数式を解く生きている　桑沢ひろみ
深いはず空は数多のウソも吸う　竹内美千代
風が吹く心の隙間一センチ　久保田もとみ
右巻に生きて血筋を温める　丸山　健三

川柳キマロキ吟社

▼会員の高齢化が進み、農民が少なくなってきた。私も米寿になるので、会員は私より年齢の高い人になる。今はシニア大学で川柳を学んだ人達が加入しているが、皆さん高齢化で困っている。若い人に普及させたい。（石田　一郎）

化粧して農婦十指のおきどころ　小野　しま
波風を立てずに丸い絵を書こう　高橋　きみ
ウインクで心の信号伝えあう　木村　文子
文届く心うきうき一人部屋　村松キミ子
方言の温さ飛び出す茶碗酒　関　宏
正直に生きよと母は口癖に　藤沢三江子
叫ぶ声聞こえぬ里の遊園地　石井　天童
友が来る一升瓶がおもてなし　北川　清吾
鏡見る後期高齢そのままに　石田美恵子
道の駅同じリボンの客が来る　清水　保

飯田天柳吟社

▼三遠南信自動車道に天龍峡大橋が完成し、「そらさんぽ天龍峡」という愛称の歩道も併設され眼下の絶景を楽しめます。その近くの今村公園前に私達一〇二名の合同句碑があり、四月に大会を開き親睦を深めます。（曽我　秋水）

ネジ巻いて明日の元気を予約する　北原　伸章
二の舞は蹴まぬ男の堅い意思　長谷部良庵
再会へ愛の種火を抱いてゆく　興津　幸代
もう出たいお腹を軽く蹴る生命　北沢　龍玄
手をつなぐ愛がふんわり満ちてくる　筒井　益子
栄光の夢は練磨の底にある　木下　愉高
七色になるまで磨く石の玉　原　美恵子
遠ざかる尾灯豆粒まで未練　伊東　五月
ひとすじの道に花咲く人生路　北沢真佐子
幾山河越えて悔いない夫婦道　広瀬　敏子

新潟県

読売越路時事川柳くらぶ

▼結成して十七年目となった。世の中の出来事をズバリズバリと斬る楽しさに酔い、互選で賑やかに時事評論が交わされている。時事川柳は正に各人が生きている証でもある。（丘野　旭）

アポ電で土足で入る悪魔達　石本　紀子
北斎の絵を上回る株の波　丘野　旭
リュウグウに城はなくても玉手箱　小川　信子
海の日だプラごみ拾いでも行くか　川合　笑迷
洪水の速さに勝てぬ新幹線　黒井　功
公約に疑餌はないかとじっと見る　二岸　和夫
4か2かそれともゼロか北の島　仁谷　敏衛
少子化の国であちこち虐待死　細井吉之輔
国民の歩幅で歩く両陛下　湯井　祥人
原発の行く末核のゴミ屋敷　細井与志子

福井県

北陸労金福井地区友の会川柳会

▼公的年金を振り込んでいる「友の会」があり「川柳の会」他が活動。時事川柳に量・質を誇る。他の吟行会吟、地域活性化句、年間最優秀句と合わせ表彰している。技法学習は本格派を標榜し、二時間半の月例会以外も。（山下　博）

営業はアンテナ高く腰低く　山下　博
天才と思えた孫も唯の人　上木　雅雄
老いてなお強気がたまに顔を出す　花澤　和實
煙突にこだわるサンタ苦労する　小原　隆
荒波をどんと乗り切る強気妻　馬場　桜朝
料理人星の数追い腕磨く　松島　輝一
イルミネーション五感に今を映じてる　小林　初子
捻りたい蛇口のように川柳を　伊部　雅穂
アンタレス射抜いた人はとうに亡く　白井　信子

若狭湾川柳舎

▼新入会の方からベテランまで参加されている小じんまりした会です。句会終了後、川柳の作り方の勉強をしています。年一度の食事付吟行会や、句会後の喫茶店でのお茶を楽しんでいます。（みつ木もも花）

止められぬ転がる自由知ったから　安斎寿賀江
本心は鏡の中の顔にある　清水　久子
おでん鍋ことこと母の唄になる　斎藤　文子
まん丸の石は多くを語らない　今井　妙子
世の中を見過ぎたようだ目がしみる　里見きよこ
お早ようと今日も鏡にごあいさつ　鈴本　花子
あの人のミサンガを編む冬一日　津田トシ子
鮮やかに生きた証を持ち歩く　新田ミチ子
こんな日もあったあなたの文字残る　佐古しげの
引き留めはしないと伸びている輪ゴム　みつ木もも花

静岡県

川柳マガジンクラブ静岡句会

▼静岡句会を立ち上げて丸十三年を迎えました。これからも刺激し合って、川柳を問い続けていきたいと思っています。あなたをお待ちしています。（中前　棋人）

タイミングよく拾われて桃太郎　岡本　恵
風雪に立つ裸木に力瘤　阿部闘苦郎
難民にクライミングをさせる壁　望月　弘
全開の窓に笑顔が寄ってくる　勝又　恭子
AIに道を尋ねる交差点　渡辺　遊石
神様にくどいと言われても祈る　山口季楽々
幸せな耳から眠くなる真昼　米山明日歌
敬礼のままお月さま泣いている　句ノ一
どうしても知識がこぼれちゃうゴメン　水品　団石
八月十五日窓が開きました　中前　棋人

川柳さくら

▼「教室的」な句会は面白くない。メンバーもそれを求めていない。吐きたいように吐くから放っといてくれ、というその根元のところを大事にしたい。（中前　棋人）

ねこじゃらし揺れる構ってほしいから　山口季楽々
二千兆円なんてことない明日の凪　中村虚路狸
断崖で刑事来るまで殺せない　植松　蓮華
裏口は閉めておきたいお月さま　遠藤まつゑ
始まりは様方で届いた美文字　林　重勝
私にはまだ九割の未知のドア　勝亦　武子
犬猫の貌いっぱいのカレンダー　風間　恵子
四十点のしあわせに慣れてきた　ケンジロウ
よく動く父だ居場所がないらしい　句ノ一
グリーンブック濡れてページが捲れない　米山明日歌

浜松川柳社いしころ会

▼静岡県で最も古く、最も大きな結社のひとつです。日本各地から多くの会員が集まっています。月刊「川柳いしころ」を発行の他、毎月句会を開いて交流を深めるとともに、川柳講座を開くなど、川柳の普及に努めています。（今田　久帆）

運命に逆らう老いの反抗期　馬渕よし子
ジーパンの穴から音符こぼれそう　鈴木千代見
競争に勝って脱け殻だけ残り　山田とく子
ライバルに持たせた花が咲き誇る　外側としみ
ここ一番笑顔が力みそっと取る　鶴見芙佐子
地球儀を丸かじりする温暖化　堀内まさゑ
言い過ぎて砂噛む味が残る舌　小林ふく子
通販の残り僅かに踊らされ　山本ますゑ
ジョーク混ぜ四角い話まるくする　中村　雅俊
針穴を覗くと母の夜なべ唄　今田　久帆

静岡県川柳協会

▼静岡県内の十七吟社、二二〇名が集う川柳協会です。静岡県誌上競吟大会や静岡県川柳大会を主催します。静岡県高校生川柳大会を運営し、フレッシュな感性に刺激を受けています。静岡県の川柳について交流する場です。（今田　久帆）

少年を削ると尖り出す五感　佐藤　清泉
分別をちゃっかりしてる遠い耳　山田とく子
ばあちゃんに聞けば答が見えてくる　竹平　和枝
傷負った数だけハート強くなる　佐野由利子
まっすぐに俺は立っているか富士よ　松田　夕介
良く切れる包丁なので怪我がない　増田クニオ
有刺鉄線まで愛を追いつめる　米山明日歌
連作を嫌う根っこがすねている　鈴木千代見
バイオリン音色が過去を認め合う　加藤　典男
気が付けば嫉妬の炎過去を焼く　今田　久帆

川柳ともしび吟社

▼昭和五十八年発足。今年、会報「木鶏」の四百号記念全国誌上川柳大会を開催致しました。初心者からベテランまで県内外各地に会員を持ち、個性を大切にしながら勉強会になるべく時間を取り、楽しい句会を行っています。（佐藤　灯人）

車座になって死角のない疲れ　川上　はな
除湿機の中でひとり言が乾く　山本野次馬
サボテンの刺かと思う褒め言葉　八甲田さゆり
節々が奏でる加齢シンフォニー　山下　和一
ベタつきが消えて涼し気妻の肌　進藤　宇宙
ここがいい使いこなした水がある　花村　康史
尿コップ持つ手が一寸うつになる　笠原　湧水
輪になって喜び合おうノーサイド　関白トンボ
けんけんぱ路地はいつでも玉手箱　山本さわやか
少年を削ると尖り出す五感　佐藤　清泉

浜松川柳クラブ

▼川柳の学習会です。自由吟、席題、時事今を資料として用い、交替で選をしています。鑑賞の仕方を中心に、自分の思いが相手に伝わるような川柳にするにはどうしたらいいのかを毎月楽しく語らいながら学習しています。（今田　久帆）

友の愚痴聞いて我が愚痴持ち帰る　伊熊　靖子
さりげない心配りに肩ほぐれ　田中　恵子
連れ添って笑いの壺が合致する　嘉山　和美
ハイヒールに靴音高く追い越され　鶴見芙佐子
きっと咲く母は信じて時を待つ　加藤　典男
菜の花の迷路で君は風になる　佐野ふみ子
長生きがリスクとなってなお生きる　小林　輝子
密やかに育つ愛の火揺れ動く　神村　恭子
騙されたふりして諭す母の技　浅井　常義
オブラートで包み飲み干す辛い日々　今田　久帆

作家集団「琳琅」

▼現代川柳の美を提唱した片柳哲郎が平成五年に全国の川柳作家を集めて創刊した「新思潮」を、令和二年に「琳琅」と改名・継続する。自分の川柳工房を展開する作品、作品鑑賞、新しい作品の探求を行っている。（杉山夕祈）

本ひらくように白鳥翔び立てり　西田　雅子
魂の皮を剥こうか泣きながら　姫乃　彩愛
あなた越しの凩につい飛んでしまう　澤野優美子
三半規管をセピア色した雨の音　吉見　恵子
残された言葉はペンダントになった　吉田　州花
恍惚の萩とこぼれる萩として　福田　文音
反芻を重ね根雪となってゆく　氈受　彰
露草のマスク震えている花弁　岩崎眞里子
はらわたのない彫像が朽ちてゆく　新井　笑葉
風鈴に触れているのはきっと亡母　細川　不凍

川柳きぬうらクラブ

▼半田市に拠点を置き、活動しています。初心者からベテランまで対等な立場で句を磨き合っています。ユーモア句あり、伝統句あり、詩性あり、それぞれの会員がそれぞれの「最高の一句」を目指しています。（猫田千恵子）

桜満開　何のごほうびなんだろう　佐藤　弘子
美しく果てるドミノの使命感　木原　恵子
成分の違いで浮かび上がれない　今村美根子
ゆっくりと点滅怖いものはない　猫田千恵子
暗闇の正体それは母だった　根木　宏美
病室の一日時計の足も病み　榊原　幸男
やんわりと掴まれている首根っこ　睦　吾朗
美辞麗句うらもおもても吟味する　伊賀　武久
故郷に狭い私を埋めてある　高橋　祐介
いいもんだ外でこどもの笑い声　石川　典子

中日川柳会

▼昭和二十六年発足。毎月に句会には近隣吟社の方々を含め、約九十名の参加者があります。川柳は「元気の素」、楽しく愉快な吟社を目指しています。川柳を通じ豊かで元気な社会作りに貢献したいと願っています。（荒川八洲雄）

笑いじわ増えた母には敵がない　梶田　隆男
生涯現役知恵の泉は涸らさない　佐々木孝子
一語捨て一語を得たりよもすがら　浦山久仁重
逆風に立ってもノーという気概　荒川　照美
あした散る花へたっぷり水をやる　川村　道子
限界を極めた顔だ凪いでいる　小柳津絢子
話さねば未来の糸は結べない　松尾　忠義
歩かねば影がしきりに欠伸する　前田ゆうこ
平凡の字にしあわせとルビをうつ　近藤　圭介
哲学も倫理もやがて土になる　小川　正塔

滋賀県

びわこ番傘川柳会

▼滋賀県下最大の川柳結社。会員数、同人誌友合わせて百数十名。月例会(草津市)、婦人部会(彦根市)、ならびに初心者を対象とした川柳教室(大津市)をそれぞれ月一回開催。個性の尊重を基本理念とする。

(笠川　嘉一)

星は見ている私は星を見上げてる　今井　和子
最後にはしがみつくのよどちらかが　松延　博子
今日咲くとひとこと言って下されば　岡本　聡
南座がケーキのようにおいしそう　街中　悠
ごはんつぶつけてもうすぐ一年生　畑山　美幸
聞かれてもこれって名前ないらしい　伊藤こうか
風になる単三電池一本で　北村　幸子
よそゆきで行きますからね東口　清水　容子
また会おうビックカメラの「ク」の前で　高野久美子
春のような声　男子中学生　谷口　文

近江川柳会

▼一九四八年に盆地川柳会として、彦根市を中心に川柳創作活動を始めた本会は、二〇〇九年に近江川柳会と改称した。偶数月に句会・教室その他を開催している。定型を基本とし、個性を尊重し自由な作風である。

(青木十九郎)

いろいろの橋渡っても渡っても　疋田弥栄子
磨り減った靴に元気と書いてある　島田　洋子
アンドロイド恐ろしくなるこの星が　青木　郁子
いくつもの迷い道こそ生きる糧　西村　孝子
順調に捨ててきました玉手箱　辻　哲雄
琴の音と茶筅の音が耳を撫で　能政美知子
墓参り落ち葉に埋もれ亡母温し　野口　博子
せわしくなくなったとつぶやく蝸牛　浅井　利行
母の手に命の重さ介護する　藤野佐津子
幸せは気付けばここにあそこにも　谷口　繁子

京都府

井手川柳会「美玉川」

▼九十五歳を筆頭に、十七名の会員が、自然に囲まれた井手の里で毎月楽しく句会を楽しんでいます。

(寺島　洋子)

いそいそとカバンの中のコンパクト　新井　暁子
遅いなあと曲がり角まで来てしまう　喜多川やとみ
もう少し生きねばならぬギアチェンジ　住岡　明子
雪景色ぜひとも見たい井手の里　髙橋　敏子
顔パンと叩いて朝の靴を履く　寺島　洋子
祝い膳器すすいで春を待つ　平原　忠子
諦めた方がいいよと花時計　広瀬　勝博
なんとまあ短所似ている父と子と　広瀬千栄子
古希迎えしばし歳月とまらぬか　勝井　茂
プレゼントあたふたさせる誕生日　古川　雅子

川柳マガジンクラブ大阪句会

▼席題（印象吟）、課題吟の披講に続く句評会には熱がはいる。それぞれの句を俎上に乗せ、タテ、ヨコ、ナナメから眺めての議論は厳しく且つ楽しい。句会を終えて帰路につく時、心地良い疲労感、充実感におそわれる。（嶋澤喜八郎）

泣いている時は一キロほど重い　居谷真理子
うれしいと震えてきます尾骶骨　木嶋　盛隆
墓参り聞きたいことが山とある　櫻田　秀夫
曖昧という残酷な思いやり　平井美智子
わくわくと冬の扉を描いている　宮井いずみ
飛ぶか沈むか喫水線で昼寝する　古今堂蕉子
直線を曲げるあなたが近くなる　岸井ふさゑ
すり足で踏み出す音のない世界　指方　宏子
螺旋階段を後ろ向きに降りる　木口　雅裕
守秘義務をふと忘れそう春キャベツ　上嶋　幸雀

川柳文学コロキュウム

▼創立十七年目を迎えた当会では、大阪で開催の句会を第二百回となった今年二月でいったん小休止とし、今後は『川柳文学コロキュウム』誌を通して誌上発表の場をより充実させながら、全国に川柳の輪を広げてゆきます。（赤松ますみ）

背を向けて立っているのはラスクのラ　久恒　邦子
守られぬ約束捨てられぬ小指　斉尾くにこ
落としぶた浮いた話が出ぬように　毛利　由美
秋空を激しく焼いたのはマティス　岡谷　樹
先送りばかりしたがる土ふまず　石澤はる子
冬晴や卒塔婆の前の猫と花　山本　洵一
さくら咲くけじめをつけて許すこと　木戸　利枝
光射す方へ私という場所へ　一橋　悠実
春の匂いか許されたのか分からない　神保　芳明
口笛が聞える私の幻想　森下よりこ

川柳塔社

▼川柳塔社は麻生路郎師の「川柳雑誌」を改題した結社で、三年後には創立百周年を迎えます。川柳塔誌は投句欄が充実していることに加え、作品鑑賞やエッセーなど、作句の参考となる記事も多い楽しい月刊誌です。（新家　完司）

広げすぎた羽をじょうずに畳めない　柳田かおる
懸命に歩く斜めになりながら　平井美智子
虫のいい話は眼鏡拭いて聞く　藤澤　照代
常温に戻すと喋りだす本音　川島　良子
気に入りのステテコ穿いて引きこもり　丹下　凱夫
鮮やかな私の彩で立ち上がる　藤井　寿代
湯通しをするとこだわり溶けていく　武本　碧
作り笑い君も寂しい人なんだ　伊達　郁夫
老骨に沁みる平年並みの冬　川本真理子
日記には書けないことは忘れない　岸田　武

川柳夢華の会

▼大阪府豊能町立図書館川柳講座として昭和六十一年発足。三十四年の歴史がある。会報は三九八号。会場は豊能町立西公民館。毎月第二火曜日一〇時から十二時までの二時間の勉強を続けている。会員互選と宿題など。（天根　夢草）

お出かけに耳の穴まで掃除する　小坂智栄子
冬帽子ゆっくり体温める　古徳　春奈
イクメンもおらず育った昭和っ子　宮村　順子
元気なうちに家の片付けする心算　瀬野　圭子
容疑者になれば人相悪くなる　福田　文治
ワインには気分が出ない紙コップ　西原　玉
冬の月きっと氷で出来ている　松岡悠利子
忙しい日にはお鍋と決めている　秋貞　敏子
採算に合わねばできぬリサイクル　勝藤　隆
風呂の中死なないように気をつける　足立千恵子

楽生会

▼川柳と詩とエッセイで綴る公開日記の「楽生日記」は、平成八年の創刊以来毎月一日発行で、二四二号を数えている。「人生楽しまにゃ生まれたかいがない」を標榜し、歌って踊れる川柳作家を育成している。（上野　楽生）

家計簿の不足繕う里帰り　神野きっこ
新生児目の中にいる天使たち　神野　碧
白い画布自由に塗って生きている　神野　知章
故郷を日曜画家として残す　徳永　妙子
束ね髪切った長さと過ぎた日々　伊敷きこう
拍手され魔法にかかりまた踊る　伊敷　彩花
探し物忘れた頃に顔を出す　伊敷　直大
ファミコンは楽しく生きる道具です　上野　友之
寝転んで夫に指図してみたい　上野　幸子
大阪を分解すると粉だらけ　上野　楽生

はびきの市民川柳会

▼本会は羽曳野市立陵南の森公民館にて定例句会を持ち、秋には同館の「ふれあいフェスタ」に参加。会員相互の親睦を基に川柳の向上を目指します。加えて川柳の愛好家を増やしていきたいと願っています。（吉村久仁雄）

過疎の村無人の庭に柿たわわ　井澤　壽峰
早々と冬の気配か富士の雪　磯本　洋一
甘えてた孫が気遣いしてくれる　宇都宮ちづる
荒波を越えたんだろう顔の艶　鴨谷瑠美子
諸肌を脱いで御輿は今佳境　久世　高鷲
才能がないので二倍努力する　鈴木いさお
風鈴を少し揺るがせ風が笑む　徳山みつこ
暖冬と思い油断の風邪をひく　濱口　フジ
体重も口も減らない妻である　森松まつお
夢いっぱい含んで春が芽生えてる　吉村久仁雄

リーガロイヤルホテル文化教室ロイヤル川柳

▼一九九八年スタート。月一回第三月曜日に大阪市北区中之島のリーガロイヤルホテルの一室で、ゆったり川柳に向き合っている。席題は出句無制限で全句読み上げ頂戴選。課題吟と自由吟の互選、講師講評。（三村　舞）

テレビオン　コロナゾロゾロ二次三次　大村ケイ子
後継のいない医院の古い壁　きとうあきこ
背が伸びることはありえぬ69歳　三村　舞
食べ残し日本の店は捨てさせる　川﨑　洋大
先生の立場で止める枕投げ　天根　夢草

川柳二七会

▼昭和三十四年に岸本水府氏を初代会長に、芸能関係者を中にして創設。現在は一般の川柳家を中心に、食事をしながら、川柳の「座」を大切にした句会を開催。会の由来である毎月二十七日が句会日です。（森　茂俊）

産みたてが届き家中卵かけ　矢倉　五月
神妙に心をすすぐ五十鈴川　美馬りゅうこ
釣れないね四時間そばにいるおやじ　北山　惠一
乳母車から次々換えて車椅子　楠本　晃朗
特急券お金の上に座ってる　大谷久仁子
べっぴんの隣りにいつも座る父　藤堂えいこ
饅頭も海も怖いと世話焼ける　廣田　作衛
満腹で案山子に止まる雀たち　内田　昭二
海鮮丼小さい海が盛り上がる　稲葉　澄江
お互いに街でおやっと立ち止まる　大久保静枝

サンケイリビング新聞社カルチャー倶楽部 川柳講座 梅田教室

▼二〇〇二年開講。天根夢草講師。大阪市北区メッセージ梅田ビル2Fで、第一・第三火曜十時から二時間勉強会。席題作句。読み上げ頂戴選。宿題は自由吟三句の互選互評。メンバーの句について意見を出し合う。（三村　舞）

道すがら観客となる草野球　梶井　良治
身長を測る時にはしゃんとする　藤岡　りこ
こまるこまる二月二十日で九十歳　小林　陽子
間違い探し根本的に好きである　三村　舞

サンケイリビング新聞社カルチャー倶楽部 川柳講座 高槻教室

▼二〇一四年五月二十日スタート。講師・天根夢草。第三水曜日、十四時五十分から二時間、コンフォート高槻ビル2Fで勉強会。席題作句。読み上げ頂戴選。宿題は自由吟二句の互選互評。メンバーの句について討論する。（三村　舞）

慣れた手で焼けたカキむく志摩育ち　田巻　勝代
口あけたままだるいと言えぬ歯の治療　森　多美枝
天高く足もかろやかウォーキング　遠藤　定子
燃やすのが一番いいか日記帳　三村　舞
円満を装っている安倍夫妻　中西　正人

サンケイリビング豊中川柳講座

▼一九九三年から始まり五四二回を数える。現在は月一回、豊中市のTAOビル二階が会場。十時から十二時まで。席題はメンバー単独選。互選互評と講師講評。よりよき川柳を目指し、活発な議論が続く。（三村　舞）

ハロウィンどんなおばけになろうかな　尾上　繁子
苦労して順番決める順不同　上山　堅坊
ポケットティッシュくれるタクシー予約する　藤山　ひさ
終活の一つピアノを始末する　光藤あきこ
あいうえお順に並べておくカード　三村　舞
美人だと自覚をもっている美人　足立千恵子
古本の書き込み対話してるよう　春日　輝代
そのうち来る暗証番号忘れる日　永井　玲子

堺番傘川柳会

▼創立百年をめざして活動する当会はいつもフレッシュな感覚を大切に一同心を一つに活気ある句会を心がけています。研究会では柳論も盛んでさまざまなテーマで議論続出。類を見ないユニークな会と自負しています。（岩田　明子）

似た友にへそ曲り奴と言われてる　日野　愿
命より生きてる日々が嬉しくて　南野　勝彦
ポケットに手を突っ込んだままじゃだめ　宮井いずみ
引き算はほどほどにして風に乗る　柴田　桂子
あほな奴とばれてしまえば楽なもの　山本さくら
ええやんか赤ちょうちんで雨やもん　山本　進
口角を上げるとわいてくる元気　荻野　浩子
いつまでも北極星でいてほしい　八木　侑子
一張羅着て人生の幕を引く　佐々木冨幸
開花前いまが華だと知っている　銭谷まさひろ

川柳展望社

▼昭和五十年、時実新子個人誌として創刊。季刊。三号から天根夢草編集。平成七年、天根夢草代表（現主宰）に移行。批評、鑑賞のページを多くとってクオリティーの高い川柳を求め続ける。全国大会を催す。（天根　夢草）

格上と思い込ませる御用達　梶井　良治
合唱はみんな同じ顔になる　難波智恵子
右はカラン左はコロン下駄の音　清水　一笑
鼻の穴二つ　一つは予備である　足立千恵子
筆順の覚えられない凸と凹　秋貞　敏子
電柱の間おおよそ55歩　篠原　伸廣
歳とれば誰でもできる若作り　西原　玉
学校につながっている通学路　西山　竹里
靴の紐きちんと締めて行く葬儀　三村　舞
粛々と三色替える信号機　上山　堅坊

川柳瓦版の会

▼昭和三十四年（一九五九年）に、岸本水府氏によって創立された時事川柳中心の結社。創設当時の社会を詠んだ作品を研究しつつ、「時事川柳とは何か」を常に追求して活動している。同じ志を持つ方のご参加を待っています。（井上　一筒）

いろいろと頼まれ神も気が重い　嶋澤喜八郎
次期総理有力候補現総理　ふじのひろし
取説の通りに老いていく仲間　井上恵津子
将来に備える金と孤独力　靎田　寿子
骨壺に入らぬ骨は日本海　但見石花菜
50人待ち図書館の万葉集　清水久美子
焦げ付いているとも知らずキャッシュレス　松山　和代
開店前に並ぶせっかちな人と　立蔵　信子
もの作りに酔って寝すぎたしくじった　池田　漫遊
渋沢栄一造幣局の門に立つ　了味　茶助

兵庫県

川柳マガジンクラブ神戸句会

▼「おしゃれセンマガ神戸っ子」の元、一語に熱くなりながら、選者・披講・脇取・司会どの位置も勉強中。句評会の互選では、気になる句に△印をつけ問題点を議論。年に一度は吟行も実施。ご一緒しませんか。（長島　敏子）

我が道は奇をてらわずに一直線　吉井　扇久
風評に泣いた被災地大量旗　大石　希世
場が和む心の幅のユーモアに　河合　受身
矢じるしが歪んでたので道迷う　北田　京子
一病が三病になる医者通い　城戸　幸二
リーダーの涙が語るワンチーム　こやまひろこ
人前で時刻見たがるロレックス　盧　光来
評判の歯医者腕より男前　毛利きりこ
行列が出来ると味が落ちてきた　石川　憲政
三元号生きて団塊まだやる気　長島　敏子

川柳創作夢工房夢人会

▼通称「夢人会」は平成六年二月創立。前身は播磨川柳養成講座である。句会と研究会の二本立てで毎月第二第四月曜日に開催している。会員数は少ないが川柳文芸に対する情熱は高い。（濱邉稲佐嶽）

見栄を張り墓穴を掘った蒼い刻　堀野　隆史
これ以上でもこれ以下でもない薄の穂　前田　亮香
晩秋の海へはらりと散る懺悔　大谷　彗水
四季のない街で一歩ずつの孤独　三好　律冬
鉛筆がコロンと夜の真ん中へ　垣内　雅美
後悔の千々に乱れて冬の月　岸　江栄
錆びついた画鋲は語る悔の影　森川　孝子
古池にポトンと落ちた吾が魂　本庄　妙子
古傷を想い出させる冬の蝶　那須久美子
凍天や人には見せぬ弱味かな　濱邉稲佐嶽

川柳マガジンクラブ赤穂義士句会

▼平成二十七年十二月に赤穂義士句会は川柳マガジンクラブとして発足した。句会より句評会を楽しみにして自由な意見を活発に交換している。発足当時より句の批評等を重視して自己の想いを発表、作品向上に努めている。（濱邉稲佐嶽）

起き抜けの水の旨さよ生きている　村杉　正史
伊勢湾も室戸も昭和の名残りかな　田村　周平
曼珠沙華夏の狂気を踏んで咲く　小坂田豊子
狂ったのは君かそれともこの僕か　佐々木寿美
今日とても罪ほろぼしのバス旅行　谷内　利昭
プライドを捨てると乾いた雨が降る　春名　岳舟
孫からの電話はいつも銭が要る　神戸八重子
台風を睨む甘柿熟れ落ちる　片山　厚子
台風の目の中に置く性善説　垣内　雅美
秋天や秋は独りのものでなし　濱邉稲佐嶽

サンケイ新聞社カルチャー倶楽部川柳講座 西宮教室

▼平成六年発足。阪神百貨店エビスタ西宮の二階で勉強を行う。スタート時からのベテランが多い。第一土曜日十時から十二時まで。席題出句無制限。メンバーが交代で選句。互選互評がメイン。新年会、納涼会で交歓。（天根　夢草）

インフルの注射今年は効くかしら　清水　成子
お通夜で故人の話しない客　水岡　和代
ボランティアで助かっているのは政府　藤井　宏造
病気なら行くことできぬジム通い　鈴木　新録
リバーシブルの新鮮に思う裏　篠原　伸廣
桜見なかったことにするシュレッダー　阿部　淑子
解凍され新鮮味無くした魚　丹羽　杏
心模様が顔に出ている森田知事　塚越　育子
どの曲を弾けど哀愁誘う二胡　岩見かずこ
いつまでも虫歯が出来る自前の歯　村上佳津代

神戸新聞文化センター（三宮ＫＣＣ）川柳講座

▼サンケイリビング新聞社カルチャー倶楽部川柳講座神戸教室が二〇一九年十一月二日で終了。その受け皿として同年十二月七日スタート。メンバーは全員移行。早速、忘年会を開いて再出発で仲間の和を誓い合った。（天根　夢草）

庭の柿我が家の歴史知っている　山田　正照
日本には根付いていない民主主義　車田　邦夫
鉄の包丁研いでも錆が止まらない　こまつてるえ
タピオカの数より多いタピオカ屋　湯山　直樹
朝一番直行紅葉露天風呂　村上　嘉男
お坊さんは飾らぬクリスマスツリー　藤田　悦子
ゆずの葉のみどりの中で目立つゆず　天根　夢草

すばる川柳会

▼席題に「イメージ吟」。天の天には「すばる賞」を互選。句会デビューは「すばる」からという方も多い。六月の創立十五周年記念大会はコロナウイルスのため無期延期。また開催の節は、よろしくお願いします。（長島　敏子）

「いつかって」それは聞くまいタイガース　中桐　徹
足らないのは愛とお金とたまに水　吉田　佐知
人生を狂わしかねぬ四捨五入　瀬島流れ星
考えておきます上手いお断り　原戸　麻也
夢の夢疑心暗鬼で生きて行く　斎藤　功
ギャラリーを意識しすぎる悪い癖　河内谷　恵
風花が煽る私の詩心　有岡　敏晴
音消えた過疎の地蔵の無表情　宮本　喜明
幕尻の賜杯力士にもらい泣き　村上　氷筆
形から入るタイプで無器用で　長島　敏子

川柳夢久の会

▼一九九七年スタート。サンケイリビング西宮教室のメンバー有志で結成。現在の会場は西宮市夙川の安井市民館。各人が「川柳展望」前号から五句を選び選評を発表している。席題は単独選。互選合評も行う。（三村　舞）

おつき合い四十年の花粉症　水岡　和代
交際はしませんしゃべり過ぎる人　谷口　節子
清涼感強い眼薬効きそうな　阿部　淑子
縁切った人を決して忘れない　三村　舞
天皇はさすが手を振るのが上手　北村　紅絵
大皿にひと口大の神戸肉　丹羽　杏
リンゴを貰いミカンを返すおつきあい　篠原　伸廣
怒る時頭から声出している　塚越　育子

奈良県川柳連盟

▼奈良県川柳連盟は、県下川柳結社の大会等を後援し、連盟主催の奈良県川柳大会は今回で九十回。奈良県大芸術祭・奈良県障害者大芸術祭参加で開催をした。（担当は生駒番傘川柳会）　（植野美津江）

大根の白は無罪を押し通す　山野　寿之
押してみてわたしもうすぐ光るから　藤田　和甫
実るほど女の線がやわらかい　西川　國治
生と死の狭間に揺れる風の私語　飛永ふりこ
豊かすぎて日本魂風になる　仲村　周子
一輪がふっくら心の中に咲く　今井　一竿
お陽さまのよう老いをふっくら生きてます　大楠　紀子
ひらがなの風がため息包み込む　林　ともこ
未知数の翼が抱いているマグマ　五味　尚子
海鮮丼の口の中まで日本海　西澤　知子

ぐるうぷ葦

▼ワンコインのみで楽しめて勉強になる会。共選と互選を中心に意見が自由に出せます。Ａ６判の会誌も発行しますが、勉強会控えとし、未発表あつかいにしています。これは創立四十五年間変わっておりません。　（板垣　孝志）

青ばかり減って明日が描けない　秋田あかり
熊よけにぶら下げて行く除夜の鐘　厚井　弘志
イエスノーそのまん中でそよぐ葦　大西　将文
さっきまで蛍が飛んでいたらしい　大久保真澄
一滴の水に傷口癒えている　目黒　友遊
春風に冬の鱗が二三枚　居谷真理子
水色の矢印がある夏の入口　山崎夫美子
アラジンのランプのように擦るスマホ　竹永　広義
昨日とは違うところに句読点　山田　恭正
縦糸は夕陽終の衣を織りあげる　太田のりこ

川柳天平の会

▼本会は奈良県川柳連盟の一結社として毎月第三金曜日に句会を開催。番傘、川柳塔、ふあうすと等、どの柳社にも属さないため風通しの良い自由闊達な空気が特徴。個性豊かな仲間が切磋琢磨、刺激のある愉快な句会です。　（鈴木　かこ）

合掌の中へ帰っていく夕日　土田　欣之
胸底に鬼と仏を住まわせる　西川　國治
テーブルが丸い話がなお丸い　山野　寿之
納得をしたのか爪を切っている　木嶋　盛隆
万歳のかたちで人間を終える　中村　恵
いくつもの色を纏って生き上手　中山恵美子
月光を纏いひとりを深くする　秋田あかり
ふる里の友のハガキがよく喋る　中薗　清
天国を垣間見ている鍵の穴　久世　髙鷲
生と死の狭間行き交う運不運　井澤　壽峰

川柳マガジンクラブ奈良句会

▼JR奈良駅から徒歩三分、おいしいお蕎麦でお馴染みの『かえる庵』が会場。句会は共選、互選でくわしく分析。終了後は持ちこみ可の御馳走でにぎやかな懇親会へと続く。

傘がないそれが言い訳なんですか　居谷真理子
成人式奇をてらってるまだコドモ　柴橋　菜摘
逆らわず揺れてみのむし春を待つ　池田みほ子
あと一人あと一球へ逆転打　木嶋　盛隆
突然の遺産におばんついてくる　山中あきひこ
どれぐらい走れば乾くこの涙　林　ともこ
忖度が一目散にシュレッダー　香　依古
尺取を真似て後輩育ててる　中堀　優
平成の酔いは冷めたか吹流　竹永　広義
栓を抜く吉事を待っているワイン　山田　恭正

大山滝句座

▼会という組織ではなく、句会当日に参加した人が座を構成する。これは、組織が陥りやすい権威的なものを排除し、自由と平等を目指した結果である。全国でも稀な形であり、継続を危惧したが既に二十年経過し軌道に乗っている。（新家　完司）

まろやかになると彼の世へ召されます　田中　重忠
肉食って令和十年まで生きる　但見石花菜
時短など考えなくてコトコト煮　岩倉　鈴野
人生のおまけ夫の介護する　安岡　久子
ヒロインになれずオモロイ人で幕　小林希楽良
想像は希望と夢の住むところ　松田　道唱
寿命さえわかればお金使い切る　門村　幸子
中国の広さを知った三国志　辻　正男
食後には夫婦競って薬のむ　倉本　清明
知る事と理解すること大きな差　秋久　富隆

うぶみ川柳会

▼地区公民館文化活動のひとつとして自主活動をしています。他川柳会との交流や、それぞれの個性を大切にして雑木林の日溜まりのような句会を大切にしています。（上田　宣子）

老いを飼う小さな穴と決めている　池澤　大鯰
人生も大詰め眠いときは寝る　岸本　宏章
ポイントを切り換え上る八十路坂　岸本　孝子
夏草の猛猛しさもいずれ枯れ　小谷美ッ千
絵画展波のしぶきが届きそう　酒本　幸恵
花びらが土に還ってゆく余生　西村　信
軸足に喝を入れたり宥めたり　山内　芳江
核心を衝かれ黙して石になる　山本　仁
そこはかとひらがなでいるカフェテラス　上田　宣子

鳥取県

岡山県

川柳マガジンクラブ岡山句会

▼平成二十三年十二月に発足して、この四月で開催一〇〇回を迎えた川柳マガジン主催の川柳会。いくつかの問題点や高齢化の問題があるにしても、毎回和気あいあいに開催しています。（原　脩二）

母入院無邪気に遊ぶ孫二人　岩崎　弘舟
父の日を慰め合っている暖簾　船越　洋行
門出の日見慣れた街が美しい　松田　龍彦
年金が足りない冬眠でもするか　小倉慶司郎
緞帳があがる令和というドラマ　山﨑三千代
せせらぎを聞いてまた寝る一人旅　井本すみ江
七五三脱いだ着物が深呼吸　折鶴　翔
故郷を君に自慢の夏祭り　長島恵美子
戒名が重くお布施に足が出る　丸橋　野蒜
聡明な遺伝子当てに縁結ぶ　原　脩二

弓前川柳社

▼昭和二十四年発足以来綿々と繋いで今に至る。コロナ来襲で西日本大会開催となる今秋へ向け、一丸となって踏ん張っている。川柳公園の句碑群も三一八基となる弓前へ是非お運びください。（杉山　静）

ありがとう平成の窓ゆっくりと　長谷川紫光
おしどりの御世惜しまれて春の河　髙橋土筆坊
和やかな宴と共に句を詠う　河原　重義
終の日へゆっくり動く花時計　小澤誌津子
ふんわりと失意を癒す和三盆　八木　芙卯
七十年狭い世間を泳ぎきる　赤本富美子
手放して寄せて新芽の命抱く　髙橋由紀女
大胆か無謀か焦る土踏まず　丸山　威青
平凡な暮しへ一つ私色　百渓　節子
いつか来る腹の底から笑える日　光延　貞子

広島県

竹原川柳会

▼月刊誌川柳たけはらは、通巻七六〇号を越えました。昨年、川柳たけはら七五〇号突破記念誌上大会を開催致しました。弘津秋の子氏と私が交替で竹の塔（近詠）鑑賞を担当しています。（小島　蘭幸）

オギャーだけで六人の手が伸びる孫　伊藤　寿子
筆先のワルツの調べ師を思う　菅　弘子
くつしたさんかたっぽへんじしてください　四歳　えしまちか
笑い皺増えてますます元気です　小畑　宣之
初鏡優しい眉を引きました　増野　臣子
命の灯つなぎ止めてる一行詩　村上　和子
菓子箱の重さしっかり吟味する　上村　夢香
大空に咲かせる花火師の気概　鴨田　昭紀
ふるさとの風と歩いている野心　髙橋　鬼焼
天高し明日に向けてタクト振る　小川　道子

山口県

徳山かおり川柳会

▼今年かおり会は創立五十五周年を迎える。五年毎の「句集かおり」の刊行の年です。八月完成予定。現在正会員二十三名、例会には、ほぼ全員が出席。その後昼食会には十三名前後が出席、没句の反省をし別れます。（渋谷　栄子）

片付けがすすむ怒りのエネルギー　有光　和実
とばっちり受けないように聞かぬふり　大木加代子
気持ちまで揺れる都合のいい話　樫部　昭栄
その指に止まってからの下り坂　河野鬼灯子
餅まきの下で乱れる人の渦　佐貫　健一
妻の乱負けるものかと飯を炊く　重政イトエ
芸術の門くぐってもくぐっても　富田　房成
プチトマト一粒ごとの理想論　原田　裕子
連なっておればと雑魚にある打算　藤井美沙子
記憶にはないが約束したらしい　渋谷　栄子

岩国川柳会

▼当会は平成十二年四月発足。二十年目を迎えました。会員の入れ替りはありますが現在三十一名を維持しています。今年は五年に一度の句集四冊目を発行する予定です。大竹川柳会の弘兼秀子先生を講師に日々研鑽しています。（廣中　泰山）

数え年九十一も道なりに　長藤　敏子
鉄則は他人の意見認めあう　中村　雀鳴
可も不可もない晩節へ日脚伸ぶ　原　正吾
字がよめる孫にひらがなメールする　廣中　泰山
新型の肺炎世界脅かす　藤中　燕柳
今どきの笑いのつぼがわからない　桝本紀三子
被服支廠壊すな戦後吾が校舎　舛本　弘子
散歩道一緒に凍る昼の月　水谷　禎子
感染症手荒いマスク消毒を　見空　輝子
暖冬に老いの寿命が一つ延び　村中みつる

山口川柳吟社

▼大正五年、柳川洲馬らにより前身の山口川柳社発足。毎月第三土曜日に例会を開催。山口県や山口市の文化行事に参画し、川柳の普及・啓発に積極的に貢献している。月刊機関誌「川柳やまぐち」。年会費九六〇〇円。（西田　義舟）

砕かれて緻密にならび石畳　前田　久美
母の母になろうとすれど母は母　青木　隆子
逆光にもっぱら恋し母の膝　三木　静江
便利さに慣れて失うものを見ず　伊藤　圭一
やさしさに触れると弱い泣きぼくろ　吉村　正枝
濁流も器用に泳ぐ出世魚　兼崎　徳子
廃線のひとつに路地の縄電車　森重ゆっ子
神様のオアシスですか天の川　田辺　忠雄
終章へ脆い絆を編み直す　坪井　けい
素のままがオアシスとなる生き上手　松浦　紀子

にいはま川柳会

▼創立以来会長及び主幹・事務局を努めてきたが、会員から会長を継ぐ人が現れた。初行事として、当会創立三十周年記念として市立図書館に記念樹（市花ツツジ）、記念碑及び祝賀会を行った。令和元年は最高の年であった。（井原みつ子）

水張ると生きる力が湧いてくる　伊藤　純子
平成のフィナーレ疼くものがある　山内　郁代
香り立つ私で居たいあと少し　岡田よし子
難関を越えた若葉に期待する　竹内　信夫
どん底で笑える人の持つオーラ　白川　英男
妻に聞く俺の人生マルなのか　岩下　節郎
カミナリのお株を奪うコンサート　山本　博堂
知らぬ間に近寄る老いと握手する　高橋　恵
孫あやす妻は少女のまま老いる　高橋　正明
ふるさとの風の導くまま生きる　井原みつ子

せんりゅうぐるーぷGOKEN

▼共感を求めるだけの作品ではなく、「何でもありを認め合い、それぞれの新しい自分らしい勝手な川柳を目指し、思いっきり遊ぶ」。誰も先生と呼ばないこと。（原田否可立）

オプションもあります春の裏おもて　中野　千秋
内密の話ですから桔梗の間　吉松　澄子
半熟にも感情的な事情があって　村山　浩吉
毒少しあり小母さまは夕暮れ泣き　高橋こう子
ういろうのピンク加減で傍にいる　大葉美千代
ネモフィラされた72本の確執　中西　軒わ
美しい背景　真珠の首飾り　西村　寛子
ルート3にぶら下げておく受信箱　郷田　みや
酸っぱいを並べて蹴って日曜日　井上せい子
十一月が甘いとか十二月が辛いとか　原田否可立

汐風川柳社

▼昭和二十四年発足。毎月第二金曜日に汐風句会を実施。毎年六月第一日曜日に汐風川柳大会を開催、県内外から約二百名の参加がある。その他ジュニア句会をはじめ十の句会を展開し相互研鑽と川柳普及に努めている。（永井　松柏）

愛を叫ぶ中心点はここにする　青井千愛紀
折れませんと芯は確かに呟いた　青野　悦子
ジェラシーに焦がしバターを絡ませる　川上ますみ
わたくしも春の息吹もピンク色　川又　暁子
えんえんと続くエトセトラの話　永井　松柏
ひらがなで約束をしてそれっきり　浜本　光子
降り注ぐ非難へ母の傘がある　村田富美子
甘い夢が佳境のとこで起こされる　安野かか志
真っすぐに思いが落ちていく蛇口　山内　房子
決心はソフトクリームより固し　渡邊伊津志

福岡県

川柳くろがね吟社

▼北九州各地に二十余の句会を展開し、更に全国からの会員を含め、一党一派に偏しない独自の社風で活動を続けている。本社句会をはじめ各地分会の月例会と句碑まつり、秋の文化祭川柳大会を主催している。（古谷龍太郎）

頂上に着けば翼が欲しくなる　米満　けい
動かせる岩かも知れぬ押してみる　有松　市子
げんこつを同封とあり父の文　黒川　孤遊
消しゴムの滓に隠れている本音　和田　澄雄
無くさないように明日の切符持つ　大塚　郁子
鍋つつく裏も表もない人と　時津みつこ
現実が厳しい顔で立っている　井上　竿酔
問い詰めて更に悲しい嘘を聞く　安川　聖
畑にも野にもなれずにいる空き地　水谷そう美
丸い石誰もが腰をかけられる　吉富　廣

久留米番傘川柳会

▼昭和三十三年に発足し、順調に発展してきた。会員の高齢化と減少で、ひと頃の元気を失いつつあるが、ベテランががんばっている。ジュニアに力を入れ、文芸大会の参加者は毎年増加している。（堤　日出緒）

足りない部分補いあって共白髪　佐藤嘉代子
ワントライしたくなります今日の空　池田　豊子
雑草のさだめ永住権がない　林田おさむ
それらしくなるまで青を足してやる　松永　千秋
肉眼で見たいわたしの地平線　丸山　花林
意地っ張り昭和を生きた自負がある　山本のりこ
鐘の音が妙に心に沁みる秋　馬場ゆうこ
仲直り雨も上がって二重虹　砥上　克介
後戻りできなくなった顔合わせ　井上　遊
朝市を茶化して歩く宿の下駄　田中　實

佐賀県

佐賀番傘川柳会

▼佐賀番傘川柳会は、今年で七十五周年を迎える。現在会員は五十名である。年々減り続けているが、何とか歯止めをかけたい。毎月の句会では、虫食い川柳、川柳雑学などの勉強会を行っている。（横尾　信雄）

背伸びする度に足元揺らぎ出す　井手　良祐
母の傘開かず子離れ親離れ　江川寿美枝
教科書に中村医師を伝えたい　田原せいけん
柳人の端くれとして物申す　西村　正紘
引っ越しの荷物の横で握り飯　原田　隆子
竹トンボ君の自由が僕にない　樋渡　美一
人間の橋いくつ越え阿弥陀籤　真島久美子
コロコロと笑う宇宙の冬木立　真島美智子
継ぎ足しのタレが支えている屋台　松尾　貞美
人間の単位が取れぬまま老いる　横尾　信雄

熊本番傘お茶の間川柳会

▼数人だけの会に同好者が増え、平成二十七年吟社としてスタート。熊本県下唯一の番傘として三十五名が集い語り合い学んでいる。番傘本社同人も九人になり、それぞれが五七五の世界に人間像を詠み込んでいる。（黒川　孤遊）

さくらさくら親を選べぬ子が笑う　井芹陶次郎
二足歩行余った手には銃がある　落合　洋人
老兵は記念の湾に静かな目　清水まち子
と金にはなれず今日も歩のあゆみ　原　萬理
浅く縫う仮の気持ちでまつり糸　宮本　とも
したたかな女のドラマ舌をだす　村上　哲子
道割れても凛と立ってるハナミズキ　岡田　理子
石炭を掘る絵ポツンと傾いて　徳永　勝馬
染まらない白い小石を一つ持つ　神酒　繁美
べたべたと裸足悲しいのに泣けぬ　黒川　孤遊

川柳噴煙吟社

▼創立の師、大嶋濤明が信条とした「一党一派に偏せず」をモットーに、広く門戸を開放している。吉岡龍城・安永理石等、著名柳人を擁して全国の川柳結社との交流を深め、新人育成に力を注いでいる。（平田　朝子）

新茶の香渋い親父も寄ってくる　安永　理石
立ち入りの出来ぬ里にも春は来る　吉岡　靜生
円周率すらすら言えて職がない　中原たかお
帰り待つ母は港の石になる　矢村なお美
油断している顔ばかりだな露天風呂　阪本ちえこ
聞く耳と聞こえぬ耳を二つもつ　村上　和巳
見る会を中止にしても花は咲く　山長　岳人
淋しいと言えば崩れる流される　松村　華菜
断りの訳から覗く人間味　徳丸　浩二
四苦八苦楽もあるから生きて来た　吉岡　茂緒

若葉川柳会

▼熊本市東区の若葉団地における川柳新会員の養成を目的に発足し、二十四年目になる。和気あいあいの楽しい句会をモットーに現在四十名の会員が毎月一回の例会と随時勉強会を行っている。川柳誌「若葉川柳会」を発行。（平田　朝子）

誰の手だマリオネットが踊ってる　坂本ゆき子
もう二年気を引き締めて乗る車　村上　酔石
独り身も柚と混浴する冬至　道田　佳香
あやまちのはじまりだった夏遊び　上野　友耀
どう生きる残るステージ模索する　上田ゆい子
偉そうに泳ぐ金魚も鉢の中　佐藤　六郎
おもてなし日本に根付く和の心　塔ノ上　成
つなぐ手が読み取っている彼の愛　菊池　蘇水
まだ夢の欠片を追って辞書を繰る　田中　賢治
ラストダンス踊った後のさようなら　田上あかり

鹿児島県

鹿児島県川柳同好会

▼昭和五十六年創立。平成十四年に二つの支部が結成され、月一回の句会を開催しています。伝統、革新に拘らず、伸び伸びと詠むことをモットーとして、和気あいあいの中で川柳を楽しんでいる吟社です。

（麻井　文博）

零点を嘆く伸びしろは無限　松本　清展

かき氷夕焼け色をかけて食べ　伊佐ろう梅

生き様と散り様亡母に憧れる　今井　龍誠

死火山と思った妻が大噴火　入来院彦柳

うす墨の筆が泣いてる別れ文字　石塚ひろみ

お金まで払って医者に叱られる　前田　一天

言い訳が下手で森から抜け出せぬ　上野　由美

免許返納渋る親父の足になる　黒木　情六

どん底に絆の縄が投げられる　平瀬　芙蓉

頑張るな拳はそこでゆるめよう　安田　伸也

入来わくわく番傘川柳会

▼鹿児島の田舎町で楽しく川柳を続けています。月刊「川柳つばさ」は一四〇号を越え、日替わりの表紙絵は会員の自慢です。月例句会は十人足らずの参加者ですが、和気あいあいとみんな仲良く学習しています。

（石神　紅雀）

三寒四温週に四度の笑い声　坂元しげき

子に運ぶ泥棒猫を逮捕せず　下村　天空

新妻のような夫を何と呼ぶ　橋本　北蘇

子の髪に白いもの見えイチゴ狩り　外園ピアノ

愛読のつばさと母は旅立ちぬ　前田　洋子

蕗のとう揚げてにんまり春食らう　川上四方女

つまずいたついでに少し休みます　だいらさだお

主夫業に片目を閉じて口つぐむ　平田まりん

右の耳左の耳と聞き分ける　間瀬田紋章

人間に初めてなった人らしい　大園やす子

全国

全国郵政川柳人連盟

▼旧郵政省に連なる職場川柳として発足。当時は全員現職であったが、現在現職は希少価値となったが、機関誌川柳ポストは今年二月に六五〇号に達し、脈々と歴史を受け継いでいる。国鉄川柳と双璧を為す職場川柳である。

（稲葉　岩明）

ほどほどの鈍感力に生かされる　石塚　流川

真っ白い地図に現在地を記す　中前　幸子

菊づくり父の面影まで咲かす　門田　宣子

赤い毬かつての私だと思う　小島　蘭幸

未知のドア開けて少年沖へ出る　小林　碧水

蒔かぬ種芽が出た謎を知るカラス　橋渡　泰子

遅咲きを満開にした褒め言葉　浅井百合子

無表情のスマホが歩く都市砂漠　湯浅よしき

しんみりとさせる弔辞に軽い嘘　浅原あさみ

老夫婦生きて傘寿の菊膾　堺　忠弘

平和川柳研究会

▼Facebook上の平和川柳研究会で、どなたでもご覧頂くことができます。現在のメンバーは約八〇人、専門家から初心者までいますが、基本は全日本川柳協会の指導を受けています。なお一角の本名は宮原茂明です。（岩原　一角）

コロナにはなす術もなし戦闘機　吉柴　伸子

始まりが間違っていたアベのミス　平野　雅靖

中国のクシャミで世界がはやり風邪　菅原　英行

天国もうがい手洗いかかせない　里木　英人

後援会桜見よりマスクがいい　森下　和三

コロナ禍をテメエのレガシーにする気ぃか　山崎　見裕

もうでそうほしがりません勝つまでは　岩原　一角

'19年度川柳作家会心の一句

【凡例】
原則として五十音順に掲載。

人類に配る仏のメッセージ　相見　柳歩
CMが蛇口から出る民営化　青木土筆坊
よく伸びる爪に負けてはいられない　青木十九郎
似た顔の美女が出て来るクリニック　青鹿　一秋
別の世界にいる病院の夜景　青山　南
老いのウツ飛んでしまうよ花療法　吾妻　久岳
ときめきを忘れて久し冬薔薇　赤松　重信
湿布薬残したままで逝った母　秋貞　敏子
島あげて医師を波止場で出迎える　秋広まさ道
色出さずまぎれてすごすセンスもつ　穐山　常男
選ばれた自信椅子にも言葉にも　浅川　静子
絶景ロードサザンの曲が流れだす　熊田熱四郎
平成の悔いはまとめて火に焼べる　油谷　克己
老人の踝あたりストンと夕陽　安部　美葉
半音が下がったままの梅雨の街　あべ　和香
生き下手を恥じぬ孤高の野の一樹　荒川八洲雄

とんとんとまるで地域の生き字引　有澤　嘉晃
こんな日に五輪できたら秋日和　安藤　紀楽
サプリから長編小説が書ける　安藤　哲郎
ポイントが貯まり熟年離婚する　安藤　敏彦
生きている証に送る年賀状　飯野　文明
もういいでしょうと梅干の種が言う　池田一吟徒
肉体を失くしたあなた昼の月　伊敷きこう
裏切りはできない優しい土だった　石田　一郎
あっさりと逝く為体鍛えてる　石田ひろ子
真白な手帳となった新年度　石塚　三花
終活で生きがい見つけ元気でる　泉　伸幸
住所録消す日がやたら増えました　磯松きよし
明け方に言葉を載せた舟が着く　板垣　孝志
バンクシー我が家の塀も待っている　市川　一
朗らかに沈む夕陽は又昇る　伊藤　英龍
土偶はるかに相聞の波七重八重　伊藤　寿子

ストラディバリウスの高所恐怖症　伊藤　正美
野々姫を乗せてブガッティロワイヤル　井上　一筒
此の浴衣母の形見で祭りの輪　井上きよし
チャンス到来頑固な山が動き出す　井上　松美
ふるさとの風の導くまま生きる　井原みつ子
要求を出し合い明日を織り上げる　今田　久帆
悲苦哀痛　神を止めてもいいですか　岩渕比呂子
任命の責任とらず居続ける　岩堀　洋子
祖母から母へそして私の手のひらに　岩本　笑子
たおやかな輪郭　母になる誇り　上嶋　幸雀
負うた荷の重さを見せぬ二刀流　植竹　団扇
沖縄も九条もまだ終わらない　上野　楽生
人間になるためエゴを磨いてる　梅津みゆき
引き際で人の器が試される　江崎　紫峰
アドレナリン全開にして二校の朱　江畑　哲男
真実に触れた涙だ塩辛い　恵利　菊江

目一杯生きて明日の風を待つ　延寿庵野鶴
銀嶺の無窮の果てへジャンプする　遠藤　夙子
裏口は閉めておきたいお月さま　遠藤まつゑ
木漏れ日へ神社の森の深呼吸　老沼　正一
論戦は避ける豆腐の角である　大石　一粋
新型のコロナウイルス国壊す　大川　聡
一強の驕りが放つ腐敗臭　大沢　覚
木枯しが去って枯木が笑い合う　大竹　洋
鎮魂の記事が小さくなる神戸　太田　省三
報いるもの無くて鱗を剥いでいる　大野たけお
現金で払い肩身の狭いレジ　大本　和子
欺く生きて欺く終わりたし梅の花　大脇　一荘
天と地の自由を選び樹木葬　岡　さくら
おだやかに老いたこけしと猪口ふたつ　岡崎　守
慟哭の砂漠に赤い日が沈む　緒方　正堂
美しき春の涙はそっと拭く　岡田　話史

祈ること覚えて母になっていく　岡本　恵
添削はいらぬ青空抱く刹那　岡　嘉彦
思いやるこころに写る仏顔　小川　正美
裏庭で白い野良猫草とじゃれ　荻原　亜杏
その先のシナリオがない生返事　荻原美和子
微笑が優しい風をつれてくる　小倉慶司郎
朝を行く手足の生えたランドセル　刑部　仙太
更に登る一層の桜令和なる　長川　哲夫
この春は芝生が伸びる甲子園　小田　哲司
似てないと言われた父に老いて似る　越智　学哲
擬装した正論でまた多数決　小野小野三
喋りたい御苑の花に猿ぐつわ　小野六平太
人間のルーツ辿れば皆家族　小原　敏照
手を借りて貸して番（つがい）の灯を守る　小原　金吾
曽孫まで抱ける人生釣りがくる　小原　正路
妻がいるだけで優しい水の音　樫部　昭榮

破壊力抜群父の握り飯　片野　晃一
夕焼けの赤に流されそうになる　加藤ゆみ子
定員割れホッと肩の荷おろす絵馬　金子千枝子
追い抜いてください僕は日和下駄　上村　健司
凛と立つ風の電話や白桔梗　狩野きよし
お財布が戸惑っているキャッシュレス　河合笑久慕
がまん我慢がまん我慢妻の道　河合美絵子
ほほえみに逢いたくなれば目を閉じる　川上ますみ
迷わずに勝ち馬に乗る風見鶏　川口　楽星
独り占めしていいですか茜雲　川崎　清子
眠れぬ夜流星群に救われる　川中由美子
赤い糸問わず語りを月に干す　川又　暁子
わたしから変わろう明日はきっと晴れ　川本美佐代
この国が大好きだから物申す　菅野　實
初恋の人が保険を売りにくる　菊地　良雄
人間の知恵の限界知るコロナ　木咲　胡桃

雄弁な沈黙八月の俯瞰　岸井ふさゑ

思惑はもう捨てましたガムを噛む　北川キミ代

この灯り小判が原料だったのか　北沢　龍玄

人が好き心の窓をすべて開け　北谷　敦美

細胞を生き生きさせる作業服　北谷　詔子

転向を身体にきくという卑劣　北出　北朗

順不同だから笑って生きられる　北野　哲男

ひたむきの汗を女神は見捨てない　北原　伸章

うっかりと離婚届けに印を押す　きとうこみつ

近いうち言うて別れてそれっきり　城戸　幸二

ハビタブルゾーンで希有な夢の星　貴船　翠風

新米の湯気を待ってた千曲川　木村　英昭

信条は違うが同じ釜の飯　京増　京介

石榴弾けてあおり運転　日下部敦世

人生の応援席にいるピエロ　草野　稔

おめでとうもひとつ坂を差し上げる　句ノ一

弱虫と思う桜は散ってゆく　熊谷　岳朗

阿弥陀の手ふわり影法師もつつむ　熊坂よし江

拳より優しい母のひとしずく　九村　義徳

千代紙が鶴へと変わるその重み　藏田　正章

両論の狭間にたむろ無関心　黒崎　和夫

核のない星でアダムとイブになる　黒田るみ子

耳朶を旅の詩人の宿とする　くんじろう

法身を求め続けているペニス　ケンジロウ

前後には従者がいたと処刑人　小池　正博

満開の孤独を秘めた桜の木　古賀　絹子

どのように言われましてもこれは石　小梶　忠雄

無観客いつもは聞けぬ四股の音　こぎそせいぞう

同じところで笑うふたりになってきた　小島　蘭幸

始まりも終りも謎の時を生き　後藤　育弘

繕いの利かぬ時計に似たわたし　小西　章雄

老人の冬長編を読むように　小畑　定弘

貧乏神僕と濃厚接触者　小林信二郎
万葉集忘れた頃に原爆忌　小林鯛牙子
人よりは犬の介護で手一杯　小林　道利
残り火の頂点に置く男の美　駒形　啓介
人間の欲が溶かしている氷河　古山　画楼
常備薬効き過ぎ困る二日酔い　坂下　清
幸せを押し花にして閉じ込める　坂本　加代
向き合って話せば石が割れました　笹倉　良一
老人を背負う重たいランドセル　佐竹　明吟
はいチーズ遺影になると知らずする　佐道　正
一升餅期待とツケを背負わされ　佐藤　岩嬉
健康の番組を視てそれっきり　佐藤　千四
喝采のうずに無韻の闇がある　佐藤　文子
裏表あってわたしの現在地　佐藤　芳行
不器用を武器に生きてる足の裏　真田　義子
雑魚だって揃えば山を動かせる　沢田　正司

捨てられた釘一本が動かない　塩田　悦子
川柳を文学という美しさ　塩見　一釜
ひらひらと散ってもみたい寒椿　塩見　草映
かたちがないから風になるしかない　柴垣　一
押し黙るスマホの群れの同じ貌　白柴小太郎
水のあるしあわせ水のある詩集　柴田比呂志
テレワークーT知識求められ　柴田　睦郎
未来まだグレーのままの除染地図　柴橋　菜摘
やっかいな人だ無口を武器にする　四分一　泉
その日まで刹那をともに慈しむ　澁谷さくら
八起目は仕切り直して夢と組む　島崎　穂花
絶対に妥協はしないりんごの朱　嶋澤喜八郎
弥次さんと喜多さんが居る一つ屋根　島　ひかる
９６９６９連続逆上がり　下谷　憲子
この背中あんたにはどう見えるかい　樹蔔　らき
おかえりと元気な母が待っている　城後　朱美

男と女の猥歌は至福の器械体操　正蓮寺ますだ
甲羅干しクルーズ船と屋形船　白石　洋
ロボットが会社の儲け鼻に掛け　白井　靖孝
実直に生きた証しの太い眉　白川　清風
甘言へ性善説が火傷する　白子しげる
不器用に生きた男の底光り　白鳥　象堂
氷山の崩れる音は非常ベル　新家　完司
長らえる薄むらさきになりながら　新保　芳明
舌の上では一旦止まりましょう　末盛ひかる
世代交代済んで昔の海に住む　杉山　静
まだまだとまだまだまだを生きている　鈴木　厚子
火の用心危険な恋は燃え易い　鈴木あんこう
陽だまりをポトリひかりの処方箋　鈴木　かこ
洗濯の渦に揉まれている私　鈴木さくら
ひと日とて同じ日はない新しい　鈴木　順子
嘘つきの夫婦乗り込む専用機　鈴木　青古

人間讃歌無敵なペンのこころざし　鈴木　良次
人の性じっと見詰める花の乱　須田　昭
シャルウィダンス土になるまでもう少し　瀬田　明子
羊水を泳いで人の海に出る　瀬戸れい子
太陽に払えばすごい光熱費　妹尾　安子
取り敢えず令和にお正月がくる　髙田美代子
生命線きっと読まれている握手　高田　羅奈
刻下ただ生きさて生かされて羅刹　高鶴　礼子
それぞれの器で生きて咲かす花　髙橋くるみ
盗人と言う文さんは詐欺ペテン　高橋　丸太
ちぎれ雲の白はわたしの遺言だ　高畑　俊正
背伸びせず暮らして明日は明日のこと　田鎖　晴天
低空飛行しながら自分捜します　竹内いそこ
雀さえ鳴かないような朝でした　竹内ゆみこ
フェルメールの目みんな見通す　武智　三成
幼子を見れば瞬時に緩む頬　竹中えぼし

年金の不足へ強いる自助努力　竹中　正幸
輪になれば踊るしかない桜の下　田尻　節子
父の日は肩の力を抜いて待つ　唯　夕
冬満月少女の胸に神宿る　田付　賢一
来る年も生きろ生きろと除夜の鐘　田中　山海
焼きたてのパンに挿んでますハート　田辺与志魚
戦争をしないお守り持ってます　多　磨子
本物だから十字架を下りられぬ　たむらあきこ
来賓の洒落に主催だけ笑う　田村常三郎
てっぺんが嫌いでしゃがむ母でした　千島　鉄男
AIの時代に風の便り待つ　柄　宏一郎
子宝を乗せてママチャリ風を切る　辻岡真紀子
手に掬う水が五感に届く朝　辻　敬子
流氷接岸瞑想の灯に閉じこもる　辻　晩穂
平成の番号札を持ち歩く　土田　雅子
投げられた缶蹴り返す冬刈田　土橋　旗一

手をつなぐ愛がふんわり満ちてくる　筒井　益子
表にはなることのない裏の裏　つつみあけみ
DNAがもったいないと口説かれる　堤　丁玄坊
ケージ出た鳩も追悼　原爆忌　堤　日出緒
老いてなお心の鬼は静まらず　常國　喜好
背く子へ母の心は暖炉の灯　角掛往来児
生き抜いて抛物線は地に還る　寺川　弘一
感動の立って歩った一歩二歩　照沼　智
薫風と思って吸っている花粉　堂上　泰女
明日の僕支えるための今日の僕　冨樫　正義
カジノです大人専用遊戯場　徳島　一郎
貧しいころの父に抱かれている写真　徳永　政二
胃袋にまだ敗戦の後遺症　徳山みつこ
ウイルスは地球を守る兵士かも　戸田冨士夫
喜怒哀楽時はするりと逃げていく　冨岡　敦子
青空の裾のほつれを剃る庭師　富田　房成

タブーのないおんなは夜を眠らない　冨永紗智子
残照を宥めて夫婦夕餉する　中居　杏二
平成を生きた昭和を引き摺って　永井　尚
尊厳死の形のままの干しスルメ　永井　松柏
改札を抜けると秋がもう近い　永井　天晴
何事もなかった時のありがたさ　中島　哲也
本物になった　鱗を剥いでから　長島　敏子
御御御付け漢字で書くと手が疲れ　中島　久光
リハビリの母と合わせる深呼吸　中武　弓
余生またリフォームをしてつぎの恋　永原　尚文
全身で錆びついている五寸釘　中前　棋人
いい人に化けてゆるゆる往く八十路　中村あきら
無理をする老人性の反抗期　中村　雀鳴
妄想のひとり相撲でストーカー　なかよしキックス
男いま間歇泉の待ち時間　浪越　靖政
この町に住んで悔いなし夏祭り　成島　静枝

会う度に笑顔をくれる友がいる　新澤　きよ
ただ白く咲くだけでいい蕎麦の花　西　恵美子
イメージはブルー夜明け前の私　西田美恵子
浄土への土産は令和ありがとう　西村　正紘
これからはわたし猫派でまいります　仁多見千絵
蓮根の穴それぞれに夢がある　野口　一滴
生きてさえいれば海路よ冬扇　野邊富優葉
侍の酒に肴はなくていい　橋倉久美子
毛虫は蝶に僕はいったい何になる　橋爪まさのり
爆睡の妻に感謝の手を合わせ　八甲田さゆり
点線の向こうにいつも君がいる　浜　知子
銃には銃をアメリカという難病　林　重勝
ニニロッソ空に恋しい人ばかり　林　マサ子
そろそろと佳境に秋の文房具　播本　充子
隣の猫自分の家のように来る　伴　よしお
2000万ないがコンビニあればいい　柊　無扇

アクティブに生きてみたいか流れ星　樋口　仁
てのひらのまめ自分史の句読点　久本にい地
小うるさい妻も幸福感の内　菱岡　三吾
鬱という文字をほどくと棘になる　菱木　誠
水を張りこの世のものとなる田んぼ　ひとり　静
年輪の歪み絶叫した跡だ　平井　翔子
身の程を知らぬ達磨はよく転ぶ　平井　熙
逆送をしてはいないか雲に問う　平井　義雄
引き抜いた指輪に余熱からみつく　平田　朝子
ありがとうひとと時止まる介護の手　平野さちを
無罪でも逃亡すれば罪背負い　平松　健
拒絶するドアをそれでもノックする　弘兼　秀子
千円の時計も同じ時刻む　廣田　和織
輪の外で挑む勇気を子に持たせ　樋渡　義一
正論に涙を添えて攻めてくる　福田　好文
やわらかい刻を食べてる花紀行　福本　清美

春だから手土産桜餅にする　福力　明良
大吉が出て巫女さんに礼を言い　藤井　敬三
十二年かけ嫁という春に会う　藤井　智史
亡き父母の汗が染み込む休耕地　藤田　俊彦
学校のプール塩素のあの匂い　太石　詠二
ブレーキとアクセル間違えた噂　古川　政章
岬から思い切り吐く一行詩　古谷　節夫
磨いても光らぬ石で愛される　古野っとむ
花火師の令和魂賭けている　戸次　柳親
雨音が涙のツボを刺激する　星野ひかり子
吹雪かれて来た人馬のふぶかれに行く　細川　不凍
ポジティブな言葉が好きな白い飯　細谷美代子
AIが努力を飾り物にする　堀井　勉
太子諭吉栄一三代を語る　本荘　静光
過ぎた日に感謝来る日を胸に抱く　前川　正子
菜の花の景色がいつも離れない　前田　楓花

ゼリービーンズ君を裏切る使者として　前中　知栄
川底の石に根性論がある　間瀬田紋章
列島の二千年倭のなれのはて　松尾　仙影
まず先に心の断捨離をしよう　松尾　冬彦
He is gone捕物帳の国際化　松城　信作
落丁の隙間はポエムだと思う　松原ヒロ子
零点を嘆くな伸びしろは無限　松本　清展
立ち位置を変えて世間の風を読む　松本　宗和
軸足は大地時空の夢を見る　丸山　威青
君が居て水の音する誕生日　丸山　健三
遅すぎた感謝ひたすら墓洗う　丸山　孔平
美ら海に埋めてはならぬ土砂民意　三浦　強一
ウイルスがヒトの奢りを狙い撃ち　三浦　憩
コロンブスの卵老後の話など　三浦　蒼鬼
コンビニでどしゃ降り買って帰ります　三浦ひとは
カーブミラー二つ並べばそっぽ向き　三上　博史

海天土木火ひまわり地金水　水野　黒兎
あの空にもう戻れない観覧車　みつ木もも花
負けて勝つ妻の背中のまろやかさ　嶺岸　柳舟
母が逝く風の羽音が鳴り止まず　蓑口　一鶴
オーボエの音色は空へ傾いて　宮井いずみ
泥だらけになってあなたと液状化　宮内多美子
お茶だけで帰る今夜の出来心　宮川　令次
躓いたところに落ちているヒント　宮本　信吉
母逝って河原に返す茎の石　宮本　次雄
ハート形しているけれどハトの糞　宮本　佳則
人間の弱さが壁を高く見せ　三好　金次
悲しみを共有できる家族葬　みよしすみこ
転がった先で根を張り花咲かす　三好　春美
モリカケで総理の書けぬ回顧録　美和　山吹
乙羽信子がひっそりといる広辞苑　む　さ　し
起床ベルいちばん若い日の始動　村上　直樹

人間のエゴが溶け込み汚す海　村上　氷筆

スクラムを組んで討ち入る吉良屋敷　村上　善彦

人間に惚れる桜を見るように　村田　幸夫

藪医者も名医も同じ認定書　本松出乃侍

カーテンを閉めて見えないものを見る　森井　克子

逢い別れ逢い別れして八十路坂　森園かな女

黒を知り私は白に戻れない　もりともみち

追憶の刻を漂う月の舟　森吉留里恵

若かりし日の目眩くメロドラマ　八木せいじ

丸裸になって禊をする冬木　安田　翔光

そろばんの玉一つさげ妥協する　安永　理石

駅弁の東京駅を食べ尽くす　柳岡　睦子

コロナ禍を生きております渇きます　柳村　光寛

診断書死ななきゃ治らないとある　柳清水広作

廃校の隅に二宮金次郎　矢野　義雄

五月晴れ天にも地にも母が居る　山口　亮栄

うつくしい一本女の背負投げ　山倉　洋子

母を看る母の記憶の外側で　山﨑三千代

漢字の意神に繋げて数多解け　山下　博

結び目を解けば匂い立つ炎　山下　華子

カープ電車走る広島春になる　やまでゑみ

はらはらと落ちる涙もノーサイド　山長　岳人

できるならやって逝きたいアッカンベ　山中あきひこ

本棚の整理わたしの棚おろし　山之内さち枝

ジキル氏へ顔半分の髭を剃る　山本喜太郎

直ぐ冷めるブーム日本のお家芸　山本由宇呆

すり減った靴がのんびりしろと言う　雪本　珠子

拉致という綻びを縫う糸が無い　湯本　良江

思ひきり狂へ狂へと夏の雲　吉田　悦花

感情が手に負えぬ日は靴磨く　吉田みいこ

そうだったのかまもなくわかる鍋の底　吉富　廣

ふと我も逆走しそう類似点　好永ひろし

生き抜いた時代の汗が刻まれる　吉原　犀水

踏み外しながら上る未来への階段　吉村久仁雄

月曜の毛先なかなかきまらない　米山明日歌

毎日が船出わが家という港　龍　せん

忘却のなんて楽しいパラダイス　渡辺たかき

キラキラネーム絵に例えればピカソの絵　渡辺　松風

‘19年度全国川柳賞一覧

【凡例】
原則として全国の主要川柳賞を、賞の名称、大賞（第一位、またはそれに該当する）作品の順に掲載。順不同。

▼びわこ番傘川柳会令和元年度びわこ賞（びわこ番傘川柳会）

星は見ている私は星を見上げてる　今井　和子

最後にはしがみつくのよどちらかが　松延　博子

今日咲くとひとこと言って下されば　岡本　聡

▼令和元年第69回滋賀県芸術文化祭賞（滋賀県）

火曜日に会う火曜日が好きになる　上田　寿美

▼竹原川柳会令和元年度第16回静水賞（竹原川柳会）

終焉を家でと決めてへちまの忌　日谷　寛

▼2019年度川柳研究年度賞（川柳研究社）

希望と言おうママチャリが走る町　川田佳主子

▼令和元年度川柳サロン年度賞（川柳サロン）

百歳の元は昭和の粗衣粗食　角田まさこ

▼いずも大賞（いずも川柳会）

一呼吸すれば自分が見えてくる　渡辺　柳子

▼いずも同友大賞（いずも川柳会）

妙薬と言って夕餉の食前酒　高田　治朗

▼いずもユーモア賞（いずも川柳会）

笑う度生命線が五ミリ伸び　柳楽　孔明

▼第124回中部地区川柳大会中日新聞社賞（中日川柳会）

天仰ぐ大樹は蟻を遊ばせる　住田勢津子

▼第125回中部地区誌上川柳大会最優秀句賞（中日川柳会）

煩悩も義理も捨てたら浮くだろう　両澤行兵衛

▼愛知川柳作家協会年間最優秀句賞（愛知川柳作家協会）

わたくしの鮮度を保つ好奇心　加藤　美子

▼令和元年度すずむし大賞（川柳すずむし吟社）

責任を取らされたのはレジ袋　柴田　銀河

▼第46回すずむし早春川柳大会／優勝（川柳すずむし吟社）

世の中を蹴るロボットの足である　千島　鉄男

▼第34回すずむし全国誌上川柳大会大賞（川柳すずむし吟社）

八月の地図に昭和の水たまり　岸　桂子

▼静岡県教育長賞／第一位（静岡県川柳協会）

とんがっていたのはその他だったから㊀　植松　蓮華

▼2019年度いしころ賞最優秀（浜松川柳社いしころ会）

腐葉土に抱かれ素直になる野菜　鈴木千代見

▼浜松市民文芸賞（浜松市文化振興財団）

やり切れぬ気持ち沈める落とし蓋　鈴木千代見

▼静岡県芸術祭賞（ふじのくに芸術祭）
踏み出した一歩は未来へと続く㊍　小林ふく子

▼川柳くろがね句碑まつり／第一位（川柳くろがね吟社）
青春のときめきを知るペンライト　小林ふく子

▼平成31年度作品年度賞（全国郵政川柳人連盟）
終章の決めた言葉はありがとう　長屋　一歩

▼千葉県川柳大会2019年度県知事賞（千葉県川柳作家連盟）
ユニセフのCMを聞くパンの耳　島根　写太

▼にいはま川柳会第28回年度賞（にいはま川柳会）
水張ると生きる力が湧いてくる㊍　伊藤　純子

▼令和元年度最優秀秀吟賞（大竹川柳会）
胸の疵癒す孫子の初笑い　樅野きよこ

▼岩見沢柳の芽川柳会2019年年度賞（岩見沢柳の芽川柳会）
新しい街になじんでゆく歩幅　田栗　玲子

▼2019年度久番大賞（久留米番傘川柳会）
ワントライしたくなります今日の空　池田　豊子

▼水戸市芸術祭参加第43回川柳大会（水戸川柳会）
ロゲンカ恋のはじまりとは知らず　谷藤美智子
胃袋を掴み女は妻になる　小野　高伸

頂点の椅子に女の肩パット　岡　さくら
酒とろり父も私も惚れっぽい　海東　昭江

▼信毎柳壇年間賞（信濃毎日新聞）
やんわりと話せば回りも丸くなる　柳沢　秀一

▼第18回千曲市ふる里漫画館川柳コンクール大賞（千曲市教育委員会文化課）
曲線のように心を遊ばせる　吉池　幸子

▼令和元年ケーブルテレビ飯山川柳投句しょう年間大賞（ケーブルテレビ飯山）
線引きをすれば世の中生きにくい　上野　浩子

▼長野県護国神社大祭奉納川柳大賞（川柳募集実行委員会）
飾らない友の助言が胸を打つ　宮沢　和子

▼2019年度臥牛賞（水沢川柳会）
真実が心の闇を解き明かす　はなぶさあきら

▼汐風川柳社令和元年度汐風大賞（汐風川柳社）
生きてこそ日日好日の空がある　正岡　鏡花

▼汐風川柳社令和元年度観潮大賞（汐風川柳社）
向い風一緒に行こう赤とんぼ　村上ミキ子

▼第16回川柳とうかつメッセ賞（東葛川柳会）
御御御付け漢字で書くと手が疲れ　中島　久光

▼全日本川柳協会賞『熱血教師』出版記念大会（東葛川柳会）
瘡蓋の奥はノンフィクションの海　真島久美子

▼川柳マガジン賞『熱血教師』出版記念大会（東葛川柳会）
筋トレの目指す先には月旅行　中井　郁子

▼東葛川柳会32周年記念大会柏市長賞（東葛川柳会）
即位礼　日本文化の元を見せ　丸山虚空遊

▼令和元年度柳社賞あかしや賞（札幌川柳社）
一老人の栞としての女郎花㊀　澤野優美子

▼令和元年度柳社賞ぽぷら賞（札幌川柳社）
美男子も今じゃ終活適齢期㊀　片山　葉一

▼令和元年度柳社賞幌都賞（札幌川柳社）
春うらら土に挨拶したくなる㊀　大坪　寒流

▼令和元年度年間賞（飯田天柳吟社）
聞き役にまわると解けて来るパズル　菅沼　輝美

▼第61回南信州川柳大会／優勝（飯田天柳吟社）
歓待の酒に解けてく肩のこり　佐藤　崇子

▼第19回句碑祭り川柳大会／第一位（飯田天柳吟社）
寄り添って悲喜交々の共白髪　興津　幸代

▼第61回南信州川柳大会新人賞（飯田天柳吟社）
助手席のナビよりスマホ当てになる　髙間　龍成

▼令和元年第15回北海道川柳連盟大賞（北海道川柳連盟）
朝蜘蛛と結界までの糸を張る　落合　魯忠

▼令和元年第15回北海道川柳連盟文芸賞（北海道川柳連盟）
川柳句集「男の歩幅Vol.Ⅱ」　岡　嘉彦

▼2019年度川柳塔みちのく大賞（川柳塔みちのく）
生きた気がしないままでも生きている　澤田　孝子

▼令和元年度「紫波の風年度賞」（いわて紫波川柳社）
赤とんぼ私の指も齢とった　鷹觜　閲雄

▼令和元年度「柳貌集」年度賞（いわて紫波川柳社）
逆上がりゆうやけこやけ明日も晴れ　笹　美弥子
デコボコの道を歩いて丸くなる　小笠原ひとし
おいしそう春がこんがり焼けました　真田　義子

▼下野川柳会令和元年度しもつけ賞（下野川柳会）
年寄りと言うが自分は入れてない　森嶋恵美子
なきにしもあらずや甥が姪になる　白石　先手

▼下野川柳会令和元年度杉並木賞（下野川柳会）
旬のない顔で缶詰好かれてる　小泉　洋子

体型は土偶で大地踏みしめる　大和田　杏

▼「声に出して読みたい一句」令和元年度年度賞（川柳原生林社）

手も足も楽する方へ動き出す　多田てるこ

▼第9回播磨川柳大会最優秀賞賞／姫路市長賞（播磨川柳協会）

生と死の行き交う海を渡る蝶　茉莉亜まり

▼令和元年度ともしび大賞（川柳ともしび吟社）

今年また去年のように畑ができ　古谷　ミル

▼川柳水柳会第15回誌上川柳大会最優秀賞（川柳水柳会）

遺書一通夕焼け雲がなだれ込む　嶋村　幸

▼令和元年度美すゞ年度賞（川柳美すゞ吟社）

雑魚だから思いもよらぬ味も出る　河井　豊子

▼第2回いちごいちえ鹿沼川柳大会／鹿沼市長賞（かぬま川柳会）

人間の驕りを諭す神の声　中西　隆雄

▼第2回いちごいちえ鹿沼誌上大会／鹿沼市長賞（かぬま川柳会）

バチカンへさつき平和の使者となる　島田　ふみ

▼2019年弓前川柳社紋土賞（弓前川柳社）

主語のない言葉が溜まる自由席　大倉　淑子

▼2019年弓前川柳社賞（弓前川柳社）

災害を背負いひまわり天を向き　守安　幹男

▼第71回西日本川柳大会第一部最優秀賞（弓前川柳社）

亡母に似た手で母よりも長く生き　大黒　政子

▼第71回西日本川柳大会第二部最優秀賞（弓削川柳社）

飛び魚に翼私に手術痕　島田　明美

▼令和元年度オホーツク文庫賞（オホーツク文庫）

人が好きにんげんが好きめしを盛る　北川　拓治

▼令和元年度牡丹大賞（つくば牡丹柳社）

栄養は心にこそと花を買う　高橋　まさ

▼第23回つくば牡丹祭り川柳大会大賞（つくば牡丹柳社）

嗚呼令和万葉集が日の目見る　松井紀代司

▼第8回つくば市民川柳大会大賞（つくば牡丹柳社）

土に成る命ならばと樹木葬　小玉ひびき

▼第15回亀山市民川柳大会亀山市長賞（亀山川柳会）

深呼吸一つ分だけ軽くなる　大嶋都嗣子

▼令和元年度（第32回）林檎大賞（弘前川柳社）

何か得て何かを捨てるヤジロベエ（他）　石動　弘一

▼令和元年度（第32回）林檎賞（弘前川柳社）

ゲームオーバーにならぬよう深呼吸　田中　薫

▼令和元年度桜桃賞（弘前川柳社）
寺掃除　円周率は果てしない㊐　松　ちづこ

▼令和元年度誌上競詠／第一位（弘前川柳社）
おめでとうと言っていいのか新元号㊐　滋野　さち

▼第一位上毛新聞社賞（上州時事川柳クラブ）
看る側にいたい卒寿のスクワット　簗瀬みちよ

▼第73回氷見市文化祭川柳大会／最優秀句集（氷見川柳会）
延命しない約束は反故生きていて　椙沢　昇子

▼令和元年くろがね大賞（川柳くろがね吟社）
頂上に着けば翼が欲しくなる　米満　けい

▼第17回川柳展望・現代川柳大賞（川柳展望社）
赤勝て白勝て勝つことばかり考える㊐　三村　舞

▼第90回奈良県川柳大会優勝（奈良県川柳連盟）
実るほど女の線がやわらかい㊐　西川　國治

▼令和元年度きぬうら作品年間賞最優秀句賞（川柳きぬうらクラブ）
桜満開　何のごほうびなんだろう　佐藤　弘子

▼令和元年度きぬうら川柳大会最優秀句賞（川柳きぬうらクラブ）
揃っては行けない旅が一つある　榊原　幸男

▼第3回つくばね大賞（つくばね番傘川柳会）
焼芋を頬張れば出る国訛り　森島　一

▼令和元年年間賞吟詠の部／第一位（川柳岩木吟社）
回転木馬わたしが私追いかける　沢田百合子

▼令和元年年間賞互選の部／第一位（川柳岩木吟社）
青空へ丸洗いした僕を干す　櫛引　淡平

▼第12回ふみを杯（川柳岩木吟社）
旅終えた遺影がなぜか笑ってる　小野左千郎

▼年度賞川柳作家賞（読売多摩川柳クラブ）
得票が増えて正の字歪み出す　戸井田英之
妖精が水玉となる蓮の上　秋山　覚
部屋掃除心機一転出なおす気　依田　秀子

▼第68回市川市文化祭川柳大会市川市長賞（川柳新潮社）
逆転の采配女神宿らせる　廣島　英一

▼令和元年度こぶし年度賞（花巻川柳会）
生きたくて笑いの種を播いている　及川洋一郎

▼釧路川柳社２０１９年度年度賞（釧路川柳社）
自尊心捨てると手まりよく弾む　菅野　光広

▼第七回尾藤三笠賞（とうきょうと川柳会）
植竹　団扇（川柳への普及活動者への顕彰）　二宮　茂男

▼令和元年「路」年間賞・最高賞（川柳路吟社）
悩むのは明日からにする彼岸花
無事にまた朝の光を浴びる幸　後藤　洋子

▼豊橋文化祭第43回川柳大会一般社団法人全日本川柳協会賞（豊橋番傘川柳会）
この頃を知るアンテナを高くする　冨田　末男

▼2019年度吟行会最優秀賞（北陸労金福井地区友の会川柳会）
信求め数多訪れ古畳　馬場　桜朝

▼2019年度地域活性化句最優秀賞（北陸労金福井地区友の会川柳会）
鯖缶とカップヌードル宇宙食㊀　松島　輝一

▼2019年度時事吟最優秀賞（北陸労金福井地区友の会川柳会）
中国の古典離れが令和生む㊀　上木　雅雄

▼2019年度最優秀句賞（北陸労金福井地区友の会川柳会）
透明度検査し組閣した筈が　山下　博

▼2019年度みなと水府賞（東京みなと番傘川柳会）
遅くなると言ったら遅く帰ってね㊀　丸山　芳夫

▼2019年度句会賞（東京みなと番傘川柳会）
一行で足りる私のプロフィール㊀　菊地　良雄

▼令和元年度年間最高得点賞（山口川柳吟社）
難敵の最後はきっと認知症　田辺　忠雄

▼山口文化協会会長賞（第40回山口市川柳大会）
程々のぼんやり妻と良いコンビ　松浦　紀子

▼山口文化協会会長賞（第41回山口市川柳大会）
砕いても焼いても骨にＤＮＡ　田辺　忠雄

▼令和元年度ふんえん賞／一席（川柳噴煙吟社）
堂堂と歩けば天が味方する　香田　龍馬

▼第43回全日本川柳2019年浜松大会（全日本川柳協会）
▽高校生一般部門／文部科学大臣賞
脇道を走り人間らしくなる　上村　脩
▽ジュニア部門／静岡県知事賞
たこあげて空をいっぱいすわせるぞ　（小二）下沖　勇心

▼第34回国民文化祭にいがた2019文部科学大臣賞（新潟県他）
島あげて医師を波止場で出迎える　秋広まさ道

▼第17期川柳マガジンクラブ誌上句会最優秀得点者（新葉館出版）
老いの恋レモンスカッシュから始動㊀　興津　幸代

▼第17回川柳マガジン文学賞大賞（新葉館出版）
小走りになる癖明日を追いかける㊀　三浦　蒼鬼

川柳マガジン年鑑 2020

○

令和２年８月21日　発行

編　者

川柳マガジン編集部

発行人

松　岡　　恭　子

発行所

新葉館出版

大阪市東成区玉津１丁目 9-16 4F　〒537-0023
TEL 06-4259-3777　FAX 06-4259-3888
https://shinyokan.jp/

印刷所

第一印刷企画

○

定価はカバーに表示してあります。

ISBN978-4-8237-1037-7

2020年度版

全国川柳作家一覧

凡例　原則として、川柳作家名を五十音順に配列。
記載順序は氏名、①氏名のふりがな②生年月日③住所④電話番号⑤ＦＡＸ⑥所属結社・グループ⑦本名⑧主な著書⑨メールアドレス⑩備考

※⑥の所属結社・グループは複数所属の場合２つまでを記載
※⑧は基本的に川柳句集や川柳に関する著書の書名を記載。

あ

相川　卓也
①あいかわたくや②T13.11.28③〒373-0007 群馬県太田市石橋町763-6④0276-37-0500⑥太田市川柳協会

相田　柳峰
①あいだりゅうほう②S15.4.18③〒940-2042 新潟県長岡市宮本町3-2433④0258-46-5999⑤TEL同⑥川柳信濃川⑦武治

相見　柳歩
①あいみりゅうほ②S43.9.17③〒690-1223 島根県松江市美保関町笠浦222-1④090-9500-4109⑤0852-75-0336⑥川柳塔まつえ吟社／現代川柳かもめ舎⑦哲雄

青木土筆坊
①あおきつくしんぼ②S6.10.27③〒990-2305 山形県山形市蔵王半郷455-11④023-688-6045⑥川柳べに花クラブ／川柳宮城野社⑦孝三⑧「川柳作家ベストコレクション　青木土筆坊」

青木十九郎
①あおきとくろう②S7③〒529-1152 滋賀県彦根市安食中町166⑥近江川柳会⑦喜德郎⑧「合同句集　新京都」「青木十九郎川柳作品集」「合同句集　五周年記念川柳作品集」「合同句集　川柳作品集　近江」「合同句集　川柳作品集　近江　第二集」

青木よし子
①あおきよしこ③〒425-0022 静岡県焼津市本町5-12-13

青鹿　一秋
①あおしかいっしゅう②S21.10.6③〒349-1102 埼玉県久喜市栗橋中央2-9-7④0480-52-2105⑤TEL同⑥埼玉川柳社／時事川柳研究会⑦忠秋⑨senryu1shu@gmail.com

青野みのる
①あおのみのる②S5.9.24③〒558-0053 大阪府大阪市住吉区帝塚山中2-10-8-504④06-6675-3068⑥作家集団「新思潮」⑦稔⑧「写真句集　群青の連綿」

青葉テイ子
①あおばていこ②S9.11.23 ③〒053-0842 北海道苫小牧市有珠の沢町5-10-12④0144-72-1612⑥苫小牧川柳社⑧「仮面舞踏会」

青山　　南
①あおやまみなみ②S19.9.25③〒433-8122 静岡県浜松市中区上島6-20-19④053-471-3712⑥猿遊会／川柳はいふう

赤井　花城
①あかいかじょう②S9.2.3③〒651-2303 兵庫県神戸市西区神出町五百蔵28-46④078-965-1575⑤TEL同⑥ふあうすと川柳社／きやびん川柳会⑦二郎⑧「きやびん万句集」「川柳作家全集　赤井花城」「川柳作家ベストコレクション　赤井花城」

吾妻　久岳
①あがつまきゅうがく②S7.3.28③〒985-0076 宮城県塩釜市長沢町6-8④022-362-1995⑥川柳宮城野社／川柳研究社⑦久⑧「松浦静山と川柳」「武玉川を読む遊ぶ」「宮城川柳小史」

赤津　光治
①あかつみつはる②S33.7.18③〒399-0736 長野県塩尻市大門1-3-7④0263-52-5223⑤TEL同⑥無所属

赤間　　至
①あかまいたる②S10.7.21③〒754-0031 山口県山口市小郡新町6-10-28④083-973-4951⑤TEL同⑥おごおり川柳会

あ

赤松　重信

①あかまつしげのぶ②S3.2.3③〒820-0040 福岡県飯塚市吉原町11-21　吉原町壱番館503号④080-1536-8843⑥飯塚番傘川柳会⑧「うたかた」⑨sigeaka@yahoo.co.jp

赤松　螢子

①あかまつほたる②S17.12.24③〒612-8369 京都府京都市伏見区村上町1978-13④075-601-4874⑤TEL同⑥宇治「番茶」／京都「草原」⑦環

赤松ますみ

①あかまつますみ②S25.3.14③〒560-0004 大阪府豊中市少路2-1-6-505④06-6857-3327⑤TEL同⑥川柳文学コロキュウム⑧「白い曼珠沙華」「Les Poissons(レ・ポアッソン)-双魚宮」「セレクション柳人1　赤松ますみ集」「川柳作家全集　赤松ますみ」「川柳作家ベストコレクション　赤松ますみ」

秋貞　敏子

①あきさだとしこ②S22.1.18③〒746-0082 山口県周南市下上1628-2④0834-64-1460⑤TEL同⑥川柳展望社／富田番茶川柳会⑨hiro-toshi@hi3.enjoy.ne.jp

あきた・じゅん

①あきた・じゅん②S16.3.1③〒983-0824 宮城県仙台市宮城野区鶴ヶ谷5-7-10④022-252-6624⑤TEL同⑥川柳宮城野社⑦秋田恂⑧「ものがたり古代東北」「蝦夷-東北の源流」「川柳句集　変身願望」

秋藤　敦子

①あきとうあつこ②S14.8.7③〒682-0851 鳥取県倉吉市西倉吉町20-5④0858-28-0769⑥川柳みやびの会

秋野　　宏

①あきのひろし②S4.1.20③〒018-0403 秋田県にかほ市三森245④0184-36-2795⑥無所属

秋広まさ道

①あきひろまさみち②S13.7.15③〒204-0003 東京都清瀬市中里3-882④090-8892-7526⑥読売多摩川柳クラブ／川柳やまびこ⑦秋廣勝道

穐山　常男

①あきやまつねお②S25.8.25③〒581-0817 大阪府八尾市久宝園1-2-2④072-923-7421⑤TEL同⑥番傘わかくさ川柳会／番傘川柳本社

秋山　春海

①あきやまはるうみ②S12.3.1③〒372-0047 群馬県伊勢崎市本町20-1⑥上州時事川柳クラブ⑦茂木克美⑧「伊勢崎の川柳遺産ここにあり」「川柳作家ベストコレクション　秋山春海　風狂の男一匹野点傘」⑨akiyama_haruumi@yahoo.co.jp

秋山　宏子

①あきやまひろこ②S15.9.25③〒930-0854 富山県富山市城北町1-5-204⑥川柳つくしの会

麻井　文博

①あさいふみひろ②S27.8.7③〒892-0877 鹿児島県鹿児島市吉野1-3-1④099-243-7229⑤TEL同⑥鹿児島県川柳同好会⑧「川柳作家ベストコレクション　麻井文博」⑨fumihiro-kaze@kmh.biglobe.ne.jp

浅川　静子

①あさかわしずこ②S11.3.20③〒913-0057 福井県坂井市三国町米ヶ脇5-7-11④0776-81-3974⑤TEL同⑥番傘川柳本社／番傘ばんば川柳社⑦静子⑧「川柳作家ベストコレクション　浅川静子」

あ

浅川和多留
①あさかわわたる②S9.2.1③〒406-0804 山梨県笛吹市御坂町夏目原547④055-262-2537⑥番傘川柳本社⑦渡

浅野　滋子
①あさのしげこ②S2.1.30③〒466-0855 愛知県名古屋市昭和区川名本町1-16-2⑥さざなみ川柳／愛知川柳作家協会⑧「あや糸」

浅野ゆき子
①あさのゆきこ②S11.11.3③〒300-0815 茨城県土浦市中高津2-8-19⑥つくばね番傘川柳会⑦幸子

浅葉　　進
①あさばすすむ②S16.6.19③〒274-0822 千葉県船橋市飯山満町3-1918-15④047-462-8941⑥999川柳会／川千家川柳教室

浅雛美智子
①あさひなみちこ②S10.1.5③〒659-0032 兵庫県芦屋市浜風町20-1④0797-32-8424⑤℡同⑥番傘川柳本社

熱田熊四郎
①あつたくましろう②S25.6.18③〒693-0042 島根県出雲市外園町349④0853-28-0023⑤TEL同⑥はばたき川柳会／川柳文学コロキュウム⑦義実⑧「川柳作家ベストコレクション　熱田熊四郎」⑨nwnmj750@ybb.ne.jp

油谷　克己
①あぶらやかつみ②S14.4.13③〒547-0025 大阪府大阪市平野区瓜破西1-14-3-807④06-6704-6423⑤℡同⑥番傘川柳本社／番傘わかくさ川柳会⑧「合同句集　草の塔」（同Ⅱ〜同Ⅲ）「大和川」

阿部　　勲
①あべいさお②S10.1.1③〒114-0024 東京都北区西ヶ原1-31-25-608④03-3916-5618⑥川柳研究社⑧「川柳句集　斜光線」「川柳作家ベストコレクション　阿部勲」「入選にとことんこだわる川柳の作り方」⑨isayoabe@ad.cyberhome.ne.jp

安部　美葉
①あべよしは③〒651-1212 兵庫県神戸市北区筑紫が丘2-1-6⑥時の川柳社⑦美代子⑧「川柳作家ベストコレクション　安部美葉」

あべ　和香
①あべわこう②S16.11.14③〒025-0315 岩手県花巻市二枚橋町南1-76④0198-26-2609⑤℡同⑥花巻川柳会／いわて紫波川柳社⑦阿部和子⑧「秋桜」「川柳作家全集　あべ和香」

天貝　重治
①あまがいしげはる②S21.6.2③〒305-0042 茨城県つくば市下広岡450-11⑨tenten@seagreen.ocn.ne.jp

天根　夢草
①あまねむそう②S17.1.11③〒567-0009 大阪府茨木市山手台4-6-3-101④072-649-5226⑤072-649-2334⑥川柳展望社⑦利徳⑧「天根夢草川柳集Ⅰ」「掛合村」「我我」「川柳作家全集　天根夢草」「川柳作家ベストコレクション　天根夢草」

鮎貝　竹生
①あゆかいたけお②S7.11.12③〒216-0023 神奈川県川崎市宮前区けやき平1-28-301⑥作家集団「新思潮」⑦盛昭⑧「句集　光芒」

荒井　宗明
①あらいそうめい③〒320-0851 栃木県宇都宮市鶴田町2590④028-633-8771

新井　俊夫
①あらいとしお③〒371-0215 群馬県前橋市粕川町深津1540-13④027-285-2932⑥無所属

荒井　文生
①あらいふみお②S5.3.16③〒306-0023 茨城県古河市本町3-5-15④0280-32-7676⑤TEL同⑥許我川柳会⑦文也⑧「一片の華」

荒川八洲雄
①あらかわやすお②S20.7.1③〒457-0038 愛知県名古屋市南区桜本町137④052-811-2347⑤TEL同⑥中日川柳会⑧「川柳作家ベストコレクション　荒川八洲雄」⑨arakawa8@mediacat.ne.jp

荒砂　和彦
①あらすなかずひこ②S21.7.26③〒889-0513 宮崎県延岡市土々呂町4-4208④0982-37-7640⑤TEL同⑥南樹川柳社／川柳噴煙吟社⑧「川柳作家全集　荒砂和彦」「合同句集　汎」「合同句集　甍」「川柳作家ベストコレクション　荒砂和彦」他

有泉くにお
①ありいずみくにお②S8.6.1③〒409-3601 山梨県西八代郡市川三郷町市川大門1363-2④0552-72-2466⑥川柳三升会／川柳甲斐野社⑦国男

有海　静枝
①ありうみしずえ②S29.2.11③〒744-0032 山口県下松市生野屋西3-23-7⑥川柳塔社／下松多宝塔川柳会⑨amaamamikann@gmail.com

有金ヒロシ
①ありがねひろし③〒743-0022 山口県光市虹ヶ浜2-7-9④0833-72-0092⑥光川柳会

有澤　嘉晃
①ありさわよしあき②S12.5.5③〒930-0825 富山県富山市上飯野新町3-326④076-451-9825⑥印象吟句会銀河⑨y-aria55@topaz.plala.or.jp

有田　一央
①ありたかずお②S9.7.16③〒565-0821 大阪府吹田市山田東1-31 B-513④06-6877-9987⑤TEL同⑥番傘みどり川柳会⑦一男

安藤　紀楽
①あんどうきらく②S18.2.11③〒154-0012 東京都世田谷区駒沢2-30-1④03-3410-3090⑤TEL同⑥川柳研究社／東都川柳長屋連⑦紀佑

安藤　哲郎
①あんどうてつろう②S11.10.9③〒629-2262 京都府与謝郡与謝野町字岩滝1847④0772-46-3722⑥番傘川柳本社／宮津番傘川柳会

安藤　敏彦
①あんどうとしひこ②S27.9.15③〒963-8001 福島県郡山市大町2-16-2-1301④024-983-6105⑥川柳連峰社⑨rss08288@nifty.com

安藤　波瑠
①あんどうはる②S23.4.11③〒192-0911 東京都八王子市打越町1523-51④042-636-0288⑤TEL同⑥川柳きやり吟社⑦はる子

い

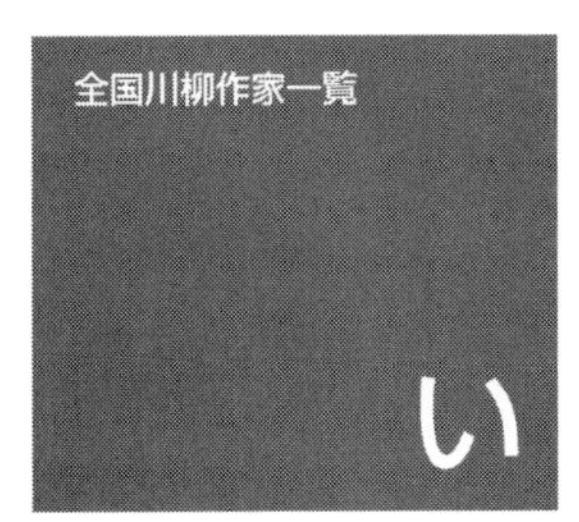

飯田サイコ
①いいださいこ②S15.6.12③〒252-0253 神奈川県相模原市中央区南橋本3-6-34④042-773-3644⑥川柳路吟社⑦靖治⑧「川柳作家ベストコレクション　飯田サイコ」

飯田　東柳
①いいだとうりゅう②S3.2.1③〒135-0004 東京都江東区森下4-20-13④03-3631-3608⑤℡同⑥藤柳会⑦益三⑧「川柳徒然草」(その一〜その三)

飯田みづほ
①いいだみづほ②S25.11.4③〒406-0015 山梨県笛吹市春日居町鎮目1569④090-7901-9326⑥川柳甲斐野社

飯塚ゆたか
①いいづかゆたか②T13.12.21③〒971-8138 福島県いわき市若葉台1-21-2④0246-29-5896⑥いわき番傘川柳会⑦豊

飯野　文明
①いいのぶんめい②S10.11.3③〒277-0812 千葉県柏市花野井1160-103⑥東葛川柳会／川柳人社⑦文朗

五十嵐　修
①いがらしおさむ②S10.3.25③〒112-0011 東京都文京区千石2-33-3エクアス小石川林町208⑥NHKぱらぼら川柳会／999川柳会⑧「お蔭さまで…」

五十嵐淳隆
①いがらしじゅんりゅう②S10.3.9③〒176-0022 東京都練馬区向山3-18-5④03-3990-9808⑥川柳研究社⑧「なめくじら」「なめくじらII」⑨igarajun@jcom.zaq.ne.jp

生田　頼夫
①いくたよりを②S16.1.15③〒677-0033 兵庫県西脇市鹿野町515-1④0795-23-1868⑤℡同⑥ふあうすと川柳社

池上とき子
①いけがみときこ②S14.11.6③〒396-0009 長野県伊那市日影190④0265-73-3712⑥川柳の仲間　旬

池上　雅子
①いけがみまさこ②S18.3.27③〒410-2412 静岡県伊豆市瓜生野881-108⑥川柳さくら⑦祥子

池澤　大鯰
①いけざわだいねん②S13.7.23③〒689-0211 鳥取県鳥取市気高町奥沢見1327-7④0857-82-1335⑥川柳塔社／うぶみ川柳会⑦眞一

池田　愛子
①いけだあいこ②S6.1.5③〒760-0071 香川県高松市藤塚町2-6-2④087-831-0021⑥川柳塔社／うぶみ川柳会

池田一吟徒
①いけだいちぎんと②S34.1.29③〒999-8302 山形県飽海郡遊佐町吉出字郷蔵続10④080-1858-8524⑥川柳べに花クラブ⑦与四也

池　　森子
①いけもりこ③〒584-0043 大阪府富田林市南大伴町4-1-10④0721-25-0603⑤℡同⑥川柳塔社／富柳会⑧「川柳句集　森」

石井　頌子
①いしいしょうこ③〒292-0008 千葉県木更津市中島222-2④0438-41-1832⑥矢那川吟社／川柳ポスト

石井　平弥
①いしいへいや②S3.9.22③〒321-3531 栃木県芳賀郡茂木町茂木2048④0285-63-0126

石井百合子
①いしいゆりこ②S15.8.25③〒630-8131 奈良県奈良市大森町299-24④0742-22-5959⑥番傘川柳本社／奈良番傘川柳会⑧「川柳句集　未完の絵」

石神　清幸
①いしがみきよゆき②S8.2.8③〒719-1156 岡山県総社市門田892浅尾団地3-16-1⑥番傘川柳本社⑧「やしの実作家叢書　棋と歌と」

石神　紅雀
①いしがみこうじゃく②S35.3.26③〒895-1401 鹿児島県薩摩川内市入来町副田5955-105④0996-44-3330⑥番傘川柳本社／入来わくわく番傘川柳会⑦陽子

いしがみ鉄
①いしがみてつ②S28.2.25③〒134-0088 東京都江戸川区西葛西7-17-15④03-3687-2483⑤℡同⑥川柳研究社⑦野中 清治⑧「1／f残響」

石川　登女
①いしがわとめ②S2.6.9③〒962-0836 福島県須賀川市並木町100⑥須賀川川柳会⑦トメ

石川実也子
①いしかわみやこ②S22.1.1③〒956-0836 新潟県新潟市秋葉区田家1-15-23⑥柳都川柳社

石川靖朱代
①いしかわやすよ③〒799-0432 愛媛県四国中央市豊岡町大町1345④0896-25-0168

伊敷きこう
①いしききこう②S41.1.24③〒586-0077 大阪府河内長野市南花台1-10-1④080-5343-6738⑤072-337-2071⑥楽生会⑦祥子⑧「ハイフォバー」（川柳とダンスのコラボ）⑨kikou.dance.shoko@gmail.com

石倉多美子
①いしくらたみこ②S17.5.29③〒921-8147 石川県金沢市大額3-163④076-296-3300⑤℡同⑥蟹の目川柳社⑧「吾亦紅の海」

石崎　流子
①いしざきりゅうこ②S17.2.13③〒956-0016 新潟県新潟市秋葉区こがね町5-5④0250-24-3987⑤℡同⑥柳都川柳社⑦マツイ⑨matsui-ishizaki@eos.ocn.ne.jp

石田　一郎
①いしだいちろう②S8.7.10③〒389-2413 長野県飯山市照里1831④0269-65-2613⑤℡同⑥川柳キマロキ吟社／川柳宮城野社⑧「川柳作家ベストコレクション　石田一郎」「野良着」

石田　泰照
①いしだたいしょう②S15.3.1③〒080-0010 北海道帯広市大通南27丁目20番地1④0155-23-7381⑥帯広川柳社／札幌川柳社⑦泰照（やすてる）

石田　柊馬
①いしだとうま②S16.8.11③〒604-8804 京都府京都市中京区壬生坊城町48-3壬生坊城第2団地3-510④075-842-0515⑥KON-TIKI⑦宏

石田ひろ子
①いしだひろこ②S8.12.15③〒597-0082 大阪府貝塚市石才25-3④072-431-2672⑤℡同⑥和歌山三幸川柳会／岸和田川柳会⑦宥子

石塚すみ江
①いしつかすみえ②S5.12.30③〒300-1203 茨城県牛久市下根町1476-3④029-872-2272⑤℡同⑥つくばね番傘川柳会／牛久川柳会⑦すみい

石塚　清明
①いしづかせいめい②T15.7.21③〒890-0065 鹿児島県鹿児島市郡元1-17-25④099-252-3434

石塚　三花
①いしづかみか②S32.2.15③〒350-2206 埼玉県鶴ヶ島市藤金868-19⑥無所属⑦智恵

い

石原　一鉄
①いしはらいってつ②S16.10.8③〒372-0038 群馬県伊勢崎市新栄町3921-6④0270-25-1488⑤TEL同⑥無所属⑦行雄

石原　　岳
①いしはらがく②S4.6.25③〒372-0831 群馬県伊勢崎市山王町154-2④0270-25-4376⑤TEL同⑥時事川柳研究会／上州時事川柳クラブ⑦学

石間　　昭
①いしまあきら②S6.1.5③〒003-0021 北海道札幌市白石区栄通13-6-4④011-852-5877⑥北海道川柳研究会

泉　　伸幸
①いずみのぶゆき②S30.12.23③〒235-0019 神奈川県横浜市磯子区磯子台27番H-503⑥無所属⑨ffxyj953@yahoo.co.jp

和泉　雄幸
①いずみゆうこう②S19.4.14③〒571-0072 大阪府門真市城垣町2-20④072-883-5532⑥無所属

磯松きよし
①いそまつきよし②S18.7.27③〒004-0002 北海道札幌市厚別区厚別東2-4-3-1④011-897-3490⑤TEL同⑥札幌川柳社／川柳宮城野社⑦潔⑧「北海道川柳連盟五十年史」⑨hzt03312@nifty.com

板垣　孝志
①いたがきこうじ②S21.9.27③〒635-0067 奈良県大和高田市春日町1セレナ209④0745-52-4363⑤TEL同⑥川柳葦群／ぐるうぷ葦⑦孝志（たかし）⑧「はぐれ雲」「川柳句集　悔い」

板橋　　洸
①いたばしたけし②S19.3.2③〒011-0941 秋田県秋田市土崎港北3-1-72⑥川柳銀の笛吟社

板橋　柳子
①いたばしりゅうし②S2.10.20③〒477-0032 愛知県東海市加木屋町泡池11-301④0562-34-3134⑤TEL同⑥とうかい柳壇川柳会／名古屋川柳社⑦昭

市川　　一
①いちかわハジメ②S12.9.12③〒190-0162 東京都あきる野市三内678-10⑤042-596-1725⑥読売多摩川柳クラブ／川柳一組⑦道雄⑧「活路」「市川一　千句集」「川柳作家ベストコレクション　市川一」

市川　雄太
①いちかわゆうた②S62.11.9③〒580-0012 大阪府松原市立部1-120-1-402④080-6160-9235⑥はびきの市民川柳会／川柳藤井寺⑧「聞いてください僕の人生」

市後崎兼一郎
①いちござきけんいちろう②S41.2.24③〒155-0032 東京都世田谷区代沢3-20-14④03-3422-0670⑥川柳公論／時事作家協会

櫟田　礼文
①いちだれぶん③〒053-0055 北海道苫小牧市新明町5-15-9④0144-57-5295⑥札幌川柳社⑦節子⑧「紙ふうせん」

井手　良祐
①いでりょうすけ②S16.11.5③〒845-0001 佐賀県小城市小城町122-3④0952-72-3031⑤TEL同⑥佐賀番傘川柳会⑧「川柳句集　やがて大樹に」

伊藤　充子
①いとうあつこ②T11.2.5③〒458-0928 愛知県名古屋市緑区有松幕山411番地④052-621-3593⑥中日川柳会／川柳展望社

伊藤　英龍
①いとうえいりゅう②S16.10.31③〒223-0057 神奈川県横浜市港北区新羽町2025④045-545-5775⑥川柳路吟社

伊藤　縁太
①いとうえんた②S21.1.25③〒320-0065 栃木県宇都宮市駒生町3312-9④090-1773-4380⑤028-665-1746⑥下野川柳会

伊藤　我流
①いとうがりゅう②S12.11.15③〒988-0104 宮城県気仙沼市字赤岩五駄鱈178-3④0226-22-6847⑤TEL同⑥川柳けせんぬま吟社／川柳宮城野社⑦悟⑧「残像」

伊東　志乃
①いとうしの②S34.6.12③〒939-3551 富山県富山市水橋中村253-4④076-478-2762⑤TEL同⑥川柳えんぴつ「さわらび会」／蟹の目川柳社⑦素子⑧「川柳作家ベストコレクション　伊東志乃」

伊藤　秀
①いとうしゅう②S14.11.7③〒020-0112 岩手県盛岡市東緑が丘36-13④019-661-8091⑤TEL同⑦秀文

伊藤　寿子
①いとうとしこ②S22.10.10③〒080-0052 北海道帯広市新町東5-5⑥帯広川柳社／現代川柳琳琅⑧

伊藤不取留
①いとうふとる③〒267-0055 千葉県千葉市緑区越智町705-300④043-294-7082

伊藤　正美
①いとうまさよし②S43.7.18③〒378-0015 群馬県沼田市戸鹿野町248-17④0278-24-8830⑥川柳公論社／前橋川柳会⑨i718masa@outlook.jp

伊藤三十六
①いとうみとむ②S9.1.31③〒144-0034 東京都大田区西糀谷2-31-2-203④090-1667-7879⑥川柳サロン／川柳研究社⑦認⑧「商品化のためのアイディアヒント集」

伊藤　美幸
①いとうみゆき②S7.2.1③〒951-8136 新潟県新潟市中央区関屋田町2-337④025-266-7803⑤TEL同⑥柳都川柳社⑦美智子⑧「句集　みゆき」

稲垣　明
①いながきあきら②S17.9.29③〒169-0074 東京都新宿区北新宿3-32-15④03-3368-1055⑤TEL同⑦晃

井仲　泰生
①いなかやすお②S2.12.26③〒636-0001 奈良県北葛城郡王寺町舟戸2-6-7④0745-72-7035⑥やまと番傘川柳社／王寺川柳会⑦井中康雄

稲毛　寛
①いなげひろし②S15.5.30③〒889-4412 宮崎県西諸県郡高原町大字西麓587-2④0984-42-1980

稲崎　文子
①いなざきふみこ②S21.9.15③〒761-0123 香川県高松市牟礼町原1188④087-845-1728⑥たんきり川柳会

乾　和郎
①いぬいかずお③〒510-0958 三重県四日市市小古曽1-11-11④0593-45-4580⑥名古屋番傘川柳会

い

犬塚こうすけ
①いぬづかこうすけ②S10.3.15③〒223-0066 神奈川県横浜市港北区高田西4-11-7④045-591-1940⑥東京みなと番傘川柳会／番傘川柳本社⑦皓弼⑧「ヒヨコのつぶやき」「川柳作家ベストコレクション　犬塚こうすけ」

井上　一筒
①いのうえいいとん②S14.3.11③〒583-0881 大阪府羽曳野市島泉9-11-4⑥川柳瓦版の会／西梅川柳会⑨noyobo@drive.ocn.ne.jp

井上かおる
①いのうえかおる②S18.2.2③〒882-0874 宮崎県延岡市伊達町1-66④0982-35-0645⑤℡同⑥南樹川柳社⑦薫（くん）

井上きよし
①いのうえきよし②S5.3.31③〒125-0052 東京都葛飾区柴又2-19-26④03-3609-0067⑥葛の会⑦清

井上信太朗
①いのうえしんたろう②S7.11.12③〒400-0502 山梨県南巨摩郡富士川町最勝寺828-4④0556-22-3022⑤℡同⑥山梨県川柳協会／川柳甲斐野社⑦信太郎⑧「川柳作家ベストコレクション　井上信太朗」

井上　紀子
①いのうえのりこ②S15.5.20③〒400-0505 山梨県南巨摩郡富士川町長沢882⑥川柳甲斐野社

井上　白香
①いのうえはっか②S11.5.25③〒090-0015 北海道北見市公園町135⑥北見川柳社⑦英夫

井上　松美
①いのうえまつみ②S16.2.23③〒699-4221 島根県江津市桜江町市山303-1④0855-92-0677⑥益田川柳会／かんなみ川柳社

井ノ元惠美子
①いのもとえみこ②S4.6.23③〒673-0531 兵庫県三木市緑が丘町西3-3-21④0794-84-0526⑥時の川柳社／三木ゆうりん川柳会⑧「ひとひらのさくら」

井原みつ子
①いはらみつこ②S11.4.2③〒792-0050 愛媛県新居浜市萩生2626-2④090-4500-7124⑥にいはま川柳会⑦満子⑧「ははこぐさ」「句文集父ちゃ～ん」ほか⑨akmntk@nbn.ne.jp

伊福　保徳
①いふくやすのり②S22.1.25③〒882-0852 宮崎県延岡市東浜砂町129-1④0982-35-2782

今泉千鶴子
①いまいずみちづこ②T10.7.5③〒441-1353 愛知県新城市徳定378④05362-2-0317⑥豊橋番傘川柳会

今枝　東泉
①いまえだとうせん②S5.1.7③〒178-0063 東京都練馬区東大泉1-1-12④03-3922-2825⑥川柳こぶし吟社／成増吟社西友コミカレ教室⑦敏春

今田　久帆
①いまだきゅうはん②S29.11.4③〒431-1205 静岡県浜松市西区協和町106-1④053-487-2167⑤℡同⑥浜松川柳社いしころ会／浜松川柳クラブ⑦久帆（ひさお）⑧「川柳作家全集　今田久帆」「川柳作家ベストコレクション　今田久帆」⑨imada@khaki.plala.or.jp

今津　隆太
①いまづりゅうた②S28.3.12③〒673-0541 兵庫県三木市志染町広野2-78④0794-85-2107⑥ふあうすと川柳社⑦隆

今福　夢花
①いまふくゆめか②S15.1.5③〒411-0801 静岡県三島市谷田136-8④055-972-2610⑤℡同⑥川柳マガジンクラブ静岡句会⑦祝子

今村佐知子
①いまむらさちこ②S21.11.14③〒252-1111 神奈川県綾瀬市上土棚北5-3-10④0467-77-6172

井本 清山
①いもとせいざん②S8.3.21③〒666-0111 兵庫県川西市大和東1-116-3④0727-94-3160⑥川柳展望社⑦清⑧「川柳のあゆみ」

入口とみを
①いりぐちとみを②T15.11.9③〒581-0084 大阪府八尾市植松町3-4-13④0729-94-4684⑥番傘わかくさ川柳会⑦富夫

岩崎 雪洲
①いわさきせっしゅう②S23.4.22 ③〒036-0383 青森県黒石市緑町4-133④0172-53-1066⑦光秀

岩崎眞里子
①いわさきまりこ②S26.7.3③〒036-0383 青森県黒石市緑町4-133④0172-53-1066⑤TEL同⑥現代川柳「琳琅」⑧「蒼」「渚にて」「舎利の風」

岩佐ダン吉
①いわさだんきち②S16.12.18③〒596-0824 大阪府岸和田市葛城町891-22④072-428-0325⑤TEL同⑥あかつき川柳会／岸和田川柳会⑦興輝⑧「川柳・句文集 熱い汗」写真が語る・不屈の29年「鶴彬は黙らない」「川柳作家ベストコレクション 岩佐ダン吉」

岩瀬 孝雄
①いわせたかお②S13.1.29③〒274-0816 千葉県船橋市芝山5-35-14④047-490-1587⑤TEL同⑥無所属

岩田 明子
①いわたあきこ②S10.11.15③〒590-0018 大阪府堺市堺区今池町6-6-15-602④072-221-5296⑤TEL同⑥堺番傘川柳会／番傘川柳本社⑦中田明子⑧「あさか」

岩津 洋子
①いわつようこ③〒560-0084 大阪府豊中市新千里南町3-37-4④06-6872-2521⑥川柳からたち

岩波 敬祐
①いわなみけいすけ②S18.10.18③〒276-0046 千葉県八千代市大和田新田59-101④047-450-5835⑤TEL同⑥悠遊川柳会

岩渕 周吉
①いわぶちしゅうきち③〒357-0014 埼玉県飯能市平松275-1④0429-73-5353⑥飯能川柳会

岩渕比呂子
①いわぶちひろこ②S16.1.19③〒065-0019 北海道札幌市東区北19条東12-1-32⑥川柳触光舎／現代川柳琳琅⑦弘子⑨hiroko-119@fork.ocn.ne.jp

岩堀 洋子
①いわほりようこ②S31.4.22③〒238-0014 神奈川県横須賀市三春町4-50⑥川柳きやり吟社

岩本 笑子
①いわもとえみこ②S23.9.25③〒725-0023 広島県竹原市田ノ浦2-1-10④0846-22-0309⑤TEL同⑥川柳塔社／竹原川柳会

岩本 秀德
①いわもとひでのり②S10.9.11③〒302-0016 茨城県取手市中原町3-19-1④0297-72-1315⑥川柳研究社／川柳きやり吟社

岩本 真穂
①いわもとまほ③〒041-0808 北海道函館市桔梗2-23-4④0138-47-8376⑥函館川柳社⑦英子

う

植木　利衛
①うえきとしえい②S12.10.13③〒316-0034 茨城県日立市東成沢町3-6-25④0294-37-2629⑥川柳ひたち野社⑧「川柳作家ベストコレクション　植木利衛」

上嶋　幸雀
①うえしまこうじゃく②S17.5.15③〒563-0027 大阪府池田市上池田1-10-3④072-752-7190⑤TEL同⑦幸宏⑧「川柳句集　余白」「川柳作家ベストコレクション　上嶋幸雀」

植竹　団扇
①うえたけだんせん②S24.8.18③〒175-0083 東京都板橋区徳丸4-14-6④090-3688-6134⑤03-3934-4820⑥川柳成増吟社／川柳研究社⑦良一⑧「強制しないオムライス」「川柳作家ベストコレクション　植竹団扇」⑨dansen-ryohei@ezweb.ne.jp

上田　健太
①うえだけんた②S15.7.28③〒350-0312 埼玉県比企郡鳩山町鳩ヶ丘2-14-6④049-296-1908⑤TEL同⑥川柳研究社／初雁川柳会⑦健二郎

上田　仁
①うえだひとし②S15.1.10③〒573-1134 大阪府枚方市養父丘1-18-8

上田ひとみ
①うえだひとみ③〒669-1324 兵庫県三田市ゆりのき台3-14-9⑥川柳塔社／川柳さんだ

上田真智子
①うえだまちこ②S17.12.8③〒714-0057 岡山県笠岡市金浦1458-4④0865-66-2287⑥井笠川柳会

上田　良一
①うえだりょういち②T15.2.10③〒010-0013 秋田県秋田市南通築地6-12④018-834-3516⑤TEL同⑥川柳銀の笛吟社／東葛川柳会

上地　慶彦
①うえちよしひこ②S12.6.29③〒906-0007 沖縄県宮古島市平良字東仲宗根208④0980-72-4555⑤TEL同⑧「ニヤーツ方言増補改訂版」「マツガニ川柳」

上野多恵子
①うえのたえこ③〒659-0092 兵庫県芦屋市大原町6-18-503⑥番傘川柳本社⑧「川柳シャンソニエ」

上野　楽生
①うえのらくしょう②S27.9.26③〒599-8261 大阪府堺市中区堀上町478④072-278-0204⑤TEL同⑥楽生会⑦順治⑧「楽生日記」「人気川柳作家への道」「ハイフォバー」（川柳とダンスのコラボ）⑨rakusyo8823@leto.eonet.ne.jp

上原　昭彦
①うえはらあきひこ②S10.12.10③〒569-0043 大阪府高槻市竹の内町44-10④072-671-4630⑤TEL同⑥川柳瓦版の会／くらわんか番傘川柳会⑧「川柳句集　欅」「俳句句集　卯の花」

上原とよ子
①うえはらとよこ②S24.6.13③〒901-0147 沖縄県那覇市宮城1-7-14④090-7165-3212⑥川柳とみぐすく／川柳きやり吟社

上原　稔
①うえはらみのる②S18.4.5③〒192-0031 東京都八王子市小宮町1231-9④042-642-8446⑤TEL同⑥とうりゅう会／東京みなと番傘川柳会⑦上原稔⑧「小説　奇妙な関係」

植松　静河

①うえまつせいか②S9.2.11③〒410-0874 静岡県沼津市松長126-3④055-966-6837⑥川柳路吟社⑦傅作⑧「句集心の支え」

植松　蓮華

①うえまつれんげ②S28.1.30③〒410-0874 静岡県沼津市松長126-3④055-966-6837⑤TEL同⑥柳都川柳社／川柳公論社⑦京子⑨kyonkyon.@ezweb.ne.jp

上村　　脩

①うえむらおさむ②S21.8.11③〒165-0034 東京都中野区大和町4-31-11④03-3330-8188⑥川柳白帆吟社

宇賀　勇夫

①うがいさお②S12.9.27③〒181-0005 東京都三鷹市中原3-4-7-220⑥川柳研究社⑧「川柳句文集・サイコ-PSYCHO-」

太秦　三猿

①うずまささんえん②S10.2.19③〒064-0801 北海道札幌市中央区南1条西21丁目1-1-1002④011-641-8127⑤TEL同⑥札幌川柳社／川柳展望社⑦康紀⑧「しなやか散歩道」「しなやかれすとらん」「さらり一漫歩」「あなたの奥さん大丈夫」「しなやかシニアの川柳図鑑-見て聞いてひと言多い猿となる」「川柳作家ベストコレクション　太秦三猿」

内田　博柳

①うちだはくりゅう②S11.11.30③〒111-0041 東京都台東区元浅草4-4-17-202⑥台東川柳人連盟⑦博⑧「人生百面相」

宇部　　功

①うべいさお③〒020-0013 岩手県盛岡市愛宕町16-24④019-622-5372⑧「子どものこころ五七五」

梅津みゆき

①うめづみゆき②S33.4.16③〒210-0806 神奈川県川崎市川崎区中島2-20-2⑧「川柳蒼の会・十五周年記念合同句集」

浦　　眞

①うらしん②S16.5.23③〒923-1247 石川県能美市出口町イ55④0761-51-2608⑥辰口番傘川柳会⑦眞明⑧「若鷹」「ダルマの目」

漆間　包夢

①うるまほーむ②S4.7.24③〒381-0084 長野県長野市若槻東条935-1⑥川柳美すゞ吟社⑦富治

江川寿美枝
①えがわすみえ②S10.1.1③〒840-0201 佐賀県佐賀市大和町尼寺736-3④0952-62-1295⑥佐賀番傘川柳会

江川美千子
①えがわみちこ②S26.11.21③〒207-0033 東京都東大和市芋窪5-1263-8④042-562-6336

江口てるお
①えぐちてるお②S17.6.5③〒959-1284 新潟県燕市杣木1245-1④0256-63-3808⑤TEL同⑥中越柳壇吟社／柳都川柳社⑦江口輝男

江崎　紫峰
①えざきしほう③〒300-1256 茨城県つくば市森の里73-2④029-876-2446⑤TEL同⑥つくばね番傘川柳会／東葛川柳会⑦茂男⑧「瑞穂」「出発」「有薫」「つくばね叢書一里塚」「海外の川柳事情」「玉響」「自遊人」

江畑　哲男
①えばたてつお②S27.12.6③〒270-1108 千葉県我孫子市布佐平和台5-11-3④04-7189-6226⑤TEL同⑥東葛川柳会／東京みなと番傘川柳会⑧「川柳句文集ぐりんてぃー」「ユニークとうかつ類題別秀句集」「川柳作家全集 江畑哲男」「アイらぶ日本語」「ユーモア党宣言!」「我思う故に言あり-江畑哲男の川柳美学」「近くて近い台湾と日本-日台交流川柳句集」「よい句をつくるための川柳文法力」「違いがわかるはじめての五七五 俳句・川柳 上達のポイント」「ユニークとうかつ類題別秀句集II」「旅の日川柳」「川柳句文集 熱血教師」「今川乱魚のユーモア川柳とまじめ語録」⑨tto@msg.biglobe.ne.jp

戎　　踊兵
①えびすようへい②S34.1.4③〒030-1303 青森県東津軽郡外ヶ浜町蟹田81-1④0174-22-4023⑥おかじょうき川柳社⑦修

蛯原　夏牛
①えびはらかぎゅう②S12.3.20③〒675-0062 兵庫県加古川市加古川町美乃利377-16④079-424-1065⑤TEL同⑥ふあうすと川柳社⑦正弘⑨masa4122@bb.banban.jp

海老原かつ美
①えびはらかつみ③〒131-0043 東京都墨田区立花5-1-27④03-3611-2245⑥すみだ川柳会

恵利　菊江
①えりきくえ②S27.1.27③〒889-1201 宮崎県児湯郡都農町大字川北20734⑧「平成28年度自選句集」「笛153」

延寿庵野靍
①えんじゅあんやかく②S17.6.5③〒664-0858 兵庫県伊丹市西台5-5-26 岡村方④072-772-3655⑤TEL同⑥番傘川柳本社⑦岡村康裕⑧「川柳万画」「これっきりえ・四季の颯声を刻む」「川柳句集 四六時中」

遠藤砂都市
①えんどうさとし②S5.8.2③〒276-0034 千葉県八千代市八千代台西10-21-12④047-485-9151⑤TEL同⑥悠遊川柳会⑦哲資

遠藤　三太
①えんどうさんた②S3.5.11③〒143-0013 東京都大田区大森南2-7-20-501④03-3743-0071⑥川柳白梅会⑦定男

遠藤　忠太
①えんどうちゅうた②S3.1.15③〒022-0002 岩手県大船渡市大船渡町字明神前22-2④0192-27-2344⑤TEL同⑥川柳煌々⑦忠夫⑧「川柳時折々の譜2000句集」「時事川柳1200句集」

遠藤　夙子
①えんどうつとこ②S10.3.22③〒386-0018 長野県上田市常田2-1-5④090-2206-9029⑤⑥川柳六文銭上田吟社

遠藤　久夫
①えんどうひさお②S8.4.20③〒179-0074 東京都練馬区春日町4-22-3④03-3999-8583⑥川柳ひかり吟社

遠藤まつゑ
①えんどうまつえ②S12.1.1③〒411-0934 静岡県駿東郡長泉町下長窪464-7④055-986-3449⑥川柳さくら

遠藤　泰江
①えんどうやすえ②S9.8.30③〒062-0933 北海道札幌市豊平区平岸3-18-4-10-409④011-822-3202⑤TEL同⑥札幌川柳社／川柳触光舎⑧「川柳句集　花筏」「川柳作家全集　遠藤泰江」

及川竜太郎
①おいかわりゅうたろう②S9.8.23③〒285-0831 千葉県佐倉市染井野7-27-5④043-461-2180⑤TEL同⑥からたち川柳会／川柳向島⑦光(こう)

老沼　正一
①おいぬましょういち②S13.1.4③〒270-2253 千葉県松戸市日暮5-199⑥東葛川柳会／川柳宮城野社

近江あきら
①おうみあきら②S5.3.19③〒145-0064 東京都大田区上池台3-39-14④03-3729-1841⑤TEL同⑥川柳白梅会⑦昭⑧「砂漠の夕日」「川柳作家全集　近江あきら」

大石　一粋
①おおいしいっすい②S26.1.19③〒018-1856 秋田県南秋田郡五城目町下山内字深堀78-2④018-852-9568⑤TEL同⑥川柳グループ柳山泊／川柳宮城野社⑦守⑧「雨のちジャンプ」

大石　新平
①おおいししんぺい③〒737-2124 広島県江田島市江田島町宮の原2-13-14④0823-42-1855⑥広島番傘川柳会

大泉しげお
①おおいずみしげお②T15.1.30③〒177-0045 東京都練馬区石神井台3-29-2④03-3996-6232⑥川柳こぶし吟社／練馬区川柳連盟⑦榮男

大内　朝子
①おおうちあさこ③〒639-0251 奈良県香芝市逢坂2-720-20④0745-79-6595⑥川柳塔社

大内　　覺
①おおうちさとる②S8.1.1③〒284-0003 千葉県四街道市鹿渡2002-10-503④043-423-1172⑤TEL同⑥からたち川柳会

大川　　聡
①おおかわさとる②S47.4.26③〒950-1101 新潟県新潟市西区山田2583-1⑥無所属⑨baburu500@ezweb.ne.jp

大川扶美子
①おおかわふみこ③〒720-0013 広島県福山市千田町千田3240-1

お

大川　操子
①おおかわみさおこ③〒607-8404 京都府京都市山科区御陵大谷町1-1ライオンズマンション307④075-591-4558⑥無所属

大川　満生
①おおかわみつお②S3.10.7③〒347-0066 埼玉県加須市本町14-48④0480-61-3623⑥川柳研究社⑦光男⑧「句文集　たわごと(多和娯途)」

大河原滴翠
①おおかわらてきすい②S7.1.11③〒963-8012 福島県郡山市咲田2-25-13④024-933-1377⑤℡同⑥川柳道の会⑦博美⑧「白い花」

大河原信昭
①おおかわらのぶあき②S8.2.3③〒320-0837 栃木県宇都宮市弥生1-7-8④028-634-5677⑥川柳乱／北貌

大楠　紀子
①おおくすのりこ②S15.9.1③〒639-1132 奈良県大和郡山市高田町9-1-13-202④0743-25-7301⑤℡同⑥奈良番傘川柳会

大久保和行
①おおくぼかずゆき②S13.2.1③〒380-0803 長野県長野市三輪9-1-5⑥川柳美すゞ吟社

大久保健峰
①おおくぼけんほう②S22.12.10③〒031-0001 青森県八戸市類家3-13-8⑥ふあうすと川柳社⑦健三

大沢　　覚
①おおさわさとる②S18.10.13③〒370-0004 群馬県高崎市井野町1351-3⑥上州時事川柳クラブ／前橋川柳会⑦大澤　覺⑧「亀の歩み」

大嶋都嗣子
①おおしまとしこ②S23.8.15③〒514-1111 三重県津市久居桜が丘町1711-90④059-256-0610⑥三重川柳協会

大島　凪子
①おおしまなぎこ②S20.9.6③〒502-0859 岐阜県岐阜市城田寺684-42④058-231-2546⑤TEL同⑥岐阜川柳社

太田垣柳月
①おおたがきりゅうげつ②S18.5.11③〒770-8012 徳島県徳島市大原町壱町地18-21⑥番傘川柳本社⑦正義⑧「川柳しよう」「泣ける川柳」

大田かつら
①おおたかつら②S22.8.21③〒901-0231 沖縄県豊見城市字我那覇373-5 洲鎌方④098-850-7620⑤℡同⑥川柳とみぐすく／川柳きやり吟社⑦洲鎌惠子⑧「沖縄の赤き花」「沖縄を返せ」

太田紀伊子
①おおたきいこ②S13.10.6③〒301-0042 茨城県龍ヶ崎市長山5-17-6④0297-66-1293⑤℡同⑥龍ケ崎市川柳連盟／番傘川柳本社⑦キイ子⑧「句文集　風と組む」「合同句集　励まし発信」「川柳作家全集　太田紀伊子」「ユーモア川柳乱魚セレクション」「今川乱魚ユーモア川柳論」「川柳作家ベストコレクション　太田紀伊子」⑨kiiko-ota@jcom.home.ne.jp

大瀧　峰保
①おおたきみねやす②T15.1.16③〒337-0042 埼玉県さいたま市見沼区南中野393-2④048-683-3414⑥佐知川川柳教室／埼玉川柳社

大竹　　洋
①おおたけひろし②S16.12.15③〒270-0101 千葉県流山市東深井865-87④04-7155-1856⑤℡同⑥松戸川柳会／東葛川柳会

太田　省三
①おおたしょうぞう②S29.5.31③〒563-0042 大阪府池田市宇保町3-22⑥川柳塔社／川柳瓦版の会

太田タカ子
①おおたたかこ②S8.3.14③〒322-0011 栃木県鹿沼市白桑田531-8④0289-65-3826⑥下野川柳会

太田のりこ
①おおたのりこ②S17.4.14③〒633-0042 奈良県桜井市大字下741④0744-46-2407⑤℡同⑥ぐるうぷ葦／やまと番傘川柳社⑦範子

太田ヒロ子
①おおたひろこ②S14.6.10③〒264-0025 千葉県千葉市若葉区都賀5-25-14④043-232-5884⑤℡同⑥番傘川柳本社⑧「来し方」「川柳作家ベストコレクション　太田ヒロ子」⑨hirosen610@ybb.co.jp

太田　　守
①おおたまもる②S8.3.25③〒085-0813 北海道釧路市春採2-36-20④0154-41-5906⑥釧路川柳社

大塚　一由
①おおつかかずよし②S14.3.23③〒959-1821 新潟県五泉市赤海1-9-2④0250-42-5206⑤℡同⑥新潟川柳文芸社／柳都川柳社

大塚　恵子
①おおつかけいこ②S14.9.17③〒683-0066 鳥取県米子市日野町5④0859-22-3932⑥川柳塔きゃらぼく

大塚　牧人
①おおつかぼくじん②S4.5.27③〒166-0012 東京都杉並区和田3-26-3④03-3381-4970⑤℡同⑥ぱらぼら川柳会／だんだん川柳会⑦牧人⑧「聞き上手　大塚牧人詩文集」

大塚　貢範
①おおつかみのる②S4.9.9③〒701-0221 岡山県岡山市南区藤田2036④086-296-3317⑥川柳玉野社／藤田川柳会⑦稔

大戸　和興
①おおとかずおき②S14.10.23③〒270-0105 千葉県流山市平方250-188④04-7153-3383⑤℡同⑥東葛川柳会／柳都川柳社⑧「川柳句集わかさ」「川柳作家全集　大戸和興」「川柳作家ベストコレクション　大戸和興」

大友　呑京
①おおともどんきょう②T12.9.20③〒989-3128 宮城県仙台市青葉区愛子中央5-10-12④022-392-5672⑥亘理川柳会⑦幸一⑧「千流一滴」

大西　久美
①おおにしくみ②S25.4.6③〒651-2401 兵庫県神戸市西区岩岡町岩岡616-50④078-967-1150⑥ひらの会

大西　泰世
①おおにしやすよ②S24.2.25③〒530-0038 大阪府大阪市北区紅梅町1-14カサビアンカ6B④06-6881-1120⑤℡同⑥無所属⑧「椿事」「世紀末の小町」「こいびとになってくださいますか」

大野たけお
①おおのたけお②S15.5.24③〒519-0106 三重県亀山市みどり町3-6④090-6649-7650⑥せんりゅうくらぶ翔⑦武男

お

大野　風柳
①おおのふうりゅう②S3.1.6③〒956-0023 新潟市秋葉区美幸町3-4-6④0250-22-2517⑤0250-23-2470⑥柳都川柳社⑦英雄⑧「五七五のこころ」「大野風柳の世界」「定本大野風柳句集」「しみじみ川柳」「大野風柳句集風のまなざし」「白石朝太郎の川柳と名言」「うめぼし柳談」「川柳よ、変わりなさい!」「定本大野風柳の世界」「川柳作家全集　大野風柳」「川柳を、はじめなさい!」「川柳は凄い」「川柳六大家を語る」「柳儀―川柳七〇年目の境地」「川柳作家ベストコレクション　大野風柳」

大野　楽水
①おおのらくすい②S10.6.13③〒670-0083 兵庫県姫路市辻井4-7-7-2④079-291-2590⑥川柳千姫⑦光男

大場　可公
①おおばかこう②T14.7.24③〒811-1362 福岡県福岡市南区長住1-5-18④092-551-6136⑥川柳噴煙吟社／西日本新聞川柳十七会⑦重保⑧「川柳集　みち潮」「川柳集II　無限抱擁」「川柳作家全集　大場可公」

大場　孔晶
①おおばくしょう②S9.9.23③〒758-0061 山口県萩市椿金谷2908-15④0838-25-1825⑤TEL同⑥萩川柳会／山口県川柳協会⑦洋⑧「川柳作家ベストコレクション　大場孔晶」

大橋　鐘造
①おおはししょうぞう②S2.3.5③〒584-0006 大阪府富田林市旭ケ丘町5-19④0721-23-6258⑥富柳会

大橋　義生
①おおはしよしお②S4.4.9③〒915-0852 福井県越前市松森町23-22-7④0778-22-1252⑥番傘ばんば川柳社⑦義男

大平　星雲
①おおひらせいうん②S11.1.2③〒133-0051 東京都江戸川区北小岩7-20-1④03-3650-9799⑥現代俳句協会⑦隆一

大堀　正明
①おおほりまさあき②S20.5.16③〒532-0012 大阪府大阪市淀川区木川東4-3-34-212④06-6305-4536⑤TEL同⑥番傘川柳北斗会／豊中川柳会

大本　和子
①おおもとかずこ②S20.8.30③〒722-0062 広島県尾道市向東町14285-39④0848-45-3018⑤TEL同⑥柳都川柳社／ふあうすと川柳社

大森　昭恵
①おおもりあきえ②S13.12.10③〒723-0015 広島県三原市円一町5-2-4-106④0848-63-6381⑥番傘川柳本社／川柳奉行

大森　一甲
①おおもりいっこう②S11.7.13③〒654-0113 兵庫県神戸市須磨区緑が丘2-23-5④078-777-9935⑤ＴＥＬ同⑥神戸川柳協会⑦一宏⑧「風に吹かれて―川柳で綴る四国遍路―」「風に吹かれてII―四季の足音」

大家　風太
①おおやふうた②S8.7.20③〒709-3612 岡山県久米郡久米南町上弓削1210④086-728-3055⑤TEL同⑥弓削川柳社⑦繁⑧「川柳作家ベストコレクション　大家風太」

大薮　布袋
①おおやぶほてい②T15.8.9③〒722-2322 広島県尾道市因島三庄町2064-2④08452-2-0361⑤TEL同⑥番傘川柳本社／因島番傘川柳会⑦弘⑧「親父の背」

大脇　一荘
①おおわきいっそう②S8.1.18③〒486-0908 愛知県春日井市西屋町字中新田72-2④0568-31-8222⑤0568-97-0439⑥中日川柳会⑦一男⑧「心のあしあと」「川柳作家ベストコレクション　大脇一荘」⑨issoh@aqua.ocn.ne.jp

岡内恵美子
①おかうちえみこ②S6.3.1③〒760-0017 香川県高松市番町4-6-4④087-831-7008⑥ふあうすと川柳社

岡崎　　守
①おかざきまもる②S16.9.2③〒006-0042 北海道札幌市手稲区金山2条3-1-16④011-683-6944⑤TEL同⑥札幌川柳社⑧「七人句集　芽」「三面鏡」「川柳句文集　さいはて」「北天」「人間の風」「斎藤大雄の川柳と命刻」「川柳作家全集　岡崎守」「一日一句こころの日記」「川柳作家ベストコレクション 岡崎守」⑨ttswp966@yahoo.co.jp

岡　さくら
①おかさくら②S15.8.5③〒300-1271 茨城県つくば市桜が丘25-25⑥つくば牡丹柳社⑦杉森美佐子

小笠原倫子
①おがさわらりんこ②S7.10.10③〒780-0821 高知県高知市桜井町1-8-32-703④090-4781-1857⑥帆傘川柳社⑦倫子（みちこ）⑧「川柳作家ベストコレクション　小笠原倫子」

岡島　秀宝
①おかじましゅうほう②S13.5.14③〒329-0521 栃木県河内郡上三川町石田1156④0285-56-2866⑥下野川柳会⑦秀二

岡田　玖美
①おかだくみ③〒671-1152 兵庫県姫路市広畑区小松町1-63-11ライフヴィラ小松109⑥時の川柳社

岡田コスエ
①おかだこすえ②S8.2.20③〒441-8156 愛知県豊橋市高師町西沢44-5⑥無所属

岡田　俊介
①おかだしゅんすけ②S13.1.23③〒560-0021 大阪府豊中市本町5-12-9④06-6840-9655⑤06-6843-0892⑥現代川柳「琳琅」⑧句集「青誕樹」

緒方　正堂
①おがたせいどう②S18.7.13③〒861-2118 熊本県熊本市東区花立3-39-5-203④096-360-5767⑥川柳噴煙吟社／若葉川柳会⑦政利

岡田　千茶
①おかだせんちゃ②T14.2.10③〒703-8253 岡山県岡山市中区八幡東町12-12④086-275-0005⑤TEL同⑥川柳「塾」⑦芳美⑧「千茶漫筆」「句集　天からの呪文」「お山の大将」（共著）「句集　千茶浪漫」「千茶悠悠」

尾形　尚武
①おがたなおたけ②S12.10.30③〒950-0921 新潟県新潟市中央区京王2-13-27④025-286-4671⑥柳都川柳社

尾方　文子
①おがたふみこ②S9.9.5③〒806-0062 福岡県北九州市八幡西区別当町18-11④093-641-2697⑥川柳くろがね吟社

岡田　話史
①おかだわし②S6.10.28③〒227-0043 神奈川県横浜市青葉区藤が丘1-17-26　クリエールB527④090-1115-6267⑤045-972-9426⑥川柳路吟社／川柳白梅会⑦光雄⑧「さよなら名犬ワッシー」「団子食う」

お

岡　照子
①おかてるこ②S6.6.1③〒761-8081 香川県高松市成合町734-9④087-886-2321⑥さぬき番傘川柳会／番傘川柳本社

岡戸　君江
①おかどきみえ②S10.5.1③〒470-2202 愛知県知多郡阿久比町福住申田55-5④0569-48-2444⑥川柳きぬうらクラブ／中日川柳会

おかの蓉子
①おかのようこ②S16.1.7③〒156-0042 東京都世田谷区羽根木2-41-8⑥番傘川柳本社／川柳レモンの会⑦岡野蓉子⑧「川柳作家ベストコレクション　おかの蓉子」

岡部　翠華
①おかべすいか②S12.8.14③〒870-0822 大分県大分市大道町5-1-40④097-544-1594⑥大分番傘川柳会⑦富久市

岡本かくら
①おかもとかくら②S3.1.1③〒034-0088 青森県十和田市西十四番町43-16④0176-22-1626⑥十和田かぱちぇっぽ川柳吟社／番傘川柳本社⑦玨良⑧「かくらん帖」「風のままに」

岡本　和
①おかもとかず②H2.3.19③〒303-0033 茨城県常総市水海道高野町2180-3④0297-22-0303⑤0297-22-5433

岡本　恵
①おかもとめぐみ②S31.6.2③〒303-0033 茨城県常総市水海道高野町2180-3④0297-22-0303⑤0297-22-5433⑥無所属⑧「かみさまのいうとおり」⑨megumiaol@yahoo.co.jp

岡　嘉彦
①おかよしひこ②S17.6.18③〒068-0828 北海道岩見沢市鳩が丘3-14-12④0126-24-8513⑤TEL同⑥札幌川柳社／岩見沢柳の芽川柳会⑧川柳句集「男の歩幅」 川柳句集「男の歩幅vol.II〜生きる〜」

小川　清隆
①おがわきよたか②S10.10.8③〒813-0005 福岡県福岡市東区御島崎1-26-503④090-2852-3632⑤092-662-7557⑥福岡番傘川柳会⑧蘖（ひこばえ）

小川　正美
①おがわまさみ②S6.3.9③〒261-0011 千葉県千葉市美浜区真砂5-16-3-506⑥日本ビジネス川柳倶楽部

小河　柳女
①おがわりゅうじょ②S13.4.12③〒513-0004 三重県鈴鹿市加佐登4-27-8④059-378-3578⑤TEL同⑥川柳塔社⑦みち子⑧「昨日の部屋」「川柳作家ベストコレクション　小河柳女」

興津　幸代
①おきつさちよ②S25.2.8③〒399-2431 長野県飯田市川路2366④0265-27-2657⑥飯田天柳吟社／埼玉川柳社⑧「川柳句集　わたしのつぶやき」「川柳作家ベストコレクション　興津幸代」

荻原　亜杏
①おぎわらあきょう②S23.11.18③〒370-2132 群馬県高崎市吉井町吉井297④027-387-2418⑤027-387-9173⑥川柳竹柳会⑦清子⑧「上毛川柳入選句集」「杏」「川柳作家ベストコレクション　荻原亜杏」

荻原美和子
①おぎわらみわこ②S19.7.6③〒230-0071 神奈川県横浜市鶴見区駒岡3-30-G-407⑥川柳きやり吟社⑦和子

奥谷　孝雄
①おくたにたかお③〒606-8392 京都府京都市左京区聖護院山王町31-2④075-771-2924⑥無所属

奥津惠美子
①おくつえみこ②S17.8.26③〒257-0047 神奈川県秦野市水神町7-6④0463-81-6419

奥山　晴生
①おくやまはるお②S4.3.18③〒603-8227 京都府京都市北区紫野北舟岡町1⑥川柳グループ草原／長岡京川柳会⑦晴夫⑧「車輪」「川柳作家全集　奥山晴生」

小倉慶司郎
①おぐらけいしろう②S13.1.26③〒709-0824 岡山県赤磐市穂崎206④086-955-5485⑤086-229-2251⑥井笠川柳会／川柳展望社

小倉　利江
①おぐらとしえ②S9.5.19③〒270-2267 千葉県松戸市牧の原1-5-104④047-384-2154⑤TEL同⑥川柳研究社／川柳きやり吟社

桶川　聖柳
①おけがわせいりゅう②S16.7.1③〒007-0811 北海道札幌市東区東苗穂11条3-7-7④011-791-7654⑤TEL同⑥川柳あきあじ吟社／北海道川柳研究会⑦正之

刑部　仙太
①おさかべせんた②S14.6.9③〒321-0942 栃木県宇都宮市峰2-13-12④028-633-1079⑤TEL同⑥下野川柳会⑦富夫

長川　哲夫
①おさがわてつお②S16.3.6③〒653-0862 兵庫県神戸市長田区西山町4-27-9④078-621-5131⑤TEL同⑥ふあうすと川柳社⑧「青山」

尾﨑かんじ
①おざきかんじ②S10.8.29③〒253-0086 神奈川県茅ヶ崎市浜之郷990-37④0467-82-9000⑤TEL同⑥なんご川柳会⑦寛治

小澤誌津子
①おざわしづこ②S8.3.25③〒708-0004 岡山県津山市山北2-11④0868-23-2502⑥津山番傘川柳会／弓削川柳社⑧「花紀行」

小島　　仁
①おじままさし②S9.5.7③〒952-0026 新潟県佐渡市立野33④0259-27-6782⑤TEL同⑥新潟川柳文芸社

尾田亜希子
①おだあきこ②S50.5.23③〒852-8111 長崎県長崎市高尾町46-2④095-848-6295⑥戸畑あやめ川柳会

尾田　綾花
①おだあやか②S24.2.21③〒852-8111 長崎県長崎市高尾町46-2④095-848-6295⑥戸畑あやめ川柳会⑦知子

尾髙　水陽
①おだかすいよう②S9.5.12③〒707-0035 岡山県美作市平田268④0868-72-2828⑥美作川柳社⑦和弘

小田　哲司
①おだてつし②S27.5.30③〒604-8432 京都府京都市中京区西の京南原町1-2-402④075-801-8291⑥無所属

尾田　　林
①おだりん②S56.12.12③〒852-8111 長崎県長崎市高尾町46-2④095-848-6295⑦光洋

越智　学哲
①おちがくてつ②S22.9.6③〒794-0015 愛媛県今治市常盤町4-5-43F④0898-31-6001⑥汐風川柳社⑦哲朗⑧「日浅陽二青春譜」「酔夢譚」

お

小野小野三
①おのおのぞー②S11.4.1③〒501-1156 岐阜県岐阜市又丸津島11-3④058-239-8844⑥岐阜川柳社／城西川柳会⑦正信⑧「戯画絵巻」「川柳作家ベストコレクション 小野小野三」⑨m-ono@ccn2.aitai.ne.jp

小野田静花
①おのだしずか②S19.6.11③〒441-8111 愛知県豊橋市江島町83④0532-45-0232⑤TEL同⑥岐阜川柳社⑦節子⑧「ひとり静」

小野真備雄
①おのまびお②S2.8.9③〒703-8205 岡山県岡山市中区中井137④086-275-0720⑤TEL同⑥みなと川柳社／全国郵政川柳人連盟⑦和彌⑧「小野真備雄句集」

小野六平太
①おのろっぺいた②S10.5.28③〒132-0021 東京都江戸川区中央2-4-10⑥川柳サロン／川柳レモンの会⑦貢

小原　金吾
①おばらきんご②S20.3.25③〒020-0813 岩手県盛岡市東山1-7-25④019-625-0357⑥札幌川柳社／川柳原生林社

小原　正路
①おばらしょうじ②S10.5.4③〒312-0042 茨城県ひたちなか市東大島1-22-8④029-272-8351⑤TEL同⑥水戸川柳会／つくばね番傘川柳会⑦正司⑧「さとの風」

小原　孝夫
①おばらたかお②S14.1.27③〒024-0083 岩手県北上市柳原町1-7-22④0197-65-0576⑥札幌川柳社／川柳北上吟社

小原　敏照
①おはらとしてる②S14.10.12③〒640-8472 和歌山県和歌山市大谷845-6④073-455-3693⑤TEL同⑥東京みなと番傘川柳会／和歌山三幸川柳会⑨t.ohara@iris.eonet.ne.jp

小原とまと
①おばらとまと②S44.7.14③〒021-0054 岩手県一関市山目字境111-11④0191-25-2963⑥川柳きやり吟社⑦陽子

表　よう子
①おもてようこ②S19.1.1③〒923-0826 石川県小松市希望丘1-97④0761-47-1806⑤TEL同⑥蟹の目川柳社／こまつ川柳社⑧「川柳作家ベストコレクション　表よう子」

小山田桂晴
①おやまだけいせい②S14.6.1③〒034-0041 青森県十和田市大字相坂字小林35④0176-23-6877⑤TEL同⑥十和田かぱちぇっぽ川柳吟社⑦桂一

鏡渕　和代
①かがみふちかずよ③〒239-0841 神奈川県横須賀市野比2-32-15④046-848-4111⑤TEL同⑥無所属⑧「半醒半睡」

加賀谷日和
①かがやひより②S10.10.13③〒360-0018 埼玉県熊谷市中央2-407⑥熊谷市川柳協会／太田市川柳協会⑦久子⑧「川柳ふたり連れ」

加川　喜泉
①かがわきせん②S13.7.29③〒503-2121 岐阜県不破郡垂井町1446-8④0584-22-1884⑥無所属⑦喜曠

笠井奈那美
①かさいななみ②S12.12.9③〒722-0215 広島県尾道市美ノ郷町三成1225④0848-48-0389⑤TEL同⑥柳都川柳社⑧「川柳と随想　ざくろの実」

笠川　嘉一
①かさがわかいち②S10.11.13③〒524-0043 滋賀県守山市二町町133-8④077-582-3314⑤TEL同⑥びわこ番傘川柳会⑧「川柳作家全集　笠川嘉一」「今から川柳をはじめる方へ　3ステップでわかる!　川柳入門」

加佐藤味加
①かさとうみか②S47.2.23③〒833-0031 福岡県筑後市山ノ井862-2-202⑦加藤美香子

風間なごみ
①かざまなごみ②S14.11.19③〒400-0064 山梨県甲府市下飯田2-9-14④055-226-0266⑤TEL同⑥川柳甲斐野社⑦和子

梶田　隆男
①かじたたかお②S13.2.18③〒491-0817 愛知県一宮市千秋町天摩218④0586-76-3607⑤TEL同⑥中日川柳会⑧「川柳作家ベストコレクション　梶田隆男」

柏原　夕胡
①かしはらゆうこ②S31.7.30③〒640-8442 和歌山県和歌山市平井55④073-456-2488⑤TEL同⑥川柳塔社／川柳塔わかやま吟社⑦優子

樫部　昭榮
①かしべあきさか②S11.7.24③〒745-0006 山口県周南市花畠町1-15④0834-21-9297⑥徳山かおり川柳会⑨a.kashibe@ccsnet.ne.jp

鹿島　郁子
①かしまいくこ②S5.1.18③〒264-0037 千葉県千葉市若葉区源町311-26④043-254-1323⑤TEL同⑥千葉番傘川柳会

加島　一郎
①かしまいちろう②T14.10.31③〒337-0053 埼玉県さいたま市見沼区大和田町2-1571-6④048-686-2207⑥埼玉県川柳協会⑧「川柳句集　あかし」

鹿島　繭
①かしままゆ②T11.1.31③〒683-0832 鳥取県米子市立町1-70④0859-22-3501⑥川柳塔きゃらぼく⑦松子

柏井日出子
①かしわいひでこ③〒690-0011 島根県松江市東津田町2168-387④0852-23-9361⑤TEL同⑥明日香川柳社／川柳瓦版の会⑧「サンライズラプソディ」

か

梶原サナヱ
①かじわらさなえ③〒673-0533 兵庫県三木市緑が丘東1-7-7⑥時の川柳社⑧「川柳句集　一椀の詩」「川柳作家ベストコレクション　梶原サナヱ」

梶原　三夢
①かじわらさんむ②S2.8.8③〒263-0054 千葉県千葉市稲毛区宮野木町1664-234④043-253-5832⑥小中台川柳会／番傘川柳本社⑦靖弘⑧「風雪」

風早　陽子
①かぜはやようこ②S23.6.25③〒657-0066 兵庫県神戸市灘区篠原中町4-9-12④078-881-1093⑥時の川柳社

片石志津子
①かたいししずこ②S15.4.14③〒836-0082 福岡県大牟田市片平町183-7⑥川柳くろがね吟社

片岡　加代
①かたおかかよ②S25.12.23③〒558-0011 大阪府大阪市住吉区苅田4-12-26④090-8483-9917⑤06-6607-5375⑥番傘川柳本社／番傘わかくさ川柳会⑧「川柳作家ベストコレクション　片岡加代」

片野　晃一
①かたのこういち②S22.2.20③〒300-1264 茨城県つくば市泊崎193-2④029-876-0086⑤TEL同⑥つくば牡丹柳社⑧「川柳句集　ぽっくり寺」「川柳作家ベストコレクション　片野晃一」

片山　　忠
①かたやまただし②S13.10.5③〒651-1413 兵庫県西宮市北六甲台5-34-7④078-903-2845⑤TEL同⑥川柳さんだ／川柳展望社

葛飾　凡斎
①かつしかぼんさい②S17.4.1③〒301-0801 茨城県龍ヶ崎市板橋町147-4　カナン④090-3513-7935⑤0297-84-1910⑥つくば牡丹柳社／川柳マガジンクラブ茨城句会⑦市原茂⑨kanann40@yahoo.co.jp

勝又　恭子
①かつまたきょうこ③〒411-0044 静岡県三島市徳倉885-3④055-987-9916⑥静岡たかね川柳会

勝谷　高明
①かつやたかあき②S5.6.30③〒563-0023 大阪府池田市井口堂1-12-23-608④072-762-5911⑥川柳展望社

桂川　秋生
①かつらがわしゅうせい②S9.10.31③〒386-2202 長野県上田市真田町本原360-20④0268-72-4382⑤TEL同⑥川柳六文銭上田吟社⑦彰雄

加藤かずこ
①かとうかずこ③〒065-0014 北海道札幌市東区北14条東5④011-731-5585⑥札幌川柳社

加藤　金司
①かとうきんし②S3.7.4③〒206-0022 東京都多摩市聖ケ丘3-1-17④042-371-8978⑥川柳きやり吟社

加藤　権悟
①かとうけんご②S9.5.12③〒319-1416 茨城県日立市田尻町1-2-12④0294-42-3318⑥川柳ひたち野社

加藤　早苗
①かとうさなえ②S14.6.20③〒124-0002 東京都葛飾区西亀有2-9-9④03-3604-7238

加藤　俊一
①かとうしゅんいち②S4.2.10③〒760-0078 香川県高松市今里町1-497-3④087-861-5108⑤TEL同⑥香川県川柳協会⑦俊一

加藤　晨風
①かとうしんぷう②S15.6.17③〒010-0802 秋田県秋田市外旭川字八幡田307-9④018-868-6024⑤℡同⑥秋田川柳銀の笛吟社／川柳グループ柳山泊⑦志朗

加藤　照香
①かとうてるこ②S6.2.14③〒990-0831 山形県山形市西田2-13-23④023-643-7158⑥川柳やまがた吟社⑦テル子

加藤友三郎
①かとうともさぶろう②S8.9.28③〒501-6011 岐阜県羽島郡岐南町八剣北6-25④058-246-9197⑥名古屋番傘川柳会⑧「川柳句集　回遊魚」

加藤　　胖
①かとうゆたか②S22.4.17③〒251-0002 神奈川県藤沢市大鋸1-15-24④0466-23-4508⑤℡同⑥川柳路吟社⑧「川柳作家ベストコレクション　加藤胖」

加藤ゆみ子
①かとうゆみこ③〒239-0841 神奈川県横須賀市野比2-4　B-707⑥川柳研究社／川柳べに花クラブ⑦由美子

加藤　佳子
①かとうよしこ②S14.10.30③〒233-0001 神奈川県横浜市港南区上大岡東1-19-1-205④045-845-7091⑤℡同⑥川柳路吟社／川柳研究社⑧「川柳作家ベストコレクション　加藤佳子」

門脇かずお
①かどわきかずお②S31.11.23③〒683-0105 鳥取県米子市葭津1712-1④0859-28-8078⑤0859-28-8086⑥ふあうすと川柳社／川柳展望社⑦一男⑧「川柳作家ベストコレクション　門脇かずお」

金澤たかし
①かなざわたかし②S13.2.6③〒316-0025 茨城県日立市森山町5-2-27④0294-53-1653⑤℡同⑥水戸川柳会／川柳きやり吟社⑦敬

金澤　入道
①かなざわにゅうどう②T14.10.10③〒722-2323 広島県尾道市因島土生町新生区④08452-2-3382⑥番傘川柳本社／因島番傘川柳会⑦末光

金川朋視子
①かねがわとしこ②T12.10.4③〒761-0704 香川県木田郡三木町下高岡2255-26④078-898-3643⑥三木川柳会／番傘川柳本社

金子すすむ
①かねこすすむ②S5.7.16③〒799-3702 愛媛県宇和島市吉田町西小路8-4④0895-52-0181⑤℡同⑥吉田川柳会／川柳宇和吟社⑦進

金子千枝子
①かねこちえこ②S19.10.15③〒930-0898 富山県富山市桜谷みどり町2-10④076-441-8456⑤℡同⑥川柳えんぴつ社／川柳けやきの会⑨kaneko@tym.fitweb.or.jp

金子美知子
①かねこみちこ②S11.9.19③〒240-0066 神奈川県横浜市保土ヶ谷区釜台町11-16④045-333-3883⑥川柳路吟社⑧「胡蝶花の眼」

鹿野　　椿
①かのつばき②S32.3.4③〒982-0221 宮城県仙台市太白区日本平41-17 今出川様④090-7321-6687⑥川柳宮城野社⑦今出川節子

兜森　祥智
①かぶともりよしのり②S29.4.24③〒036-8301 青森県弘前市糠坪字矢作13-1④0172-95-2727⑥川柳研究社

か

上村　健司
①かみむらけんじ②S17.8.24③〒123-0852 東京都足立区関原2-39-26④03-3880-0907⑤TEL同⑥足立川柳会／川柳研究社

亀山夕樹子
①かめやまゆきこ③〒379-2313 群馬県みどり市笠懸町鹿4462-14⑥桐生市川柳同好会／上州時事川柳クラブ⑦征子⑨yuki@e-sozoku.net

鴨田　昭紀
①かもだあきのり②S21.8.20③〒723-0044 広島県三原市宗郷2-7-27④0848-63-1096⑤0848-63-1096⑥川柳奉行三原川柳会⑧「川柳作家ベストコレクション　鴨田昭紀」

加門もと子
①かもんもとこ②S11.9.22③〒630-8432 奈良県奈良市田中町373-9④0742-62-1481⑥無所属⑦本子

唐木ひさ子
①からきひさこ②S22.8.31③〒981-8003 宮城県仙台市泉区南光台3-20-43④022-234-4643⑥川柳宮城野社

唐木　浩子
①からきひろこ②S19.7.16③〒981-8003 宮城県仙台市泉区南光台3-20-43④022-234-4643⑥川柳宮城野社

烏谷とみこ
①からすだにとみこ③〒791-0103 愛媛県松山市上高野町甲66-37④089-977-5141⑥川柳まつやま吟社⑦烏谷富子

狩野きよし
①かりのきよし②S18.3.15③〒223-0058 神奈川県横浜市港北区新吉田東6-7-22④045-543-1827⑤TEL同⑥川柳レモンの会⑦清⑨karino@fob.itscom.net

河合笑久慕
①かわいえくぼ②S21.5.26③〒379-2301 群馬県太田市藪塚町2115-4 遠坂方④0277-78-3701⑤TEL同⑥川柳さろんGunma／川柳研究社⑦遠坂孝雄⑧「ジンジャーエールの味」「川柳作家ベストコレクション　河合笑久慕」⑨ekubotakao@yahoo.co.jp

川合　大祐
①かわいだいすけ②S49.2.19③〒396-0022 長野県伊那市御園536 みそのグレート・ハイツ202④0265-76-4375⑥川柳の仲間 旬⑨kawai.daisuke@taupe.plala.or.jp

河合美絵子
①かわいみえこ②S14.6.2③〒762-0024 香川県坂出市府中町5364-2④0877-48-0037⑤TEL同⑥番傘川柳本社⑦ミヱ子⑧「川柳作家叢書　河合美絵子」

川上　大輪
①かわかみだいりん②S22.12.20③〒640-8482 和歌山県和歌山市六十谷1188-14④073-462-7229⑤TEL同⑥川柳塔社／川柳塔わかやま吟社⑦久司⑧「川柳句集　二重奏」「川柳句集　流れ星の詩」

川上ますみ
①かわかみますみ②S26.12.5③〒799-2205 愛媛県今治市大西町宮脇甲73-106④0898-53-6123⑥汐風川柳社⑨k.mamy-1205@docomo.ne.jp

川口　凡人
①かわぐちぼんど②S4.1.25③〒252-0801 神奈川県藤沢市長後721④0466-44-2223⑥川柳路吟社⑦英雄

河口　世詞
①かわぐちよし②S19.8.28③〒350-0152 埼玉県比企郡川島町上伊草1930-2④049-297-3339⑤TEL同⑥時事作家協会／上州時事川柳クラブ⑦遠藤衛

川口　楽星
①かわぐちらくせい②S13.3.21③〒666-0115 兵庫県川西市向陽台2-1-17④072-793-9624⑤TEL同⑥相合傘⑦正浩⑧「相合傘（1～9）」（共著）⑨kawaguchi@kha.biglobe.ne.jp

川﨑　清子
①かわさききよこ②S12.3.18③〒769-2101 香川県さぬき市志度628-15④087-894-4472

河崎香太郎
①かわさきこうたろう②S13.11.17③〒921-8134 石川県金沢市南四十万3-23④076-296-1091⑤TEL同⑥番傘川柳本社／番傘加越能川柳社⑦勲⑧川柳句集「ありがとう」⑨kawagolf@taupe.plala.or.jp

川崎ちさと
①かわさきちさと②S38.3.6③〒630-0243 奈良県生駒市俵口町1481-14-404⑥生駒番傘川柳会⑨c.rabbit@water.ocn.ne.jp

川崎　信彰
①かわさきのぶあき②S13.11.22③〒273-0047 千葉県船橋市藤原1-10-36④090-9230-1528⑤047-339-1856⑥東葛川柳会／川柳会・新樹⑧「句文集　蝉時雨」⑨nobu-kawasaki@muj.biglobe.ne.jp

川島　五貫
①かわしまごかん②S20.6.29③〒416-0946 静岡県富士市五貫島251-5④0545-64-0737⑥川柳ともしび吟社⑦増子征治

川島　英雄
①かわしまひでお②S3.12.15③〒965-0015 福島県会津若松市北滝沢2-4-5④0242-25-3376⑥会津川柳会／川柳三日坊主吟社

川瀬　渡風
①かわせとふう②S14.5.14③〒256-0816 神奈川県小田原市酒匂4-8-6④0465-48-4243⑥全国郵政川柳人連盟／川柳路吟社⑦正揚

川田ようじ
①かわたようじ②S8.1.4③〒360-0816 埼玉県熊谷市石原2039-10④048-523-3107⑥熊谷川柳畦道の会⑦昭治

河内沙智子
①かわちさちこ②S23.1.12③〒950-0209 新潟県新潟市江南区横越東町1-8-6④025-385-3546⑥柳都川柳社／川柳宮城野社⑦幸子

河内谷　恵
①かわちだにけい③〒673-0044 兵庫県明石市藤江1185-1-506⑥ふあうすと川柳社⑦文恵

川中由美子
①かわなかゆみこ②S43.1.19③〒534-0016 大阪府大阪市都島区友渕町3-9-15-1106⑥上方文化人川柳の会　相合傘／芦屋川柳倶楽部ゆるり

川名　信政
①かわなのぶまさ②S20.6.30③〒270-2261 千葉県松戸市常盤平4-5-11④047-388-5734⑤TEL同⑥東葛川柳会／川柳会・新樹⑨n-kawana@ga3.so-net.ne.jp

川鍋　房子
①かわなべふさこ②S8.7.31③〒811-2113 福岡県糟屋郡須惠町須惠346-19④092-932-7146⑥番傘川柳本社

川名　洋子
①かわなようこ③〒193-0812 東京都八王子市諏訪町1923-1-6-708④042-652-9637⑤TEL同⑥東京みなと番傘川柳会／川柳塔社⑨youkokawa29@yahoo.co.jp

川西　香月
①かわにしこうげつ③〒663-8243 兵庫県西宮市津門大箇町5-40-903⑥ふあうすと川柳社⑦香代子

河野　達郎
①かわのたつろう②S9.2.12③〒883-0035 宮崎県日向市春原町2-26④0982-53-2651⑥無所属

河原愛水砂
①かわはらあずさ②S14.1.1③〒574-0004 大阪府大東市南楠の里町1-30④072-876-7089⑥番傘川柳本社⑦篤子⑧「落丁」

川又　暁子
①かわまたきょうこ②S15.9.8③〒794-0055 愛媛県今治市中日吉町2-5-8④0898-32-6273⑤TEL同⑥汐風川柳社⑧川柳「暁花」Ⅰ／川柳「暁花」Ⅱ／川柳「暁花」Ⅲ

川俣　秀夫
①かわまたひでお②S19.1.1③〒321-0201 栃木県下都賀郡壬生町安塚924-10⑥下野川柳会

川村　安宏
①かわむらやすひろ②S6.1.18③〒300-0841 茨城県土浦市中931-1④029-842-3546⑤TEL同⑥つくばね番傘川柳会／東葛川柳会⑧長塚節著「土」沢村貞子著「私の浅草」(2書の英訳。米国人と共訳)

川本美佐代
①かわもとみさよ②S25.7.14 ③〒651-0061 兵庫県神戸市中央区上筒井通1-3-15⑥時の川柳社⑧「てのひらの詩」

川守田秋男
①かわもりたあきお②S36.8.18③〒039-0613 青森県三戸郡南部町大字森越字野月3-4④0178-75-0290⑥なんぶ川柳会

神田ヒロ子
①かんだひろこ③〒956-0805 新潟県新潟市秋葉区中野1-13-1④0250-22-3149⑥柳都川柳社

神田　義和
①かんだよしかず②S27.4.3③〒950-3112 新潟県新潟市北区太夫浜1810-30④080-6570-1761⑤025-259-4159⑥柳都川柳社⑧「詩集　トリスの部屋で」「詩集　木偶の海」「詩集　背骨の中に海が見える時」

菅野　　實
①かんのまこと②S9.7.26③〒980-0871 宮城県仙台市青葉区八幡2-11-11④022-271-8943⑥川柳宮城野社／川柳べに花クラブ

神原日出夫
①かんばらひでお②S7.12.14③〒707-0505 岡山県英田郡西粟倉村筏津4-1④08687-9-2843⑥粟の実川柳社⑦秀男⑧「川柳　子守唄」

願法みつる
①がんぽうみつる②S12.1.3③〒359-0004 埼玉県所沢市北原町870-5-1206④04-2995-5092⑤TEL同⑥埼玉川柳社／所沢川柳会⑦充⑨ganpoh-mt@nifty.com

木内　紫幽
①きうちしゆう②T12.11.3③〒277-0831 千葉県柏市根戸470-25-907④04-7131-3837⑤TEL同⑥神田川柳会⑦信夫⑧「旧ソ連抑留画集」「わんぱく物語(赤坂)」

城内　光子
①きうちみつこ②S24.10.13③〒204-0023 東京都清瀬市竹丘3-14-23④042-478-7630⑤TEL同⑥川柳サロン

菊池　絢音
①きくちあやね③〒262-0012 千葉県千葉市花見川区千種町352-10④043-259-7149

菊地　順風
①きくちじゅんぷう②S26.2.15③〒179-0072 東京都練馬区光が丘7-3-4-1402⑥とうきょうと川柳会／川柳こぶし吟社⑦順男

菊池　七穂
①きくちななほ②T14.7.11③〒707-0014 岡山県美作市北山93-8④0868-72-2486⑥老人大学川柳部⑦和世

菊地　良雄
①きくちよしお②S19.11.11③〒239-0822 神奈川県横須賀市浦賀6-29-10④046-842-8897⑤TEL同⑥東京みなと番傘川柳会⑧「男の脱衣籠」

木暮　健一
①きぐれけんいち②S11.12.21③〒099-2231 北海道北見市端野町緋牛内929-3⑧「陽へかざす掌」

木崎　栄昇
①きざきえいしょう②S11.9.30③〒350-0275 埼玉県坂戸市伊豆の山町4-10④049-282-2717⑥川柳きやり吟社／埼玉川柳社

木咲　胡桃
①きざきくるみ②S21.12.8③〒187-0042 東京都小平市仲町291-7④042-341-7765⑤TEL同⑥番傘川柳本社／東京みなと番傘川柳会⑦坂本重喜

岸井ふさゑ
①きしいふさえ②S27.8.20③〒596-0005 大阪府岸和田市春木旭町30-20④072-444-3614⑤⑥岸和田川柳会⑦房惠⑨f.kishii@nike.eonet.ne.jp

岸　万伯
①きしまんはく②S7.3.2③〒799-0432 愛媛県四国中央市豊岡町大町445-2④0896-25-0634⑥紙川柳会／番傘川柳本社

北川キミ代
①きたがわきみよ②S13.1.29③〒270-2261 千葉県松戸市常盤平7-5-11④047-387-2051⑥川柳研究社／松戸川柳会

北澤　百代
①きたざわももよ②S13.10.4③〒381-3205 長野県長野市中条住良木8753④026-268-3276⑤TEL同⑥十日町川柳研究社

北沢　龍玄
①きたざわりゅうげん②S15.4.20③〒395-0004 長野県飯田市上郷黒田1649⑥飯田天柳吟社⑦豊治⑨ppk.kitazawa@gmail.com

北島　澪
①きたじまみお②S27.3.6③〒342-0050 埼玉県吉川市栄町782-1 B-202⑥東葛川柳会⑦清美⑨kita.shokola415@yahoo.co.jp

北谷　敦美
①きたたにあつみ②S16.3.15③〒639-2241 奈良県御所市茅原171-1④0745-63-0026⑤℡同⑥やまと番傘川柳社⑨atsmaro315@docomo.ne.jp

北谷　詔子
①きたたにのりこ②S18.9.8③〒639-2241 奈良県御所市大字茅原171-1④0745-63-0026⑥やまと番傘川柳社

北出　北朗
①きたできたろう②S13.12.20③〒563-0032 大阪府池田市石橋1-15-11④072-762-3607⑥無所属⑦二郎⑧「川柳句文集　仮の現」「ピケ張る娘」「娯楽番狂言　人間教室」「昭和草紙」

北野　岸柳
①きたのがんりゅう②S21.3.9③〒030-1302 青森県東津軽郡外ヶ浜町字蟹田中師字宮本2-3④0174-22-2104⑤0174-22-2381⑥おかじょうき川柳社⑦佐々木秀茂⑧「男の紙芝居」「風の街から」

北野　哲男
①きたのてつお②S5.7.30③〒669-1515 兵庫県三田市大原1553-12④079-563-4593⑤℡同⑥川柳塔社／川柳さんだ⑧「川柳作家叢書　北野哲男」「川柳作家ベストコレクション　北野哲男」

北原おさ虫
①きたはらおさむし②S21.9.30③〒489-0861 愛知県瀬戸市八幡台1-40④0561-83-9452⑤℡同⑥川柳瓦版の会／フェニックス川柳会⑦修⑨osamusi2015@commufa.ne.jp

北原　伸章
①きたはらしんしょう②S9.1.20③〒399-2561 長野県飯田市駄科1158-3④0265-26-8790⑤℡同⑥飯田天柳吟社／浅間川柳社⑦伸章（のぶあき）⑨nkita1934@mis.janis.or.jp

木田比呂朗
①きだひろお②S14.3.11③〒985-0031 宮城県塩竈市石堂7-27④022-365-6053⑤℡同⑥川柳宮城野社⑦裕夫⑧「川柳句集　こけし」

北山まみどり
①きたやままみどり②S34.8.25③〒036-0383 青森県黒石市緑町2-79④0172-53-5440⑥黒石川柳社⑦「川柳と少女マンガと…」「川柳作家ベストコレクション　北山まみどり」

きとうこみつ
①きとうこみつ②S35.2.7③〒561-0872 大阪府豊中市寺内1-3-1-102④090-7964-5766⑤06-6865-3318⑦木藤明子⑨kitty3527.3527@icloud.com

城戸　幸二
①きどこうじ②S14.9.11③〒666-0262 兵庫県川辺郡猪名川町伏見台1-1-40-310号④090-1159-5292⑥玻璃川柳の会／上方文化人川柳会・相合傘⑦重政紘二郎⑧「川柳句集　ひとり旅」⑨kshigemasa@yahoo.co.jp

木下　草風
①きのしたそうふう②S18.5.4③〒700-0080 岡山県岡山市北区津島福居1-5-20-105④086-254-5745⑥川柳「塾」／川柳後楽吟社⑦戡嘉

木原　広志
①きはらひろし②S6.1.26③〒466-0002 愛知県名古屋市昭和区吹上町2-30④052-732-6220⑥中日川柳会⑦宏⑧「ラジオがいちバン入選句集」「千成の四季　同人作品集」「合同句集　絆」「ふれあい」「句文集　箸休め」「川柳作家全集　木原広志」「川柳作家ベストコレクション　木原広志」

喜福恵美香
①きふくえみか③〒654-0143 兵庫県神戸市須磨区菅の台7-10-1④078-791-7282⑥時の川柳社⑦恵美子

貴船　翠風
①きふねすいふう②S16.7.14③〒740-0321 山口県岩国市入野252④0827-47-2375⑤TEL同⑦禎介

木村自然児
①きむらしぜんじ③〒022-0003 岩手県大船渡市盛町字内の目11-8④0192-27-5480⑥川柳北上吟社／川柳おおふなと⑦秀康

木村謝楽斎
①きむらしゃらくさい③〒413-0005 静岡県熱海市春日町16-45-1320④0557-48-6446⑥番傘川柳本社／とんぼ川柳吟社⑦敏和⑧「わたしのデモシカ川柳」「わたしの川柳・狂歌・都々逸選集」

木村　英昭
①きむらひであき③〒458-0035 愛知県名古屋市緑区曽根2-48④052-622-0909⑤TEL同⑥中日川柳会⑨rmnxacth@jeans.ocn.ne.jp

木村　正夫
①きむらまさお②S24.7.17③〒520-3013 滋賀県栗東市目川595-19④077-552-5378⑥びわこ番傘川柳会

木村　源子
①きむらもとこ③〒400-0862 山梨県甲府市朝気2-1-4-6

木村　淑恵
①きむらよしえ②T11.3.15③〒248-0027 神奈川県鎌倉市笛田5-22-5④0467-32-9663⑥川柳いちょうの会

木本　朱夏
①きもとしゅか③〒640-8392 和歌山県和歌山市中之島871⑥川柳塔社⑧「句集　転生」「ことばの国の猫たち」

木山　典子
①きやまのりこ②S47.1.16③〒933-0842 富山県高岡市横田町2-9-39④0766-26-6516⑥無所属

京増　京介
①きょうそうきょうすけ②S10.4.1③〒264-0025 千葉県千葉市若葉区都賀4-18-1④043-231-7964⑦光雄

虚心　譚海
①きょしんたんかい②S20.12.27③〒988-0563 宮城県気仙沼市唐桑町中井100-2④0226-32-2696⑤TEL同⑥唐桑川柳会⑦畠山惠

き

日下部敦世
①くさかべあつよ③〒270-0021 千葉県松戸市小金原2-9-38⑥川柳会・緑葉／東葛川柳会⑧「川柳作家叢書　日下部敦世」「川柳作家ベストコレクション 日下部敦世」「ありのみどたばた奮闘記」⑨atuyo0506@yahoo.co.jp

草野　　稔
①くさのみのる②S22.7.13③〒503-2417 岐阜県揖斐郡池田町本郷1242-8④0585-45-6263⑥大垣川柳会

葛岡ヒデ子
①くずおかひでこ②S11.8.13③〒028-3306 岩手県紫波郡紫波町日詰西3-2-2④019-676-4731⑥いわて紫波川柳社

楠岡　房子
①くすおかふさこ②S2.3.3③〒567-0074 大阪府茨木市新郡山1-24-102④0726-43-0049⑥時の川柳社／川柳展望社

楠根はるえ
①くすねはるえ②S18.4.14③〒804-0082 福岡県北九州市戸畑区新池3-6-15-504⑥小倉番傘川柳会／川柳信濃川⑦晴江

楠部　千鶴
①くすべちづる②S22.12.16③〒643-0166 和歌山県有田郡有田川町吉原664-2④0737-32-3067⑤TEL同⑥川柳PAL

楠本　晃朗
①くすもとこうろう②S9.8.9③〒594-0063 大阪府和泉市今福町2-5-5④0725-45-7847⑤TEL同⑥川柳瓦版の会／川柳二七会

工藤千代子
①くどうちよこ②S23.10.26③〒704-8194 岡山県岡山市東区金岡東町2-2-18④086-943-9652⑥川柳三城教室／柳都川柳社

国安　里子
①くにやすさとこ③〒626-0033 京都府宮津市宮村④0772-22-4019

句　ノ　一
①くのいち③〒410-2322 静岡県伊豆の国市吉田567-1④0558-76-1511⑤TEL同⑥柳都川柳社／川柳さくら⑦鈴木京子⑧「川柳句集　浮く。」

久場　征子
①くばせいこ②S15.1.30③〒930-0072 富山県富山市桃井町2-3-19④076-425-9372⑤TEL同⑥川柳展望社⑧「雪片」「間違い絵」

窪田　和広
①くぼたかずひろ②S22.1.5③〒783-0004 高知県南国市大埇甲2183-8④088-863-0638⑤TEL同⑥高知川柳社⑦和廣

久保田見乗
①くぼたけんじょう②S16.10.1③〒191-0016 東京都日野市神明3-25-7④042-586-2559⑤TEL同⑥日野柳友会／川柳きやり吟社⑦實

窪田　敏子
①くぼたとしこ③〒939-8073 富山県富山市大町1区西部85④076-424-6318⑥川柳えんぴつ社

久保美智子
①くぼみちこ③〒804-0094 福岡県北九州市戸畑区天神2-7-3④093-861-0753

熊谷　岳朗
①くまがいがくろう②S22.10.20③〒028-3309 岩手県紫波郡紫波町北日詰大日堂18-2④019-676-3751⑤TEL同⑥いわて紫波川柳社⑦初郎⑧「風はうたう」「川柳作家全集　熊谷岳朗」「川柳作家ベストコレクション　熊谷岳朗」⑨gakuro@lion.ocn.ne.jp

熊坂よし江
①くまさかよしえ②S5.3.8③〒960-8253 福島県福島市泉字清水内18-11⑥福島日輪川柳社⑦美江⑧「句集　夢あかり」「選句集　はるなつあきふゆ」「川柳作家全集　熊坂よし江」「川柳句集　あした咲く花」「川柳作家ベストコレクション　熊坂よし江」

九村　義徳
①くむらよしのり②S20.8.3③〒669-1534 兵庫県三田市横山町22-20④079-563-0721⑤TEL同⑥川柳さんだ⑨beans3939@nifty.com

倉田　文夫
①くらたふみお②S11.2.20③〒951-8078 新潟県新潟市中央区四ツ屋町1-2966④025-223-1914⑤025-222-8289⑥新潟川柳文芸社

藏田　正章
①くらたまさあき②S13.2.24③〒829-0331 福岡県築上郡築上町高塚950-2⑥句会セブンティーン

栗田　忠士
①くりたただし②S13.1.17③〒791-0101 愛媛県松山市溝辺町甲610④089-977-0274⑤TEL同⑥川柳まつやま吟社／川柳塔社⑧「川柳作家ベストコレクション　栗田忠士」

黒川　孤遊
①くろかわこゆう②S13.6.29③〒862-0971 熊本県熊本市中央区大江4-9-1-607④096-371-5670⑤TEL同⑥熊本番傘お茶の間川柳会／ららの会⑦増彌⑧「現代川柳のバイブル名句一〇〇〇」「あぶく」⑨kuromieta@yahoo.co.jp

黒崎　和夫
①くろさきかずお②S13.4.3③〒377-0805 群馬県吾妻郡東吾妻町植栗922-2④0279-68-2901⑤TEL同⑥川柳きやり吟社／川柳竹柳会⑨kazuk386@lily.ocn.ne.jp

黒澤　正明
①くろさわまさあき②S12.2.6③〒316-0032 茨城県日立市西成沢町3-3-22④0294-34-6326⑥川柳ひたち野社

黒澤　政雄
①くろさわまさお②S8.6.1③〒584-0051 大阪府富田林市楠風台2-9-13④0721-34-8293⑤TEL同

黒田　正吉
①くろだしょうきち②S6.2.11③〒376-0013 群馬県桐生市広沢町7-5277-1④0277-53-9204⑥明日香川柳社⑧「赤城」「空っ風」

黒田　忠昭
①くろだただあき②S14.9.8③〒617-0847 京都府長岡京市高台2-7-4④075-954-6829⑤TEL同⑥ふあうすと川柳社

黒田るみ子
①くろたるみこ②S28.8.21③〒779-0114 徳島県板野郡板野町羅漢字山崎3-1④090-3780-3856⑤088-672-0761飛翔川柳会／徳島番傘川柳会⑧「ラングキャンサー　506日の闘い」「エッセイ集 プリズム」「川柳作家ベストコレクション 黒田るみ子」⑨young-ezweb.ne.jp

黒田留美子
①くろだるみこ②S15.10.25③〒939-8212 富山県富山市掛尾町39-6④076-425-7641⑥川柳えんぴつ社／銀杏の会

け・こ

桑原　伸吉
①くわはらしんきち②S5.12.10③〒612-8141 京都府京都市伏見区向島二ノ丸町151 市住5-2-705④075-622-8907⑥川柳凜

桒原　道夫
①くわばらみちお②S31.4.9③〒592-8349 大阪府堺市西区浜寺諏訪森町東2-208-5④072-263-5192⑤TEL同⑥川柳塔社／川柳塔わかやま吟社⑧「改訂・増補　橘高薫風川柳句集　全句索引」「麻生路郎読本」［川柳作家ベストコレクション　桒原道夫」⑨michiokuwa208@yahoo.co.jp

桑原　元義
①くわばらもとよし②S12.2.10③〒432-8003 静岡県浜松市中区和地山2-20-15④053-472-3939⑥浜松川柳社いしころ会

くんじろう
①くんじろう②S25.5.24③〒546-0043 大阪府大阪市東住吉区駒川1-10-22北から2軒目④06-7850-2337⑤TEL同⑥川柳北田辺／朗読きたたなべ⑦竹下勲二朗⑧「くんじろうの五七五」⑨kunjiro-t@ezweb.ne.jp

呟　　薫
①げんかおる②S36.7.24③〒890-0045 鹿児島県鹿児島市武3-3-6④080-1735-9323⑤099-254-1592⑦中園淳一郎⑨kobuta30@cyber.ocn.ne.jp

ケンジロウ
①けんじろう②S46.1.20③〒410-0222 静岡県沼津市内浦小海154-35④055-943-2764⑥川柳さくら⑦鳥沢浩之⑧「川柳句集　幻聴」⑨torizawa33@gmail.com

小池桔理子
①こいけきりこ③〒673-0521 兵庫県三木市志染町青山4-11-19⑥ふあうすと川柳社⑦理栄子

小池　孝一
①こいけこういち②S22.1.31③〒396-0015 長野県伊那市中央4765④0265-72-5581⑥川柳の仲間 旬

小池　正博
①こいけまさひろ②S29.10.11③〒594-0041 大阪府和泉市いぶき野2-20-8④0725-56-2895⑥川柳スパイラル⑧「水牛の余波」「転校生は蟻まみれ」「蕩尽の文芸」

小泉　好子
①こいずみよしこ③〒326-0837 栃木県足利市西新井町3118-3④0284-71-4669⑥足利川柳会

孝井　　栞
①こういしおり③〒939-2304 富山県富山市八尾町黒田487-1⑥川柳サロン昴⑦美規子

孝久美智子
①こうきゅうみちこ②S3.4.3③〒916-0051 福井県鯖江市屋形町4-3④0778-52-4563⑥川柳展望社／番傘ばんば川柳社

合田　悦子
①ごうだえつこ②S8.7.14③〒791-8031 愛媛県松山市北斎院町810-42④089-952-0259⑤TEL同⑥川柳まつやま吟社／てかがみ川柳会⑧「夫婦善哉」「あかね雲」

幸田　佳月
①こうだかげつ②S7.3.20③〒762-0024 香川県坂出市府中町1404-1④0877-48-2155⑥さぬき番傘川柳会／番傘川柳本社⑦シゲ子

河野　　隆
①こうのたかし②S19.3.6③〒340-0048 埼玉県草加市原町3-16-1-102④0489-43-0334⑥無所属

神原　無声
①こうばらむせい②S8.6.10③〒709-1201 岡山県岡山市南区北七区842④08636-2-3302⑥川柳なださき／弓削川柳社⑦修

河本　　弘
①こうもとひろむ③〒670-0094 兵庫県姫路市新在家中の町10-7④079-292-4177⑤TEL同⑥川柳千姫

古賀　絹子
①こがきぬこ③〒811-4163 福岡県宗像市自由ケ丘11-8-6⑥川柳くすのき／東京みなと番傘川柳会

小梶　忠雄
①こかじただお②S19.4.8③〒520-2279 滋賀県大津市黒津3-3-11④077-546-5433⑤TEL同⑥びわこ番傘川柳会／番傘川柳本社⑧「川柳　小梶忠雄」

古賀　　渡
①こがわたる②S8.2.4③〒849-0922 佐賀県佐賀市高木瀬東6-10-12④0952-30-1094⑤TEL同⑥番傘川柳本社

こぎそせいぞう
①こぎそせいぞう②S26.10.17③〒131-0042 東京都墨田区東墨田1-5-3④090-8114-9594⑤03-3614-2072⑥曳舟まんぼう⑦小木曽清三⑧「「刻」とき詠む五・七・五」⑨kgs.1017.lyl@ezweb.ne.jp

越川　智慧
①こしかわちえ②S8.3.31③〒920-0816 石川県金沢市山の上町18-40④076-252-2347⑥蟹の目川柳社

小島　弘照
①こじまひろみつ②S62.10.1③〒822-0011 福岡県直方市中泉269④0949-24-3232⑥戸畑あやめ川柳会

小島　蘭幸
①こじまらんこう②S23.3.20③〒725-0022 広島県竹原市本町1-14-3④0846-22-6626⑤TEL同⑥竹原川柳会／川柳塔社⑦和幸⑧「再会」「再会II」「川柳作家ベストコレクション　小島蘭幸」

小島りょうすけ
①こじまりょうすけ②H1.10.30③〒822-0011 福岡県直方市中泉269④0949-24-3232⑥戸畑あやめ川柳会

木立　時雨
①こだちしぐれ②S36.3.8③〒986-0815 宮城県石巻市中里3-9-3④090-7331-5225⑤0225-94-3640⑦千田康司⑧「宮城発!お魚川柳」⑨tida@trad.ocn.ne.jp

小谷　小雪
①こたにこゆき③〒642-0024 和歌山県海南市阪井652-14⑥川柳塔わかやま吟社⑦ゆき子

児玉　寿子
①こだまとしこ②S7.10.10③〒131-0046 東京都墨田区京島1-39-1-816④03-3618-8046⑥つくばね番傘川柳会／すみだ川柳会

児玉ヒサト
①こだまひさと③〒010-0973 秋田県秋田市八橋本町4-4-6⑥川柳銀の笛吟社

後藤　笑鬼
①ごとうしょうき②S4.1.9③〒409-3841 山梨県中央市布施1106-2④055-273-2283⑥川柳ひがし⑦辰巳

後藤千津子
①ごとうちづこ②S8.5.15③〒252-1137 神奈川県綾瀬市寺尾台2-18-15④0467-78-8187

後藤　敏子
①ごとうとしこ③〒263-0005 千葉県千葉市稲毛区長沼町288-222④043-255-9261⑥小中台川柳会

後藤　昌美
①ごとうまさみ②S21.4.2③〒001-0907 北海道札幌市北区新琴似7条12丁目3-20-203④011-765-0427⑥川柳あきあじ吟社／札幌川柳社

後藤みち子
①ごとうみちこ②T13.1.1③〒707-0062 岡山県美作市湯郷479-5④0868-72-3523⑥番傘みまさか合同川柳社／弓削川柳社⑦みち

後藤　育弘
①ごとうやすひろ②S13.12.15③〒132-0031 東京都江戸川区松島3-8-8④03-3674-1286⑥川柳研究社／時事作家協会⑧「レタスの葉」「茜雲」「川柳作家ベストコレクション　後藤育弘」

小西　章雄
①こにしあきお②S10.2.9③〒225-0002 神奈川県横浜市青葉区美しが丘3-63-48⑥川柳きやり吟社

小畑　定弘
①こばたさだひろ②S20.11.26③〒779-1119 徳島県阿南市那賀川町日向7-18④090-5143-5560⑤0884-42-3788⑥川柳塔社／一の坪⑧「川柳作家ベストコレクション　小畑定弘」⑨sada-hiro26@docomo.ne.jp

小林　映汎
①こばやしえいはん②S6.5.24③〒502-0909 岐阜県岐阜市白菊町4-34-2④058-232-7882⑤TEL同⑥岐阜川柳社／城西川柳会⑦英範⑧「川柳作家全集　小林映汎」

小林かりん
①こばやしかりん③〒277-0856 千葉県柏市新富町1-9-7④0471-44-3454

小林信二郎
①こばやししんじろう②S22.10.4③〒400-0046 山梨県甲府市下石田2-8-10　グリーンハイツ大間201号⑥川柳甲斐野社⑨kobayashi1947@mx2.nns.ne.Jp

小林鯛牙子
①こばやしたいがーす②S14.3.28③〒534-0023 大阪府大阪市都島区都島南通2-1-3-1005⑥無所属⑦祥浩⑧「初吼」「饒座」

小林　忠義
①こばやしちゅうぎ②T13.6.10③〒960-0682 福島県伊達市保原町富沢字赤柴二④024-575-4374⑥川柳三日坊主吟社⑦忠義（ただよし）⑧「句集　明日へ」

小林ふく子
①こばやしふくこ②S22.12.1③〒437-0023 静岡県袋井市高尾2481-3④0538-42-6892⑤TEL同⑥浜松川柳社いしころ会／静岡たかね川柳会

小林　道利
①こばやしみちとし②S12.8.7③〒300-0061 茨城県土浦市並木3-8-7④029-821-5554⑤TEL同⑥川柳展望社

小林　游峰
①こばやしゆうほう②S5.12.11③〒384-0084 長野県小諸市大字耳取1925④0267-22-7665⑥浅間川柳吟社／長野川柳吟社⑦峰男

小林　義治
①こばやしよしはる②S6.10.4③〒487-0005 愛知県春日井市押沢台4-12-3④0568-91-8858⑥名古屋番傘川柳会

こはらとしこ
①こはらとしこ③〒964-0904 福島県二本松市郭内2-285-3-202⑥川柳文学コロキュウム／川柳ZERO

駒井かおる
①こまいかおる②S10.7.21③〒666-0116 兵庫県川西市水明台4-1-48④072-792-0453⑤TEL同⑦薫

駒形　啓介
①こまがたけいすけ②S4.1.3③〒002-8006 北海道札幌市北区太平6条4-1-8④011-771-4323⑥川柳あきあじ吟社⑦裕一

駒木　香苑
①こまきこうえん③〒961-0836 福島県白河市みさか1-12-6④090-9533-0236⑤0297-36-3428⑥川柳能因会／川柳人協会⑦一枝⑧「川柳作家ベストコレクション　駒木香苑」「花しおり」

小松　多聞
①こまつたもん②S6.12.7③〒849-3203 佐賀県唐津市相知町平山上乙150-2④0955-62-4708⑥番傘川柳本社⑦常利⑧「砂時計」

込山　龍宮
①こみやまりゅうぐう②S15.11.23③〒381-0034 長野県長野市高田743-9④026-226-2525⑥太陽の会／長野川柳社⑦正⑨komi1946@blue.plala.or.jp

小室ひろし
①こむろひろし②S17.9.7③〒253-0021 神奈川県茅ヶ崎市浜竹3-9-18④0467-86-5003⑤TEL同⑥なんご川柳会⑦洋美

小柳　湛子
①こやなぎたえこ②S16.6.28③〒842-0054 佐賀県神埼市千代田町餘江1489④0952-44-2489⑥佐賀番傘川柳会／番傘川柳本社

小山　　周
①こやまいたる②S4.9.14③〒188-0001 東京都西東京市谷戸町3-17-16④0424-22-2223⑥あすなろ川柳会

古山　画楼
①こやまがろう②S26.9.11③〒461-0001 愛知県名古屋市東区泉1-14-23-1303⑥汐風川柳社⑦隆之⑨tyj.koyama8628@nifty.com

こやまひろこ
①こやまひろこ②S19.8.3③〒675-0122 兵庫県加古川市別府町別府835-1-507⑥加古川川柳会⑦小山弘子

惟村八重子
①これむらやえこ②S8.2.28③〒238-0022 神奈川県横須賀市公郷町2-20-9④046-852-0467⑤TEL同⑥横須賀川柳協会

近藤　君江
①こんどうきみえ②S12.3.30③〒131-0032 東京都墨田区東向島1-10-17④03-3611-1921⑥すみだ川柳会

近藤　　正
①こんどうただし②S15.1.15③〒535-0002 大阪府大阪市旭区大宮3-4-19④06-6953-3991⑤TEL同⑥あかつき川柳会／城北川柳会

近藤　辰春
①こんどうたつはる②S3.4.6③〒114-0034 東京都北区上十条2-19-1④03-3908-1107⑥川柳きやり吟社

近藤　稔夫
①こんどうとしお②S8.10.18③〒300-0837 茨城県土浦市右籾1-6④029-841-3613⑤TEL同⑥土浦芽柳会⑦稔

近藤　　弘
①こんどうひろし②T13.9.26③〒746-0034 山口県周南市富田2-12-35④0834-62-2394⑥富田番茶川柳会

近藤ゆかり
①こんどうゆかり②S25.11.16③〒812-0011 福岡県福岡市博多区博多駅前4-22-25-404④092-431-1295⑥川柳グループせぴあ⑧「桜貝」「川柳作家ベストコレクション　近藤ゆかり」

け・こ

今野つよし
①こんのつよし②S9.6.12③〒090-0035 北海道北見市北斗町1-2-3④0157-31-2319⑤℡同⑥北見川柳社⑦剛

金野　宗男
①こんのむねお③〒987-0511 宮城県登米市迫町佐沼字駒木袋95④0220-22-3594

紺矢はじめ
①こんやはじめ②S5.7.6③〒923-1244 石川県能美市来丸町113④0761-51-3866⑥辰口番傘川柳会⑦肇

斉尾くにこ
①さいおくにこ③〒689-2221 鳥取県東伯郡北栄町由良宿1560④0858-37-3299⑤℡同⑥川柳塔社／川柳文学コロキュウム⑦邦子⑨kuni-310@mail7.torichu.ne.jp

財前　渓子
①ざいぜんけいし②S21.3.6③〒798-2113 愛媛県北宇和郡松野町奥野川1133④0895-42-1877⑥きほく川柳会／にいはま川柳会

才谷　茂子
①さいたにしげこ②S26.3.8③〒761-2405 香川県丸亀市綾歌町栗熊西1693-6

齊藤　重春
①さいとうしげはる③〒179-0072 東京都練馬区光が丘2-7-4-1307④03-3976-7124⑥無所属

齊藤　大柳
①さいとうだいりゅう②S19.7.10③〒278-0055 千葉県野田市岩名1-64-39⑦冨士男⑧「ひびき」「ひびきII」「ひびきIII」

齊藤　哲夫
①さいとうてつお②S5.6.25③〒061-1143 北海道北広島市南町1丁目8-3④011-376-8040⑥北海道川柳研究会／川柳あきあじ吟社

斉藤　豊康
①さいとうとよやす③〒010-0826 秋田県秋田市新藤田字治郎沢28-41④018-836-4497⑤℡同⑥川柳ウイング／川柳研究社

齊藤由紀子
①さいとうゆきこ②S16.9.26③〒164-0014 東京都中野区南台4-36-12④03-3382-7073⑥川柳研究社⑧「川柳作家全集　齊藤由紀子」

斉藤　余生
①さいとうよせい②S16.1.18③〒331-0812 埼玉県さいたま市北区宮原町3-465-5④048-667-2936⑥埼玉川柳社／鳩ヶ谷川柳教室

さおとめ早苗
①さおとめさなえ③〒943-0892 新潟県上越市寺町3-19-45④0255-24-7904⑥柳都川柳社

酒井　清二
①さかいせいじ③〒930-0974 富山県富山市長江4-8-6④076-424-0973⑥川柳えんぴつ社

堺　　利彦
①さかいとしひこ②S22.3.31③〒154-0011 東京都世田谷区上馬5-14-11④03-3413-9913⑧「現代川柳の精神」「現代川柳ハンドブック」「川柳解体新書」「石部明の川柳と挑発」

酒井　英男
①さかいひでお②S7.1.10③〒510-0106 三重県四日市市楠町本郷174④0593-97-4324⑥中日川柳会

坂井　冬子
①さかいふゆこ②S23.10.1③〒956-0802 新潟県新潟市秋葉区七日町1010④0250-22-7405⑥柳都川柳社⑦澄子

坂井　　兵
①さかいまもる③〒512-0912 三重県四日市市三重6-20④0593-32-3051

酒井　路也
①さかいみちや②S9.11.20③〒923-1244 石川県能美市来丸町78④0761-51-2672⑥こまつ川柳社／路也川柳会⑧「家路」「路」「十字路」「路也のショートトーク」「路也」「白山」「川柳作家全集　酒井路也」

酒井　与作
①さかいよさく②S10.8.15③〒981-8003 宮城県仙台市泉区南光台5-22-26④022-272-5707⑦高雄⑨sakatoi_218@aqua.ocn.ne.jp

酒井　龍一
①さかいりゅういち②S22.4.17③〒639-1054 奈良県大和郡山市新町305-124④0743-54-5132⑥考古学川柳社⑧「発掘川柳」「時の扉」「川柳句集　時の扉　万葉を川柳で詠む」

榊原己津夫
①さかきばらみつお②S17.9.27③〒454-0971 愛知県名古屋市中川区富田町大字千音寺字川原田900-56④090-1277-5171⑤052-431-8872

坂口美智子
①さかぐちみちこ②S11.10.1③〒387-0012 長野県千曲市桜堂96④026-273-1704⑤TEL同⑦美知子

坂倉　敏夫
①さかくらとしお②S11.11.8③〒302-0005 茨城県取手市東6-25-2④0297-72-9450⑤TEL同⑥取手川柳会／川柳研究社⑧「川柳作家ベストコレクション　坂倉敏夫」⑨sakakurachobi@ezweb.ne.jp

坂倉　秀樹
①さかくらひでき②S22.11.2③〒590-0134 大阪府堺市南区御池台4-8-10⑧「川柳チョークまみれ」他

坂倉　広美
①さかくらひろみ②S6.2.10③〒519-0142 三重県亀山市天神4-7-11④0595-82-1901⑤TEL同⑥亀山川柳会／三重番傘川柳会⑦廣美

坂下　　清
①さかしたきよし②S17.6.12③〒933-0807 富山県高岡市井口本江528-3④090-2833-4361⑥川柳えんぴつ社⑧「川柳作家ベストコレクション　坂下清」「北日本川柳大会50周年記念・記録集」⑨ktka@p2.tcnet.ne.jp

坂下　久子
①さかしたひさこ②S6.7.17③〒761-0130 香川県高松市庵治町5961④0878-71-2438⑥番傘川柳本社

さかた・あんせい
①さかたあんせい②S3.10.27③〒241-0831 神奈川県横浜市旭区左近山団地1-3-305④045-352-5808⑥無所属⑦坂田安世

さ

坂田よし江
①さかたよしえ②S4.7.5③〒400-0807 山梨県甲府市東光寺2-20-7④055-233-0669⑤TEL同⑥川柳甲斐野社

坂梨　和江
①さかなしわこ②S28.1.10③〒814-0123 福岡県福岡市城南区長尾3-9-3-617④092-551-4990⑦和江（かずえ）

坂本　加代
①さかもとかよ②S23.1.20③〒747-1232 山口県防府市台道2200④0835-32-2360⑤TEL同⑥川柳塔社／山口湯田川柳会⑨sk2301@peach.ocn.ne.jp

阪本きりり
①さかもときりり③〒634-0077 奈良県橿原市南八木町1-4-15-901④090-1479-6025⑤0744-46-9963⑥やまと番傘川柳社／四日市川柳会⑧「ベビーピンク」「ベビーブラック」⑨kiriri@mtb.biglobe.ne.jp

阪本　高士
①さかもとたかし③〒634-0077 奈良県橿原市南八木町1-4-15-901④090-9042-8452⑤0744-46-9963⑥やまと番傘川柳社⑧「第三の男」

坂本　蜂朗
①さかもとはちろう②S11.4.2③〒847-0854 佐賀県唐津市西旗町2-23④0955-72-6584⑥川柳塔社⑦兵八郎

坂本　弘子
①さかもとひろこ②S15.10.22③〒820-0067 福岡県飯塚市川津640-4④0948-29-8877⑥飯塚番傘川柳社

坂本　嘉三
①さかもとよしみ②S10.7.17③〒252-0331 神奈川県相模原市南区大野台7-28-22④042-755-9605⑥川柳井戸の会

相良　博之
①さがらひろゆき②S32.8.14③〒881-0024 宮崎県西都市中妻2-73

桜井　閑山
①さくらいかんざん②S7.12.7③〒381-2233 長野県長野市川中島町上氷鉋915-5④026-285-6588⑤TEL同⑥川柳美すゞ吟社⑦忠男⑧「閑山の川柳」

桜井　義和
①さくらいよしかず②S10.3.31③〒804-0013 福岡県北九州市戸畑区境川2-11-4④093-881-1635⑥戸畑あやめ川柳会

櫻﨑　篤子
①さくらざきあつこ②S8.7.14③〒606-0824 京都府京都市左京区下鴨東半木町67④075-781-0117⑤075-722-8633⑥郵政川柳近畿／川柳瓦版の会⑧「櫻﨑篤子川柳句集」「敗戦70年の詩」「川柳作家ベストコレクション　櫻﨑篤子」

佐々木ええ一
①ささきええいち②S11.7.12③〒760-0078 香川県高松市今里町1丁目21-3④087-833-8363⑤TEL同⑦榮一

佐々木　徹
①ささきとおる②S46.10.15③〒022-0004 岩手県大船渡市猪川町轆轤石61-3④0192-27-9109⑥無所属

笹倉　良一
①ささくらりょういち②S13.3.23③〒631-0007 奈良県奈良市松陽台2-6-4④090-6320-4860⑥生駒番傘川柳会／番傘川柳本社⑧「川柳作家叢書　笹倉良一」「川柳作家ベストコレクション　笹倉良一」⑨ma33ec85ml@kcn.jp

笹重　耕三
①ささしげこうそう②S21.8.23③〒723-0035 広島県三原市須波ハイツ3-26-14④0848-69-2445⑤TEL同⑥川柳奉行三原川柳会

笹島　一江
①ささじまかずえ②S13.9.27③〒270-2266 千葉県松戸市常盤平西窪町17-5④047-386-8207⑤TEL同⑥東葛川柳会

笹田かなえ
①ささだかなえ②S28.8.7③〒031-0056 青森県八戸市新荒町7 滝沢方④0178-22-2981⑤TEL同⑥カモミール句会／川柳展望社⑦滝沢真智子⑧「水になる」「父へ」「お味はいかが？」「川柳作家ベストコレクション 笹田かなえ」

笹沼　秀臣
①ささぬまひでおみ②S18.8.13③〒321-0155 栃木県宇都宮市西川田南1-46-10④028-658-7519⑥下野川柳会

笹村　幸夫
①ささむらゆきお②S2.8.20③〒747-0023 山口県防府市多々良1-3-30④0835-24-4020⑤TEL同⑥川柳詩季の会⑨yukio.sasamura@outlook.jp

佐瀬　貴子
①させたかこ②S21.5.5③〒311-4152 茨城県水戸市河和田2-2222-10④029-252-9233⑥水戸川柳会

佐竹　明吟
①さたけめいぎん②S15.8.6③〒277-0033 千葉県柏市増尾7-4-9④04-7174-1847⑤TEL同⑥川柳会新樹／川柳会・カトレア⑦明⑨1847satake@ezweb.ne.jp

定本イツ子
①さだもといつこ②S3.8.21③〒736-0088 広島県広島市安芸区畑賀3-31-17-5④082-827-0722⑥番傘川柳本社／呉番傘川柳会⑧「相合傘」（I～II）

佐藤　岩嬉
①さとういわき②S13.1.30③〒984-0826 宮城県仙台市若林区若林3-15-1⑥川柳宮城野社／川柳マガジンクラブ仙台句会⑦岩男⑧「川柳作家ベストコレクション 佐藤岩嬉」

佐藤　英子
①さとうえいこ②S25.1.1③〒012-1121 秋田県雄勝郡羽後町大久保字家妻82④0183-62-4510⑥北の星川柳社

佐藤　岳俊
①さとうがくしゅん②S20.4.2③〒023-0402 岩手県奥州市胆沢小山字斎藤104-1④0197-47-1071⑤TEL同⑥川柳人社⑦政彦⑧「評論集 縄文の土偶」「現代川柳の原風景」「現代川柳の荒野」「川柳作家全集 佐藤岳俊」「現代川柳の宇宙」「詩集 酸性土壌」「川柳作家ベストコレクション 佐藤岳俊」

佐藤　久吾
①さとうきゅうご③〒062-0054 北海道札幌市豊平区月寒東四条16-10-17④011-851-0387⑦国男

佐藤　恭子
①さとうきょうこ②S5.7.9③〒989-0221 宮城県白石市緑が丘10-2⑥川柳宮城野社／川柳連峰社

佐藤　国喜
①さとうくにき②S24.6.27③〒962-0124 福島県須賀川市梓衝字宮本144⑧「目」（I～III）

さ

佐藤　孔亮
①さとうこうすけ②S31.10.20③〒173-0004東京都板橋区板橋4-62-6-403④090-9149-7459⑥東京番傘川柳社／東都川柳長屋連⑧「大相撲のことが何でもわかる本」「歌舞伎にみる日本史」「古文書で読み解く忠臣蔵」「忠臣蔵事件の真相」「江戸の名物を歩く」

佐藤　幸子
①さとうさちこ②S4.9.24③〒140-0002 東京都品川区東品川4-9-24-602⑥川柳研究社⑧「句集　院外処方箋」「ブリキの夜汽車」

佐藤　千四
①さとうせんし②S9.5.18③〒969-1607 福島県伊達郡桑折町字西段22⑥桑折川柳クラブ／福島日輪川柳社⑦善治⑧「つくばね叢書　合わせ味噌」

佐藤　送仙
①さとうそうせん②S6.10.28③〒020-0117 岩手県盛岡市緑が丘3-12-25④019-663-1266⑥岩手町川柳会⑦次雄

佐道　　正
①さどうただし②S28.9.9③〒174-0072 東京都板橋区南常盤台1-5-18-601④03-5966-0174⑤Tel同⑥川柳成増吟社／川柳研究社⑧「各駅停車」⑨le-parc-monceau@flute.ocn.ne.jp

佐藤　竜夫
①さとうたつお②T13.8.16③〒031-0081 青森県八戸市柏崎4-16-38④0178-43-0472⑥はちのへ川柳社⑦龍夫

佐藤　点加
①さとうてんか②S8.12.20③〒981-8003 宮城県仙台市泉区南光台5-3-13④022-233-7343⑥川柳宮城野社／仙台市民川柳会⑦徳定

佐藤　灯人
①さとうとうじん②S16.10.13③〒410-3302 静岡県伊豆市土肥553-1④0558-98-0337⑤Tel同⑥川柳ともしび吟社⑦周策

佐藤　富子
①さとうとみこ②S13.10.21③〒070-0035 北海道旭川市五条通1-2411-4④0166-24-2631⑥旭川川柳社／白石川柳社

佐藤　憲夫
①さとうのりお②S18.11.10③〒018-1705 秋田県南秋田郡五城目町字上町76④018-852-2311⑤Tel同⑥川柳すずむし吟社／川柳グループ柳山泊

佐藤　文子
①さとうふみこ②S17.6.17③〒458-0021 愛知県名古屋市緑区滝ノ水2-716④052-895-1528⑥中日川柳会⑧「句集風祭り」

佐藤　陸子
①さとうむつこ②S14.5.15③〒960-0114 福島県福島市沖高東原2-35④024-553-6503⑥川柳三日坊主吟社

佐藤　美文
①さとうよしふみ②S12.6.1③〒330-0834 埼玉県さいたま市大宮区天沼町1-666-7④048-642-1366⑥柳都川柳社／川柳雑誌「風」⑧「佐藤美文句集」「川柳文学史」「風-十四字詩作品集」（I、II）「風　佐藤美文句集」「川柳は語る激動の戦後」「川柳作家全集　佐藤美文」「川柳を考察する-かつてはあった路地の親切」「みよし野柳たる」「名句鑑賞『誹風柳多留』十一篇を読み解く」「人間を詠む　自然を謳う　社会を裏返す　川柳入門」「川柳作家ベストコレクション　佐藤美文」

佐藤　芳行
①さとうよしゆき②S23.6.11③〒061-1103 北海道北広島市虹ヶ丘3-2-15④090-8630-9332⑤011-802-8069⑥釧路川柳社／小樽川柳社⑨yukki310@taupe.plala.or.jp

佐藤　朗々
①さとうろうろう②S14.8.23③〒177-0033 東京都練馬区高野台3-7-12④03-6760-3412⑥練馬区川柳連盟⑧「川柳作家ベストコレクション　佐藤朗々」

真田　義子
①さなだよしこ②S20.5.13③〒982-0803 宮城県仙台市太白区金剛沢1-25-8⑥川柳宮城野社／静岡たかね川柳会⑧「私の旅路」「川柳作家ベストコレクション　真田義子」

佐野　悟柳
①さのごりゅう②S5.2.15③〒409-3601 山梨県西八代郡市川三郷町市川大門1368④0552-72-3520⑥川柳三升会⑦悟

佐野由利子
①さのゆりこ②S19.10.14③〒422-8045 静岡県静岡市駿河区西島608-1-504④054-288-7682⑥川柳きやり吟社

沢田　博昭
①さわだひろあき②S23.1.16③〒770-0044 徳島県徳島市庄町2-23-6⑥徳島番傘川柳会

沢田　正司
①さわだまさし②S12.9.17③〒479-0813 愛知県常滑市塩田町5-135④0569-34-2839⑤TEL同⑥名古屋番傘川柳会⑦澤田正司⑨mikesawa@nifty.com

沢村　洋子
①さわむらようこ②S13.12.7③〒780-0971 高知県高知市南万々122-1④088-875-7704⑥無所属

澤村　魯萬
①さわむらろまん②S11.1.29③〒556-0003 大阪府大阪市浪速区恵美須西1-2-5④06-6631-2513⑤06-6632-1916⑦宗一⑧「六体書道字林」「九体千字文」（執筆中）⑨Facebookを本名で

三條千代子
①さんじょうちよこ③〒331-0814 埼玉県さいたま市北区東大成町1-165-5④048-665-3502⑤048-666-5944

椎名　七石
①しいなななないし②S11.7.8③〒300-1222 茨城県牛久市南4-22-8④029-872-7375⑤TEL同⑥無所属⑦弘⑨siina7isi@ezweb.ne.jp

椎野　昭柳
①しいのしょうりゅう②S8.6.26③〒120-0012 東京都足立区青井3-31-2-306④03-3849-0710⑥足立川柳会／江東区川柳会⑦昭

塩田　悦子
①しおたえつこ②S8.3.28③〒959-2115 新潟県阿賀野市田山312④0250-67-2356⑤TEL同⑥柳都川柳社

潮田　春雄
①しおたはるお②S12.6.23③〒284-0044 千葉県四街道市和良比931-15④043-432-4063⑥川柳研究社／足立川柳会⑧「産声」

し

塩見　一釜

①しおみいっぷ②S8.3.4③〒003-0026 北海道札幌市白石区本通19南1-1-705④011-865-4688⑤TEL同⑥北海道川柳研究会⑦一夫⑧「根」「山鼻屯田」「鳳凰I・II」「六華上・下」(文集)「気がつけば川柳」「川柳作家全集　塩見一釜」「北海道札幌南高等学校百年史　人物篇」「川柳作家ベストコレクション　塩見一釜」「北海道川柳年鑑」

塩見　草映

①しおみそうえい②T15.8.18③〒790-0853 愛媛県松山市上市2-6-1④089-941-3720⑤TEL同⑥川柳まつやま吟社⑦敏明⑧「句集　遊心」「前田伍健の川柳と至言」「仲川たけしの川柳と愛言」

鴫原　三粋

①しぎはらさんすい②S18.6.10③〒964-0202 福島県二本松市針道字来ヶ作107④0243-46-3789⑥川柳十日会⑦儀三

重谷　峰彩

①しげたにほうさい②S16.11.20③〒590-0136 大阪府堺市南区美木多上2060-1④072-298-6985⑤TEL同⑥川柳泉北あすなろ⑦洋壽

雫石　隆子

①しずくいしりゅうこ②S21.1.15③〒980-0001 宮城県仙台市青葉区中江2-22-15-104　フローラルハイツ仙台④022-263-3932⑥川柳宮城野社⑧「濱夢助の川柳と独語」「樹下のまつり」「川柳作家ベストコレクション　雫石隆子」

篠崎　春治

①しのざきはるじ②S11.2.3③〒316-0032 茨城県日立市西成沢町4-32-22④0294-37-0066⑥川柳ひたち野社

篠田　東星

①しのだとうせい②S15.4.23③〒321-0952 栃木県宇都宮市泉が丘3-12-5④028-661-7430⑥川柳きやり吟社／宇都宮東久川柳会⑦輝政

篠原あきら

①しのはらあきら②S13.3.17③〒327-0835 栃木県佐野市植下町4001-4④0283-23-3423⑥安佐の実吟社／栃木県川柳協会⑦晟⑧「川柳句集　走馬灯」「短編小説集　琥珀のペンダント」

柴垣　一

①しばがきにのまえ②S18.2.23③〒289-1104 千葉県八街市文違132-85④043-375-1905⑤TEL同⑥わかしお川柳会⑦衛一⑨ssds.shiba@yahoo.co.jp

柴崎　昭雄

①しばさきあきお②S40.5.15③〒039-3179 青森県上北郡野辺地町字馬門94-6④0175-64-4438⑥作家集団「新思潮」⑧「木馬館」「少年地図」

柴田比呂志

①しばたひろし②S33.11.11③〒444-1332 愛知県高浜市湯山町8-8-16④0566-53-7870⑤0566-54-2066⑥岡崎川柳研究社／高浜川柳会⑧「川柳作家ベストコレクション　柴田比呂志」⑨shibata@aomi.jp

柴田　睦郎

①しばたむつお②S30.5.20③〒062-0054 北海道札幌市豊平区月寒東4-10-5-15④011-852-1706⑤TEL同⑥川柳きやり吟社⑧「川柳作家ベストコレクション　柴田睦郎」⑨mshibata620@goo.jp

柴橋　菜摘

①しばはしなつみ②S20.7.10③〒635-0092 奈良県大和高田市大中南町4-57 東口方⑥ぐるうぷ葦⑦薮中和代

芝　弘

①しばひろし②S9.4.4③〒791-0212 愛媛県東温市田窪1954-17④089-964-3297⑥川柳ねこやなぎ

柴村賀代子
①しばむらかよこ②S15.3.23③〒658-0046 兵庫県神戸市東灘区御影本町8-10-4④078-841-2010⑥時の川柳社

志原喜美子
①しはらきみこ③〒673-0444 兵庫県三木市別所町東這田54-22④0794-82-5658

四分一　泉
①しぶいちいずみ②S23.10.7③〒373-0036 群馬県太田市由良町1007⑥川柳信濃川／松代川柳会

四分一周平
①しぶいちしゅうへい②S24.8.22③〒360-0803 埼玉県熊谷市柿沼920-1④048-521-3728⑥埼玉川柳社／熊谷川柳三昧会⑦正美

渋川　渓舟
①しぶかわけいしゅう②S12.10.17③〒165-0033 東京都中野区若宮2-35-8シティハイムII202④03-3338-1706⑥川柳きやり吟社／函館川柳社⑦繁光

渋木　　登
①しぶきのぼる②S4.6.5③〒950-0941 新潟県新潟市中央区女池7-5-16④025-283-2451⑤025-290-0474⑥柳都川柳社／柳都にいがた川柳会

澁谷さくら
①しぶやさくら②S41.3.7③〒661-0012 兵庫県尼崎市南塚口町3-9-23-302④06-6428-2894⑦淑子⑧「川柳句集 さくらいろ」⑨kyrin428@bcb.bai.ne.jp

島崎　穂花
①しまざきすいか②S24.9.28③〒336-0033 埼玉県さいたま市南区曲本3-4-8⑥川柳公論社／埼玉川柳社⑦澄子⑧「詩日和」「川柳作家ベストコレクション　島崎穂花」「行き合いの空」

嶋澤喜八郎
①しまざわきはちろう②S12.11.29③〒576-0033 大阪府交野市私市2-6-8④072-892-1387⑤TEL同⑥川柳・交差点／川柳文学コロキュウム⑧「螢」（俳句と川柳）「川柳作家全集　嶋澤喜八郎」「川柳作家ベストコレクション　嶋澤喜八郎」

島尻　　卓
①しまじりたかし②S23.10.6③〒904-0311 沖縄県中頭郡読谷村字比謝400-15④090-2963-5423⑥川柳とみぐすく／川柳塔社

嶋田　善夫
①しまだよしお②S8.6.20③〒675-0067 兵庫県加古川市加古川町河原321-2④0794-24-9218⑥時の川柳社

島田　駱舟
①しまだらくしゅう②S23.1.20③〒271-0064 千葉県松戸市上本郷386-1-306④047-368-4715⑥印象吟句会「銀河」⑦信一⑧「作品集　ワイルド・ピッチ」「サラリーマン川柳（NHK出版）」

島　ひかる
①しまひかる②S14.3.9③〒939-8046 富山県富山市本郷新6-5④080-1153-8107⑥川柳塔社／川柳えんぴつ社⑦博子⑧「川柳作家ベストコレクション　島ひかる」

嶋村　　幸
①しまむらさち③〒761-0443 香川県高松市川島東町1530④087-848-6036⑤TEL同⑥ふあうすと川柳社／野菊川柳会⑦郁子

し

清水　照一
①しみずてるいち②S13.1.18③〒058-0015 北海道様似郡様似町錦町19-1④0146-36-2285⑥北海道川柳研究会

清水　巴里
①しみずぱり②S3.1.17③〒949-3734 新潟県柏崎市大字南条3143④0257-25-3901⑥川柳人生社⑦ヒデ⑧「ひざ小僧」

下重　秀石
①しもじゅうしゅうせき②S2.9.30③〒961-0962 福島県白河市登り町1-15④0248-27-3323⑤TEL同⑥川柳能因／川柳しらかわ⑦秀夫⑧「人生模様」

下田　幸子
①しもださちこ②S19.1.1③〒689-1124 鳥取県鳥取市越路611④0857-51-8433⑤TEL同⑥札幌川柳社

下谷　憲子
①しもたにのりこ②S22.8.7③〒633-0091 奈良県桜井市桜井234④0744-42-4091⑨nori-2ra-tsuura@softbank.ne.jp

下間りょう子
①しもまりょうこ②S19.1.16③〒010-0442 秋田県南秋田郡大潟村東2-3-23⑥榊川柳の会／川柳すずむし吟社⑦良子

下村　友成
①しもむらともなり③〒860-0862 熊本県熊本市中央区黒髪7-524

首藤　俊夫
①しゅどうとしお③〒326-0844 栃木県足利市鹿島町773-9④0284-62-0779⑥芽柳会

樹萄　らき
①じゅどうらき②S40.10.18③〒396-0015 長野県伊那市中央4765 小池様方⑥川柳の仲間 旬

城後　朱美
①じょうごあけみ②S30.11.15③〒834-0046 福岡県八女市国武612④090-7925-5672⑤0943-23-3729⑥大川川柳会えんのき／おかじょうき川柳社

上甲　満男
①じょうこうみつお②S4.11.5③〒795-0012 愛媛県大洲市大洲25④0893-24-2529⑥水郷川柳社

庄司登美子
①しょうじとみこ②S7.6.10③〒453-0811 愛知県名古屋市中村区太閤通4-32 メイツ名駅シティフォート1104④052-471-7238⑥番傘川柳本社／名古屋番傘川柳会⑧「彩硝子」「花酔い」「雪炎え」

笑　少　子
①しょうしょうし②S5.3.30③〒274-0822 千葉県船橋市飯山満町2-419-25⑦飛田正勝

正畑　半覚
①しょうばたけはんかく②S8.1.1③〒725-0025 広島県竹原市塩町2-1-10④0846-22-6376⑥川柳手帳千の風⑦美彦⑧「父の一言」「母は風」「太鼓判」「涙ポロポロ」

正蓮寺ますだ
①しょうれんじますだ②S21.10.5③〒136-0073 東京都江東区北砂7-7-1-410　髙田光木事務所内④03-3649-6435⑤TEL同⑥柳園舎柳所⑦髙田光木⑧「髙田光木柳句展」

白石　　洋
①しらいしひろし②S10.8.5③〒322-0069 栃木県鹿沼市坂田山3-140④0289-63-2300⑤TEL同⑥かぬま川柳会／栃木県川柳協会⑧「よみうり時事川柳200句集」⑨joh8535@docomo.ne.jp

白井　昭士
①しらいしょうじ②S11.4.18③〒274-0063 千葉県船橋市習志野台4-2-19④047-463-5238

白井　靖孝
①しらいやすたか②S19.3.22③〒042-0914 北海道函館市上湯川町39-5-122④0138-57-3457⑥川柳研究社

白神　晋市
①しらがしんいち②S3.11.14③〒713-8123 岡山県倉敷市玉島柏島7030④086-526-0134⑥全国郵政川柳人連盟

白川　清風
①しらかわせいふう②S10.11.25③〒381-0036 長野県長野市平林132-3④026-244-6921⑥川柳美すゞ吟社⑦清

白木一刀子
①しらきいっとうし②S7.1.11③〒500-8227 岐阜県岐阜市北一色1-11-1④058-245-6059⑤058-265-5007⑥岐阜川柳社⑦哲朗⑧「星月夜」「バラの薫り」「朧月」

白子しげる
①しらこしげる②S14.11.2③〒336-0911 埼玉県さいたま市緑区三室71-2④048-873-5119⑤TEL同⑥川柳研究社⑦繁

白瀬　白洞
①しらせはくどう②S19.1.11③〒612-8433 京都府京都市伏見区深草善導寺町10-4 パデシオン伏見駅前408号室④075-748-6090⑤TEL同⑥つくばね番傘川柳会⑦美智男⑧「ウォーキングで人生楽しもうよ!」⑨m_shilar@yahoo.co.jp

白鳥　象堂
①しらとりしょうどう②S25.2③〒232-0066 神奈川県横浜市南区六ツ川3-112-1-504④045-721-4130⑥汐風川柳社／川柳路吟社⑦順嗣⑧「象の鼻」

白幡　恒夫
①しらはたつねお②S10.10.17③〒002-0853 北海道札幌市北区屯田3条6-9-17④011-771-6047⑤TEL同⑥札幌川柳社／とんでん川柳同好会

白柴小太郎
①しろしばこたろう②S20.7.15③〒358-0012 埼玉県入間市東藤沢2-11-17⑥埼玉川柳社⑦奥山郁郎⑨okuyan1@m.ictv.ne.jp

城山　悠歩
①しろやまゆうほ②S23.7.2③〒921-8104 石川県金沢市野田町レ36-1④076-244-5921⑤TEL同⑥北国川柳社／蟹の目川柳社⑦之信⑧「一足、また一足」

志波姫育生
①しわひめいくお②S10.2.22③〒989-5601 宮城県栗原市志波姫刈敷蔵場110④0228-25-3512⑥川柳宮城野社／川柳わかやなぎ⑦菅原恭一

Ｓｉｎ
①しん②S46.10.5③〒030-1302 青森県東津軽郡外ヶ浜町蟹田中師字宮本2-3④0174-22-2119⑤TEL同⑥おかじょうき川柳社⑦佐々木慎

新海　信二
①しんかいしんじ②S18.8.17③〒581-0071 大阪府八尾市北久宝寺3-1-8④072-992-1205⑤TEL同⑥あかつき川柳会／川柳瓦版の会

真行寺三舟
①しんぎょうじさんしゅう②T12.1.1③〒289-1732 千葉県山武郡横芝光町横芝827④0479-82-2028⑥千葉県川柳作家連盟⑦謙一⑧「華の詩」

神宮寺茂太
①じんぐうじしげた②S14.7.31③〒242-0014 神奈川県大和市上和田187-15④046-268-1374⑤TEL同⑥川柳路吟社／さくら川柳会⑦清文

し

新家　完司
①しんけかんじ②S17.11.18③〒689-2303 鳥取県東伯郡琴浦町徳万597④0858-52-2414⑥川柳塔社／川柳展望社⑦勝⑧「新家完司川柳集　平成元年」「新家完司川柳集（2）平成五年」「同（3）平成十年」「同（4）平成十五年」「同（5）平成二十年」「同（6）平成二十五年」「川柳作家全集　新家完司」「川柳の理論と実践」「川柳作家ベストコレクション　新家完司」「同（7）令和元年」⑨shinke.masaru@ivory.plala.or.jp

深　層　水
①しんそうすい②S24.5.26③〒425-0004 静岡県焼津市坂本956④054-627-3884⑤TEL同⑥静岡たかね川柳会⑦増田信一

新谷　　宣
①しんたにせん②S20.6.11③〒739-2405 広島県東広島市安芸津町小松原895-1④0846-45-1075⑤TEL同⑦宣子⑧「GO!GO!駆け出し五七五」「どんぶく先生の涙」「私の小松原小学校　あのころ」⑨nobusenchen-1945@softbank.ne.jp

進藤　嬰児
①しんどうえいじ②S5.4.17③〒004-0001 北海道札幌市厚別区厚別東1条4-7-8④011-897-9125⑤011-897-9120⑥札幌川柳社⑦英二⑧「句集　北方領土」（第1～5集）

進藤すぎの
①しんどうすぎの②S3.3.15③〒870-0872 大分県大分市高崎1-16-11④097-545-9622⑤TEL同⑥番傘川柳本社／大分県番傘川柳連合会⑦杉野⑧「川柳句集　青い鈴」「梶山三重子遺句集　風の椅子」編

進藤まつ子
①しんどうまつこ②S14.1.3③〒299-0243 千葉県袖ケ浦市蔵波1889④0438-62-2244⑤TEL同⑦末子

神野きっこ
①じんのきっこ②S33.9.4③〒791-1113 愛媛県松山市森松町1126-5④089-957-4069⑤TEL同⑥楽生会本部⑦喜久子⑧川柳と詩とエッセイで綴る公開日記「ゆうこの日記」⑨kikko8823@gmail.com

新野　文子
①しんのふみこ②S6.1.1③〒320-0057 栃木県宇都宮市中戸祭1-2-30④028-621-2864⑥下野川柳会⑦フミ子

新保　芳明
①しんぼよしあき②S23.1.8③〒920-0944 石川県金沢市三口新町3-14-1④076-222-7455⑤TEL同⑥蟹の目川柳社／川柳文学コロキュウム

神　　羊孤
①じんようこ③〒005-0854 北海道札幌市南区常盤四条2-13-8⑥札幌川柳社⑦陽子⑨youkozin@lapis.plala.or.jp

末田　善徳
①すえだぜんとく②S15.3.22③〒745-0806 山口県周南市桜木3-5-66④0834-28-4586⑥小野田世面多留川柳会

末盛ひかる
①すえもりひかる②S37.5.11③〒654-0143 兵庫県神戸市須磨区菅の台1-3-22⑥ふあうすと川柳社⑦英実⑨mittopiano@gmail.com

菅沼　　匠
①すがぬまたくみ②S24.11.13③〒953-0035 新潟県新潟市西蒲区割前310-10⑥柳都川柳社⑦隆⑧「川柳作家ベストコレクション　菅沼匠」

菅原孝之助
①すがはらこうのすけ②S20.8.14③〒950-0005 新潟県新潟市東区太平4-15-2④025-274-1068⑥柳都川柳社⑦孝志⑧「海光」「北夢之助」「河口弘作品集　去来抄」「川柳作家全集　菅原孝之助」ほか

杉本　克子
①すぎもとかつこ②S28.2.12③〒657-0044 兵庫県神戸市灘区鹿ノ下通3-2-10④078-881-2553⑥川柳瓦版の会

杉本さわ子
①すぎもとさわこ②T10.2.1③〒656-1344 兵庫県洲本市五色町鳥飼浦741④0799-34-0230⑥番傘川柳本社⑧「水仙の里」

杉山　　静
①すぎやましずか②S22.8.25③〒709-3614 岡山県久米郡久米南町下弓削292-8④086-728-2404⑥弓削川柳社⑦澄子⑨shizuka.katsumi-1112@ezweb.ne.jp

須崎　八郎
①すざきはちろう②S4.1.31③〒183-0045 東京都府中市美好町2-56-15④042-366-0351⑥時事川柳研究会／読売多摩川柳クラブ

朱　雀　門
①すざくもん②S14.1.7③〒631-0846 奈良県奈良市平松2-2-37⑥万能川柳クラブ⑦前田耕一⑨KOHiCHi@kcn.ne.jp

鈴木　昭子
①すずきあきこ③〒504-0832 岐阜県各務原市蘇原花園町4-70-4④0583-83-7631⑥名古屋番傘川柳会

鈴木　厚子
①すずきあつこ②S26.10.17③〒064-0918 北海道札幌市中央区南18条西7-1-1-331④011-531-8326⑤TEL同⑥札幌川柳社／現代川柳研究会⑧句集「笑ってるあなたの側の風が好き」「川柳作家ベストコレクション　鈴木厚子」⑨punyu@mbe.ocn.ne.jp

鈴木あんこう
①すずきあんこう②S14.5.20③〒241-0836 神奈川県横浜市旭区万騎が原105④045-365-1177⑤TEL同⑥川柳路吟社⑦安広⑧「川柳作家ベストコレクション 鈴木あんこう」⑨asamaki105@gmail.com

鈴木いさお
①すずきいさお②S17.9.20③〒583-0007 大阪府藤井寺市林5-8-20-303④072-952-6855⑤TEL同⑥川柳塔社／あかつき川柳会⑦功

鈴木　英峰
①すずきえいほう②S14.6.29③〒963-8862 福島県郡山市菜根3-14-2④024-933-6524⑤TEL同⑥郡山川柳会／川柳「道の会」⑦健二

鈴木　かこ

①すずきかこ②S31.4.25③〒547-0022 大阪府大阪市平野区瓜破東2-1-16平野ハイツ405⑥川柳天平の会⑦和江⑧「川柳作家ベストコレクション　鈴木かこ」⑨koko310425@yahoo.ne.jp

鈴木さくら

①すずきさくら②S36.4.11③〒018-1745 秋田県南秋田郡五城目町川崎字宮花6④018-852-3312⑤TEL同⑥川柳すずむし吟社／川柳やまゆり⑦朋子

鈴木　順子

①すずきじゅんこ②S24.6.7③〒441-1115 愛知県豊橋市石巻本町字西浦73④0532-88-0955⑤0533-89-4542⑥豊橋番傘川柳会／番傘川柳本社⑧「川柳句集　夜明け前」「川柳句集　目覚まし時計」「川柳作家ベストコレクション　鈴木順子」

鈴木　青古

①すずきせいこ②S21.2.23③〒300-0420 茨城県稲敷郡美浦村郷中1792-1④029-885-8370⑧「花いばら」「秋明菊」「肥後椿」⑨seikoabcsuzuki@gmail.com

すずき善作

①すずきぜんさく②S26.1.18③〒931-8312 富山県富山市豊田本町2-13-22④076-437-6126⑤TEL同⑥川柳展望社／川柳えんぴつ社⑦鈴木善作⑨vouloir.pouvoir@kind.ocn.jp

鈴木千代見

①すずきちよみ②S24.2.25③〒430-0842 静岡県浜松市南区大柳町128④053-425-4748⑥浜松川柳社いしころ会／静岡たかね川柳会⑧「川柳作家ベストコレクション　鈴木千代見」

鈴木　昇

①すずきのぼる②S9.3.17③〒963-0102 福島県郡山市安積町笹川字吉田28-85④024-947-5242⑥川柳連峰社

鈴木　良次

①すずきりょうじ②S15.8.11③〒999-7781 山形県東田川郡庄内町余目字沢田119-2④0234-42-2752⑤TEL同⑥川柳やまがた吟社⑦良二

須田　昭

①すだあきら②S4.2.8③〒363-0026 埼玉県桶川市上日出谷830-148④048-786-9167⑤TEL同⑥川柳二川会／埼玉川柳社⑧「川柳句集 こころもち」

住江　左門

①すみえさもん③〒781-5231 高知県香南市野市町深渕199④0887-56-0465⑦逸勝

鷲見　敏彦

①すみとしひこ②S7.7.28③〒500-8817 岐阜県岐阜市八ツ梅町2-31④058-263-3848⑥岐阜川柳社

諏訪　夕香

①すわゆうか②S14.6.20③〒036-8006 青森県弘前市南大町1丁目9-24⑥弘前川柳社／川柳さくらぎ⑦裕子（ひろこ）

情野　千里
①せいのちさと②S23.3.7③〒672-8023 兵庫県姫路市白浜町甲841-2 市営白浜南住宅5-501⑥川柳舎・みみひめきっちん／連衆⑧「百大夫HAKUDAIFU」「川柳作家全集　情野千里」「川柳作家ベストコレクション　情野千里」

瀬尾　照一
①せおしょういち③〒639-0214 奈良県北葛城郡上牧町上牧4731-5④0745-76-7064⑥番傘わかくさ川柳会

瀬尾千恵子
①せおちえこ②S18.5.28③〒639-0214 奈良県北葛城郡上牧町上牧4731-5④0745-76-7064⑥番傘わかくさ川柳会

瀬川　幸子
①せがわさちこ②S18.3.1③〒567-0012 大阪府茨木市東太田1-3-409④0726-27-6033⑥番傘わかくさ川柳会

瀬川　凪子
①せがわなぎこ③〒651-2242 兵庫県神戸市西区井吹台東町2-1-1-501④078-997-1403⑥ふあうすと川柳社⑦安子

関口　修一
①せきぐきしゅういち②S5.6.18③〒376-0045 群馬県桐生市末広町1-35④0277-22-2929⑤TEL同⑥川柳きりゅう吟社

関口　行雲
①せきぐちこううん②S23.2.28③〒430-0845 静岡県浜松市南区中田島町1656-2-C3-102⑥浜松川柳社いしころ会⑦雅己⑨m-sekiguti@khaki.plala.or.jp

関　　玉枝
①せきたまえ②S15.4.3③〒270-2253 千葉県松戸市日暮6-45④047-386-0446⑧「川柳句集　野の花のように」

関根　　清
①せきねきよし②S19.5.16③〒956-0023 新潟県新潟市秋葉区美幸町1-16-13④0250-24-5014⑥柳都川柳社

瀬々倉卓治
①せせくらたくや②S5.10.1③〒220-0072 神奈川県横浜市西区浅間町2-109-13④045-312-5136⑤045-312-5138⑥川柳「鞴」社⑧「地下工場」「口傳」「沙魚」

瀬田　明子
①せたあきこ②S22.3.25③〒279-0003 千葉県浦安市海楽2-28-8⑥川柳つくしの会／川柳みるふぃーゆ

瀬戸　一石
①せといっせき②S13.1.1③〒259-1111 神奈川県伊勢原市西富岡1356④0463-94-6609⑥川柳あゆつ吟社／川柳きやり吟社⑦瀬戸一

勢藤　　潤
①せとうじゅん②S21.3.12③〒379-2144 群馬県前橋市下川町45-3④027-265-3627⑤TEL同⑥番傘川柳本社／東京みなと番傘川柳会⑦隆⑧「想い出はサラリーマンという時代」「川柳漫遊記」「川柳作家ベストコレクション　勢藤潤」

瀬戸　波紋
①せとはもん②S10.11.27③〒851-2101 長崎県西彼杵郡時津町西時津郷64-10④095-882-5557⑥長崎番傘川柳会／番傘川柳本社⑦正徳⑧「川柳作家ベストコレクション　瀬戸波紋」

瀬戸れい子
①せとれいこ②S30.10.11③〒731-0124 広島県広島市安佐南区大町東1-10-20-1007④082-876-2203⑤TEL同⑥川柳同友会みらい⑦礼子

妹尾　安子
①せのおやすこ②S16.5.20③〒251-0002 神奈川県藤沢市大鋸3-11-4④0466-22-2781⑤TEL同⑥川柳「路」吟社／東京みなと番傘川柳会⑧「川柳作家ベストコレクション　妹尾安子」

千田　祥三
①せんだしょうぞう②S27.3.11③〒537-0013 大阪府大阪市東成区大今里南6-24-9④06-6976-2119⑤TEL同⑥番傘わかくさ川柳会

宗　　水笑
①そうすいしょう②S8.9.13③〒847-0824 佐賀県唐津市神田1517-13④0955-73-6496⑥川柳塔社／川柳噴煙吟社⑦弘

相馬まゆみ
①そうままゆみ②S26.8.30③〒519-0117 三重県亀山市北山町5-20-1④0595-82-8385⑥せんりゅうくらぶ翔

曽我　秋水
①そがしゅうすい②S5.9.25③〒395-0803 長野県飯田市鼎下山1288④0265-23-8976⑤TEL同⑥飯田天柳吟社／川柳六文銭上田吟社⑦都男⑧「川柳作家ベストコレクション　曽我秋水」

十河みち子
①そごうみちこ②S14.12.16③〒761-0704 香川県木田郡三木町下高岡1468-1④087-898-4796⑥三木川柳会／番傘川柳本社

曽根田しげる
①そねだしげる③〒420-0054 静岡県静岡市葵区南安倍1-2-15④054-255-6890⑥静岡たかね川柳会

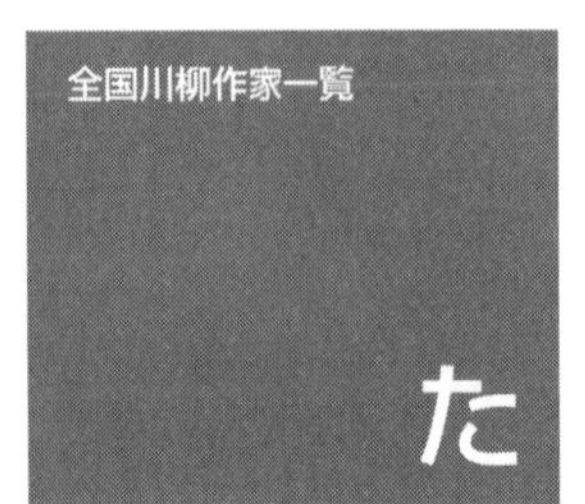

大黒谷サチエ
①だいこくやさちえ②S23.11.13③〒036-0351 青森県黒石市黒石字十三森24-1⑥黒石川柳社⑧「川柳作家ベストコレクション　大黒谷サチエ」

田岡　　弘
①たおかひろし②S17.9.3③〒761-0702 香川県木田郡三木町平木641-9④087-898-4743⑤TEL同⑥番傘川柳本社／せんりゅうぐるーぷGOKEN⑨hiroshi.taoka@nifty.com

髙尾　育樹
①たかおやすき②S34.7.21③〒723-0064 広島県三原市西宮1-1-1④0848-62-4427⑤TEL同⑥川柳展望社

高城じゅんこ
①たかしろじゅんこ②S10.7.12③〒570-0038 大阪府守口市河原町10-15-6005④06-6994-0657⑦順子

髙杉　千歩
①たかすぎちほ②T15.2.22③〒581-0014 大阪府八尾市中田2-302④072-998-0928⑤TEL同⑥川柳塔社／川柳展望社⑦千鶴子

高杉ほなみ
①たかすぎほなみ②S7.9.11③〒018-5201 秋田県鹿角市花輪字下中島2-35④0186-23-7560⑥川柳鹿角⑦佐々木貞子

髙瀬　霜石
①たかせそうせき②S24.9.27③〒036-8223 青森県弘前市富士見町17-5⑥弘前川柳社⑧「青空」「青空もうひとつ」「川柳作家全集　髙瀬霜石」「無印笑品」「川柳作家ベストコレクション　髙瀬霜石」

髙田美代子
①たかだみよこ②S4.9.16③〒583-0023 大阪府藤井寺市さくら町2-2-201④072-955-2091⑥川柳塔社／川柳藤井寺

高田　羅奈
①たかたらな③〒680-0853 鳥取県鳥取市桜谷603⑥川柳研究社／面影川柳会

髙塚　夏生
①たかつかかせい②S13.7.28③〒929-0112 石川県能美市福島町ヲ29④0761-55-1552⑤TEL同⑥番傘川柳本社／番傘加越能川柳社⑦亮⑧「川柳句集　胴乱」

髙津　幸雄
①たかつゆきお②S6.1.27③〒729-0112 広島県福山市神村町54-17⑥福山川柳会潟句会／川柳奉行三原川柳会

高鶴　礼子
①たかつるれいこ②S30.1.25③〒351-0115 埼玉県和光市新倉1-22-70④048-462-0433⑥ノエマ・ノエシス⑧「川柳集　向日葵」「ちちちる野辺の」「詩集　曙光」「鳴けない小鳥のためのカンタータ」⑨noenoe05@cube.ocn.ne.jp

鷹取　淳風
①たかとりじゅんぷう②T15.8.15③〒196-0025 東京都昭島市朝日町1-5-7④042-541-6026⑥NHK川柳倶楽部／くじら川柳⑦淳弘

鷹觜　閲雄
①たかのはしえつお②S25.6.17③〒028-3452 岩手県紫波郡紫波町片寄字鶏森235-4④019-673-6709⑤TEL同⑥いわて紫波川柳社／川柳志和睦会

髙橋　杏仁
①たかはしあんにん②S43.3.17③〒020-0132 岩手県盛岡市西青山3-12-23⑦聡子

髙橋　鬼焼
①たかはしきしょう②S7.9.25③〒739-0041 広島県東広島市西条町寺家5808④082-423-2496⑤TEL同⑥時の川柳社／ひろしま川柳会⑦博昭

髙橋久美子
①たかはしくみこ②S14.7.19③〒699-4221 島根県江津市桜江町市山313-2④0855-92-0137⑥番傘川柳本社

髙橋くるみ
①たかはしくるみ②S27.3.17③〒080-0862 北海道帯広市南の森西7-4-6④0155-47-4266⑤TEL同⑥北海道帯広川柳社⑦真理子

髙橋　敬三
①たかはしけいぞう③〒263-0054 千葉県千葉市稲毛区宮野木町823-3④043-256-5441⑥川柳研究社

髙橋三鳩枝
①たかはしさんきゅうし②S14.9.27③〒019-1541 秋田県仙北郡美郷町土崎字上野乙1-65④0187-85-3055⑤TEL同⑥川柳花清水⑦芳夫

髙橋　樟
①たかはししょう②S13.4.29③〒035-0066 青森県むつ市緑ヶ丘21-7④0175-23-2991⑤TEL同⑦昭一

髙橋勝柳子
①たかはししょうりゅうし②S4.4.1③〒992-0302 山形県東置賜郡高畠町安久津16-3⑦勝雄

髙橋太一郎
①たかはしたいちろう②S10.12.15③〒604-8403 京都府京都市中京区聚楽廻中町44-11④075-811-5557⑤TEL同⑥京都番傘川柳会／長岡京川柳会⑦敏弘

髙橋　忠一
①たかはしちゅういち②S2.3.28③〒981-0963 宮城県仙台市青葉区あけぼの町2-42④022-274-0010⑧「川柳句集　七つ森」（第1～2集）

髙橋　修宏
①たかはしのぶひろ②S30.12.27③〒939-8141 富山県富山市月岡東緑町3-52④076-429-1936⑤076-492-3022⑥豈⑧「夷狄」「蜜楼」「虚器」

髙橋はじめ
①たかはしはじめ②S4.8.10③〒028-3316 岩手県紫波郡紫波町佐比内字舘前6-2⑥いわて紫波川柳社／花巻川柳会⑦一⑧「句集　田舎っぺ」「句集　水の音」

髙橋　繭子
①たかはしまゆこ②S39.11.11③〒989-1245 宮城県柴田郡大河原町新南9-1④0224-52-5251⑥川柳展望社⑦祐美

髙橋　丸太
①たかはしまるた②S16.1.1③〒985-0071 宮城県塩釜市松陽台2-7-13⑦真一⑧「雑草園その1」

髙橋みっちょ
①たかはしみっちょ②S23.11.18③〒085-0821 北海道釧路市鶴ケ岱2-5-256　ロジェ鶴ケ岱502号④0154-42-4233⑤TEL同⑥釧路川柳社／小樽川柳社⑦光緒⑨takahashi320@plum.ocn.ne.jp

髙橋里江子
①たかはしりえこ②S10.4.22③〒252-0801 神奈川県藤沢市長後1537④0466-44-2914⑤TEL同⑥川柳路吟社

髙橋　礼子
①たかはしれいこ②S3.8.21③〒963-6313 福島県石川郡玉川村川辺宮ノ前215④0247-57-3003⑥川柳三日坊主吟社

高畑　俊正
①たかばたけとしまさ②S13.11.13③〒791-0242 愛媛県松山市北梅本町720④089-975-8492⑥川柳まつやま吟社／番傘川柳本社⑧「塔」

高浜　広川
①たかはまこうせん②S24.1.9③〒488-0065 愛知県尾張旭市北原山町大久保見2012-1-208⑥ふあうすと川柳社⑦義広

髙峰寿々丸
①たかみねすずまる②S5.1.22③〒270-0115 千葉県流山市江戸川台西3-41④04-7152-7072⑥千葉県川柳作家連盟⑦壽一（ひさかず）

高柳　閑雲
①たかやなぎかんうん②S32.6.5③〒441-3301 愛知県豊橋市老津町字大津中86④0532-23-1578⑤℡同⑥豊橋番傘川柳会／番傘川柳本社⑦宏司

高良　秀光
①たからひでみつ②S25.2.7③〒904-0302 沖縄県中頭郡読谷村字喜名2269-2④090-9787-3890⑥川柳とみぐすく／川柳きやり吟社

田鎖　晴天
①たくさりせいてん②S16.11.10③〒039-1101 青森県八戸市尻内町字中道29-10④0178-23-3423⑤℡同⑥川柳展望社／はちのへ川柳社⑦高晴

田口　節子
①たぐちせつこ②S16.9.29③〒400-0027 山梨県甲府市富士見2-10-14④055-252-8380⑥川柳甲斐野社

竹内いそこ
①たけうちいそこ②S32.1.28③〒930-0981 富山県富山市西新庄9-6④090-4322-7761⑥カラット／川柳瓦版の会⑦勤子

竹内　甚吉
①たけうちじんきち③〒781-6425 高知県安芸郡安田町東島462④0887-38-6634⑥室戸川柳土曜会⑧「古稀の春」

竹内ゆみこ
①たけうちゆみこ②S48.2.22③〒601-1352 京都府京都市伏見区醍醐南里町38⑥川柳グループ草原⑧「レム睡眠」「川柳作家ベストコレクション　竹内ゆみこ」

竹岡　訓恵
①たけおかくにえ②S10.7.18③〒515-0063 三重県松阪市大黒田町734-13⑥番傘川柳本社

竹﨑たかひろ
①たけざきたかひろ②S11.1.14③〒781-2110 高知県吾川郡いの町1868-3④088-892-2268⑤℡同⑥帆傘川柳社⑦生泰（たかひろ）⑨msngt572@ybb.ne.jp

竹澤　歩山
①たけざわほざん②S17.4.17③〒320-0043 栃木県宇都宮市桜3-3-17 オーキッドハイツ206④028-635-7378⑥下野川柳会⑦雄三

竹田　一糸
①たけだいっし②S8.9.24③〒992-0062 山形県米沢市林泉寺2-2-38⑥柳都川柳社／川柳べに花クラブ⑦啓

武田　綺声
①たけだきせい②S4.5.12③〒389-1102 長野県長野市豊野町大倉2722④026-257-2950⑥川柳とよの吟社⑦茂

竹田　光柳
①たけだこうりゅう②S13.11.26③〒184-0004 東京都小金井市本町3-14-5④042-383-1406⑥川柳きやり吟社／木柳会⑦光雄⑧「川柳句集　からしだね」「一粒の麦」「川柳作家全集　竹田光柳」「現代川柳類題辞典」「入門書　川柳を学ぶ人たちへ」「古川柳の名句を楽しむ」⑨koryu-t@wd5.so-net.ne.jp

武田　笙子
①たけだしょうこ②S18.3.25③〒950-0941 新潟県新潟市中央区女池3-58-4⑥柳都川柳社⑦照子

竹治ちかし
①たけちちかし②S21.4.19③〒693-0026 島根県出雲市塩冶原町3-1-5④0853-22-4309⑤TEL同⑥川柳塔社／いずも川柳会⑦雍史

武智　三成
①たけちみつなり②S9.8.15③〒559-0003 大阪府大阪市住之江区安立1-5-26④06-6672-0744⑤TEL同⑥川柳ワゴン弁天町短句の会⑦道長

竹中えぼし
①たけなかえぼし②S21.6.28③〒253-0072 神奈川県茅ヶ崎市今宿396-1105④0467-84-5747⑤TEL同⑥川柳路吟社／川柳研究社⑦有男⑨happy504@yahoo.co.jp

竹中　正幸
①たけなかまさゆき②S23.3.4③〒236-0052 神奈川県横浜市金沢区富岡西1-50-10④045-771-0126⑥無所属

竹原汚痴庵
①たけはらおちあん②T13.10.8③〒701-0153 岡山県岡山市北区庭瀬184-7④086-293-0879⑥西大寺川柳社⑦三郎⑧「句集晩花」「続晩花」

竹村　連峰
①たけむられんぽう②T13.1.5③〒017-0823 秋田県大館市字八幡沢岱17-11④0186-43-9725⑥川柳きやり吟社⑦廉吉

竹本　宏平
①たけもとこうへい②S14.6.21③〒158-0083 東京都世田谷区奥沢4-33-5④03-3720-6119⑥川柳レモンの会

武本　　碧
①たけもとみどり②S11.4.4③〒640-8241 和歌山県和歌山市雑賀屋町東1-62④073-422-2341⑥川柳塔社

田沢　恒坊
①たざわつねぼう②S27.3.28③〒030-0962 青森県青森市佃3-3-19④017-741-9215⑥川柳ゼミ青い実の会／川柳展望社⑦恒行

田島　悦子
①たじまえつこ②S21.11.18③〒370-2452 群馬県富岡市一ノ宮1603-2④0274-62-1913⑤TEL同⑥上州時事川柳クラブ／川柳さろんGunma⑧「卑弥呼」

田尻　節子
①たじりせつこ②S23.2.4③〒658-0001 兵庫県神戸市東灘区森北町2-2-24④078-451-1766⑤TEL同⑥上方文化人川柳の会 相合傘／芦屋川柳倶楽部ゆるり⑨order-mebae-setsuko@ezweb.ne.jp

田代みつ子
①たしろみつこ②S28.12.16③〒239-0844 神奈川県横須賀市岩戸3-21-17⑥無所属

田制　圀彦
①たせいくにひこ②S18.12.8③〒278-0053 千葉県野田市五木新町36-2④047-129-3970⑥川柳乱

多田　誠子
①ただせいこ②S13.11.18③〒760-0073 香川県高松市栗林町2-7-16④087-862-6884⑤TEL同⑥番傘川柳本社／川柳展望社

ただの　ばら
①ただのばら②S6.7.25③〒963-0213 福島県郡山市逢瀬町多田野字浄土松道6-4④024-957-2484⑥川柳能因会⑦小原俊子

多田　幹江
①ただみきえ②S5.10.26③〒421-0103 静岡県静岡市駿河区丸子5-2-28④054-259-8177⑥ひなうた川柳会／全国郵政川柳人連盟

唯　　夕
①ただゆう②S23.6.5③〒247-0073 神奈川県鎌倉市植木436-1-411④0467-39-6686⑤TEL同⑦加太幹久⑨mrny79f@biscuit.ocn.ne.jp

田付　賢一
①たつけけんいち②S16.1.7③〒178-0063 東京都練馬区東大泉7-50-31④03-6767-1323⑤TEL同⑥金木星の会⑧「十七文字の青春」「素足にスニーカー」「青春リターン句」

伊達　郁夫
①だていくお②S12.10.29③〒572-0001 大阪府寝屋川市成田東町40-2④072-865-8854⑤TEL同⑥城北川柳会⑧合同句集「わんど」「ひごばし」

立蔵　信子
①たてくらのぶこ②S26.3.17③〒547-0006 大阪府大阪市平野区加美正覚寺3-5-5-304④06-6796-2458⑤TEL同⑥川柳天守閣／川柳瓦版の会

田中あや子
①たなかあやこ②S23.2.6③〒525-0034 滋賀県草津市草津2-2-17④077-564-3509⑤TEL同

田中　螢柳
①たなかけいりゅう②S11.12.23③〒560-0033 大阪府豊中市蛍池中町2-3-1-406④06-6853-0470⑤TEL同⑥番傘川柳本社／番傘みどり川柳会⑦功⑧「川柳句集　道修町」「川柳作家全集　田中螢柳」「川柳・エッセイ集　修二会椿」「エッセイ集　古都暮色」「川柳作家ベストコレクション　田中螢柳」

田中　山海
①たなかさんかい②S16.1.28③〒646-0015 和歌山県田辺市たきない町21-28④0739-24-0035⑤TEL同⑥番傘川柳本社／日高番傘川柳会⑦康雄⑨sankai@zeus.eonet.ne.jp

田中　士郎
①たなかしろう②S11.2.23③〒020-0667 岩手県滝沢市鵜飼向新田7-298④019-687-3682⑥川柳原生林社／花巻川柳会⑧「春の予感」「軽い目眩」

田中寿々夢
①たなかすすむ②S16.3.15③〒379-2143 群馬県前橋市新堀町64-2④027-265-2029⑤TEL同⑥前橋川柳会／埼玉川柳社⑦進⑧「川柳作家ベストコレクション　田中寿々夢」⑨akatuki575@yahoo.co.jp

田中　荘陽
①たなかそうよう②S10.2.8③〒611-0029 京都府宇治市天神台1-1-2④0774-23-8756⑤TEL同⑥宇治川柳会／京都番傘川柳会⑦荘介⑧「川柳句集　木漏れ日」

田中　憧子
①たなかとうこ②S20.6.29③〒680-0862 鳥取県鳥取市雲山90-2④0857-24-0178⑥面影川柳会⑦洋子

田中　吐夢
①たなかとむ②S8.9.6③〒569-1022 大阪府高槻市日吉台2-1-3④072-688-2257⑦喜作

田中　南行
①たなかなんぎょう②S10.6.28③〒223-0066 神奈川県横浜市港北区高田西4-6-12④045-593-3220⑥無所属⑦智⑨NQC19407@nifty.com

た

田中のり子
①たなかのりこ③〒386-0403 長野県上田市腰越535-4⑥川柳六文銭上田吟社

田中　博造
①たなかひろぞう②S16.10.24③〒610-1146 京都府京都市西京区大原野西境谷町2-4洛西境谷住宅8-102④075-333-4903⑤TEL同⑧「セレクション柳人8　田中博造集」

田中　正夫
①たなかまさお③〒400-0851 山梨県甲府市住吉1-4-22④055-233-1672⑧「残照」

田中　道博
①たなかみちひろ③〒714-1222 岡山県小田郡矢掛町面川面2556④0866-82-1256⑥川柳「塾」

田中八洲志
①たなかやすし②S4.11.26③〒124-0006 東京都葛飾区堀切3-20-1④03-3697-6537⑤TEL同⑥川柳向島／川柳かつしか吟社⑦康英⑧「川柳作家全集　田中八洲志」「川柳作家ベストコレクション　田中八洲志」「吉田機司の川柳と随想」

田中　裕子
①たなかゆうこ③〒500-8403 岐阜県岐阜市一松道1-14④058-246-9464

田中　良積
①たなかよしずみ②S.20.5.16③〒085-0804 北海道釧路市白樺台5-12-14④0154-91-0821⑤TEL同⑥釧路川柳社／北海道川柳研究会

田辺　忠雄
①たなべただお②S9.5.9③〒753-0814 山口県山口市吉敷下東4-4-18④083-922-6804⑥山口川柳吟社

田辺与志魚
①たなべよしお②S22.6.16③〒721-0962 広島県福山市東手城町1-20-3④084-945-0725⑥ふくやま川柳会⑦義雄⑧「川柳作家ベストコレクション　田辺与志魚」⑨sakana70@m01.fitcall.net

谷内　拓庵
①たにうちたくあん②S23.10.5③〒701-4501 岡山県瀬戸内市邑久町虫明522-1④0869-25-2031⑤TEL同⑥弓削川柳社／西大寺川柳社⑦拓緒

谷口　岩男
①たにぐちいわお②S9.6.21③〒880-0926 宮崎県宮崎市月見ケ丘1-24-1④0985-53-2479⑥宮崎番傘川柳会

谷口　和馬
①たにぐちかずま②S10.7.29③〒501-0236 岐阜県瑞穂市本田2115-1④058-327-6193⑥岐阜川柳社／大垣川柳会

谷口　潜風
①たにぐちせんぷう②S22.10.15③〒689-2221 鳥取県東伯郡北栄町由良宿2072-17④0858-37-4735⑥倉吉川柳会⑦次男⑧「『モー六』の戯れ言」

谷口　幹男
①たにぐちみきお②S9.2.24③〒761-2101 香川県綾歌郡綾川町畑田664-1④087-877-2165⑤TEL同⑥ふあうすと川柳社

谷口　　義
①たにぐちよし③〒577-0827 大阪府東大阪市衣摺6-5-23④06-6722-2144⑥川柳塔社

たにひらこころ
①たにひらこころ③〒556-0017 大阪府大阪市浪速区湊町1-4-36-2404号④06-6636-3466⑧「絵句集　神様お願い」「こころ句集」「ふたつ下のそら」「川柳作家全集　たにひらこころ」「COCO論」

谷藤美智子
①たにふじみちこ②S17.11.16③〒300-0068 茨城県土浦市西並木町3638-3⑤029-824-7933⑥土浦芽柳会／999土浦会場⑨tanifuji@abelia.ocn.ne.jp

田畑　宏
①たばたひろし②S29.2.25③〒641-0012 和歌山県和歌山市紀三井寺1-178④073-444-7777

田原せいけん
①たばるせいけん②S11.10.1③〒842-0062 佐賀県神埼市千代田町柳島12-3④090-7985-4797⑥佐賀番傘川柳会／時事作家協会⑦正健⑧「み仏のご縁にふれて-I」「同-II」「同-III—川柳三昧の日々—」「川柳作家ベストコレクション　田原せいけん」⑨seiken-t@vip.saganet.ne.jp

田部井呑柳
①たべいどんりゅう③〒373-0055 群馬県太田市大島町747④0276-22-1768⑤TEL同⑥太田市川柳協会⑦茂雄

玉井　公恵
①たまいきみえ②S16.4.29③〒792-0811 愛媛県新居浜市庄内町5-6-20④0897-37-6095⑥にいはま川柳会／汐風川柳社

多　磨　子
①たまこ②S14.12.10③〒802-0062 福岡県北九州市小倉北区片野新町2-13-5-905⑥小倉番傘川柳会／川柳すずむし吟社⑦木村多磨子

玉島よ志子
①たましまよしこ②S10.3.17③〒405-0018 山梨県山梨市上神内川1292④0553-22-9363⑥川柳甲斐野社／山梨市文化協会川柳部

たむらあきこ
①たむらあきこ②S26.9.7③〒640-8007 和歌山県和歌山市元寺町西ノ丁7-405④073-432-7326⑤TEL同⑥無所属⑦田村あき子⑧「たむらあきこ川柳集　2010年」「たむらあきこ千句」「川柳作家ベストコレクション　たむらあきこ」「前田咲二の川柳と独白」⑨akikotti2015@yahoo.co.jp

田村　悦子
①たむらえつこ③〒620-0921 京都府福知山市かしの木台1-28-1④0773-22-0592

田村　邦昭
①たむらくにあき②S5.9.13③〒680-0011 鳥取県鳥取市東町1-117④0857-29-1166⑤TEL同⑥川柳塔社／川柳らくだの会

田村　征子
①たむらせいこ②S14.11.6③〒371-0825 群馬県前橋市大利根町1-45-2④090-3512-7254⑤027-252-5464

田村　貴司
①たむらたかし②S.22.11.20③〒781-1105 高知県土佐市蓮池1759④088-852-6019

田村常三郎
①たむらつねさぶろう②S8.7.30③〒010-0921 秋田県秋田市大町1-5-9-811④018-863-5427⑤TEL同⑥川柳グループ柳山泊／川柳ウイング

田村登志子
①たむらとしこ③〒020-0126 岩手県盛岡市安倍館町11-10④019-647-5504

田村としのぶ
①たむらとしのぶ②S34.1.7③〒903-0111 沖縄県中頭郡西原町与那城82④098-945-3495⑥那覇川柳の会／川柳まつやま吟社⑦敏信⑧「着流し、東風十四郎」

田村ひろ子
①たむらひろこ②S18.10.16③〒662-0023 兵庫県西宮市城山4-4④0798-71-4696⑤TEL同⑧句集「途中の駅」句集「夢のしっぽ」⑨hirokot@bcc.bai.ne.jp

た

多和田幹生
①たわだみきお③〒577-0004 大阪府東大阪市稲田新町2-20-5-403⑥川柳瓦版の会

丹下美津子
①たんげみつこ③〒791-1104 愛媛県松山市北土居町552-8⑥白さぎ川柳会

知久　白峯
①ちくはくふう②T14.3.30③〒145-0074 東京都大田区東嶺町30-20⑥川柳マガジンクラブ⑦明⑧「川柳百色」

千島　鉄男
①ちしまてつお②S26.5.2③〒036-8227 青森県弘前市大字桔梗野3-3-3④0172-34-3392⑤℡同⑥弘前川柳社⑦千嶋鐵男⑧「川柳メッセージ　葡萄一粒が転がっている僕の夕暮れ」

千　　春
①ちはる②S54.1.22③〒396-0022 長野県伊那市御園536みそのグレートハイツ202④0265-76-4375⑥川柳の仲間旬⑦川合千春

茶谷　好太
①ちゃだにこうた②S9.5.5③〒916-1222 福井県鯖江市河和田町18-6④090-2379-5132⑥鯖江番傘川柳会⑦好太郎⑧「句集　うるし刷毛」

中條　節子
①ちゅうじょうせつこ②S19.11.3③〒981-3204 宮城県仙台市泉区寺岡5-8-13④022-378-6876⑥川柳宮城野社

千代　八灯
①ちよはっとう②S17.12.27③〒805-0026 福岡県北九州市八幡東区東山2-4-30④093-651-8388⑥戸畑あやめ川柳会／戸畑川柳協会⑦千代島久司

柄　宏一郎

①つかこういちろう②S23.6.25③〒277-0845 千葉県柏市豊四季台4-1-87-206④04-7146-6002⑦塚越孝一

塚田　正信

①つかだまさのぶ②S6.3.21③〒005-0841 北海道札幌市南区石山1条2-3-8④011-591-7993⑥無所属

塚原　羊雲

①つかはらようらん②S6.4.28③〒400-0116 山梨県甲斐市玉川353④080-5424-9368⑤055-276-4162⑥川柳展望社⑦幹郎⑧句集「古希の駅」「喜寿の坂」「野良の道」

塚本　望山

①つかもとぼうざん②S7.10.13③〒959-0106 新潟県燕市分水東学校町2-10-16④0256-97-3704⑥柳都川柳社／全国郵政川柳人連盟⑦久

塚本夢迷人

①つかもとむめいじん②S5.3.1③〒421-0301 静岡県榛原郡吉田町住吉5436④0548-32-0256⑦修司

塚本　寄道

①つかもとよりみち②H6.2.9③〒411-0942 静岡県駿東郡長泉町中土狩676-6サンヴェール長泉201④055-988-7956⑤TEL同⑥川柳さくら⑦一道

辻岡真紀子

①つじおかまきこ③〒663-8204 兵庫県西宮市高松町3-3ジオタワー西宮北口607⑥兵庫県現代詩協会／朝日新聞ひととき会⑦森本真紀子⑧川柳句集「風の残り香」 詩集「吹き抜けた時」⑨dziendobry0918@leto.eonet.ne.jp

辻　敬子

①つじけいこ②S13.8.6③〒090-0033 北海道北見市番場町4-10④0157-24-2444⑤0157-24-9912⑥オホーツク文庫・北見川柳社⑧「句集　輪唱」

辻　貴希

①つじたかき②S18.8.3③〒061-3212 北海道石狩市花川北2条4-30⑦義和

辻　晩穂

①つじばんすい②S5.3.5③〒090-0033 北海道北見市番場町4-10④0157-24-2444⑤0157-24-9912⑥オホーツク文庫・北見川柳社⑦小次郎⑧「評論集　オホーツクの肖像」「北の断章」「北の系譜」「北の指標」「句集　常緑樹」「オホーツク50年史」「東北海道川柳40年史」「川柳作家全集　辻晩穂」「評論集　北の指座」「川柳作家ベストコレクション　辻晩穂」「評論集　北の道程」「評論集・北の道標」

津田　暹

①つだすすむ②S12.6.3③〒290-0143 千葉県市原市ちはら台西2-9-1デュオセーヌ213号④0436-98-3008⑤TEL同⑥川柳研究社／川柳サロン⑧「川柳三味」「川柳作家全集　津田暹」「川柳三味II」「川柳三昧拾遺」「川柳作家ベストコレクション　津田暹」⑨susumu@senryu.com

土田　宏虫

①つちだひろむ③〒194-0003 東京都町田市小川1601-11セルシオヒルズすずかけ台1306④042-795-7837⑥川柳かつしか吟社⑦宏

つ

土田　雅子
①つちだまさこ②S33.11.10③〒030-0961 青森県青森市浪打2-8-3 肴倉方⑥おかじょうき川柳社⑦肴倉雅子

土田　欣之
①つちだよしゆき②S12.1.30③〒581-0083 大阪府八尾市永畑町2-1-7④072-992-4934⑤TEL同⑥ふあうすと川柳社⑧「欣（よろこび）」「川柳作家全集　土田欣之」

土橋　旗一
①つちはしきいち②S16.7.6③〒773-0008 徳島県小松島市田野町字本村111④0885-32-9343⑤TEL同⑥徳島県川柳作家連盟⑦喜一⑧「川柳作家ベストコレクション　土橋旗一」

筒井　益子
①つついますこ②S16.3.2③〒395-0065 長野県飯田市羽場上河原2043-26④0265-24-9111⑤TEL同⑥飯田天柳吟社⑨maako-0000@docomo.ne.jp

つつみあけみ
①つつみあけみ②S34.11.2③〒566-0061 大阪府摂津市鳥飼八町1-7-50④072-654-6831⑤TEL同⑦堤あけみ

堤　恵子
①つつみけいこ③〒400-0806 山梨県甲府市善光寺1-6-5④055-235-5471

堤　丁玄坊
①つつみちょうげんぼう②S12.2.11③〒300-0848 茨城県土浦市西根西1-11-12④029-843-3569⑥土浦芽柳会／東葛川柳会⑦将和⑧「川柳句集　大河」「川柳句集　日和」「川柳の教科書」「川柳作家ベストコレクション　堤丁玄坊」

堤　日出緒
①つつみひでお②S12.3.28③〒839-0851 福岡県久留米市御井町2071-9④0942-44-5366⑤TEL同⑥久留米番傘川柳会⑦英男⑧川柳句集「魚拓」

常國　喜好
①つねくにきよし②S24.7.3③〒736-0088 広島県広島市安芸区畑賀2-21-14④082-827-0166⑤TEL同⑦清

恒弘　衛山
①つねひろえいざん②S14.12.7③〒709-3614 岡山県久米郡久米南町下弓削446-2④0867-28-2317⑤TEL同⑥弓削川柳社⑦平衛

角掛往来児
①つのかけおうらいじ②S10.8.11③〒023-0402 岩手県奥州市胆沢小山字龍ヶ馬場13-10④0197-24-9307⑤TEL同⑥水沢川柳会／胆沢川柳会⑦義男⑧「川柳句集　信頼」「川柳作家ベストコレクション　角掛往来児」

妻谷　重三
①つまたにしげぞう②T13.11.15③〒572-0827 大阪府寝屋川市萱島本町12-2④072-821-6093⑥川柳ねやがわ／大阪川柳の会

鶴田　青峰
①つるたせいほう③〒376-0013 群馬県桐生市広沢町間の島392-3④0277-53-2081⑥川柳きりゅう吟社⑦芳三郎

鶴本むねお
①つるもとむねお②S8.10.3③〒638-0001 奈良県吉野郡下市町阿知賀1826-3④0747-52-0132⑤TEL同⑥柳壇「こぼれ花」⑦靍本宗男⑧「川柳自撰集　道草」

てじま晩秋
①てじまばんしゅう②S17.10.23③〒369-1102 埼玉県深谷市瀬山21-9④048-583-3093⑤TEL同⑥明日香川柳社／埼玉川柳社⑦手島廣志⑧「評論集　時は世につれ」

手塚　好美
①てづかよしみ②S24.10.4③〒300-0341 茨城県稲敷郡阿見町うずら野1-40-19④029-842-7522⑤TEL同⑥999土浦川柳会⑨tukuba_teyoshimi@nifty.com

寺井研三郎
①てらいけんざぶろう②S16.3.4③〒389-2253 長野県飯山市飯山市ノ口④0269-62-4853⑥川柳キマロキ吟社⑦一男

寺門　迷仏
①てらかどめいぶつ②S18.4.28③〒310-0902 茨城県水戸市渡里町2894-12④029-225-6504⑤TEL同⑥つくばね番傘川柳会／水戸川柳会⑦正人⑧「川柳道場八方破れ」「句集　石ころの詩」「川柳作家叢書　寺門迷仏」「川柳作家ベストコレクション　寺門迷仏」

寺川　弘一
①てらかわこういち②S7.4.10③〒573-1123 大阪府枚方市南船橋2-20-8④072-851-4146⑥川柳展望社⑨terako4210@gmail.com

寺澤すなお
①てらさわすなお②S4.5.11③〒871-0164 大分県中津市下永添1402-1④0979-24-2648⑤TEL同⑥中津川柳会⑦侃

寺下　敏雄
①てらしたとしお②S10.3.6③〒642-0023 和歌山県海南市重根1290-18④073-487-3043⑥川柳PAL

寺島　洋子
①てらしまようこ③〒610-0302 京都府綴喜郡井手町井手里38⑥井手川柳会「美玉川」⑨mitamagawa123@yahoo.co.jp

寺田　香林
①てらだこうりん②S22.11.17③〒921-8134 石川県金沢市南四十万1-55④076-298-8466⑥川柳句座⑦弘子

照井　　始
①てるいはじめ②S25.7.3③〒028-3317 岩手県紫波郡紫波町南日詰大銀63-5④0196-72-4385

照沼　　智
①てるぬまさとし②S9.11.11 ③〒312-0002 茨城県ひたちなか市高野1390-2⑤029-285-0652⑥つくばね番傘川柳会／川柳研究社

土居志保子
①どいしほこ②S22.6.1③〒783-0085 高知県南国市十市2197④088-865-8848⑥帆傘川柳社

東井　淳
①とういじゅん②S17.2.9③〒985-0087 宮城県塩釜市伊保石243-2④022-365-3234⑥オメガ⑦伊東 享司⑧「川柳科学随筆・水車のうた」「一句で綴る川柳の歩み」「川柳を楽しむ」「江戸川柳を味わう」「江戸川柳の抒情を楽しむ」

堂上　泰女
①どううえやすじょ②S16.10③〒640-1173 和歌山県海南市椋木90-4④073-487-4075⑤TEL同⑦泰子⑨yashujo@ares.eonet.ne.jp

東行　小師
①とうぎょうしょうし②S13.10.2③〒316-0032 茨城県日立市西成沢町4-8-11　小林方⑥いわき番傘植田句会／水戸川柳会⑦小林啓治⑧「東行小師紀行」⑨kt-koba@net1.jway.ne.jp

遠山あきら
①とおやまあきら②S6.1.12③〒525-0037 滋賀県草津市西大路町10-5-1009④077-515-2023⑤TEL同⑥びわこ番傘川柳会⑦明

冨樫　正義
①とがしまさよし②S60.2.17③〒999-3705 山形県東根市宮崎3-6-23④090-2981-0707⑥無所属⑨toga_masa@yahoo.co.jp

時枝　利幸
①ときえだとしゆき②S12.1.12③〒350-1151 埼玉県川越市今福1017-90④049-243-6789⑤TEL同⑥東京番傘川柳社／川柳研究社

徳島　一郎
①とくしまいちろう②S8.9.3③〒812-0893 福岡県福岡市博多区那珂3-19-1-1011④092-451-3055⑤TEL同⑥川柳展望社⑦達朗⑨h31hx2du@dune.ocn.ne.jp

徳田かず子
①とくだかずこ②S8.3.3③〒762-0024 香川県坂出市府中町4654④0877-48-0631⑥番傘川柳本社⑦和子

徳田　正幸
①とくだまさゆき②S19.9.20③〒250-0202 神奈川県小田原市上曽我398④0465-42-2317⑤TEL同⑥川柳きやり吟社⑧「随想写真集　旅支度」（I～III）

徳永　政二
①とくながせいじ②S21.1.15③〒524-0021 滋賀県守山市吉身1-10-17④077-583-7762⑤TEL同⑥びわこ番傘川柳会／番傘川柳本社⑧「徳永政二フォト句集1　カーブ」「同句集2　大阪の泡」「同句集3　くりかえす」「同句集4　家族の名前」「川柳作家ベストコレクション　徳永政二」⑨seiji.kirin@gmail.com

徳山みつこ
①とくやまみつこ②S13.7.19③〒583-0864 大阪府羽曳野市羽曳が丘1-11-8④072-956-6727⑤TEL同⑥川柳塔社／はびきの市民川柳会⑦允子⑧「川柳作家ベストコレクション　徳山みつこ」

土藏　芳竹
①とくらよしたけ②S10.1.21③〒912-0415 福井県大野市稲郷53-3④0779-65-8124⑥番傘ばんば川柳社／番傘川柳本社⑦是武

床次ただし

①とこなみただし②S16.1.3③〒890-0008 鹿児島県鹿児島市伊敷2-9-16④099-220-3641⑥はまゆう川柳会⑦忠志

利光ナヲ子

①としみつなをこ②T14.6.26③〒563-0032 大阪府池田市石橋2丁目13-25-303④072-762-4140⑤TEL同⑥川柳夢華の会⑦ナヲ⑧「ここが好き」

戸田冨士夫

①とだふじお②S18.7.10③〒487-0006 愛知県春日井市石尾台1-2 タウン石尾台108-10⑥中日川柳会⑦勝昭⑨abd04750@hkg.odn.jp

十二　佳句

①とにかく②S14.2.16③〒988-0184 宮城県気仙沼市赤岩平貝8-7曽根方④0224-22-6636⑥川柳けせんぬま吟社⑦曽根康二

冨岡　敦子

①とみおかあつこ②S28.3.18③〒028-3452 岩手県紫波郡紫波町片寄字越田79④019-672-2885⑤TEL同⑥いわて紫波川柳社

冨岡　桂子

①とみおかけいこ②S18.11.24③〒249-0004 神奈川県逗子市沼間5-14-24⑥川柳路吟社

冨川　　章

①とみかわあきら②S22.11.13③〒516-0014 三重県伊勢市楠部町3162-17④0596-27-5524⑤TEL同⑥三重番傘川柳会／番傘川柳本社⑨tomikawa3@pg8.so-net.ne.jp

富田　孝之

①とみだたかゆき②S13.3.17③〒483-8422 愛知県江南市東野町神上48④0587-54-0054⑤TEL同

富田　房成

①とみたふさなり②S11.6.15③〒742-1502 山口県熊毛郡田布施町波野2076-1④0820-52-3782⑥現代川柳研究会／徳山かおり川柳会⑧「川柳作家全集　富田房成」「富田房成川柳画集」「川柳作家ベストコレクション　富田房成」⑨fusanari2345@gmail.com

富田理江子

①とみたりえこ②S18.4.18③〒078-8373 北海道旭川市旭神3条5-6-6⑥北海道川柳研究会

冨永紗智子

①とみながさちこ②S12.2.13③〒812-0044 福岡県福岡市博多区千代3-6-2-1309④092-651-1902⑤TEL同⑥番傘川柳本社／川柳楠の会⑦幸子⑧「えすぷれっそ」「時代吟　絵草紙」

冨安清風子

①とみやすせいふうし②S2.5.5③〒861-4131 熊本県熊本市南区薄場1-2-25④096-358-2172⑥川柳噴煙吟社⑦清治⑧「川柳句文集　笛吹けば」

富山　　孝

①とみやまこう②S12.5.24③〒709-0835 岡山県赤磐市西中571④08695-5-0429⑥無所属⑦孝子⑧「たかくら」

と

内藤　光枝
①ないとうみつえ②S11.3.16③〒553-0002 大阪府大阪市福島区鷺洲2-2-14④06-6451-0986⑥番傘わかくさ川柳会／番傘川柳本社

中井　アキ
①なかいあき③〒584-0051 大阪府富田林市楠風台1-7-2④0721-34-9387

中井　昭子
①なかいあきこ③〒651-1123 兵庫県神戸市北区鵯台2-2-62④078-743-6072⑥時の川柳社／川柳あしなみ

永井河太郎
①ながいかわたろう②T13.8.25③〒468-0001 愛知県名古屋市天白区植田山1-611④052-781-9753⑥名古屋川柳社⑦清治

中居　杏二
①なかいきょうじ②S5.8.10③〒299-1147 千葉県君津市人見1712-8④0439-52-6915⑤TEL同⑥ふあうすと川柳社／矢那川吟社⑦清⑨kiyoshiblue2002@yahoo.co.jp

永井　静佳
①ながいしずよ②S11.8.13 ③〒176-0014 東京都練馬区豊玉南1-20-19④03-3992-3618⑥番傘川柳本社／東京番傘川柳社⑦しず代

永石　珠子
①ながいしたまこ②S10.1.12③〒856-0023 長崎県大村市上諏訪町1304⑥長崎番傘川柳会／番傘川柳本社⑨tama-722@circus.ocn.ne.jp

永井　尚
①ながいしょう②S7.4.18③〒710-0037 岡山県倉敷市八軒屋275-502　坪井方⑥川柳瓦版の会⑦坪井宏尚⑧「虫のひとりごと」「虫のつぶやき」

永井　松柏
①ながいしょうはく②S23.1.14③〒799-2206 愛媛県今治市大西町脇甲640④0898-53-4347⑤TEL同⑥汐風川柳社⑦一夫⑧「碇泊地」

長井すみ子
①ながいすみこ②S12.4.13③〒811-3212 福岡県福津市福間南1-4-22⑥散歩径

永井　天晴
①ながいてんせい②S23.9.24③〒177-0031 東京都練馬区三原台3-25-1④03-6318-0019⑤TEL同⑥川柳展望社⑦清⑧「雨男晴男」⑨dannoyasushi@yahoo.co.jp

長井　俊昭
①ながいとしあき②S16.9.6③〒673-1465 兵庫県加東市喜田71-1④0795-42-0091⑤TEL同⑥川柳さんだ／川柳やしろ

永井　玲子
①ながいれいこ②S7.10.22③〒562-0013 大阪府箕面市坊島1-5-3④072-721-4461⑤TEL同⑥川柳展望社⑧「川柳作家ベストコレクション　永井玲子」

中永　智遊
①なかえちゆう②S8.7.27③〒709-0831 岡山県赤磐市五日市341④086-955-0138⑤TEL同⑥全国郵政川柳人連盟／さんよう川柳会⑦房之助⑧「蜜を求めて」

長江　時子
①ながえときこ②S7.3.21③〒590-0141 大阪府堺市南区桃山台2-15-10④072-299-1444⑤TEL同⑥番傘川柳本社／泉北すばる川柳会⑧「川柳句集　仙人掌の花」

中岡千代美
①なかおかちよみ③〒661-0014 兵庫県尼崎市上ノ島町2-2-26-206④06-6426-1991⑤TEL同⑥うめだ番傘川柳会／番傘川柳本社

長尾田鶴子
①ながおたづこ②S10.4.2③〒761-8074 香川県高松市太田上町1247-9④087-865-4747⑥ふあうすと川柳社

長尾　美和
①ながおみわ②S4.10.24③〒273-0041 千葉県船橋市旭町1-1-18④047-439-1970⑥川柳研究社／東葛川柳会⑦美和子⑧「川柳句集　マリオネット」

中川　一洋
①なかがわいちよう②S4.10.27③〒954-0085 新潟県見附市反田町244④0258-62-6812⑥柳都川柳社／みつけ川柳会⑦陽一

中川きよし
①なかがわきよし②S4.8.9③〒131-0032 東京都墨田区東向島1-13-8④03-3611-5525⑤TEL同⑥すみだ川柳会⑦清

中川　凡洲
①なかがわぼんしゅう③〒799-2303 愛媛県今治市菊間町浜128④0898-54-3031⑥菊間瓦版川柳会／番傘川柳本社⑦実⑧「川柳きずな」

長﨑　瑞竹
①ながさきずいちく②S13.9.17③〒811-2113 福岡県糟屋郡須惠町須惠120-21⑥夢現代⑦榮市⑧「川柳句集　空蝉」

長澤アキラ
①ながさわあきら②S15.7.4③〒420-0836 静岡県静岡市葵区東町7④054-254-0825⑤TEL同⑥静岡たかね川柳会⑦暁⑧「川柳句集　あいうえお」

中澤　巌
①なかざわいわお②S15.8.12③〒270-0121 千葉県流山市西初石3-461-2④04-7155-3585⑤TEL同⑥東葛川柳会

中嶋　修
①なかじまおさむ②S12.8.5③〒125-0061 東京都葛飾区亀有1-4-3-301④03-3838-3554⑤03-3838-3554⑥川柳向島／川柳かつしか吟社⑨si230454-9896@tbz.t-com.ne.jp

中島　和子
①なかじまかずこ②S11.5.25③〒112-0014 東京都文京区関口1-23-6-814④03-3268-1284⑥東京番傘川柳社⑧「句集　和」

中嶋　勝美
①なかしまかつみ②S10.9.9③〒370-0862 群馬県高崎市片岡町2-16-11④027-325-5183⑤TEL同⑥上州時事川柳クラブ

中島　かよ
①なかじまかよ③〒166-0002 東京都杉並区高円寺北4-41-9⑥川柳研究社⑦佳代

中島　幸女
①なかじまこうじょ②S11.3.30③〒389-0801 長野県千曲市戸倉町小船山266④026-276-5346⑦悦子

な

中島さち子
①なかじまさちこ②S14.2.19③〒572-0013 大阪府寝屋川市三井が丘4-3-76-405④072-823-7284⑤TEL同⑥川柳ねやがわ⑦幸子

中島　哲也
①なかじまてつや②S20.3.8③〒305-0856 茨城県つくば市観音台1-17-23④029-838-1123⑤⑨love.tetuya@ozzio.jp

中島てる世
①なかじまてるよ②S12.9.5③〒164-0012 東京都中野区本町6-9-1④03-3380-1341⑥川柳きやり吟社

長島　敏子
①ながしまとしこ③〒654-0151 兵庫県神戸市須磨区北落合4-28-12④078-793-3641⑤TEL同⑥ふあうすと川柳社／すばる川柳会⑧「川柳句集　夕映え」⑨to19-91si@aria.ocn.ne.jp

中島　久光
①なかじまひさみつ②S19.4.3③〒020-0106 岩手県盛岡市東松園4-3-3⑥川柳原生林社／川柳展望社

中島　正次
①なかじままさつぐ②S15.1.29③〒634-0803 奈良県橿原市上品寺419-4④0744-24-1741⑥番傘川柳本社

長嶋　六郎
①ながしまろくろう②S14.9.20③〒192-0363 東京都八王子市別所1-83-3④042-678-0537⑤TEL同⑥読売多摩川柳クラブ⑦徒利⑧「人生のかくしあじ」「夕やけこやけ」⑨nagashi@ttv.ne.jp

中杉まち子
①なかすぎまちこ②S17.6.25③〒277-0835 千葉県柏市松ケ崎106-7④0471-31-0159⑥東葛川柳会

中武　　弓
①なかたけゆみ③〒880-0811 宮崎県宮崎市錦町6-3-1005④0985-32-5433⑥番傘川柳本社／宮崎番傘川柳会

中谷　宇情
①なかたにうじょう②T13.10.25③〒922-0243 石川県加賀市山代温泉北部2-113④0761-77-0189⑤TEL同⑥加賀川柳会／北国川柳社⑦士郎

中塚　礎石
①なかつかそせき②T15.1.5③〒678-0005 兵庫県相生市大石町14-14④0791-22-5883⑥川柳あしなみ会／川柳塔社⑦克巳⑧「礎石」「礎石の旗」「兵庫県千種川流域方言川柳句集」「仏教四字熟語川柳句集」「礎石のあしあと」「相生市制70周年・川柳寺小屋23周年記念合同句集」

中西　隆雄
①なかにしたかお②S15.11.28③〒322-0037 栃木県鹿沼市中田町1065-8④0289-62-2097⑤TEL同⑥かぬま川柳会／川柳きやり吟社

仲庭　卓也
①なかにわたくや③〒583-0856 大阪府羽曳野市白鳥2-10-9④0729-56-0348⑥川柳二七会

中根　和子
①なかねかずこ②S13.11.22③〒240-0006 神奈川県横浜市保土ヶ谷区星川2-16-1-513④045-332-3754

長野建八郎
①ながのけんはちろう②S11.2.10③〒285-0923 千葉県印旛郡酒々井町東酒々井6-6-1-302④043-496-3210⑤TEL同⑥川柳人協会／印象吟句会銀河⑧「川柳句集　聖諦」

長野とくはる
①ながのとくはる②T12.11.6③〒779-3306 徳島県吉野川市川島町大字学字辻59-2④0883-25-3468⑥ふあうすと川柳社／どんぐり川柳会⑦徳治

中野　六助
①なかのろくすけ②S26.1.19③〒606-8306 京都府京都市左京区吉田中阿達町18シオン6号④075-752-8030⑤TEL同⑥川柳グループ草原／えんの会⑦輝秋

長浜　美籠
①ながはまみこ③〒661-0012 兵庫県尼崎市南塚口町7-7-15④06-6422-8675⑤TEL同⑥川柳塔社／川柳あまがさき⑦澄子

中林　典子
①なかばやしのりこ②S33.8.20③〒603-8416 京都府京都市北区紫竹北大門町86④075-491-6947⑥川柳凜

永原　尚文
①ながはらしょうぶん②S22.12.5③〒306-0226 茨城県古河市女沼319-52④0280-92-8170⑥川柳一火会

永原　陽恵
①ながはらはるえ②S17.4.19③〒251-0052 神奈川県藤沢市藤沢926-1-503④0466-28-6971

中平　俊子
①なかひらとしこ③〒780-0027 高知県高知市愛宕山南町5-9④088-873-6721⑥帆傘川柳社

永広　鴨平
①ながひろかもへい②S4.12.8③〒719-0254 岡山県浅口市鴨方町六条院東329④0865-44-4413⑥弓削川柳社⑦安治

長藤　泰敏
①ながふじたいびん②T13.12.1③〒620-0940 京都府福知山市駅南町1-182④0773-23-0035⑥福知山市民川柳同好会⑦弘壽

永藤　弥平
①ながふじやへい②T11.3.26③〒563-0025 大阪府池田市城南3-1-15 E棟406④072-752-7463⑥川柳展望社

中前　棋人
①なかまえきじん②S12.4.15③〒411-0934 静岡県駿東郡長泉町下長窪122-13④055-986-7712⑥川柳文学コロキュウム／川柳さくら⑦正義⑧「折れない足」「折れない足II」

永松　凱子
①ながまつよしこ②S16.9.11③〒879-0606 大分県豊後高田市玉津949-1④0978-22-3411⑤TEL同

中道　文子
①なかみちふみこ③〒030-0966 青森県青森市花園1-7-14④017-742-6728⑥おかじょうき川柳社

中村あきら
①なかむらあきら②S6.11.15③〒930-0972 富山県富山市長江新町4-7-3④076-492-0169⑥川柳えんぴつ社／川柳とんぼの会⑦公⑨akira611@cpost.plala.or.jp

中村　　和
①なかむらかず③〒563-0032 大阪府池田市石橋4-10-21④072-761-8398⑥川柳展望社

な

中村　雀鳴
①なかむらじゃくめい②S17.5.3③〒740-0028 山口県岩国市楠町3-7-24④0827-21-8829⑤TEL同⑥大竹川柳会／岩国川柳会⑦勝実

中村　信柳
①なかむらしんりゅう②S7.5.11③〒441-8105 愛知県豊橋市北山町84-601④0532-47-9255⑤TEL同⑥豊橋番傘川柳会／番傘川柳本社⑦眞一

中村はるゑ
①なかむらはるえ②T12.1.1③〒522-0064 滋賀県彦根市本町2-2-17④0749-22-0663⑥びわこ番傘川柳会

中村　秀利
①なかむらひでとし②S11.11.11③〒814-0164 福岡県福岡市早良区賀茂3-6-32④092-862-3069

中村まどか
①なかむらまどか②S20.1.11③〒516-0002 三重県伊勢市馬瀬町1146-8④0596-36-4132⑤TEL同⑦悦子

中安千呂丸
①なかやすちろまる③〒655-0874 兵庫県神戸市垂水区美山台3-1-24④078-751-8860⑦總隆

中山　北斗
①なかやまほくと②S8.5.13③〒926-0001 石川県七尾市鵜浦町50-5⑥能登川柳会⑦英一

なかよしキンクス
①なかよしきんくす②S42.8.26③〒185-0022 東京都国分寺東元町1-16-13 小林荘201⑦佐藤仲由⑧「まるわかりセックス・ピストルズ」「セックス・ピストルズ・ファイル」「フレディー・マーキュリー・ファイル」⑨kinks.xtc@ezweb.ne.jp

流　奈美子
①ながれなみこ③〒731-5133 広島県広島市佐伯区旭園8-13④082-922-2733

七沢登志尾
①ななさわとしお②S6.10.3③〒949-0303 新潟県糸魚川市田海632④025-562-2280⑤TEL同⑥新潟川柳文芸社／上越川柳会⑦敏夫

浪越　靖政
①なみこしやすまさ②S18.12.18③〒069-0813 北海道江別市野幌町31-21④011-389-5340⑤TEL同⑥水脈／札幌川柳社⑧「句集　ひと粒の泡」「句集　発泡酒」「川柳作家ベストコレクション 浪越靖政」

名雪　凜々
①なゆきりんりん②S24.12.26③〒288-0055 千葉県銚子市陣屋町1-17④0479-22-0518⑤TEL同⑥銚子川柳会⑦みよ子⑧「川柳作家ベストコレクション 名雪凜々」

奈良　一艘
①ならいっそう②S22.4.30③〒036-8316 青森県弘前市石渡3-1-10 スペースJ　F号④090-1939-0846⑥おかじょうき川柳社⑦良一⑧「川柳作家ベストコレクション 奈良一艘」

成重　放任
①なりしげほうにん②S8.10.15③〒769-2705 香川県東かがわ市白鳥2041④0879-25-5540⑥川柳塔おっぱこ吟社⑦忠昭

成田　孤舟
①なりたこしゅう②S5.3.30③〒142-0064 東京都品川区旗の台5-27-5④03-3785-2661⑤03-3782-5928⑥川柳白帆吟社⑦省吾⑧「風の四季」「川柳句文集　氏す姓」「川柳作家全集　成田孤舟」

成田　順子
①なりたじゅんこ②S19.2.22③〒036-8273 青森県弘前市西茂森1-24-5④0172-34-2631⑤TEL同⑥弘前川柳社

成島　静枝

①なるしましずえ③〒278-0033 千葉県野田市上花輪1413④04-7124-1825⑤TEL同⑥東葛川柳会／野田川柳会

新潟　史子

①にいがたふみこ②S54.4.20③〒729-2313 広島県竹原市高崎町359-63④0846-24-2025⑥竹原川柳会

新澤　きよ

①にいざわきよ③〒413-0002 静岡県熱海市伊豆山760-2　中銀920号④0557-80-3900⑥川柳サロン⑨kiyo-nefertari@docomo.ne.jp

新本　倫子

①にいもとみちこ②S12.6.8③〒791-8062 愛媛県松山市住吉2-11-10④0899-51-3852⑥川柳まつやま吟社⑦千恵美

新山風太郎

①にいやまふうたろう②S13.3.22③〒030-0962 青森県青森市佃3-23-15④017-743-0597⑥無所属⑦魏一⑧「自選集　川柳を作る」

西　恵美子

①にしえみこ②S25.3.17③〒989-0224 宮城県白石市字北無双作4-20④0224-26-1618⑤0224-22-2666⑥せんりゅう弥生の会／川柳宮城野社⑦高橋恵美子⑧「川柳句集　さくら」「川柳作家全集　西恵美子」「川柳作家ベストコレクション　西恵美子」

西川　富恵

①にしがわとみえ②S16.9.16③〒781-8133 高知県高知市一宮徳谷6-26④088-845-1548⑤TEL同⑥川柳木馬ぐるーぷ⑧川柳25人集

西口いわゑ

①にしぐちいわゑ②S2.4.5③〒663-8202 兵庫県西宮市高畑町2-82-308④0798-67-3740⑤TEL同⑥川柳塔社／西宮北口川柳会⑧「句集　女ごころ」

西久保隆三

①にしくぼりゅうぞう②S6.9.26③〒630-8325 奈良県奈良市西木辻町123-2-401④0742-23-4063⑥奈良番傘川柳会

に

西澤　　健
①にしざわけん②S5.7.31③〒203-0043 東京都東久留米市下里4-1-10-404④0424-73-4665⑥東久留米西部地区川柳クラブ／川柳きやり吟社

西田美恵子
①にしだみえこ②S22.5.24③〒797-1324 愛媛県西予市野村町大西223④0894-72-0542⑤TEL同川柳塔社／川柳のむら

にしの一騎
①にしのいっき②S26.7.10③〒744-0023 山口県下松市末武中1344-1田畑方⑦田畑昌治

西野　恵子
①にしのけいこ②S14.3.26③〒350-1165 埼玉県川越市南台2-4-27④049-243-0034⑤TEL同⑥鈴鹿川柳会

西畑寿々女
①にしはたすずめ②S11.7.28③〒745-0844 山口県周南市速玉町3-16⑥下関一杯水川柳会⑦鈴子

西端　康孝
①にしばたやすたか②S51.9.16③〒673-0876 兵庫県明石市東人丸町1-72④078-911-6879⑤TEL同⑥ふあうすと川柳社

西原　知里
①にしはらちさと②S4.9.18③〒701-0206 岡山県岡山市南区箕島1640-94④086-282-5615⑥柳都川柳社／弓削川柳社⑦千里⑧「胡蝶蘭」「山茶花」

西原　艶子
①にしはらつやこ②S12.8.28③〒681-0072 鳥取県岩美郡岩美町岩本386-1⑥札幌川柳社⑧「エプロンの詩」

西原　典子
①にしはらのりこ②S30.1.21③〒528-0049 滋賀県甲賀市水口町貴生川677-9④0748-63-0073⑥川柳展望社

西　美和子
①にしみわこ②S20.5.11③〒665-0003 兵庫県宝塚市湯本町8-18-908⑥番傘川柳本社／番傘わかくさ川柳会⑧「西美和子のとっておき川柳傑作選」「川柳作家ベストコレクション　西美和子」

西村比呂志
①にしむらひろし②S7.11.26③〒868-0501 熊本県球磨郡多良木町多良木2779-6④0966-42-6723⑤TEL同⑥川柳噴煙吟社／全国郵政川柳人連盟⑦寛之

西村　正紘
①にしむらまさひろ②S16.2.28③〒842-0103 佐賀県神埼郡吉野ケ里町大曲2686④0952-52-1955⑤TEL同⑥佐賀番傘川柳会／わかば川柳会⑧「川柳句集　村長さんと並んで」「川柳句集　やまびこ」「川柳作家ベストコレクション　西村正紘」

西來　みわ
①にしらいみわ②S5.6.21③〒169-0074 東京都新宿区北新宿1-13-28フェイム新宿柏木町304④03-5386-8652⑤TEL同⑥川柳研究社／(社)日本文藝家協会⑧「川柳句文集　たんぽぽ」「風車-永遠に母は駈けてる音である-」「ねんころり」「川柳作家全集　西來みわ」

仁多見千絵
①にたみちえ②S27.5.23③〒981-0923 宮城県仙台市青葉区東勝山3-26-26④022-219-7423⑥川柳宮城野社／柳都川柳社⑦千恵子⑧「音のない時間」

新田登四夫
①にったとしお③〒136-0071 東京都江東区亀戸5-28-6④03-3682-8612⑥江東区川柳会

に

二宮　茂男
①にのみやしげお②S11.11.20③〒241-0823 神奈川県横浜市旭区善部町145④045-391-1804⑤℡同⑥川柳路吟社／時事川柳研究会⑧「この指にとまって幸せだったかい」「川柳作家全集　二宮茂男」「ありがとう有り難う」「川柳作家ベストコレクション　二宮茂男」⑨shi.geo2@vesta.ocn.ne.jp

庭のしらかば
①にわのしらかば②S22.4.9③〒300-4249 茨城県つくば市洞下100-46 猪俣方④029-869-0755⑤℡同⑥つくば牡丹川柳社⑦猪俣欣也

丹羽ひろし
①にわひろし③〒376-0013 群馬県桐生市広沢町3-4084-6④0277-54-1521⑥桜木川柳会／桐生市川柳同好会⑦博

額賀　安子
①ぬかがやすこ②S3.3.18③〒179-0085 東京都練馬区早宮3-8-10④03-3991-2498⑧「学園川柳」

布谷ゆずる
①ぬのたにゆずる③〒818-0137 福岡県太宰府市青葉台2-10-20④092-924-4291⑤℡同⑥福岡川柳倶楽部⑦譲

沼井　茸人
①ぬまいじょじん②S4.6.3③〒357-0023 埼玉県飯能市岩沢738⑥札幌川柳社⑦民次

猫田千恵子
①ねこたちえこ②S37.2.4③〒475-0862 愛知県半田市住吉町6-112⑥川柳きぬうらクラブ⑦廣田千恵子⑧「川柳作家ベストコレクション　猫田千恵子」

根津　横川
①ねづおうせん②S29.11.12③〒683-0805 鳥取県米子市西福原6-1-28④0859-22-4111⑤0857-22-4115⑦勝⑨nezu1112@ms3.megaegg.ne.jp

根津　　汀
①ねづみぎわ③〒406-0835 山梨県笛吹市八代町米倉827④055-265-2462

野木　正行
①のぎまさゆき②S10.6.9③〒410-2114 静岡県伊豆の国市南條1236④0559-49-4571⑥時事川柳研究会／静岡ゆうもあくらぶ

野口　一滴
①のぐちいってき②S13.2.11③〒028-7915 岩手県九戸郡洋野町種市20-88-2④0194-65-3306⑥久慈川柳社／江戸ヶ浜川柳会⑦實

野沢　省悟
①のざわしょうご②S28.3.26③〒038-0004 青森県青森市富田2-7-43④017-782-1447⑥川柳触光舎⑧「瞼は雪」「ぽん」「評論集　極北の天」「冨二という壁」「60」

野田てるを
①のだてるを②S10.12.11③〒639-1056 奈良県大和郡山市泉原町72-3④0743-53-3147⑥郡山川柳会⑦光男

能登としお
①のととしお②S11.9.7③〒956-0101 新潟県新潟市秋葉区小須戸4277④0250-38-2014⑤TEL同⑥新潟川柳文芸社／柳都川柳社⑦長利

野中いち子
①のなかいちこ②S7.8.10③〒134-0088 東京都江戸川区西葛西7-17-15④03-3687-2483⑤TEL同⑥川柳公論／川柳研究社⑦和子⑧「たまゆら」「川柳作家全集　野中いち子」

信　寛良
①のぶひろよし②S20.8③〒350-0216 埼玉県坂戸市柳町13-3④049-281-8519⑤TEL同⑥とうきょうと川柳会

野邊富優葉
①のべふゆは③〒353-0006 埼玉県志木市館2-3-6-1403 佐野方④048-472-8885⑤TEL同⑥川柳研究社／作家集団「新思潮」⑦佐野優子⑨mnb236@lion.ocn.ne.jp

野村　格
①のむらかく②S8.6.23③〒357-0037 埼玉県飯能市稲荷町9-11④042-972-5309⑤TEL同⑥飯能川柳会⑨kakusan@hanno.jp

野村　克己
①のむらかつみ②S16.6.28③〒212-0012 神奈川県川崎市幸区中幸町4-12④044-511-7481⑤TEL同⑥川柳黒潮吟社⑨rta09599@nifty.com

野村　賢悟
①のむらけんご②S8.1.16③〒723-0044 広島県三原市宗郷2-9-1④090-8993-3065⑤0848-63-3054⑥川柳奉行／川柳展望社⑧「川柳擬」「川柳作家ベストコレクション　野村賢悟」⑨kengo-n@mail.mcat.ne.jp

袴田　克広
①はかまだかつひろ②S13.3.29③〒120-0024 東京都足立区千住関屋町17-15-2-413④03-3870-2460⑥まいにち川柳友の会

萩原奈津子
①はぎわらなつこ②S23.11.2③〒812-0041 福岡県福岡市博多区吉塚2-18-20④092-611-2942⑤TEL同⑥川柳楠の会／川柳葦群⑦純子⑨1632450701@jcom.home.ne.jp

羽﨑　万歩
①はさきまんぽ②S12.5.30③〒655-0049 兵庫県神戸市垂水区狩口台2-25-202④078-955-7715⑤TEL同⑥神戸笛の会⑦孝治⑨kbcharley@jcom.zaq.ne.jp

端河　　潔
①はしかわきよし②S15.3.8③〒920-0966 石川県金沢市城南2-39-4④076-222-3126⑤TEL同⑨hashikawa1517@vega.ocn.ne.jp

橋倉久美子
①はしくらくみこ②S37.10.5③〒514-2308 三重県津市安濃町川西1207-1④059-268-0260⑥鈴鹿川柳会／川柳展望社⑧「だから素顔で」「エッセイ集　アラレの小部屋」⑨arare-and-townmate@za.ztv.ne.jp

橋爪まさのり
①はしつめまさのり②S15.12.12③〒006-0812 北海道札幌市手稲区前田2条4-6-13④011-685-3449⑥川柳あきあじ吟社⑦正剛

橋本　悟郎
①はしもとごろう②S25.10.9③〒493-0001 愛知県一宮市木曽川町黒田西新田東ノ切41　サンハウス木曽川3F④090-1864-2062⑥中日川柳会／一宮川柳社⑨gorou.hashimoto@gmail.com

橋本　俊子
①はしもととしこ②S19.12.3③〒131-0032 東京都墨田区東向島1-17-8-403④03-3619-6075⑥つくばね番傘川柳会／すみだ川柳会

橋本利さん
①はしもととっさん②S16.10.19③〒600-8218 京都府京都市下京区七条通新町東入ル K.K若林佛具製作所内④075-343-2430⑤TEL同⑦利夫

長谷川孝流
①はせがわこうりゅう②S7.2.12③〒690-0011 島根県松江市東津田町1203-3④0852-22-2260⑤0852-24-8867⑥松江津田川柳会／松江しんじ湖番傘川柳会⑦孝⑧「ねじからの出発」

長谷川酔月
①はせがわすいげつ②S18.7.9③〒010-0973 秋田県秋田市八橋本町4-3-18④018-864-3782⑤TEL同⑥川柳銀の笛吟社／ふあうすと川柳社⑦三紀夫⑧「川柳句集　素敵な油断」

長谷川誠一
①はせがわせいいち②S11.2.10③〒233-0015 神奈川県横浜市港南区日限山3-28-19④045-843-0922⑤TEL同

長谷川博子
①はせがわひろこ②S23.10.29③〒690-0888 島根県松江市北堀町81④0852-21-1419⑥番傘川柳本社⑧「川柳作家ベストコレクション　長谷川博子」

長谷部良治
①はせべりょうじ②S7.10.12③〒399-2611 長野県飯田市上久堅917-4④0265-29-8762⑥飯田天柳吟社

は

畠田　滋矩
①はたけだしげのり②S15.6.25③〒470-2202 愛知県知多郡阿久比町福住申田5-45④0569-48-4751⑥名古屋川柳社／川柳研究社

畠山糸蜻蛉
①はたけやまいととんぼ②S9.5.15③〒068-0046 北海道岩見沢市緑町5-16-3④0126-23-3369⑥岩見沢柳の芽川柳会／札幌川柳社⑦秀三

羽田野洋介
①はたのようすけ②S9.9.23③〒599-8254 大阪府堺市中区伏尾230フロイデンハイム503⑥無所属

畑　余四郎
①はたよしろう②S15.5.10③〒560-0001 大阪府豊中市北緑丘2-1-15-310④06-6854-0282⑥無所属⑦好弘

八甲田さゆり
①はっこうださゆり②S20.5.26③〒440-0892 愛知県豊橋市新本町62④0532-55-8599⑥川柳カリオンの会

八朔　時子
①はっさくときこ②S25.6.10③〒901-0242 沖縄県豊見城市字高安78⑥川柳とみぐすく⑦宜保千枝子

八田　灯子
①はったとうこ③〒574-0004 大阪府大東市南楠の里町7-24④072-876-5925⑥川柳・交差点

花井ようこ
①はないようこ②S16.12.10③〒252-0344 神奈川県相模原市南区古淵2-6-6④042-756-8655⑤TEL同⑥川柳きやり吟社⑦洋子

花香　規子
①はなかのりこ②S8.2.9③〒376-0011 群馬県桐生市相生町5-10-2④0277-53-0445⑥相生川柳会

花道　歌子
①はなみちうたこ②S7.2.23③〒344-0025 埼玉県春日部市増田新田429-67④048-736-6453⑥川柳きやり吟社

馬場　敏彰
①ばばとしあき②S49.8.13③〒651-1121 兵庫県神戸市北区星和台7-23-6④078-593-9899

馬場ゆうこ
①ばばゆうこ③〒830-0102 福岡県久留米市三潴町田川41-3⑥久留米番傘川柳会／みづま川柳会⑦優子⑧「川柳句集　あらくさ」

濱口　文雄
①はまぐちふみお②T12.3.19③〒250-0001 神奈川県小田原市扇町5-8-3④0465-34-7093⑥小田原川柳会「小径」⑧「最後の上司」

浜田　総子
①はまだふさこ②S43.8.18③〒656-0055 兵庫県洲本市大野1253-14④0799-26-0347⑥無所属

浜　　知子
①はまともこ②S22.10.25③〒661-0012 兵庫県尼崎市南塚口町7-12-14④06-6429-6590⑤TEL同⑥時の川柳社⑦濱知子⑧「風の彩」「川柳作家ベストコレクション　浜知子」⑨god777tomotomo@yahoo.co.jp

浜中　鉄嶺
①はまなかてつれい②S10.7.21③〒922-0406 石川県加賀市伊切町ワ80④0761-74-4121⑥加賀川柳会／北国川柳社⑦哲夫⑧「明日咲く蕾」

濱邉稲佐嶽
①はまべいなさだけ②S16.12.6③〒670-0884 兵庫県姫路市城北本町9-15④079-223-3812⑤TEL同⑥川柳神戸吟社／川柳赤穂吟社⑦淳（あつし）⑧「句集　海の青」

濱山　哲也
①はまやまてつや②S36.3.12③〒038-3288 青森県つがる市木造出来島雉子森33④080-5574-9297⑥弘前川柳社／触光舎⑧「川柳作家ベストコレクション 濱山哲也」⑨t-hamayama@k7.dion.ne.jp

早川　遡行
①はやかわそこう②S12.5.12③〒480-0102 愛知県丹羽郡扶桑町高雄定松郷56-1④0587-93-4965⑤TEL同⑥川柳塔社／川柳茶ばしら⑦盛夫⑧山の句集「独標」

速川　美竹
①はやかわみたけ②S3.8.13③〒158-0083 東京都世田谷区奥沢5-18-6④03-3723-7375⑥川柳レモンの会／九品仏川柳会／柳都川柳社⑦和男⑧「英訳川柳　開けごま」「国際化した日本の短詩」

早川　　稔
①はやかわみのる②S16.3.2③〒357-0032 埼玉県飯能市本町2-11④0429-72-4495⑥飯能川柳会

林　　重勝
①はやししげかつ②S13.2.2③〒411-0934 静岡県駿東郡長泉町下長窪131-4④055-986-9416⑤TEL同⑥川柳さくら

林　マサ子
①はやしまさこ③〒113-0022 東京都文京区千駄木3-33-10-402④03-3827-6403⑥川柳研究社／埼玉川柳社⑧「川柳句集　夢十粒」「春の地図」「川柳作家ベストコレクション　林マサ子」

林　万里子
①はやしまりこ③〒290-0535 千葉県市原市朝生原219④0436-96-1324

原　　清高
①はらきよたか②S14.4.21③〒408-0315 山梨県北杜市白州町白須1348④0551-35-3754⑥川柳一の枝

原　　脩二
①はらしゅうじ②S17.8.24③〒710-0004 岡山県倉敷市西坂1480-138④086-462-7615⑤TEL同⑥川柳新潟文芸社

原田　隆子
①はらだたかこ②S30.7.20③〒840-0027 佐賀県佐賀市本庄町本庄18-2④0952-25-8036⑤0952-25-8039⑥佐賀番傘川柳会／番傘川柳本社⑦隆子

原田　敏子
①はらだとしこ②S11.7.10③〒960-0653 福島県伊達市保原町泉町53④024-576-3390⑥川柳三日坊主吟社

原田否可立
①はらだひかり②S18.9.27③〒790-0011 愛媛県松山市千舟町7-6-5-504④089-921-5377⑤TEL同⑥せんりゅうぐるーぷGOKEN／ふあうすと川柳社⑦諭（さとし）

原　　宣子
①はらのぶこ②S10.12.17③〒653-0811 兵庫県神戸市長田区大塚町1-8-11-704④078-631-5521⑥うめだ番傘川柳会／芦屋番傘川柳会

播本　充子
①はりもとみつこ③〒193-0832 東京都八王子市散田町2-31-3④042-665-3172⑤TEL同⑥のぞみ川柳会／ふあうすと川柳社

春田あけみ
①はるたあけみ②S39.1.1③〒895-1401 鹿児島県薩摩川内市入来町副田630④0996-44-3037⑤TEL同⑥入来わくわく番傘川柳会⑦明美

春名　恵子
①はるなけいこ②S25.4.21③〒678-1185 兵庫県赤穂市東有年1440-75④0791-49-2212⑥時の川柳社

半田　町子
①はんだまちこ③〒387-0001 長野県更埴市大字雨宮152④026-273-5720

は

伴　よしお
①ばんよしお②S14.1.28③〒931-8306 富山県富山市米田すずかけ台1-4-14⑥川柳つくしの会／川柳文学コロキュウム⑦義雄

柊　無扇
①ひいらぎむせん②S18.2.2③〒243-0214 神奈川県厚木市下古沢255④090-3336-9198⑦仲田邦武⑨nakad@ever.ocn.ne.jp

樋川　眞一
①ひかわしんいち②S5.3.27③〒559-0003 大阪府大阪市住之江区安立1-5-28④06-6671-9287⑥無所属

樋口　一杯
①ひぐちいっぱい②S6.3.20③〒992-0773 山形県西置賜郡白鷹町大字高玉1559-1④0238-85-5093⑥志らたか川柳会⑦利一

樋口　仁
①ひぐちひとし②S23.7.19③〒510-0812 三重県四日市市西阿倉川1641-11④059-332-6028⑤TEL同⑥四日市川柳会

樋口由紀子
①ひぐちゆきこ②S28.1.3③〒672-8004 兵庫県姫路市継479⑥晴／豈⑦渡邊由紀子⑧「ゆうるりと」「容顔」「めるくまーる」「川柳×薔薇」

久﨑　田甫
①ひさざきたんぼ②S11.1.16③〒913-0053 福井県坂井市三国町青葉台7-8④0776-81-2348⑤TEL同⑥番傘川柳本社／番傘ばんば川柳社⑦甫

久恒　節治
①ひさつねせつじ②S8.2.11③〒828-0035 福岡県豊前市大字市丸244-1④0979-82-4120⑤TEL同⑥汐風川柳社⑧「風のまにまに」

久本にい地
①ひさもとにいち②S9.1.31③〒704-8112 岡山県岡山市東区西大寺上1-15-28④086-942-3074⑤TEL同⑥弓削川柳社⑦二一⑧「川柳句集　たらのき」「川柳作家ベストコレクション　久本にい地」

菱岡　三吾
①ひしおかさんご②S9.6.11③〒339-0003 埼玉県さいたま市岩槻区小溝2-19④048-794-5833⑤TEL同⑥東京番傘川柳社／岩槻川柳会⑦銑一

ひ

菱木　　誠
①ひしきまこと②S15.8.15③〒636-0023 奈良県北葛城郡王寺町太子1-7-28④0745-32-6187⑥番傘川柳本社／やまと番傘川柳社⑧「句集カプセル」「絆パートII」

菱山ただゆき
①ひしやまただゆき②S19.3.26③〒270-2203 千葉県松戸市六高台2-105-12⑥松戸川柳会⑦忠侑⑨hishi-t@river.dti.ne.jp

尾藤　川柳
①びとうせんりゅう②S35.6.5③〒114-0005 東京都北区栄町38-2④03-3913-0075⑤03-3913-1512⑥川柳学会／川柳公論社⑦衛己⑧編著書「川柳総合大事典」「目で識る川柳250年」「絵画の教科書」「尾藤三笠句集」「川柳のたのしみ」「柳多留250年への誹風柳多留入門」「短冊の書き方と鑑賞」句集「合同句集 川」「合同句集 天」「門前の道」「門前の道II」「川柳さくらぎ」「川柳こいしかわ」「鶴彬の川柳と叫び」「イタリアルネサンス原色再現図鑑」「川柳作家ベストコレクション　尾藤一泉」ほか

人見　芳江
①ひとみよしえ②S32.8.1③〒567-0823 大阪府茨木市寺田町21-13④072-637-5847⑥無所属

ひとり　静
①ひとりしずか③〒639-1132 奈良県大和郡山市高田町78-1エスタ郡山603④0743-84-4665⑤TEL同⑥おかじょうき川柳社⑦佐武尚子⑧「川柳句集　海の鳥・空の魚」「川柳句集　海の鳥・空の魚II」「川柳作家ベストコレクション　ひとり静」⑨yfd54794@nifty.com

日野　　愿
①ひのすなお②S7.10.28③〒599-0225 大阪府阪南市鳥取三井14-5④0724-71-5364⑥川柳展望社／堺番傘川柳会⑧「川柳展望叢書　自家撞着」

日野原冗児
①ひのはらじょうじ②S13.4.15③〒321-1272 栃木県日光市今市本町21-14④0288-21-1634⑤TEL同⑥せんりゅう役所今市⑦譲二

檜山みち子
①ひやまみちこ②S9.5.31③〒310-0905 茨城県水戸市石川1-3997-6④029-251-9209

平井　茂子
①ひらいしげこ③〒761-8076 香川県高松市多肥上町2116-12④087-888-0574⑥ふあうすと川柳社

平井　翔子
①ひらいしょうこ②S18.10.10③〒850-0996 長崎県長崎市平山台1-10-8④095-879-1002⑤TEL同⑥番傘川柳本社⑦郁子⑧平井翔子川柳句集「土偶の乳房」

平井　丹波
①ひらいたんば②S11.5.3③〒792-0827 愛媛県新居浜市西喜光地町6-22④0897-41-1909⑤TEL同⑥新居浜川柳峠社⑦粂三朗

平井　　熙
①ひらいひろし②S20.10.15③〒359-1132 埼玉県所沢市松が丘2-3-6④090-7195-7309⑥東京池袋川柳会／現代川柳かもめ舎⑧「川柳散歩」⑨h.hirai@j-eagles.co.jp

ひ

平井美智子
①ひらいみちこ②S22.12.6③〒550-0006 大阪府大阪市西区江之子島1-7-21-1301④06-6445-6264⑤TEL同⑥川柳塔社⑧平井美智子川柳集「窓」「なみだがとまるまで」「凌霄花」「川柳作家ベストコレクション　平井美智子」⑨hirami@royal.ocn.ne.jp

平井　義雄
①ひらいよしお②S14.5.8③〒850-0996 長崎県長崎市平山台1-10-8④095-879-1002⑤TEL同⑥番傘川柳本社⑧平井義雄川柳句集「平方根」

平尾　正人
①ひらおまさと②S27.10.31③〒680-0061 鳥取県鳥取市立川町6-508④0857-27-5750⑥川柳文学コロキュウム／東京みなと番傘川柳会⑨masatoh@orange.ocn.ne.jp

平賀　胤壽
①ひらがたねとし②S22.7.17③〒520-3201 滋賀県湖南市下田1312-4④0748-75-2659⑤TEL同⑥川柳並木⑧「生きるとはにくやの骨のうずたかし」「水摩」⑨tanetsuke429@iris.eonet.ne.jp

平川　治郎
①ひらかわじろう②T14.1.16③〒231-0864 神奈川県横浜市中区千代崎町4-98④045-622-8085

平沢やす子
①ひらさわやすこ③〒256-0816 神奈川県小田原市酒匂2-2-6④090-4396-7594⑥川柳路吟社⑦保子

平田　朝子
①ひらたあさこ②S19.1.28③〒862-0907 熊本県熊本市東区水源1-5-5④096-369-7777⑤TEL同⑥川柳噴煙吟社／若葉川柳会⑧「句集　飾らねば」「川柳作家全集　平田朝子」「素顔の詩ごよみ」「川柳作家ベストコレクション　平田朝子」

平田　耕一
①ひらたこういち②S16.9.19③〒247-0025 神奈川県横浜市栄区上之町50-1④045-892-7034⑥東京みなと番傘川柳会／番傘川柳本社

平塚　耕子
①ひらつかこうこ②S23.2.19③〒651-2242 兵庫県神戸市西区井吹台東町2-1-1-112④078-991-6618⑥時の川柳社⑦良子

平野さちを
①ひらのさちを②S10.8.3③〒155-0033 東京都世田谷区代田3-53-11④03-3414-4140⑤TEL同⑥番傘川柳本社／東京番傘川柳社⑦幸男⑧「あかさたな」

平松　　健
①ひらまつけん②S11.8.15③〒244-0003 神奈川県横浜市戸塚区戸塚町719-9④045-864-2256⑤TEL同⑥川柳路吟社⑧「西ドイツのたそがれ」「西ドイツの有限会社」「川柳で平成の世をぶった切り」「川柳で世は変わらぬと知りながら」「川柳作家ベストコレクション　平松健」「鏡が映す真実の古代」(編著)

平松由美江
①ひらまつゆみえ②S19.2.5③〒455-0066 愛知県名古屋市港区寛政町15-17-16④052-383-5055⑥川柳広志会／中日川柳会

平間　美恵
①ひらまみえ②S10.9.17③〒304-0061 茨城県下妻市下妻丙379-8④0296-43-0078⑥無所属

ひ

平山　繁夫
①ひらやましげお②S4.10.20③〒651-1231 兵庫県神戸市北区青葉台43-1④078-583-4596⑤TEL同⑥時の川柳社⑧「四季逍遙」「川柳作家文学を歩く」「川柳作家全集　平山繁夫」ほか

弘兼　秀子
①ひろかねひでこ②S22.6.1③〒739-0612 広島県大竹市油見2-2-29④0827-52-7611⑤TEL同⑥ふあうすと川柳社／大竹川柳会⑧「川柳作家全集　弘兼秀子」「川柳作家ベストコレクション　弘兼秀子」「石原伯峯の川柳と柳縁」

広川せいし
①ひろかわせいし②T14.1.5③〒760-0014 香川県高松市昭和町1-9-12④087-833-7836⑥番傘川柳本社⑦誠之

弘　伽羅子
①ひろきゃらこ②S10.9.17③〒822-0011 福岡県直方市中泉270-4④0949-22-0167⑥戸畑あやめ川柳会⑦英子

廣嶋　英子
①ひろしまえいこ②S8.3.7③〒651-1321 兵庫県神戸市北区有野台8-6-3④078-982-7016⑥ふあうすと川柳社

弘瀬　公美
①ひろせくみ②S41.9.20③〒786-0078 高知県高岡郡四万十町折合44④0880-22-0938⑤0880-22-0955⑥川柳木馬ぐるーぷ⑧「瞳の宇宙」

広瀬ちえみ
①ひろせちえみ②S25.9.7③〒981-3213 宮城県仙台市泉区南中山2-7-5④022-379-4670⑤TEL同⑥川柳杜人社⑦千江⑧「セレクション柳人14　広瀬ちえみ集」

廣瀬のぶ子
①ひろせのぶこ③〒963-8031 福島県郡山市上亀田5-12④024-933-0214⑥川柳宮城野社／川柳やまがた吟社⑦乃富子

広瀬八千代
①ひろせやちよ②S5.3.6③〒769-2901 香川県東かがわ市引田529-1④0879-33-3575⑥番傘川柳本社

廣田　和織
①ひろたかずお②S23.4.25③〒572-0840 大阪府寝屋川市太秦桜が丘7-17④090-4905-3024⑤072-822-5823⑥川柳ねやがわ⑦和夫⑨kazuo-hawksfan@outlook.jp

廣正　一二
①ひろまさかつじ②T12.8.16③〒929-1312 石川県羽咋郡宝達志水町上田ワ61④0767-28-3003⑥番傘加越能川柳社／宝達川柳会

樋渡　義一
①ひわたしよしかず②S26.5.12③〒848-0028 佐賀県伊万里市脇田町3322④0955-23-7911⑤TEL同⑥佐賀番傘川柳会／伊万里川柳会

普川　素床
①ふかわそしょう③〒272-0021 千葉県市川市八幡1-23-13④047-335-9813⑤TEL同⑥川柳公論／現代川柳遊⑧「考梨集」「川柳の実験書 文芸オクトパス・そよ風」「川柳グリーンエコー」個人集「川柳作家全集　普川素床」「百人の感想集　百白集」「川柳作家ベストコレクション　普川素床」

福井おさむ
①ふくいおさむ②S2.11.5③〒769-0102 香川県高松市国分寺町国分2991④087-874-0317⑤TEL同⑥ふあうすと川柳社⑦治

福岡　義龍
①ふくおかぎりゅう②S14.8.5③〒353-0004 埼玉県志木市本町5-6-28④048-234-7220⑤TEL同⑥おひさま川柳会⑦義隆⑧「エコ川柳「川柳とエッセー集　環境と健康」「川柳作家ベストコレクション　福岡義隆」⑨yfuklima@jcom.home.ne.jp

福岡　紫蝶
①ふくおかしちょう②S5.9.2③〒763-0014 香川県丸亀市御供所町1-8-5④0877-22-1422⑤TEL同⑥番傘川柳本社／丸亀番傘川柳会⑦俊子⑧「蝶が湧く」

福士　慕情
①ふくしぼじょう②S16.8.17③〒036-8275 青森県弘前市城西1-9-5【0172-37-1806【⑥川柳塔みちのく／川柳塔社⑦哲郎⑧福士慕情百句集「慈母観音」

福島　久子
①ふくしまひさこ③〒275-0017 千葉県習志野市藤崎6-14-18④0474-72-4373

福田　綾美
①ふくだあやみ②S7.9.18③〒760-0080 香川県高松市木太町5018-11④087-865-4005⑥和教室

福田　岩男
①ふくだいわお②S7.1.1③〒262-0048 千葉県千葉市花見川区柏井1-19-2-502④043-250-3184⑤TEL同⑥わかしお川柳会／千葉北川柳会⑧「吾亦紅」

福田　好文
①ふくだこうぶん②S15.6.9③〒669-1505 兵庫県三田市尼寺891-5⑥川柳さんだ⑧「福田好文川柳句集」

福田　　弘
①ふくだひろむ②S10.9.8③〒518-0632 三重県名張市桔梗が丘南2-1-59④0595-65-3923⑤TEL同⑥無所属⑧追悼句集「榮子」⑨hf350908@max.odn.ne.jp

福地　広記
①ふくちこうき②S23.6.5③〒413-0304 静岡県賀茂郡東伊豆町白田1686-48④090-3512-8041⑦幸夫

福永ひかり
①ふくながひかり③〒680-0862 鳥取県鳥取市雲山342④0857-24-0231⑤TEL同⑥面影川柳会

福村今日志
①ふくむらきょうし②S12.9.1③〒920-0852 石川県金沢市此花町2-4④076-231-6681⑥蟹の目川柳社⑦清⑧「川柳作家全集　福村今日志」

ふ

福本　清美
①ふくもときよみ②S17.2.20③〒771-0144 徳島県徳島市川内町榎瀬474-42④088-665-0753⑤TEL同⑥番傘川柳本社／徳島番傘川柳会⑧「川柳作家ベストコレクション　福本清美」

福力　明良
①ふくりきあきよし②S12.9.18③〒709-0511 岡山県和気郡和気町矢田423-1④0869-88-1260⑥和気川柳社⑦明良（あきら）⑧「海の彩」「川柳作家叢書　福力明良」「川柳作家ベストコレクション　福力明良」

藤井　敬三
①ふじいけいぞう②S15.6.7③〒206-0823 東京都稲城市平尾3-7-5平尾住宅54-305④042-331-0252⑤TEL同⑥NPOシニア大楽シニア川柳サロン⑧「ジョークの宝箱」（共著）⑨keizo@jp.bigplanet.com

葛井さきよ
①ふじいさきよ③〒669-1121 兵庫県西宮市花の峯5-29④0797-84-7269⑥川柳展望社／花の峯川柳会⑦咲代

藤井　智史
①ふじいさとし②S54.11.8③〒714-0074 岡山県笠岡市吉浜2233④0865-66-1898⑥井笠川柳会／川柳塔社⑧リバーシブル川柳句集「ポジティブ!／Love&Match Making」

藤井浮島人
①ふじいふとうじん②S15.11.12③〒299-0261 千葉県袖ヶ浦市福王台3-9-4④0438-63-4298⑥無所属⑦清梓

藤井美沙子
①ふじいみさこ②S19.3.30③〒743-0022 山口県光市虹ヶ浜3-2-9-703④0833-71-6448⑥川柳宮城野社

藤岡　健次
①ふじおかけんじ②S25.3.21③〒799-3113 愛媛県伊予市米湊793-6④089-982-2170⑥えくぼ川柳会

藤岡ヒデコ
①ふじおかひでこ②S9.5.11③〒726-0023 広島県府中市栗柄町2960④0847-46-3323⑥竹原川柳会／川柳塔社

藤沢つねかつ
①ふじさわつねかつ②S5.7.15③〒399-7201 長野県東筑摩郡生坂村6543-7④0263-69-2254⑥柳都川柳社

藤島たかこ
①ふじしまたかこ②S12.4.1③〒558-0004 大阪府大阪市住吉区長居東2-16-5-614④06-6699-6846⑥番傘わかくさ川柳会／番傘川柳本社誌友⑦孝子

藤田　俊彦
①ふじたとしひこ②S26.12.11③〒379-1311 群馬県利根郡みなかみ町石倉333-1④080-1015-4978⑤0278-72-8613⑥上州時事川柳クラブ／川柳さろんGunma

藤田のぶこ
①ふじたのぶこ②S8.2.26③〒922-0331 石川県加賀市動橋町ワ49-3④0761-74-6486⑥蟹の目川柳社／加賀川柳会⑦信子

藤田　　誠
①ふじたまこと②S4.12.1③〒710-0807 岡山県倉敷市西阿知町1066-7④086-465-9150⑥川柳雑誌「風」／川柳研究社

藤田　玄子
①ふじたもとこ②S7.7.20③〒709-3724 岡山県久米郡美咲町角石祖母1785⑥弓削川柳社

ふ

藤巻　敬正
①ふじまきけいしょう②S28.12.14③〒408-0115 山梨県北杜市須玉町大豆生田395④0551-42-3427⑦敬正

藤　みのり
①ふじみのり②S40.5.18③〒338-0007 埼玉県さいたま市中央区円阿弥2-6-12⑥大宮川柳会／川柳研究社⑦進藤美紀⑧「葦の言ノ葉」⑨kotonoha2015@yahoo.co.jp

伏見　文夫
①ふしみふみお②S8.3.12③〒363-0026 埼玉県桶川市上日出谷830-54⑧川柳句集「蝉しぐれ」

藤村　秋裸
①ふじむらあきら②S6.11.10③〒020-0015 岩手県盛岡市本町通2-10-28④019-622-6200⑤TEL同⑥川柳原生林社⑦彬一⑧「冬の苺」「砂時計」「随筆集　啓蟄」「秋裸のひとり言1&2」「句集走馬灯」「エッセイ集　風花」

藤本　直
①ふじもとちょく②S9.10.30③〒662-0872 兵庫県西宮市高座町12-18-312④0798-72-6147⑤TEL同⑥西宮北口川柳会⑨5-cyoku@athena.ocn.ne.jp

藤本真喜子
①ふじもとまきこ②S22.9.20③〒989-6171 宮城県大崎市古川北町2-4-30④0229-23-0755⑤TEL同⑥川柳宮城野社⑦まき子

藤森ますみ
①ふじもりますみ②S25.2.12③〒431-0302 静岡県湖西市新居町新居248-2-506④053-594-1080⑤TEL同⑥豊橋番傘川柳会

藤原　昭
①ふじわらあきら②S17.11.19③〒596-0813 大阪府岸和田市池尻町421-3⑥岸和田川柳会

藤原　一平
①ふじわらいっぺい②S3.3.10③〒701-0214 岡山県岡山市南区曽根46-4④086-298-2851⑥弓削川柳社⑦忠志⑧「桑の実」

藤原ヒロ子
①ふじわらひろこ②S12.1.1③〒010-0865 秋田県秋田市手形新栄町2-33④018-833-0208⑥川柳銀の笛吟社／川柳すずむし吟社

布施　蘇公
①ふせそこう②T12.1.16③〒880-0834 宮崎県宮崎市新別府町城元341④0985-24-3523⑥宮崎番傘川柳会

太石　詠二
①ふといしうたに②S47.2.17③〒196-0004 東京都昭島市緑町4-4-13 佐藤方⑦佐藤健二⑧「トイレ占い　ノックにノッ句」「げんそ占柳　エレメントスクール」

船橋　豊
①ふなはしゆたか②S2.12.4③〒300-1256 茨城県つくば市森の里94-6④029-876-2923⑤TEL同⑥川柳きやり吟社／つくば牡丹柳社⑦舟橋豊⑧「かっぱの口笛」「無人駅」

舩山あゆむ
①ふなやまあゆむ②S9.1.22③〒990-0057 山形県山形市宮町1-1-83④023-641-5349⑤TEL同⑦光哉

古川　政章
①ふるかわまさあき②S24.5.6③〒935-0004 富山県氷見市北大町5-22④0766-74-2872⑥氷見川柳会／川柳えんぴつ社⑧「夕陽のワンマン」⑨wildbanch2@yahoo.co.jp

古川　明酔
①ふるかわめいすい②S9.5.3③〒639-3433 奈良県吉野郡吉野町新子362④0746-36-6763⑥奈良県川柳会⑦通明(みちあき)⑧「アルパインガイドブック」「登山・ハイキングガイド地図」

古久保和子

①ふるくぼかずこ②S21.11.29③〒640-8111 和歌山県和歌山市新通7-17④073-423-8930⑥和歌山三幸川柳会／川柳塔社

古沢　一三

①ふるさわいちぞう②S6.7.24③〒447-0855 愛知県碧南市天王町4-26④0566-41-1113⑥岡崎川柳研究社⑦古澤一三⑧「いちぞう句集」

古谷　節夫

①ふるたにせつお②S11.2.11③〒725-0022 広島県竹原市本町1-14-9④0846-22-6048⑥竹原川柳会

古田　美雄

①ふるたよしお③〒343-0041 埼玉県越谷市千間台西5-26-37④048-976-8161⑤TEL同⑥川柳かえるの会

古野つとむ

①ふるのつとむ②S5.8.31③〒809-0034 福岡県中間市中間3-33-3④093-245-2618⑤TEL同⑥川柳くろがね吟社／小倉番傘川柳会⑦努

古谷　恭一

①ふるやきょういち②S23.6.13③〒781-0114 高知県高知市十津3-20-14④088-847-0334⑥川柳木馬ぐるーぷ／作家集団「新思潮」⑧「枕木」「セレクション柳人シリーズ　古谷恭一集」

古谷龍太郎

①ふるやりゅうたろう②S12.2.28 ③〒809-0028 福岡県中間市弥生1-4-8④093-244-4354⑤TEL同⑥川柳くろがね吟社⑦清⑧「九州の川柳句碑」「川柳作家全集　古谷龍太郎」「川柳作家ベストコレクション　古谷龍太郎」

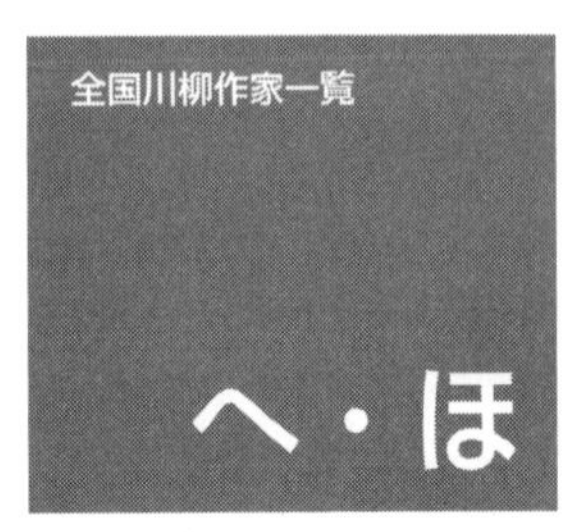

戸次　柳親

①べつきりゅうしん②S11.12.13③〒824-0033 福岡県行橋市北泉4-7-2④0930-24-4735⑥川柳噴煙吟社／川柳くろがね吟社⑦親純（ちかずみ）

別所　花梨

①べっしょかりん②S25.12.2③〒693-0022 島根県出雲市上塩冶町2530-18④0853-23-1882⑤TEL同⑥川柳文学コロキュウム⑦利美

星出　冬馬

①ほしでとうま③〒699-2514 島根県大田市温泉津町福光イ 170-2④0855-65-234⑥川柳成増吟社⑦和子⑧「川柳句集　星出冬馬」

星野ひかり子

①ほしのひかりこ③〒658-0047 兵庫県神戸市東灘区御影1-15-22 稲田方⑥無所属⑨milkyway796@yahoo.co.jp

干野　秀哉
①ほしのひでや③〒064-0959 北海道札幌市中央区宮ケ丘1-1-33④011-644-6443⑥札幌川柳社⑦琇哉

星野睦悟朗
①ほしのむつごろう②S16.3.31③〒330-0061 埼玉県さいたま市浦和区常磐5-3-24⑥川柳研究社／大宮川柳会⑦寿

細川　不凍
①ほそかわふとう②S23.5.13③〒061-0233 北海道石狩郡当別町白樺町④0133-23-2233⑤TEL同⑥現代川柳「琳琅」／北海道川柳研究会⑦守⑧「青い実」「雪の褥」「セレクション柳人　細川不凍集」

細谷美代子
①ほそたにみよこ②S18.4.22③〒620-0877 京都府福知山市堀455-7⑥福知山市民川柳同好会

堀井　　勉
①ほりいつとむ②S8.2.28③〒236-0031 神奈川県横浜市金沢区六浦2-5-33④045-781-9348⑤TEL同⑥川柳路吟社⑧「今日を生きる」「恋のように」「川柳作家全集　堀井勉」「詩集 雪の朝」「詩集 点描のプリズム」「詩集遠ざかる海」「詩集 パステルカラー」「詩集 万華鏡」

堀　　正和
①ほりまさかず②S12.1.3③〒669-1546 兵庫県三田市弥生が丘5-2-4④079-559-1255⑤TEL同⑥川柳塔社／川柳さんだ⑧「川柳作家叢書　堀正和」「川柳作家ベストコレクション　堀正和」⑨horima@jttk.zaq.ne.jp

本荘　静光
①ほんしょうしずみつ②S9.6.8③〒301-0042 茨城県龍ケ崎市長山8-4-19④0297-65-0779⑥つくばね番傘川柳会／川柳マガジンクラブ茨城句会⑧「セミ・ユーモア川柳」「つくばね叢書　セカンド・ユーモア川柳」「未完成ユーモア句集」「川柳作家ベストコレクション　本荘静光」⑨honsho@beige.ocn.ne.jp

本田　智彦
①ほんだともひこ②S2.3.1③〒532-0025 大阪府大阪市淀川区新北野1-3-4-1307④06-6303-7297⑥番傘川柳本社／くらわんか番傘川柳会⑧「川柳句集　てげてげ」「川柳作家全集　本田智彦」「てげてげ2」「川柳作家ベストコレクション　本田智彦」

本間千代子
①ほんまちよこ②S20.7.15③〒270-0121 千葉県流山市西初石5-175-50④04-7155-1981⑤TEL同⑥東葛川柳会／印象吟句会銀河

へ・ほ

前川　　淳
①まえかわじゅん②S10.1.12③〒662-0072 兵庫県西宮市豊楽町7-6④0798-73-3667⑤TEL同⑥時の川柳社⑧「川柳作家ベストコレクション　前川淳」⑨mk.maekawa@brown,plala.or.jp

前川千津子
①まえかわちづこ②S5.2.5③〒654-0143 兵庫県神戸市須磨区菅の台2-1-22-103④078-791-1062⑤TEL同⑥ふあうすと川柳社⑦ちづ子⑧「原色」「川柳作家全集　前川千津子」「川柳作家ベストコレクション　前川千津子」

前川　正子
①まえかわまさこ②S14.10.14③〒917-0232 福井県小浜市東市場43-10-1④0770-56-0723⑥若狭番傘川柳会／番傘ばんば川柳社

前田　一石
①まえだいっせき②S14.1.29③〒706-0132 岡山県玉野市用吉651④0863-71-1781⑤TEL同⑥川柳玉野社⑦政男⑧「てのひらの刻」「セレクション柳人　前田一石集」

前田　高徳
①まえだたかのり②T13.6.16③〒862-0924 熊本県熊本市中央区帯山5-38-3④096-381-5268⑥川柳噴煙吟社／熊本柳友川柳吟社

前田　楓花
①まえだふうか②S28.10.30③〒689-0515 鳥取県鳥取市青谷町河原832④0857-86-0403⑤TEL同⑥川柳ふうもん吟社／大山滝句座⑦孝子⑨sachi@ncn-t.net

前田　洋子
①まえだようこ②S23.3.11③〒899-2203 鹿児島県日置市東市来町伊作田1712④090-7483-5297⑥川柳甲斐野社／川柳塔社

前中　一晃
①まえなかかずあき②S16.2.24③〒616-8124 京都府京都市右京区太秦辻ヶ本18-5④075-882-2922⑤TEL同⑥京都番傘川柳会⑨mae7kaz3aki4@docomo.ne.jp

前中　知栄
①まえなかちえ②S24.1.4③〒616-8124 京都府京都市右京区太秦辻ヶ本町18-5⑥京都番傘川柳会／番傘川柳本社⑧「川柳作家ベストコレクション　前中知栄」

真島久美子
①ましまくみこ②S48.10.5③〒842-0103 佐賀県神埼郡吉野ヶ里町大曲2426-2④0952-52-1061⑤TEL同⑥佐賀番傘川柳会

真島美智子
①ましまみちこ②S21.3.5③〒842-0103 佐賀県神埼郡吉野ヶ里町大曲2426-2④0952-52-1061⑥佐賀番傘川柳会⑧「共同句集　天使のペダル」

増田　紗弓
①ますださゆみ②S13.5.2③〒939-2252 富山県富山市上大久保523-9④076-467-0746⑤TEL同⑥川柳えんぴつ社／おおさわの川柳会⑧「千羽鶴」「川柳作家ベストコレクション　増田紗弓」

増田　隆昭
①ますだたかあき②S13.4.3③〒596-0035 大阪府岸和田市春木泉町1-11-202④072-457-3266⑤TEL同⑥生駒番傘川柳社／岸和田川柳会

間瀬田紋章
①ませだもんしょう②S27.2.23③〒880-0934 宮崎県宮崎市大坪東1-6-9④0985-52-5236⑤TEL同⑥番傘川柳本社／宮崎番傘川柳会⑦茂雄⑧「川柳作家全集 間瀬田紋章」⑨koro169@yahoo.co.jp

松井 秀夫
①まついひでお②S14.11.19③〒577-0823 大阪府東大阪市金岡3-8-1⑥東大阪市川柳同好会

松井まさ子
①まついまさこ③〒170-0005 東京都豊島区南大塚3-32-7 大塚長寿庵④03-3983-2633⑥番傘川柳本社⑧「あなたのそばに 蕎麦屋の女将の川柳句集」

松岡 方子
①まつおかまさこ②S5.6.18③〒003-0803 北海道札幌市白石区菊水3条2丁目1-7-601④011-832-4125⑤TEL同⑥川柳あきあじ吟社／北海道川柳研究会

松尾 貞美
①まつおさだみ②S22.5.20③〒848-0041 佐賀県伊万里市新天町754④0955-23-3793⑥佐賀番傘川柳会／伊万里川柳会⑦サダミ⑧「川柳作家ベストコレクション 松尾貞美」

松尾寿美子
①まつおすみこ②S53.12.10③〒842-0103 佐賀県神埼郡吉野ケ里町大曲2426-2④0952-52-1061⑥佐賀番傘川柳会

松尾 青水
①まつおせいすい②T13.10.10③〒761-2204 香川県綾歌郡綾川町山田下1922-6④087-878-2481⑥香川おりーぶ川柳会⑦俊隆

松尾 仙影
①まつおせんえい③〒271-0068 千葉県松戸市古ヶ崎3-3408④047-368-6380⑤TEL同⑥とうきょうと川柳会⑦健二⑧「仙影句文集」「あきはばら合同句集」「するがだい合同句集」「とちのき合同句集」「男坂おんな坂」「神楽坂」「にほんばし合同句集」⑨0359ufav@jcom.zag.ne.jp

松尾 冬彦
①まつおふゆひこ②S18.10.15③〒381-1232 長野県長野市松代町西条4214-3④080-5074-1015⑥柳都川柳社／現代川柳かもめ舎⑦隆義⑧「川柳句集 しょせん駄馬」⑨matsuo19431015@herb.ocn.ne.jp

松方 尚義
①まつかたひさよし②S5.4.26③〒239-0812 神奈川県横須賀市小原台28-17④046-841-5006⑤TEL同⑥川柳路吟社

松城 信作
①まつきしんさく②S12.8.3③〒273-0866 千葉県船橋市夏見台1-2-3-205 刀祢館方⑥千葉県川柳作家連盟（「犬吠」）⑦刀祢館信雄⑧「横書き川柳」⑨tonedachi@carol.ocn.ne.jp

松代 天鬼
①まつしろてんき②S17.10.2③〒484-0894 愛知県犬山市大字羽黒字堂ケ洞24-30④0568-67-7999⑤TEL同⑥名古屋川柳社／川柳研究社⑦章弘⑧「川柳作家全集 松代天鬼」「鈴木可香の川柳と機関銃」

松田多恵子
①まつだたえこ②S6.10.3③〒753-0076 山口県山口市泉都町11-5④083-925-8598⑥ふあうすと川柳社

松田 千鶴
①まつだちづる②S9.4.26③〒761-1705 香川県香川郡香川町川東下447-4④087-879-3279⑥香川おりーぶ川柳会／番傘川柳本社

松田ていこ
①まつだていこ②S20.9.28③〒948-0006 新潟県十日町市四日町1416-13④0257-57-3328⑥十日町川柳研究社／作家集団「新思潮」⑦テイ子

松永　千秋
①まつながちあき③〒830-0421 福岡県三潴郡大木町奥牟田536-2④0944-32-0753

松橋　帆波
①まつはしほなみ②S37.11.27③〒125-0061 東京都葛飾区亀有1-13-1-407④090-2901-8532⑤03-3604-7328⑥川柳マガジンクラブ東京句会⑦進⑧「川柳句集 YANAGI」「川柳作家ベストコレクション　松橋帆波」⑨honamikp61@gmail.com

松原ヒロ子
①まつばらひろこ②S18③〒448-0805 愛知県刈谷市半城土中町2-20-8⑥中日川柳会

松前　貞子
①まつまえさだこ③〒743-0011 山口県光市光井8-8-1④0833-71-2203⑥光川柳会

松村　　滋
①まつむらしげる②S14.2.21③〒007-0850 北海道札幌市東区北50条東5-3-6④011-742-3368⑤℡同⑥北海道川柳研究会

松本　清展
①まつもとせいてん②S19.8.21③〒891-1306 鹿児島県鹿児島市牟礼岡3-40-14④099-294-7210⑤℡同⑥番傘川柳本社／東葛川柳会⑦清展（きよのぶ）⑧「灯」⑨seiten_8.21@yahoo.ne.jp

松本智恵子
①まつもとちえこ②S25.11.21③〒672-8014 兵庫県姫路市東山424-1④090-5659-0745⑧「紫陽花」「花水木」「川柳作家叢書　松本智恵子」

松本としこ
①まつもととしこ③〒617-0006 京都府向日市上植野町山の下12-21⑦敏子

松本とまと
①まつもととまと②S25.5.8③〒322-0072 栃木県鹿沼市玉田町382-29④0289-62-5700⑤0289-62-5797⑥かぬま川柳会／下野川柳会⑦敏子

松本　宗和
①まつもとむねかず②S28.5.21③〒797-1211 愛媛県西予市野村町阿下1-1203④0894-72-3044⑤TEL同⑥城の和吟社

松本　律子
①まつもとりつこ②S14.2.16③〒249-0004 神奈川県逗子市沼間1-22-3-304④046-871-8935⑤℡同⑥時事作家協会／川柳路吟社

真鍋　信頼
①まなべのぶより②S8.1.2③〒761-0113 香川県高松市屋島西町929-27④087-843-1961⑤℡同⑥シルバー川柳サークル

馬渕よし子
①まぶちよしこ②S15.7.25③〒430-0907 静岡県浜松市中区高林1-11-1④053-473-3722⑥浜松川柳社いしころ会／浜松川柳クラブ⑧「川柳作家ベストコレクション　馬渕よし子」

真弓　明子
①まゆみあきこ②S9.7.1③〒971-8122 福島県いわき市小名浜林城辻前4-5④0246-58-5672⑥番傘川柳本社／川柳葦群⑧「作品集　舞い柳」「句文集　百花繚乱」「タンポポのパラソルひとつ海越えた」

丸橋　野蒜
①まるはしのびる②S27.6.1③〒708-1215 岡山県津山市杉宮737-73④086-829-2516⑤TEL同⑥弓削川柳社／津山番傘川柳会⑦稔⑧「川柳作家ベストコレクション　丸橋野蒜」

丸山　威青
①まるやまいせい②S12.5.28③〒708-1546 岡山県久米郡美咲町大戸下84④0868-62-2372⑤TEL同⑥弓削川柳社⑦功

丸山　英柳
①まるやまえいりゅう②S13.2.13③〒069-0814 北海道江別市野幌松並町29-21④011-383-2304⑤TEL同⑥江別川柳会／札幌川柳社⑦英夫⑧「絆」「夢」「汗」（他4冊）

丸山　健三
①まるやまけんぞう③〒396-0009 長野県伊那市日影372④0265-72-8014⑤TEL同⑥川柳の仲間　旬⑧「風景画」「合同作品　旬」（I〜III）「燦III」「伏流水」⑨syun372kensan@inacatv.ne.jp

丸山　孔平
①まるやまこうへい②S16.2.20③〒352-0025 埼玉県新座市片山3-16-27④048-479-8382⑤TEL同⑥無所属

万谷　和永
①まんたにかずえ②S51.8.4③〒919-1126 福井県三方郡美浜町日向47-14

三浦　一見
①みうらいっけん②S23.1.19③〒960-0906 福島県伊達市月舘町御代田字月崎43④024-573-3916⑤TEL同⑥川柳十日会⑦一見（かずみ）

三浦　強一
①みうらきょういち②S6.7.21③〒004-0064 北海道札幌市厚別区厚別西4-4-14-26④011-891-7636⑤TEL同⑥北海道川柳研究会／川柳あきあじ吟社

三浦喜代之
①みうらきよし②S7.8.24③〒203-0041 東京都東久留米市野火止3-19-9④042-473-3219⑥読売多摩川柳クラブ⑧翌檜

三浦　　憩
①みうらけい②S37.7.27③〒562-0015 大阪府箕面市稲6-5-38-102　光ミノオパレス⑥川柳きやり吟社⑦和代⑨senryukei@gmail.com

三浦　蒼鬼
①みうらそうき②S31.1.1③〒036-0533 青森県黒石市大字二双子字十川46-2④0172-52-5935⑤TEL同⑥黒石川柳社／おかじょうき川柳社⑦勝男⑧「川柳作家ベストコレクション　三浦蒼鬼」

三浦　武也
①みうらたけや②S13.10.12③〒317-0066 茨城県日立市高鈴町4-12-65④0294-22-4691⑥川柳ひたち野社

三浦テイ子
①みうらていこ②S7.5.9③〒062-0931 北海道札幌市豊平区平岸1条10-4-11-306④011-815-8363⑥川柳あきあじ吟社／北海道川柳研究会

三浦ひとは
①みうらひとは②S34.12.24③〒036-0533 青森県黒石市大字二双子字十川46-2④0172-52-5935⑤TEL同⑥黒石川柳社／おかじょうき川柳社⑦朱美⑧川柳句集「心もよう」

三浦　　宏
①みうらひろし②S11.12.15③〒737-0045 広島県呉市本通4-4-24④0823-21-5345⑥呉番傘呉柳会／番傘川柳本社

三上　博史
①みかみひろし②S31.9.18③〒321-0226 栃木県下都賀郡壬生町中央町16-18⑥川柳研究会鬼怒の芽／川柳展望社⑧「川柳作家ベストコレクション　三上博史」「川柳の神様!」

みぎわはな
①みぎわはな②S8.7.16③〒650-0001 兵庫県神戸市中央区加納町3-1-20-1305④078-277-0006⑤TEL同⑥ふあうすと川柳社⑦四井美津子⑧「ペン字教本・華甲展作品集(書)」「川柳句集　雪月花」「川柳作家ベストコレクション　みぎわはな」

水品　団石
①みずしなだんせき②S37.12.20③〒419-0123 静岡県田方郡函南町間宮870-1⑥川柳さくら／川柳文学コロキュウム⑦啓一

水谷たいち
①みずたにたいち②S3.3.15③〒442-0055 愛知県豊川市金屋橋町22-5④0533-85-2420⑥やしの実川柳社⑦太一⑧「川柳句集　記念樹」

水田　毬絵
①みずたまりえ②S21.9.15③〒761-0123 香川県高松市牟礼町原1188④087-845-1728⑦稲崎文子

水野　黒兎
①みずのこくと②S14.7.21③〒561-0813 大阪府豊中市小曽根2-4-1⑥川柳塔社⑦正明

水野奈江子
①みずのなえこ②S20.2.12③〒488-0873 愛知県尾張旭市平子町中通211④0561-54-5960⑤TEL同⑥尾張旭川柳会／フェニックス川柳会⑧「川柳作家ベストコレクション 水野奈江子」⑨naeko0508@gctv.ne.jp

水畑　順志
①みずはたじゅんし②S17.1.15③〒709-3141 岡山県岡山市北区建部町品田84④0867-22-2780⑤TEL同⑥建部川柳社

三瀬　史朗
①みせしろう②S11.10.10③〒795-0041 愛媛県大洲市八多喜町甲107④0893-26-0539⑤TEL同⑥無所属

みつ木もも花
①みつきももか②S24.1.26③〒914-0055 福井県敦賀市鉄輪町1-7-15-2503　森口方④0770-47-6376⑤TEL同⑥若狭湾川柳舎／川柳文学コロキュウム⑦森口かな江⑧「もも色ノイズ」「川柳作家ベストコレクション　みつ木もも花」

み

南　一角
①みなみいっかく②S5.12.27③〒069-0844 北海道江別市大麻西町12-4④011-386-6410⑥北海道川柳研究会／江別川柳会⑦喜一郎

南　十字星
①みなみじゅうじせい②T15.10.31③〒988-0076 宮城県気仙沼市舘山2-2-25④0226-22-7085⑥川柳けせんぬま吟社／川柳宮城野社⑦諸岡文雄⑧「はなしの十字路上・下巻」「潮騒の詩」

南　陽子
①みなみようこ②S48.4.13③〒520-3326 滋賀県甲賀市甲南町耕心4-1078-60

嶺岸　柳舟
①みねぎしりゅうしゅう②S18.1.1③〒093-0007 北海道網走市南7条東5-1-1④0152-44-8061⑤TEL同⑥北網川柳社／北海道川柳研究会⑦保雄⑧「鳩笛」「霧笛」「欠陥」「海霧」

峯島　幸子
①みねしまさちこ②S15.10.20③〒311-4145 茨城県水戸市双葉台1丁目1647-14④029-252-1371⑥水戸川柳会

蓑口　一鶴
①みのぐちいっかく②S7.6.25③〒090-0817 北海道北見市常盤町3-16-66④0157-26-1442⑤TEL同⑥オホーツク文庫・北見川柳社⑦一光⑧「楕円球を追って五十年」

みのべ柳子
①みのべりゅうし②S10.5.31③〒039-5201 青森県むつ市川内町中崎町⑧「雪の嵩」

三村　悦子
①みむらえつこ③〒371-0837 群馬県前橋市箱田町42-11⑥前橋川柳会／埼玉川柳社

三村　舞
①みむらまい②S25.7.2③〒567-0009 大阪府茨木市山手台4-7-6-505④072-649-0222⑥川柳展望社⑦美恵子⑧「川柳作家ベストコレクション　三村舞」

三村　昌弘
①みむらまさひろ②S6.4.23③〒573-0047 大阪府枚方市山之上5-3-20④072-843-2389⑥台北川柳会

宮井いずみ
①みやいいずみ③〒558-0053 大阪府大阪市住吉区帝塚山中3-6-3-304⑥堺番傘川柳会／川柳文学コロキュウム

宮内多美子
①みやうちたみこ②S26.12.8③〒488-0874 愛知県尾張旭市平子町西368-2④0561-54-3651⑤TEL同⑥名古屋川柳社／尾張旭川柳会⑨nonadork48@gctv.ne.jp

宮内みの里
①みやうちみのり②S17.1.7③〒270-2261 千葉県松戸市常盤平1-13-9④047-387-4338⑤TEL同⑥東葛川柳会／松戸川柳会⑧「柿簾」⑨minori_8402@yahoo.co.jp

宮川　芒野
①みやかわぼうや②S6.6.13③〒085-0051 北海道釧路市光陽町1-7④0154-23-2955⑤TEL同⑥オホーツク文庫／釧路川柳社⑦宗規

宮川　令次
①みやがわれいじ②S26.3.16③〒161-0034 東京都新宿区上落合2-5-10⑥川柳やまびこ／川柳こぶし吟社⑨rmiyagawa@cotton.ocn.ne.jp

三宅　保州
①みやけほしゅう③〒642-0011 和歌山県海南市黒江1-342④073-482-5098⑤TEL同⑥川柳塔社／和歌山三幸川柳会⑦保⑧「句集　たまゆら」「川柳作家全集　三宅保州」川柳入門資料「川柳しませんか」「早分かり川柳作句Q＆A」「川柳作家ベストコレクション　三宅保州」

宮﨑あずさ
①みやざきあずさ②S13.2.17③〒562-0045 大阪府箕面市瀬川5-13-23④072-722-3489⑤TEL同⑦正子⑧「川柳きゃ!!リアウーマン」

宮﨑シマ子
①みやざきしまこ②T14.5.30③〒581-0845 大阪府八尾市上之島町北1-15④072-999-3173⑥川柳塔社／あかつき川柳会

宮﨑　青牛
①みやざきせいぎゅう②S2.12.1③〒371-0837 群馬県前橋市箱田町982-2④027-253-9338⑥前橋川柳会／NHK川柳友の会⑦正男（ただお）

宮﨑　竹葉
①みやざきちくよう②S15.9.11③〒707-0024 岡山県美作市楢原下123-24⑥美作川柳社⑦紘治

宮崎　基夫
①みやざきもとお②S12.5.17③〒357-0048 埼玉県飯能市岩渕31-4

宮原　せつ
①みやはらせつ②S5.2.11③〒606-8117 京都府京都市左京区一乗寺里ノ前町35④075-791-5659⑥京都番傘川柳会／番傘川柳本社⑧「川柳句集　ガラス坂」

宮村　典子
①みやむらのりこ②S22.10.6③〒519-0117 三重県亀山市北山町3-1④0595-82-0586⑤TEL同⑥せんりゅうくらぶ翔／番傘川柳本社⑧「川柳句集　夢」「川柳作家全集　宮村典子」「作品集　心友」「川柳作家ベストコレクション　宮村典子」

宮本　海風
①みやもとかいふう②S36.2.11③〒939-8181 富山県富山市若竹町1-40④076-429-0937⑦啓子

宮本彩太郎
①みやもとさいたろう③〒362-0014 埼玉県上尾市本町1-4-22⑥埼玉川柳社／初雁川柳会

宮本　信吉
①みやもとしんきち②S24.7.9③〒703-8214 岡山県岡山市東区鉄265-4④086-279-5056⑤TEL同⑥全国郵政川柳人連盟／川柳展望社⑦信吉（のぶよし）⑨sei19497m9h.sin@docomo.ne.jp

宮本　次雄
①みやもとつぎお②S9.1.5③〒277-0862 千葉県柏市篠籠田1385-1⑥東葛川柳会／川柳会・緑葉⑧「喜寿燦燦」

宮本　直子
①みやもとなおこ②S14.4.13③〒882-0804 宮崎県延岡市西階町3-62-22④0982-35-6434⑥南樹川柳社

宮本　游子
①みやもとゆうこ②S27.3.11③〒248-0035 神奈川県鎌倉市西鎌倉1-6-13⑦恵

宮本　佳則
①みやもとよしのり②S26.10.16③〒346-0016 埼玉県久喜市久喜東1-7-40④0480-22-4484⑤TEL同⑥万能川柳／久喜川柳会⑧「万能川柳・名人選 宮本佳則版」「七彩（なないろ）の砂金」

み

三吉英一郎
①みよしえいいちろう②S2.6.25③〒631-0041 奈良県奈良市学園大和町4-251④0742-45-8727⑤TEL同⑥番傘川柳本社／奈良番傘川柳会

三好　金次
①みよしきんじ②S6.1.6③〒465-0092 愛知県名古屋市名東区社台1-169-1④052-772-4144⑤TEL同⑥中日川柳会／川柳きやり吟社⑨miyoshi3344@m01.isp-wan.net

みよしすみこ
①みよしすみこ②S25.1.6③〒760-0005 香川県高松市宮脇町2-28-21④087-831-3728⑤TEL同⑥番傘川柳本社／さぬき番傘川柳会⑦三好澄子

三好　春美
①みよしはるみ②S25.2.5③〒761-2305 香川県綾歌郡綾川町滝宮549-5⑥ふあうすと川柳社

美和　山吹
①みわさんすい②S16.2.7③〒339-0081 埼玉県さいたま市岩槻区西原2-38⑥埼玉川柳社⑦三輪求⑨mm389@jcom.zaq.ne.jp

三輪　幸子
①みわゆきこ②S12.11.24③〒528-0031 滋賀県甲賀市水口町本町1-3-15④0748-62-0532⑤TEL同⑥びわこ番傘川柳会⑧「ひとり言」「夢のあと」

向井　　清
①むかいきよし②S15.3.8③〒598-0063 大阪府泉佐野市湊3-11-5④0724-62-5070⑥川柳瓦版の会／堺番傘川柳会

む　さ　し
①むさし②S24.1.20③〒030-1212 青森県東津軽郡蓬田村大字阿弥陀川字汐干43-3　八戸方④0174-27-2008⑥おかじょうき川柳社⑦八戸通正⑧「むさし句集　亀裂（東奥文芸叢書川柳9）」

村井　一柳
①むらいいちりゅう②S25.2.3③〒527-0083 滋賀県東近江市柏木町441④0748-22-4866⑦安雄

村上　和子
①むらかみかずこ②S20.12.12③〒722-0045 広島県尾道市久保1-11-12④0848-37-7658⑤TEL同⑥川柳奉行三原川柳会／番傘川柳本社

村上佳津代
①むらかみかづよ②S23.4.20③〒663-8141 兵庫県西宮市高須町1-7-9-303⑥川柳展望社⑨katatatakitonton3@gmail.com

村上　幸一
①むらかみこういち②S13.3.9③〒520-3201 滋賀県湖南市下田2268-14④0748-75-2647⑥サークル川柳「並木」／川柳凜

村上　静子
①むらかみしずこ②T12.1.3③〒662-0871 兵庫県西宮市愛宕山2-5④0798-74-0230⑥甲子園川柳社／ふあうすと川柳社

村上　翠石
①むらかみすいせき②S15.4.22③〒862-0910 熊本県熊本市東区健軍本町1-21-201④096-367-8685⑥川柳噴煙吟社／若葉川柳会⑦俊輔

村上　直樹
①むらかみなおき②S12.3.17③〒586-0041 大阪府河内長野市大師町16-8④0721-63-4552⑤TEL同⑥川柳塔社／長柳会⑧川柳一万歩「なおきの百句」「川柳作家ベストコレクション　村上直樹」⑨choki-m@yg7.so-net.ne.jp

村上　氷筆
①むらかみひょうひつ②S18.6.14③〒655-0048 兵庫県神戸市垂水区西舞子1-1-11-102 アルファステイツ舞子2⑥ふあうすと川柳社／甲子園川柳社⑦秀夫⑧「川柳作家全集　村上氷筆」「川柳作家ベストコレクション　村上氷筆」⑨odehisen@gmail.com

村上ミツ子
①むらかみみつこ②S12.5.16③〒581-0845 大阪府八尾市上之島町北1-22④0729-97-7471⑥川柳塔社／川柳クラブわたの花

村上　善彦
①むらかみよしひこ②S21.2.10③〒335-0002 埼玉県蕨市塚越4-12-37-1003⑥日本ビジネス川柳倶楽部⑧「筆の向くまま気の向くまま」

村越　勇気
①むらこしゆうき②S16.5.15③〒948-0301 新潟県十日町市野口319-1④025-768-2525⑤TEL同⑥十日町川柳研究社⑦由喜

村下　正子
①むらしたまさこ②S15.12.18③〒678-0216 兵庫県赤穂市正保橋町2-38④0791-43-0294⑤TEL同

村田　智良
①むらたともよし②S11.3.28③〒703-8201 岡山県岡山市中区四御神700-129④086-279-5544⑥川柳「塾」／川柳噴煙吟社⑦智美⑧「ある労対屋の告白」「小役人の定年」

村田　雅範
①むらたまさのり②S18.10.20③〒421-0301 静岡県榛原郡吉田町住吉3556-1④0548-33-0390⑥川柳ともしび吟社

村田　幸夫
①むらたゆきお②S22.10.11③〒720-2121 広島県福山市神辺町湯野371-4⑥ふくやま川柳会

村田　倫也
①むらたりんや②S14.8.15③〒351-0007 埼玉県朝霞市岡3-5-44④048-463-7747⑤TEL同⑥台湾川柳会／川柳乱

村山　　了
①むらやまりょう②T11.7.5③〒510-0892 三重県四日市市泊山崎町10-8④0593-45-3368⑤TEL同⑥四日市川柳会⑦了（さとる）

む

毛利　元子
①もうりもとこ②S19.1.1③〒631-0056 奈良県奈良市丸山1-1079-110④0742-47-2494⑤TEL同⑥奈良番傘川柳会／あすなろ川柳会⑨mouri.h-m@forest.ocn.ne.jp

茂木　元男
①もぎもとお②S9.1.1③〒133-0051 東京都江戸川区北小岩8-2-3④03-3658-6571⑥柴又柳会

望月　弘
①もちづきひろし②S10.6.9③〒421-2104 静岡県静岡市葵区野田平61④054-294-1497⑥静岡たかね川柳会／川柳路吟社⑧「川柳作家ベストコレクション　望月弘」

本松出乃侍
①もとまつでのじ②S11.1.1③〒811-3223 福岡県福津市光陽台4-7-4④0940-42-5920⑤TEL同⑥時事作家協会⑦錠二

桃澤　健介
①ももざわけんすけ②S13.4.3③〒399-3201 長野県下伊那郡豊丘村河野177④0265-35-4934⑤TEL同⑥飯田天柳吟社／松代川柳会⑦胡桃澤　健

森井　克子
①もりいかつこ②S25.1.2③〒564-0041 大阪府吹田市泉町3　9　23④06-6389-5175⑤TEL同

守内　恭子
①もりうちきょうこ②T14.2.1③〒649-7205 和歌山県橋本市高野口町名倉6④0736-43-2622⑤0736-42-5803⑥紀水川柳会／山柿⑧「エッセー　篝火」

森口　美羽
①もりぐちみわ②S29.4.3③〒640-0114 和歌山県和歌山市磯の浦663-65④073-452-7544⑤TEL同⑥くらわんか番傘川柳会／和歌山三幸川柳会⑦恵子⑧「川柳句集　羽」

森迫　春夫
①もりさこはるお②T11.2.22③〒640-0112 和歌山県和歌山市西庄274-10④073-455-4219⑥無所属

森下よりこ
①もりしたよりこ②S12.1.9③〒649-7165 和歌山県伊都郡かつらぎ町背ノ山430④0736-22-2771⑥川柳展望社／川柳文学コロキュウム⑦順子

森園かな女
①もりぞのかなめ②S10.1.18③〒815-0004 福岡県福岡市南区高木2-26-26④092-571-3878⑥福岡川柳倶楽部／番傘川柳本社⑦要子⑧「川柳句集　なでしこ」「川柳作家ベストコレクション　森園かな女」

森田　安心
①もりたあんしん②S16.10.17③〒420-0054 静岡県静岡市葵区南安倍1-11-11⑥静岡たかね川柳会⑦安信

森田　熊生
①もりたくまお③〒680-0805 鳥取県鳥取市相生町3-204④0857-23-4672⑥うみなり川柳会

守田　啓子
①もりたけいこ②S36.2.8③〒030-0861 青森県青森市長島4-23-4-102④080-5220-7465⑥おかじょうき川柳社／カモミール句会⑧「川柳作家ベストコレクション　守田啓子」⑨hiro-m40@amber.plala.or.jp

盛田　朴児
①もりたぼくじ②S9.5.5③〒950-3376 新潟県新潟市北区早通北1-5-22④025-386-4179⑤TEL同⑥川柳信濃川／新潟川柳文芸社⑦宏

もりともみち
①もりともみち②S50.3.18③〒802-0082 福岡県北九州市小倉北区古船場町4-32-401④090-3413-2803⑥句会セブンティーン⑦森　智康⑧「仲畑流万能川柳ファンブック101号」⑨mrhxc798@yahoo.co.jp

森中恵美子
①もりなかえみこ②S5.12.15③〒566-0022 大阪府摂津市三島2-5-2-514④06-6383-5146⑥番傘川柳本社⑧「仁王の口」「水たまり」「水たまり今昔」

森光カナエ
①もりみつかなえ②S19.10.3③〒602-0915 京都府京都市上京区三丁町471-110⑥京都番傘川柳会

森元恵美子
①もりもとえみこ②S38.4.10③〒496-0857 愛知県津島市南門前町1-24⑥名古屋番傘川柳会／中日川柳会⑨provence5880@yahoo.co.jp

森本　卓司
①もりもとたくじ②S10.12.7③〒673-0874 兵庫県明石市大蔵本町8-12⑥無所属

森本　芳月
①もりもとほうげつ②S2.11.23③〒625-0083 京都府舞鶴市余部上榎川8-678④0773-63-0191⑤TEL同⑥舞鶴番傘川柳会⑦芳雄⑧「川柳作家叢書　森本芳月」「川柳作家ベストコレクション　森本芳月」

森本　吉則
①もりもとよしのり②S15.12.10③〒703-8288 岡山県岡山市中区赤坂本町11-31④08636-2-2265⑥弓削川柳社／後楽吟社

森山　盛桜
①もりやませいおう②S22.6.25③〒689-0423 鳥取県鳥取市鹿野町中園180④0857-82-1491⑤TEL同⑥川柳塔社／鳥取県川柳作家協会⑦澄夫

森　　良子
①もりよしこ②S10.8.20③〒134-0084 東京都江戸川区東葛西6-18-16④03-3680-8682⑥川柳きやり吟社⑧「俳句集　足おと」

森吉留里恵
①もりよしるりえ②S24.3.29③〒582-0020 大阪府柏原市片山町1-48④072-976-6955⑤TEL同⑥無所属⑧十四字詩句集「時の置き文」⑨qq744vw9n@wind.ocn.ne.jp

も

八木せいじ
①やぎせいじ②S26.11.10③〒242-0024 神奈川県大和市福田5672-1 グレーシア桜ヶ丘109号④046-240-6278⑤TEL同⑥川柳路吟社／時事作家協会⑦清二⑨seiji-yagi@road.ocn.ne.jp

八木　孝子
①やぎたかこ②S16.1.30③〒930-0846 富山県富山市奥井町7-11⑥番傘川柳本社／番傘加越能川柳社⑧「川柳句集　夢の種」

八木　千代
①やぎちよ②T13.1.29③〒683-0836 鳥取県米子市花園町14-8④0859-33-7550⑥川柳塔社⑦信子⑧「椿守」

矢口　瑛香
①やぐちえいこう②S3.11.26③〒981-8003 宮城県仙台市泉区南光台4-7-10④022-273-3040⑥川柳宮城野社⑦英子

矢倉　五月
①やぐらさつき②S16.5.26③〒599-8103 大阪府堺市東区菩提町5-171④072-285-1518⑥川柳塔社／二七会⑦祥子⑧「川柳作家ベストコレクション 矢倉五月」

矢沢　和女
①やざわかずめ③〒651-1322 兵庫県神戸市北区東有野台4-8-9④078-981-5510⑤TEL同⑥時の川柳社／麦の会

矢島　理恵
①やじまりえ②S45.9.2③〒464-0032 愛知県名古屋市千種区猫洞通1-3-1 パークエステイツ206

安田　翔光
①やすだしょうこう②S14.10.13③〒761-2206 香川県綾歌郡綾川町西分1200-1④087-878-2536⑤087-878-2856⑥番傘川柳本社／祥柳舎⑦昌幸⑧「風花」「風花抄」⑨masa-5.7.5.7.7-@docomo.ne.jp

安田　直枝
①やすだなおえ②S12.4.16③〒922-0412 石川県加賀市片山津温泉4区ヨ-102④07617-4-7418⑥NHK学園／加賀川柳会

安永　理石
①やすながりせき②S3.7.12③〒861-1115 熊本県合志市豊岡2013-62④096-248-5290⑤TEL同⑥川柳噴煙吟社⑦昭三⑧「二人の本箱」「歳月のうた」「川柳作家全集　安永理石」

安野　栄子
①やすのえいこ②S23.11.4③〒272-0114 千葉県市川市塩焼2-2-20,2-1112⑥川柳展望社⑧「虹の下」

やすみりえ
①やすみりえ②S47.3.1③ ⑧「川柳句集　平凡な兎」「やすみりえのとっておき川柳道場」「ハッピーエンドにさせてくれない神様ね」「やすみりえのトキメキ川柳」「召しませ、川柳」

やち　悦子
①やちえつこ②S22.10.27③〒921-8173 石川県金沢市円光寺2-17-3⑥蟹の目川柳社⑦谷内悦子⑧「川柳句集　裸心」

矢内ひろし
①やないひろし②S11.2.12③〒306-0221 茨城県古河市駒羽根1396-3④0280-92-3741⑤TEL同⑥さくら川柳会／許我川柳会⑦弘

柳岡　睦子
①やなおかむつこ②S27.6.27③〒321-3536 栃木県芳賀郡茂木町神井609④0285-63-1762⑤0285-63-1044⑥下野川柳会⑧「川柳作家ベストコレクション　柳岡睦子」

柳沢花王子
①やなぎさわかおうし②S3.1.2③〒090-0014 北海道北見市文京町618-19④0157-25-0976⑥オホーツク文庫／旭川原流川柳社⑦六郎⑧「句集　六花」

柳沢　流水
①やなぎさわりゅうすい②S10.2.24③〒380-0958 長野県長野市伊勢宮2-21-29④026-227-8867⑥川柳美すゞ吟社⑦佑介

柳田かおる
①やなぎだかおる②S19.10.22③〒791-8082 愛媛県松山市梅津寺町56④089-952-6623⑥川柳まつやま吟社⑦香

柳田　健二
①やなぎだけんじ②S24.1.30③〒036-0372 青森県黒石市錦町33-1④0172-52-9416⑥黒石川柳社⑦川守田健造

柳村　光寛
①やなぎむらみつひろ②S27.10.18③〒940-0868 新潟県長岡市堀金2-12-8

柳谷たかお
①やなぎやたかお②S33.12.28③〒030-1305 青森県東津軽郡外ヶ浜町蟹田小国字品吉105④0174-22-3679⑥おかじょうき川柳社⑦隆男

柳清水広作
①やなしみずこうさく②S16.11.8③〒028-7906 岩手県九戸郡洋野町中野3-15-15④0194-67-2249⑤℡同⑥久慈川柳社⑦廣作

簗瀬みちよ
①やなせみちよ②S25.9.6③〒370-3342 群馬県高崎市下室田町3445-1④027-374-2309⑤℡同⑥前橋川柳会／川柳さろんGunma⑧「川柳作家ベストコレクション　簗瀬みちよ」

矢野　栄子
①やのえいこ③〒792-0811 愛媛県新居浜市庄内町5-5-36④0897-32-6160⑥新居浜川柳峠社

矢野　義雄
①やのよしお②S8.8.16③〒301-0855 茨城県龍ケ崎市藤ヶ丘5-1-43④0297-64-0291⑤TEL同⑥龍ヶ崎雪柳川柳会

薮﨑千恵子
①やぶざきちえこ②S7.11.8③〒425-0081 静岡県焼津市大栄町1-9-3④054-628-0963⑥焼津みなと柳社

山内美代子
①やまうちみよこ②S26.7.1③〒451-0066 愛知県名古屋市西区児玉3-24-8④052-522-7006⑥川柳文学コロキュウム

山岸　竜清
①やまぎしりゅうせい②S23.11.16③〒669-1112 兵庫県西宮市宝生ケ丘2-13-14④0797-81-1583⑤℡同⑥現代川柳PO／ふあうすと川柳社⑦重利⑧句集「放物線」「少年バレエ」⑨zoo.yanagidaybyday@ezweb.ne.jp

山口季楽々
①やまぐちきらら③〒411-0943 静岡県駿東郡長泉町下土狩1286-11④055-986-1024⑤055-986-1152⑥川柳さくら

や

山口　早苗
①やまぐちさなえ③〒261-0011 千葉県千葉市美浜区真砂4-4-11-606⑥川柳公論社／ふあうすと川柳社⑧「風の葉抄」

やまぐち珠美
①やまぐちたまみ③〒243-0406 神奈川県海老名市国分北1-14-26 -202⑥川柳葦群／番傘川柳本社⑦山口珠美

山口　桃子
①やまぐちももこ②S25.12.14③〒666-0143 兵庫県川西市清和台西5-4-81④0727-99-1635⑤TEL同⑥川柳展望社⑦直子

山口　亮栄
①やまぐちりょうえい②S23.9.18③〒840-0214 佐賀県佐賀市大和町大字川上3881④0952-62-0462⑤TEL同⑥川柳かささぎ

山口　玲子
①やまぐちれいこ②S17.9.16③〒675-1218 兵庫県加古川市上荘町小野281④0794-28-1872⑥加古川川柳会

山倉　雲平
①やまくらうんぺい②T11.4.20③〒812-0854 福岡県福岡市博多区東月隈4-5-6-607④092-503-2535⑥川柳噴煙吟社／川柳展望社⑦昌衛

山倉　洋子
①やまくらようこ②S17.5.1③〒959-1875 新潟県五泉市馬場町2-4-8④0250-43-7539⑥柳都川柳社⑧「卑弥乎」「卑弥乎書評集」「卑弥呼氾濫」

山越　宏
①やまこしひろし②S3.8.25③〒376-0011 群馬県桐生市相生町2-596④0277-54-1962⑥川柳きりゅう吟社

山崎　勉
①やまざきべん②S15.9.4③〒939-8208 富山県富山市布瀬町南3-9-5④076-425-8174⑥川柳オアシス社

山﨑三千代
①やまさきみちよ②S9.4.17③〒701-0164 岡山県岡山市北区撫川21⑥弓削川柳社／川柳すずむし吟社⑧「道くさ」「花筏」⑨jgfny710@sky.plala.or.jp

山下　梅庵
①やましたばいあん②S28.8.18③〒005-0841 北海道札幌市南区石山1条6-1-37④011-592-1555⑤011-592-1633⑥札幌川柳社⑦嘉一⑧句集「夜明けのガス燈」⑨baian@cyber.ocn.ne.jP

山下　華子
①やましたはなこ③〒836-0021 福岡県大牟田市浜町1-8　浜町マンション401④090-1517-6777⑤0944-85-0084⑥ふあうすと川柳社／川柳噴煙吟社⑦志津⑨hana.hana.hana777@docomo.ne.jp

山下　博
①やましたひろし②S19.11.8③〒918-8135 福井県福井市下六条町24-25-3④0776-41-3530⑥北陸労金福井地区友の会川柳会／東葛川柳会

山下　和一
①やましたわいち②S26.11.13③〒410-2517 静岡県伊豆市貴僧坊82⑦和之

山路　恒人
①やまじつねと②S6.3.9③〒767-0002 香川県三豊市高瀬町新名758④0875-72-1532⑥たかせ川柳会／ふあうすと川柳社⑦恒利⑧「句文集　ババの木物語」「川柳作家ベストコレクション　山路恒人」

山田　順啓
①やまだじゅんけい②S16.3.25③〒630-8014 奈良県奈良市四条大路1-4-52-401④0742-34-4157⑤TEL同⑥奈良番傘川柳会／ぐるうぷ葦⑨yamada-jk@msa.biglobe.ne.jp

山田　真也
①やまだしんや②H1.12.11③〒546-0014 大阪府大阪市東住吉区鷹合1-10-14

山田　昇
①やまだのぼる②S16.7.25③〒963-8025 福島県郡山市桑野2-35-11④090-7529-7034⑤024-933-9739⑥川柳連峰社／川柳宮城野社⑧「情景」

山田　久子
①やまだひさこ③〒648-0101 和歌山県伊都郡九度山町1030④0736-54-2354⑥紀水川柳会

山田　恒
①やまだひさし②S8.11.4③〒349-0123 埼玉県蓮田市本町3-5-605④090-7835-5537⑥蓮田川柳の会⑨yh05070@oakplaza.jp

山田　芳裕
①やまだほうゆう②S10.11.30③〒665-0072 兵庫県宝塚市千種3-15-3④0797-71-5769⑤TEL同⑥ふあうすと川柳社⑦義雄⑧「評伝小説　絆を彫る」「花は一色にあらず」「パリの空に舞う」

山田　芳子
①やまだよしこ③〒546-0014 大阪府大阪市東住吉区鷹合1-10-14

やまでゑみ
①やまでえみ②S9.5.29③〒739-1521 広島県広島市安佐北区白木町三田5625④082-829-0207⑤TEL同⑥川柳研究社／まがめ川柳会⑦山出恵美子⑧「畦の花と雨蛙」「大きな柿の木の下で」「白木山の月と花と」

山寺　美琴
①やまでらみこと②T15.2.10③〒400-0861 山梨県甲府市城東4-12-34④055-233-3722⑥川柳甲斐野社

山中あきひこ
①やまなかあきひこ②S14.1.29③〒619-1127 京都府木津川市南加茂台9-9-9⑦昭彦

山長　岳人
①やまながたけと②S18.1.22③〒861-1102 熊本県合志市須屋7-1④096-343-8956⑤TEL同⑥川柳噴煙吟社／時事作家協会⑦健人⑧「川柳句集　完走」「再生紙」「車椅子」

山荷喜久男
①やまにきくお③〒306-0024 茨城県古河市幸町3-2④0280-32-9747⑥許我川柳会／つくばね番傘川柳会

山之内さち枝
①やまのうちさちえ②S13.2.21③〒793-0030 愛媛県西条市大町342-1④0897-55-8467⑥川柳さいじょう吟社／四国中央川柳会⑦幸枝

山之内　洋
①やまのうちよう②S6.12.5③〒680-0021 鳥取県鳥取市材木町228④0857-22-7498

山宮　愛恵
①やまみやあいえ②S10.3.14③〒680-0862 鳥取県鳥取市雲山519④0857-24-0410⑤TEL同⑥川柳塔社／面影川柳会

や

山宮　貞資
①やまみやていし③〒959-0129 新潟県燕市地蔵堂本町1-2-11④0256-97-4712⑥川柳ぶんすい吟社／柳都川柳社⑧「三輪車」「続三輪車」「続・続三輪車」

山本喜太郎
①やまもときたろう③〒222-0037 神奈川県横浜市港北区大倉山3-1-8④090-1450-1021⑤045-531-1326⑧「大倉山 発」⑨y.kitaro@d4.dion.ne.jp

山本　恭子
①やまもときょうこ②S7.11.28③〒960-0652 福島県伊達市保原町字西町48-8④024-576-6437⑥川柳三日坊主吟社

山本　喜禄
①やまもときろく②S16.8.24③〒512-0911 三重県四日市市生桑町2278-7④0593-33-4757⑥番傘川柳本社／名古屋番傘川柳会

山本三香子
①やまもとみかこ②S36.3.10③〒781-3212 高知県高知市土佐山梶谷1536④088-895-2440⑥川柳木馬ぐるーぷ⑦三香

山本野次馬
①やまもとやじうま②S29.2.7③〒419-0113 静岡県田方郡函南町大土肥211-6④055-978-0801⑥川柳ともしび吟社⑦要治

山本由宇呆
①やまもとゆうほう②S13.4.13③〒270-2205 千葉県松戸市六高台西10-18④047-387-8832⑥東葛川柳会／川柳会・新樹⑦一夫⑧「星屑の方舟」「川柳作家ベストコレクション　山本由宇呆」

山本　幸雄
①やまもとゆきお②S4.1.3③〒708-0014 岡山県津山市院庄373-1④0868-28-3363⑥弓削川柳社

山本　陽子
①やまもとようこ②S40.11.5③〒960-8143 福島県福島市南向台2-26-9④024-597-6126

山本　　乱
①やまもとらん②S19.5.29③〒836-0873 福岡県大牟田市駛馬町153④0944-54-5375⑤0944-53-8448⑥番傘川柳本社／大牟田番傘川柳会⑦妙子⑧「川柳作家全集　山本乱」

やまゆり
①やまゆり③〒520-0528 滋賀県大津市和邇高城290-7⑦高田礼子

湯浅　麗子
①ゆあされいこ②S11.7.22③〒761-8032 香川県高松市鶴市町820-20④087-881-3917⑥番傘川柳本社

油井　憲一
①ゆいけんいち②S10.12.10③〒960-0251 福島県福島市大笹生字柿畑12④024-558-1982⑤TEL同⑥川柳三日坊主吟社

雪本　珠子
①ゆきもとたまこ③〒596-0076 大阪府岸和田市野田町2-18-27④072-423-3116⑤TEL同⑥川柳塔社／岸和田川柳会⑧「川柳作家ベストコレクション　雪本珠子」

湯本としお
①ゆもととしお②T15.11.30③〒327-0827 栃木県佐野市北茂呂町2-20④0283-23-4670⑥川柳安佐の実吟社⑦敏生

湯本　良江
①ゆもとよしえ②S24.6.30③〒377-0008 群馬県渋川市渋川3647-43④0279-25-1091⑤TEL同⑥上州時事川柳クラブ／前橋川柳会

除田　六朗
①よけだろくろう②S11.7.27③〒790-0866 愛媛県松山市永木町1-2-25④089-941-4993⑤TEL同⑥無所属

横尾　信雄
①よこおのぶお②S15.11.25③〒840-0214 佐賀県佐賀市大和町川上2866-3④0952-62-0455⑤TEL同⑥佐賀番傘川柳会／川柳かささぎ⑧「短歌川柳句集　さるすべり」⑨nobuo@1.bunbun.ne.jp

横須賀淑子
①よこすかよしこ②S7.5.21③〒252-1123 神奈川県綾瀬市早川846-4④0467-76-2597

横山　昌利
①よこやままさとし②S21.2.8③〒976-0023 福島県相馬市和田字中迫117-4④0244-38-7090⑤TEL同⑥野馬追の郷川柳会

吉井　迷歩
①よしいめいほ②S8.2.6③〒064-0914 北海道札幌市中央区南14条西14丁目3-20-215④011-555-1663⑥札幌川柳社⑦俊雄

吉岡　　修
①よしおかおさむ②T15.6.1③〒575-0061 大阪府四條畷市清滝中町22-14④072-877-6450⑤TEL同⑥川柳塔社／城北川柳会

吉岡　茂緒
①よしおかしげお②T13.12.1③〒860-0812 熊本県熊本市中央区南熊本4-2-5④096-364-4011⑥川柳噴煙吟社⑦茂男⑧「吉岡茂緒川柳句集」「きょうからあなたも川柳作家」「続・吉岡茂緒川柳句集」「吉岡龍城の川柳と気風」

吉岡　　正
①よしおかただし②S11.2.10③〒754-1101 山口県山口市秋穂東7005-1④083-984-4603⑤TEL同⑥陶八雲川柳会

吉川ひとし
①よしかわひとし②S23.3.2③〒036-8275 青森県弘前市城西1-8-11④0172-33-0631⑥川柳塔みちのく⑦均

吉崎　柳歩
①よしざきりゅうほ②S19.4.7③〒510-0213 三重県鈴鹿市南旭が丘1-6-3④059-380-0303⑤059-380-0304⑥鈴鹿川柳会／川柳展望社⑦勝⑧「瓶の蓋」

吉住義之助
①よしずみよしのすけ②S11.5.30③〒111-0036 東京都台東区松が谷3-8-8④03-3843-6028⑥無所属

吉田　悦花
①よしだえつか③〒273-0035 千葉県船橋市本中山4-8-6　⑥炎環／豆の木／吉田悦花のわん句にゃん句⑧「炎環新鋭叢書　青炎-夜の背骨」「ビジュアル版　わん句歳時記」「江戸ソバリエ」

吉田　健康
①よしだけんこう②S28.2.18③〒972-0162 福島県いわき市遠野町滝字島廻1⑥万能川柳クラブ⑦健一⑧「小説　鄭都春秋」

吉田　健治
①よしだけんじ②S14.2.6③〒142-0063 東京都品川区荏原1-4-15④03-3783-3271⑤TEL同⑥銅の会／東京川柳会⑧「一行詩集　孤塔」「現代川柳の精鋭たち」（合同句集）作品集「青い旗」「川柳作家ベストコレクション　吉田健治」

吉田　健声
①よしだけんせい②S18.7.16③〒359-1146 埼玉県所沢市小手指南1-22-4④04-2924-6627⑤TEL同⑥西東京朗遊会⑦健一郎

吉田　州花
①よしだしゅうか②S14.12.14③〒030-0963 青森県青森市中佃3-14-16④017-741-7538⑤TEL同⑥おかじょうき川柳社／作家集団「新思潮」⑦ちか子⑧「ひなた水」「転がる栗」

吉田　純造
①よしだじゅんぞう②S3.2.10③〒520-0046 滋賀県大津市長等2-7-24④0775-24-2914⑥びわこ番傘川柳会⑧「男の譜」

吉田甚吾朗
①よしだじんごろう②S13.7.4③〒959-0124 新潟県燕市五千石3245-1④0256-97-3044⑤TEL同⑥柳都川柳社／川柳ぶんすい会⑦幸策⑧句集「残像」

吉田　成一
①よしだせいいち②S15.6.29 ③〒029-4202 岩手県奥州市前沢区白山字大塚98⑥柳都川柳社⑧「句論集　一葦集」

吉田　秀哉
①よしだひでや②S5.9.7③〒923-0937 石川県小松市本町1-10④0761-21-1035⑤TEL同⑥こまつ川柳社⑦栄造⑧「句集　冬の海」

吉田　浩人
①よしだひろと②S11.1.1③〒516-0052 三重県伊勢市川端町273④0596-28-8180⑤TEL同⑥三重番傘川柳会／番傘川柳本社

吉田みいこ
①よしだみいこ②S24.8.2③〒354-0015 埼玉県富士見市東みずほ台2-29-4-605④049-253-3075⑤TEL同⑥川柳成増吟社⑦吉田和子⑨kazuko3masayo4@ymobile.ne.jp

吉田三千子
①よしだみちこ③〒461-0045 愛知県名古屋市東区砂田橋2-1-A-614④052-721-0478⑥川柳みどり会

吉田　陽子
①よしだようこ②S30.12.22③〒639-2241 奈良県御所市茅原107-13④0745-62-0732⑤TEL同⑥やまと番傘川柳社

吉富　　廣
①よしとみひろし②S14.7.2③〒809-0033 福岡県中間市土手の内1-16-18④093-244-7298⑤TEL同⑥川柳くろがね吟社

好永ひろし
①よしながひろし②S17.9.10③〒791-0212 愛媛県東温市田窪2190④089-964-2347⑥川柳まつやま吟社⑦博

吉野　綾子
①よしのあやこ②S5.8.3③〒900-0014 沖縄県那覇市松尾1-9-31④098-867-5575⑥那覇川柳の会

吉野理恵子
①よしのりえこ②S27.11.3③〒357-0041 埼玉県飯能市美杉台5-21-22④042-975-1600⑧「『燈』～その時夜の鈴は鳴る」

吉原　邦子
①よしはらくにこ②S5.8.18③〒739-0601 広島県大竹市南栄2-7-1④08275-2-6455⑥大竹川柳会

吉原　犀水
①よしはらさいすい②S9.11.10③〒381-2233 長野県長野市川中島町上氷鉋919-6④026-284-0554⑤TEL同⑥川中島川柳会／全国郵政川柳人連盟⑦武之

吉道あかね
①よしみちあかね③〒597-0061 大阪府貝塚市浦田71-1　ライオンズマンション801④072-432-1477⑤TEL同⑥無所属⑦時子⑧「すぷりんぐ」

吉道航太郎
①よしみちこうたろう②S22.4.22③〒597-0061 大阪府貝塚市浦田71-1 ライオンズマンション801④072-432-1477⑤TEL同⑥柳都川柳社⑦博章⑧「すぷりんぐ」⑨koutarou04221947@gaia.eonet.ne.jp

吉村　明宏
①よしむらあきひろ②S13.9.8③〒344-0022 埼玉県春日部市大畑825-9④048-737-9936

吉村久仁雄
①よしむらくにお②S22.9.30③〒583-0861 大阪府羽曳野市西浦6-4-21④072-957-2575⑥川柳塔社／はびきの市民川柳会⑦邦夫⑧「川柳句集　命のほうび」「命のめぐみ」⑨kunio-y@zeus.eonet.ne.jp

米田　一郎
①よねだいちろう③〒178-0063 東京都練馬区東大泉6-25-12⑥川柳ねりま吟社／西友オズ大泉教室

よ

米山明日歌
①よねやまあすか③〒411−0943 静岡県駿東郡長泉町下土狩1335−1⑥川柳さくら／ねじまき句会⑧「川柳句集　前へ」⑨teruko-1997.4coco@docomo.ne.jp

米山長七郎
①よねやまちょうしちろう②S16.12.2③〒360−0853 埼玉県熊谷市玉井1973−104④048−532−1029⑤TEL同⑥熊谷川柳三昧会⑦実⑨tqi00046@nifty.com

乱　　鬼龍
①らんきりゅう②S26.4.11③〒165−0026 東京都中野区新井2−7−12−25⑤03−3389−8573⑥レイバーネット川柳班⑦関充明(みちあき)⑧「がつんと一句！ ワーキングプア川柳」「原発川柳句集」「反戦川柳句集」

龍せん
①りゅうせん②S27.3.1③〒704−8182 岡山県岡山市東区広谷357−2④090−2009−2667⑥弓削川柳社⑦松田龍彦⑨tachango@kvp.biglobe.ne.jp

柳　　緑子
①りゅうみどりこ②S19.10.22③〒519−1107 三重県亀山市関町木崎1559⑥せんりゅうくらぶ翔⑦倉田恵美子⑧「川柳句集　希望」

了味　茶助
①りょうみさすけ②S17.12.29③〒532−0003 大阪府大阪市淀川区宮原1−19−11−502⑥川柳瓦版の会⑦晃平

若尾　康子
①わかおやすこ③〒503−0887 岐阜県大垣市郭町3−34④0584−81−1564

若林　柳一
①わかばやしりゅういち②S12.10.28③〒952−0318 新潟県佐渡市真野新町701−23④0259−55−3646⑥ふあうすと川柳社／柳都川柳社⑦肇⑧「川柳自叙伝　二人三脚」「川柳にんげんのうた」

若山　貞人
①わかやまていじん②S11.1.22③〒158−0082 東京都世田谷区等々力8−13−1−501④03−5706−1142⑤TEL同⑦貞二郎

忘れな草
①わすれなぐさ②S29.6.6③〒390−0804 長野県松本市横田1−1−5　遠藤方⑦遠藤玲子

渡辺　炎花
①わたなべえんか②S18.3.29③〒781−5106 高知県高知市介良乙3015−4④088−860−2112⑦倶康

ら

渡辺　和尾
①わたなべかずお②S15.6.6③〒470-2101 愛知県知多郡東浦町森岡字下今池5-69⑦一雄⑧「風の中」「うたともだち」「風の旅」「まみどりに」「おはよう」「短日」「回帰」「前略」

渡辺　幸士
①わたなべこうし③〒861-4601 熊本県上益城郡甲佐町岩下63④096-234-3713⑥川柳噴煙吟社⑧「川柳句集　ちぎれ雲」

渡辺　　梢
①わたなべこずえ②S13.3.21③〒340-0028 埼玉県草加市谷塚1-19-7-710④0489-25-5849⑥川柳研究社⑦喜代⑧「川柳作家全集　渡辺梢」「川柳作家ベストコレクション　渡辺梢」

渡辺　推歩
①わたなべすいほ②S3.8.13③〒956-0864 新潟県新潟市秋葉区新津本町2-3-23④0250-22-0940⑥新潟川柳文芸社／川柳さつき会⑦幸栄

渡辺たかき
①わたなべたかき②S35.2.23③〒545-0011 大阪府大阪市阿倍野区昭和町4-9-17⑥上方文化人川柳の会相合傘

渡辺　貞勇
①わたなべていゆう②S17.8.5③〒245-0053 神奈川県横浜市戸塚区上矢部町39-2-211④045-811-9177⑥時事作家協会

渡辺　富子
①わたなべとみこ③〒636-0311 奈良県磯城郡田原本町八尾62-6④0744-32-4490⑤℡同⑥川柳塔社⑧「川柳作家ベストコレクション 渡辺富子」

渡辺　松風
①わたなべまつかぜ②S18.7.25③〒018-1724 秋田県南秋田郡五城目町東磯ノ目1-7-11④018-852-2430⑤018-855-1055⑥川柳すずむし吟社⑦誠一⑧「温故知新」

渡邊　光雄
①わたなべみつお②S12.5.27③〒956-0013 新潟県新潟市秋葉区田島64-21④0250-22-8734⑥おぎかわ川柳会

渡邊　妥夫
①わたなべやすお②S10.9.22③〒305-0854 茨城県つくば市上横場2335-45④029-836-5094

渡辺　裕子
①わたなべゆうこ②S18.5.5③〒099-4521 北海道斜里郡清里町札弦20④0152-26-2649⑤℡同⑥北見川柳社⑧「句集　雪の紋」「アルミホイル」

和田　洋子
①わだようこ②S22.7.13③〒617-0002 京都府向日市寺戸町大牧1-178⑥長岡京川柳会たけのこ

わ

2020年度版

全国川柳結社一覧

凡例　北海道から都道府県別に配列、以下順不同。ゴシックは原則として川柳結社名。記載順序は①住所②電話番号③代表者名④発行誌名⑤会員数⑥創立年⑦定例句会場⑧定例句会日⑨結社ホームページ⑩結社 E-mail ⑪メモ

北網川柳社
①〒093-0007 網走市南七条東5-1-1②0152-44-8061(FAX同)③嶺岸柳舟④川柳嶺(みね)⑤16名⑥平成8年⑦嶺岸柳舟宅⑧柳誌発行月(季刊)

オホーツク文庫
①〒090-0033 北見市番場町4-10②0157-24-2444③辻晩穂④オホーツク⑤100名⑥平成14年⑦北見市中央公民館⑧毎月第2月曜日

釧路川柳社
①〒085-0821 釧路市鶴ケ岱2-5-256 ロジェ鶴ケ岱502号②0154-42-4233③高橋光緒④川柳くしろ⑤45名⑥昭和42年⑦交流プラザさいわい⑧毎月第2土曜日

川柳そらち運営同人会
①〒073-0045 滝川市有明町東2-1-29②0125-22-2325③深田勝④川柳そらち⑤140名⑥昭和45年⑦各社毎⑧毎月各社毎⑪滝川、深川、赤平、長沼の4社合同で発行

旭川川柳社
①〒070-0035 旭川市五条通1-2411-4 佐藤富子方②0166-24-2631③鎌田正勝④川柳あさひ⑤88名⑥昭和11年⑦旭川市ときわ市民ホール⑧毎月第2、第4土曜日

江別川柳会
①〒069-0814 江別市野幌松並町29-41②011-383-2304③丸山英柳④川柳江別⑤40名⑥昭和45年⑦野幌公民館⑧毎月第4土曜日

岩見沢柳の芽川柳会
①〒068-0828 岩見沢市鳩が丘3-14-12②0126-24-8513③岡嘉彦④川柳柳の芽⑤40名⑥昭和41年⑦まなみーる⑧毎月第2日曜日

水脈
①〒067-0005 江別市牧場町31-9 一戸涼子方②011-383-2447④水脈⑤15名⑥平成14年⑧4月・8月・12月

小樽川柳社
①〒047-0021 小樽市入船2-23-3③斎藤はる香④川柳こなゆき⑤200名⑥昭和23年⑦市民センター(研修室)⑧毎月第2日曜日

川柳あきあじ吟社
①〒006-0812 札幌市手稲区前田二条4-6-13 橋爪まさのり方②011-685-3449③橋爪まさのり④川柳あきあじ⑤70名⑥昭和43年⑦かでる2・7⑧毎月第1日曜日

札幌川柳社
①〒006-0042 札幌市手稲区金山二条3-1-16②011-683-6944③岡崎守④川柳さっぽろ⑤600名⑥昭和33年⑦道民活動振興センター⑧毎月第2日曜日⑨http://www.senryu-daisin.com/⑩senryukyouka@gmail.com⑪主幹を会長に変更(令和2年1月19日)

あつべつ川柳会
①〒004-0011 札幌市厚別区もみじ台東7-8-14③梶原百華④あつべつ川柳会句会報⑤40名⑥平成元年⑦厚別区民センター⑧毎月第1月曜日(1月は休会)⑪あつべつ川柳会事務局 〒004-0002 札幌市厚別区厚別東2条4-3-1 磯松方

北海道川柳研究会
①〒003-0026 札幌市白石区本通19南1-1-705②011-865-4688③塩見一釜④道産子⑤400名⑥昭和49年⑦かでる2・7(勉強会)⑧毎月第3日曜日

はちのへ川柳社

①〒039-1101 八戸市尻内町字鴨ケ池108-6 瀧尻善英方②0178-23-3432③瀧尻善英④うまっこ⑤60名⑥昭和8年⑦八戸市立長者公民館⑧毎月第2土曜日13時半⑨hachinohe_taki@yahoo.co.jp⑪同人会員はふあうすと、川柳研究等の柳誌へも投句、研鑽

川柳触光舎

①〒038-0004 青森市富田2-7-43②017-782-1447③野沢省悟④触光⑤90名⑥平成19年

川柳岩木吟社

①〒037-0016 五所川原市一ツ谷522-5 沢田百合子方②0173-34-3698③佐藤ぶんじ④いわき⑤20名⑥昭和12年⑦五所川原市中央公民館⑧毎月第3金曜日

川柳塔みちのく

①〒036-8275 弘前市城西1-3-10(事務局)②0172-36-8605(事務局)③福士慕情(事務局・稲見則彦)④川柳塔みちのく⑤30名⑥昭和63年⑦御幸町「大成小学校地域交流室」⑧原則として毎月第3土曜日

弘前川柳社

①〒036-8227 弘前市桔梗野3-3-3②0172-34-3392③千島鉄男④川柳林檎⑤250名⑥昭和10年⑦ヒロロ多世代交流室⑧毎月第3土曜日

黒石川柳社

①〒036-0533 黒石市大字二双子字十川46-2②0172-52-5935③三浦蒼鬼④川柳くろいし⑤18名⑥昭和51年⑦西部地区センター⑧毎月第4土曜日

おかじょうき川柳社

①〒030-1212 東津軽郡蓬田村大字阿弥陀川字汐干43-3②0174-27-2008③むさし④月刊おかじょうき⑤90名⑥昭和26年⑦青森市民ホール⑧毎月第1土曜日⑨http://www.okajoki.com/

久慈川柳社

①〒028-7906 九戸郡洋野町中野3-15-15②0194-67-2249③柳清水広作④川柳北光⑤27名⑥昭和45年⑦久慈市「道の駅」⑧第3火曜日

いわて紫波川柳社

①〒028-3309 紫波郡紫波町北日詰大日堂18-2②019-676-3751③熊谷岳朗④せんりゅう紫波⑤120名⑥昭和58年⑦紫波町赤石公民館⑧年3回2・7・12月

川柳原生林社

①〒028-3307 紫波郡紫波町桜町三本木31-10②019-672-1090③澤田文朋④川柳原生林⑤120名⑥昭和52年⑦四つ家町公民館⑧毎月第1水曜日

花巻川柳会

①〒025-0315 花巻市二枚橋町南1-76②0198-26-2609③あべ和香④川柳はなまき⑤約40名⑥昭和46年⑦花巻市内各地公民館⑧毎月1回⑪令和2年3月号で570号

水沢川柳会

①〒023-0842 奥州市水沢真城が丘2-8-2 佐藤一夫方②0197-24-8783③角掛往来児④水沢川柳会句会報⑤約20名⑥昭和51年⑦水沢区後藤伯記念公民館⑧毎月第3土曜日

川柳人社

①〒023-0402 奥州市胆沢小山字斎藤104-1②0197-47-1071③佐藤岳俊④川柳人⑤80名⑥明治38年

胆沢川柳会

①〒023-0402 奥州市胆沢小山字龍ヶ馬場13-10②0197-24-9307③角掛往来児④胆沢川柳会報⑤25名⑥昭和48年⑦胆沢文化創造センター（会議室）

全国川柳結社一覧

宮城県

せんりゅう弥生の会

①〒989-0224 白石市字北無双作4-20②0224-26-1618③西恵美子④せんりゅう弥生⑤7名⑥平成10年⑦白石市中央公民館⑧毎月第3金曜日

川柳けせんぬま吟社

①〒988-0064 気仙沼市九条494-15 谷かすみ方②0226-22-4821③橋おさむ④川柳けせんぬま⑤20名⑥昭和50年頃⑦気仙沼市中央公民科条南分館⑧毎月第2日曜日

川柳ふうせん座

①〒986-0857 石巻市築山3-7-72②080-1851-9870③飯田駄骨④川柳ふうせん⑤20名⑥平成6年⑦石巻市中央公民館⑧毎月第3日曜日

塩釜川柳会「はっとせ」

①〒985-0076 塩釜市長沢町6-8②022-362-1995③吾妻久岳④はっとせ⑤21名⑥平成4年⑦塩釜公民館⑧第4日曜日

岩切川柳会

①〒983-0821 仙台市宮城野区岩切字洞ノ口東7-3②022-255-7154③戸田信④たかもり⑤18名⑥平成17年⑦みやぎ生協岩切店⑧毎月第1月曜日

黒川川柳会

①〒981-3626 黒川郡大和町吉岡南1-22-10②022-345-4267③織田寿④川柳くろかわ⑤8名⑥昭和29年⑧句会は行なわない

仙台市民川柳会

①〒981-0923 仙台市青葉区東勝山3-26-26②022-219-7423③仁多見千絵④広瀬川⑤40名⑥昭和42年⑦市内各所⑧第1月曜日

川柳宮城野社

①〒980-0011 仙台市青葉区上杉2-4-8 朝日プラザ上杉607②022-227-0575③雫石隆子④川柳宮城野⑤700名⑥昭和22年⑦本社句会アエル28F⑧「宮城野」誌は川柳道場。

川柳マガジンクラブ仙台句会

①〒537-0023 大阪市東成区玉津1-9-16 4F新葉館内②06-4259-3777③世話人・佐藤岩嬉・佐藤安子・島文庫(〒984-0826 仙台市若林区若林3-15-1佐藤岩嬉方 TEL 022-285-9479)④川柳クラブ⑤13名⑥平成21年⑦仙台市太白区中央市民センター⑧原則第3土曜日

川柳グループ柳山泊

①〒018-1856 南秋田郡五城目町下山内字深堀78-2 ②018-852-9568③大石一枠④きらぼし⑤40名⑥平成23年⑦寒坊庵⑧毎月第4土曜日

川柳すずむし吟社

①〒018-1724 南秋田郡五城目町東磯ノ目1-7-11②018-852-2430③渡辺松風④川柳すずむし⑤300名⑥昭和10年⑦五城目朝市ふれあい館⑧毎月20日

川柳銀の笛吟社

①〒010-0973 秋田市八橋本町4-3-18②018-864-3782③長谷川酔月④銀の笛⑤140名⑥平成6年⑦あきた文学資料館⑧毎月第2日曜日⑨http://www6.plala.or.jp/ginnofue07/⑪あくまでも趣味としての「肩の凝らない川柳を!」をモットーにしている

長井川柳会

①〒993-0035 長井市時庭2570-1②0238-88-2478③安藤邦子④川柳足近⑤12名⑥大正9年⑦長井市伊佐沢地区公民館⑧毎月第4週

川柳米沢松川吟社

①〒992-0057 米沢市成島町2-1-79②0238-22-1406③山口まもる④川柳「まつかわ」⑤18名⑥大正14年⑦置賜総合文化センター⑧毎月第4日曜日午後⑨http://yonezawanet.jp/⑩sf@gsdesign.co.jp

川柳べに花クラブ

①〒990-2305 山形市蔵王半郷455-11②023-688-6045③青木土筆坊④川柳べに花⑤150名⑥昭和32年⑦山形市中央公民館⑧毎月第2日曜日

野馬追の郷川柳会

①〒976-0023 相馬市和田字中迫117-4②0244-38-7090③横山昌利⑤18名⑥平成14年⑦飯豊公民館⑧毎月第4土曜日⑪農家の方が中心

平川柳会

①〒973-8408 いわき市内郷高坂町1-12-1②0246-26-4328③先﨑正三④平川柳会会報⑤11名⑥昭和35年⑦いわき市文化センター⑧毎月第2日曜日

郡山川柳会（福島県）

①〒963-8862 郡山市菜根3-14-2②024-933-6524③鈴木英峰④郡山川柳広場⑤20名⑥昭和27年⑪句会は開催せず月1回の投句のみ

川柳連峰社

①〒963-8025 郡山市桑野2-35-11②090-7529-7074③山田昇④川柳連峰⑤85名⑥平成15年7月⑦連峰サロン⑧毎月第1火曜・第1水曜・第1金曜・第3水曜・第3木曜日⑨noboru-renpoh@email.plala.or.jp

川柳能因会

①〒961-0836 白河市みさか1-12-6③駒木香苑④能因⑤80名⑥昭和2年⑦マイタウン白河⑧不定期

福島日輪川柳社

①〒960-8253 福島市泉字清水内18-11②024-558-8053③熊坂よし江④川柳にちりん⑤25名⑥昭和48年⑦福島市清水学習センター分館⑧毎月第1月曜日

川柳マガジンクラブ茨城句会

①〒537-0023 大阪市東成区玉津1-9-16 4F新葉館内②06-4259-3777③世話人・太田紀伊子・葛飾凡斎・石渡静夫（〒301-0042 龍ヶ崎市長山5-17-6 太田方）④川柳クラブ⑥平成19年⑦取手市立福祉会館⑧毎月第4月曜日

川柳ひたち野社

①〒316-0034 日立市東成沢町3-6-25②0294-37-2629③植木利衛④川柳ひたち野⑤70名⑥昭和50年⑦日立市民会館⑧毎月第4土曜日

神栖川柳会

①〒314-0144 神栖市大野原4-8-35-10②090-2348-5917③立元睦男⑤18名⑥平成20年⑦神栖市中央公民館⑧毎月第3木曜日⑪龍ヶ崎川柳連盟会長太田紀伊子先生指導。市芸術祭展示部門出展

鹿行川柳会
①〒314-0012 鹿嶋市平井1185-85②0299-82-8706③栗原勇④鹿行川柳会年度句集⑤10名⑥平成19年⑦茨城県鹿行生涯学習センター⑧第1土曜日⑪会員句集を年1回発行

しろさと川柳会
①〒311-4302 東茨城郡城里町那珂西2122②029-288-4508③丹下節子④しろさと⑤15名⑥平成19年⑦コミュニティーセンター城里⑧毎月第3木曜日

水戸川柳会
①〒311-4152 水戸市河和田2-2222-10②029-252-9233③佐瀬貴子④川柳みと⑤20名⑥昭和45年⑦交流サルーンいばらき⑧毎月第1金曜日

那珂川柳会
①〒311-0111 那珂市後台3124-6②029-298-6821③髙橋昌也④川柳那珂⑤18名⑥平成23年⑦総合保険福祉センター「ひだまり」⑧毎月第3土曜日⑩fwkn7097@mb.infoweb.ne.jp

さくら川柳会
①〒306-0221 古河市駒羽根1067-3 鈴木方②0280-92-3371③鈴木忠利④さくら（現在、第31集）⑤10名⑥平成17年⑦さくら公民館⑧毎月第2・4金曜日

川柳一火会
①〒306-0034 古河市長谷町50-4②0280-22-2772③髙橋瑛④句集まくらが（年刊）⑤10名⑥平成19年⑦古河市文学館⑧毎月第1火曜日⑩tkhs@rcctv.jp

許我川柳会
①〒306-0024 古河市幸町3-2②0280-32-9747③山荷喜久男④川柳許我⑤11名⑥平成16年⑦古河文学館⑧毎月第3木曜日⑪近県川柳大会、合同句集（各年1回）

取手川柳会
①〒302-0013 取手市台宿2-7-56②0297-72-0310③石塚流川④取手川柳会会報⑤11名⑥平成18年⑦取手福祉会館⑧毎月第3金曜日

龍ケ崎雪柳川柳会
①〒301-0855 龍ヶ崎市藤ヶ丘5-1-43②0297-64-0291③矢野義雄⑤17名⑥昭和49年⑦龍ヶ崎中央図書館⑧毎月第2火曜日⑪図書館の都合で変更あり

龍ケ崎川柳会
①〒301-0042 龍ケ崎市長山5-17-6②0297-66-1293③太田紀伊子④川柳りゅうがさき⑤40名⑥平成29年⑦龍ケ崎中央図書館⑧毎月第1火曜日

つくば牡丹柳社
①〒300-1264 つくば市泊崎193-2②029-876-0086③片野晃一④川柳白牡丹⑤135名⑥平成8年⑦茎崎交流センター⑧毎月第2土曜日

つくばね番傘川柳会
①〒300-1256 つくば市森の里73-2②029-876-2446③江崎紫峰④川柳つくばね⑤50名⑥平成元年⑦牛久エスカード⑧毎月第2日曜日

土浦芽柳会
①〒300-0848 土浦市西根西1-11-12②029-843-3569③堤丁玄坊④川柳芽柳⑤30名⑥平成12年⑦土浦市四中公民館⑧毎月第2木曜日

９９９土浦川柳会
①〒300-0341 稲敷郡阿見町うずら野1-40-19 手塚方②029-842-7522③手塚好美④999土浦川柳会⑤20名⑥1999年⑦土浦うらら（茨城県南生涯学習センター）⑧第1日曜日

牛久川柳会
①〒300-0032 土浦市白鳥町978-128②029-832-2289③石原昭④牛久川柳句会報⑤15名⑥平成14年⑦牛久市中央生涯学習センター⑧毎月第3水曜日

全国川柳結社一覧

栃木県

不二見川柳社

①〒328-0014 栃木市泉町18-18②0282-22-0437&0282-23-2298③渡辺裕司④川柳不二見⑤30名⑥昭和12年⑦栃木市旭町文化会館3F会議室⑧毎月第1日曜日⑪昭和2年、前田雀郎句碑第1号を同社が栃木市・太平山に、平成18年第2号を栃木市山車会館に建立

かぬま川柳会

①〒322-0072 鹿沼市玉田町382-29②0289-62-5700③松本とまと④川柳かぬま⑤31名⑥平成12年⑦鹿沼情報センター⑧毎月第3日曜日⑩tomato1234@bcq.jp

川柳綿の花吟社

①〒321-4364 真岡市長田431-73②0285-82-5091③吉田三郎④綿の花⑤25名⑥昭和49年⑦真岡市公民館⑧毎月第2日曜日

下野川柳会

①〒321-0942 宇都宮市峰2-13-12②028-633-1079③刑部仙太④川柳しもつけ⑤100名⑥慶応3年（1867）⑦宇都宮市中央生涯学習センター⑧毎月第1日曜日⑪2002年1月、1600号記念大会開催・合同句集「夢一句」発行、2017年3月「下野川柳会創立150年記念誌」発行、2018年9月「1800号記念誌」（合併号）発行

川柳研究会「鬼怒の芽」

①〒321-0226 下都賀郡壬生町中央町16-18②0282-82-1400③三上博史④鬼怒の芽⑤10名⑥平成9年⑦宇都宮市中央生涯学習センター⑧毎月1回（土曜または日曜）⑪自作を持ち寄り合評・勉強会

宇都宮川柳会

①〒321-0151 宇都宮市西川田町1059②028-658-6084③武田一歩④川柳宇都宮⑤60名⑥昭和30年⑦宇都宮中央公民館西分館⑧毎月第3土曜日⑪互選句会の実施

全国川柳結社一覧

群馬県

川柳マガジンクラブ高崎句会

①〒537-0023 大阪市東成区玉津1-9-16 4F新葉館内②06-4259-3777③世話人・勢藤潤・河合笑久慕（〒379-2144 前橋市下川町45-3 勢藤方）④川柳クラブ⑥平成30年⑦高崎市労使会館⑧毎月第2土曜日

川柳きりゅう吟社

①〒379-2313 みどり市笠懸町鹿4462-14②0277-30-8151③亀山夕樹子④川柳きりゅう⑤12名⑥昭和52年⑦桐生市中央公民館⑧毎月第2日曜日

川柳さろんＧｕｎｍａ

①〒379-2301 太田市藪塚町2115-4②0277-78-3701③河合笑久慕⑤25名⑥平成22年⑦群馬県社会福祉総合センター⑧毎月第4日曜日（原則）⑩ekubotakao@yahoo.co.jp⑪会員制ではなく、出入自由の"つどい"の場

前橋川柳会
①〒379-2143 前橋市新堀町64-2②027-265-2029③田中寿々夢④川柳まえばし⑤33名⑥昭和55年⑦生涯学習センター⑧毎月第1水曜日

上州時事川柳クラブ
①〒377-0805 吾妻郡東吾妻町植栗922-2②0279-68-2901③黒崎和夫④上州時事川柳クラブ会報⑤50名⑥平成6年⑦ホテルメトロポリタン高崎⑧年1回⑪毎月誌上句会(互選)

相生川柳会(群馬県)
①〒376-0011 桐生市相生町3-178-19②0277-54-4123③松井賢一④あいおい川柳⑤7名⑥平成6年⑦桐生市相生公民館⑧毎月第1・3金曜日

太田市川柳協会
①〒373-0844 太田市下田島町1243-65②0276-31-0887③原名幸雄④川柳太田⑤26名⑥平成2年⑦太田市社会教育総合センター⑧毎月第4土曜日⑪毎年1回「太平記の里」全国川柳大会開催

川柳竹柳会
①〒370-2132 高崎市吉井町吉井297②027-387-2418③荻原亜杏④竹柳苑⑤8名⑥昭和23年⑦高崎市吉井公民館⑧毎月第2木曜日

明日香川柳社
①〒369-1102 深谷市瀬山21-9②048-583-3093③てじま晩秋④明日香句会報⑤16名⑥平成7年

川柳空っ風吟社
①〒366-0041 深谷市東方3676-17②048-573-7452③酒井青二④川柳空っ風⑤70名⑥平成21年⑦深谷公民館⑧毎月第2日曜日

熊谷川柳三昧会
①〒360-0803 熊谷市柿沼920-1②048-521-3728③四分一周平④ざんまい⑤12名⑥昭和41年⑦熊谷荒川公民館⑧毎月第4土曜日⑪席題は二人選。

埼玉川柳社
①〒359-0004 所沢市北原町870-5-1206②04-2995-5092③願法みつる④川柳雑誌さいたま⑤100名⑥昭和33年⑦さいたま文学館⑧毎月第1日曜日

東松山新柳会
①〒355-0026 東松山市和泉町7-46②0493-22-2210③國嶋武④あすなろ⑤50名⑥昭和35年⑦松山市民活動センター⑧毎月第4日曜日⑪年1回川柳大会を月第4日曜日に開催

ノエマ・ノエシス
①〒351-0115 和光市新倉1-22-70②048-462-0433③高鶴礼子④ノエマ・ノエシス⑤150名⑥平成17年⑦首都圏10か所(教室)⑧毎月第1、2、3土曜、第1日曜、第1金曜、第4金曜、第3火曜、水曜、木曜日。1、5、9月サロン・ド・ノエノエ。不定期で祭座。⑩noenoe05@cube.ocn.ne.jp

初雁川柳会
①〒350-0275 坂戸市伊豆の山町4-10②049-282-2717③木崎栄昇④初雁川柳⑤45名⑥昭和12年⑦川越市中央公民館⑧毎月第4土曜日

蓮田川柳の会
①〒349-0115 蓮田市蓮田4-136-2②048-764-2760③熊谷則男⑤12名⑥平成12年⑦蓮田市中央公民館⑧第1・第3水曜日

佐知川川柳教室
①〒331-0811 埼玉県さいたま市北区吉野町2-29-20③吉永真人④佐知川川柳教室会報⑤28名⑥平成3年⑦馬宮コミュニティセンター⑧毎月第4土曜日⑪毎年、合同句集『幸』を発行

川柳雑誌「風」発行所
①〒330-0834 さいたま市大宮区天沼町1-666-7②048-642-1366③佐藤美文④川柳雑誌「風」⑥平成9年⑪個人誌

大宮川柳会
①〒330-0834 さいたま市大宮区天沼町1-666-7②048-642-1366③佐藤美文④大宮川柳⑤22名⑥昭和52年⑦生涯学習センター⑧毎月第4木曜日

千葉県

矢那川吟社
①〒292-0815 木更津市大久保4-3-10②0438-36-9487③藤沢健二④川柳矢那川会報⑤15名⑥戦後間もなく⑦木更津市桜井公民館⑧毎月第2日曜日⑩ken2f@jcm.home.ne.jp

わかしお川柳会
①〒289-1104 八街市文違132-85②043-375-1905③柴垣一④わかしお⑤30名⑥昭和49年⑦千葉中央コミュニティーセンター⑧毎月第4日曜日

からたち川柳会
①〒285-0831 佐倉市染井野7-27-5②043-461-2180③及川竜太郎④からたち川柳会会報⑤25名⑥昭和55年⑦四街道市公民館（中央）⑧毎月第3土曜日

うらやす川柳会
①〒279-0026 浦安市弁天2-17-6②047-352-9037③佐藤公江⑤23名⑥平成21年⑦浦安市中央公民館⑧毎月第4金曜日

川柳会・新樹
①〒277-0033 柏市増尾7-4-9 佐竹明吟方②04-7174-1847③川崎信彰④新樹⑤30名⑥平成9年⑦藤心近隣センター⑧毎月第3土曜日⑪平成年2月「柏陵川柳会」発足。平成13年4月「川柳会・新樹」と改名

悠遊川柳会
①〒276-0046 八千代市大和田新田59-101②047-450-5835③岩波敬祐④せんりゅう悠遊⑤24名⑥平成6年⑦八千代市福祉センター⑧毎月第4火曜日

八千代鶏鳴川柳会
①〒276-0043 八千代市萱田2215-15②047-482-4350③鈴木みち子④鶏鳴⑤35名⑥昭和45年⑦八千代台東南公共センター⑧毎月第2月曜日

あすなろ川柳会（千葉県）
①〒276-0033 八千代市八千代台南2-23-7②0474-82-4206③堀江加代⑤23名⑥平成元年⑦勝田台公民館⑧毎月第1月曜日

川柳新潮社
①〒274-0814 船橋市新高根2-11-11②047-469-7268③川口雅生④川柳新潮⑤80名⑥昭和38年⑦市川公民館⑧毎月第3日曜日⑪大会は毎年11月（詳細はチラシにて）

東葛川柳会

①〒270-1108 我孫子市布佐平和台5-11-3 江畑方②03-3896-7057 五月女方③江畑哲男④川柳ぬかる道⑤約450名⑥昭和62年⑦柏市中央公民館他⑧毎月第4土曜日⑨http://tousenkai.cute.coocan.jp/⑪「楽しく学ぶ」をモットーに、年2回（春秋）大会開催。川柳界内外から講師を招く。情報満載のホームページ。地域の文化団体との交流や生涯学習機関との連携を重視している

千葉番傘川柳会

①〒270-0034 松戸市新松戸2-147②047-346-5735③宗吉みちお④千葉番傘⑤25名⑥昭和63年⑦千葉市高洲コミュニティセンター⑧毎月第2土曜日

千葉北川柳会

①〒262-0045 千葉市花見川区作新台8-1-1-212②043-258-6255③勝畑五楽④千葉北川柳会瓦版⑤18名⑥平成13年⑦千葉市花見川公民館⑧毎月第2木曜日

川柳マガジンクラブ十四字詩句会

①〒537-0023 大阪市東成区玉津1-9-16 4F新葉館内②06-4259-3777③世話人・井手ゆう子（〒179-0081東京都練馬区北町6-37-18）⑤16名⑥平成20年⑦北とぴあ⑧奇数月開催（原則第4水曜日）

川柳マガジンクラブ東京句会

①〒537-0023 大阪市東成区玉津1-9-16 4F新葉館内②06-4259-3777③世話人・松橋帆波・植竹団扇（〒125-0061東京都葛飾区亀有1-13-1-407 松橋方）⑤16名⑥平成18年⑦駒込学園⑧奇数月開催（原則第4水曜日）

東京みなと番傘川柳会

①〒350-0241 埼玉県坂戸市鶴舞4-21-27②049-283-7928③青木薫④川柳港⑤210名⑥昭和39年⑦東京都港区白金いきいきプラザ⑧毎月第1日曜日

とうきょうと川柳会

①〒271-0068 千葉県松戸市古ヶ崎3-3408-12②047-368-6380③松尾仙影④都庁川柳⑤50名⑥平成4年⑦東京都交友会（都庁川柳部合同）⑧毎月第3木曜日昼・夜⑪「三笠賞」顕彰事業・「震災追悼合同句集」・「あきはばら10人合同句集」・「するがだい10人合同句文集」・「とちのき合同句集」・「男坂おんな坂」・「神楽坂」・「にほんばし合同句集」

印象吟句会 銀河

①〒271-0064 千葉県松戸市上本郷386-1-306②047-368-4715③島田駱舟④銀河⑤160名⑥平成12年⑦中央区立堀留町区民館⑧毎月第2土曜日

くじら川柳

①〒196-0025 昭島市朝日町1-5-7②042-541-6026③鷹取淳弘⑤10名⑥平成5年⑦昭島公民館⑧毎月第1月曜日

のぞみ川柳会

①〒193-0832 八王子市散田町2-31-3②042-665-3172③播本充子④川柳のぞみ⑤110名⑥平成23年2月⑦銀座区民館⑧年4回（2・5・8・11月）第4火曜日⑪23年2月（16年2月創立の「川柳塔のぞみ」を改称）

東京都

読売多摩川柳クラブ
①〒190-0162 あきる野市三内678-10②042-596-1725③市川一④川柳さわやか⑤70名⑥昭和59年⑦読売新聞立川支局⑧第2土曜日

川柳きやり吟社
①〒184-0004 小金井市本町3-14-5②042-383-1406③竹田光柳④川柳きやり⑤約130名⑥大正9年⑦台東区民会館⑧毎月第1土曜日

川柳こぶし吟社
①〒177-0034 練馬区富士見台4-28-8②03-3970-0961③澤幡勝男④例会報⑤30名⑥昭和62年⑦石神井公園区民交流センター⑧第1・第3水曜日⑪会員常時募集中

川柳やまびこ
①〒177-0031 練馬区三原台3-25-1②03-6318-0019③永井天晴⑤20名⑥平成24年5月⑦石神井庁舎5F会議室⑧毎月第4月曜日18時～

川柳成増吟社
①〒175-0083 板橋区徳丸4-14-6 植竹方②03-3934-4820③植竹団扇⑤20名⑥平成9年⑦板橋区成増社会教育会館⑧毎月第2・第4木曜日

大原川柳会
①〒174-0043 板橋区坂下1-35-24-504 高岡方②03-3558-1594③村木利夫④会報（川柳はいふう）⑤15名⑥昭和60年5月⑦まなポート大原⑧毎月第1水曜日⑩info@doctor-senryu.com⑪指導：尾藤川柳

東京池袋川柳会
①〒170-0005 豊島区南大塚3-34-6南大塚エースビル2F②090-9817-2983③平井熙④川柳いけせん⑤30名⑥平成20年⑦東京芸術劇場（池袋）⑧第3日曜日⑨tokyo-ikesen3.jae-hp.jp⑩h.hirai@j-eagles.co.jp

北新川柳会
①〒169-0074 新宿区北新宿1-30-15-202②03-3361-6993③碓井宇宙④北新川柳会入選句集（毎年）・北新川柳会記念句集（5年毎）⑤20名⑥平成3年7月⑦北新宿生涯学習館⑧毎月第2・第4水曜日⑪第2は会員同志の勉強会、第4は佐藤朗々先生指導

川柳春朗会
①〒167-0054 杉並区松庵1-4-19②03-5370-3822③嶌根一夫④例会報発行のみ⑤12名⑥平成13年⑦西荻区民センター⑧第2・第4土曜日⑪会員常時募集中

川柳白帆吟社
①〒165-0034 中野区大和町4-31-11②090-1733-0969③上村脩④川柳白帆⑤約50名⑥昭和22年⑦大井町きゅりあん⑧毎月第2土曜日

九品仏川柳会
①〒158-0083 世田谷区奥沢5-18-6②03-3723-7375③速川美竹④九品仏川柳会句会報⑤約20名⑥2002年⑦世田谷区福祉園⑧原則第4土曜日

川柳レモンの会
①〒158-0083 世田谷区奥沢5-18-6②03-3723-7375③速川美竹④檸檬⑤20名⑥平成4年⑦世田谷区奥沢中和会館⑧毎月第4（12月のみ第3）木曜日

東都川柳長屋連
①〒154-0012 世田谷区駒沢2-30-1 安藤紀楽方②03-3410-3090③廣島英一④川柳ながや⑤店子25名⑥昭和21年⑦月番持ち回り⑧主に第4火曜日

川柳サロン
①〒154-0012 世田谷区駒沢2-30-1 ②03-3410-3090③安藤紀楽④川柳サロン会報⑤40名⑥平成4年⑦東京都中小企業会館（銀座）⑧毎月第3土曜日⑪勉強のできる句会

川柳研究社

①〒154-0012 世田谷区駒沢2-30-1②03-3410-3090③安藤紀楽④川柳研究⑤500名⑥昭和5年⑦駒込学園視聴覚教室⑧毎月第3日曜日⑪創立者は川柳6巨頭の1人である川上三太郎

川柳白梅会

①〒145-0064 大田区上池台3-39-14②03-3729-1841③近江あきら④白梅（隔月刊）⑤30名⑥昭和53年⑦大田区生活センター⑧毎月第2日曜日

短詩サロン

①〒142-0063 品川区荏原1-4-15②03-3783-3271③吉田健治④短詩サロン⑤60名以上⑥平成元年⑦新宿・家庭クラブ会館⑧奇数月第4日曜日⑪現在休刊中

江戸川区川柳作家連盟

①〒133-0061 江戸川区篠崎町4-17-9 福井方②03-3679-5035③福井勲④川柳江戸川⑤70名⑥昭和33年⑦西小岩町営上一色会館他3ヵ所⑧毎月第4日曜日他⑪江戸川区文化川柳大会、江戸川合同句集（夏・冬）

川柳曳舟まんぼう

①〒131-0042 墨田区東墨田1-5-3 小木曽方②090-8114-9594③こぎそせいぞう⑤10名⑥平成16年⑦すみだ学習センター（または自宅事務所）⑧毎月第1、3月曜日

すみだ川柳会

①〒131-0032 墨田区東向島2-45-9②03-3610-3691③大貫友康④すみだ川柳会報⑤12名⑥平成9年⑦ユートリヤ（すみだ生涯学習センター）⑧毎月第1、第3金曜日⑪句会は午後から。8月は休会

川柳向島

①〒125-0061 葛飾区亀有1-4-3-301②03-3838-3554③中嶋修④川柳向島（旬報）⑤60名⑥昭和48年⑦寺六中央町会館⑧毎月第1火曜日⑪伝統の良さを遵守。年1回合本発行

川柳かつしか吟社

①〒124-0006 葛飾区堀切3-20-1②03-3697-6537③田中八洲志④かつしか⑤70名⑥昭和23年⑦堀切地区センター⑧毎月第1日曜日

葛飾川柳連盟

①〒124-0006 葛飾区堀切3-20-1②03-3697-6537③田中八洲志④葛飾川柳連盟会報⑤94名⑥昭和55年⑧年1回

足立川柳会

①〒120-0013 東京都足立区弘道1-21-22②03-5681-1390③大野征子④足立川柳⑤38名⑥昭和56年⑦足立区立中央南地域集会場2F⑧毎月第3土曜日⑪地域の川柳結社としての確立を高め、川柳の普及向上につとめている

川柳公論社

①〒114-0005 北区栄町38-2②03-3913-0075③尾藤川柳（十六代）④川柳はいふう⑤150名⑦東京周辺で研究・勉強会⑧昭和50年5月⑨http://www.doctor-senryu.com⑩info@doctor-senryu.com⑪Web川柳博物館を公開

川柳あすか

①〒114-0005 北区栄町38-2 尾藤方②03-3913-0075③岡本直峯④川柳あすか⑤30名⑥平成25年4月⑦北とぴあ⑧毎月第3土曜日⑩sawako.as.m@gmail.com⑪指導：尾藤川柳

文京川柳会

①〒113-0034 文京区湯島3-18-10-701②03-6755-3755③堤牛歩④文京川柳会会報⑤30名⑥平成21年6月⑦文京区民センター⑧第3水曜日⑪3月に文京フェア、10月に8世川柳忌

東京都

東京番傘川柳社

①〒112-0014 文京区関口1-23-6-814 中島方②03-3268-1284③中島和子④川柳東京⑤200名⑥昭和14年⑦文京区民センター⑧毎月上旬

台東川柳人連盟

①〒111-0041 台東区元浅草4-4-17-202③内田博柳（理事長）④川柳新堀端・川柳うえの・日韓国際川柳会・千柳会等⑤70名⑥昭和26年⑦阿部川会館・教育センター等⑩

川柳新堀端

①〒111-0031 台東区千束1-19-4②03-3873-0489③伊藤睦子④川柳新堀端⑤30名⑥昭和30年⑦阿部川会館⑧毎月第1月曜日

川柳あゆつ吟社

①〒259-1111 伊勢原市西富岡1356②0463-94-6609③瀬戸一石④鮎⑤50名⑥戦後間もなく⑦厚木市勤労会館⑧毎月第2土曜日⑪毎年月の第2日曜に川柳大会を開催

二宮川柳会

①〒259-0123 中郡二宮町二宮503-1②0463-73-2807③原新平④二宮川柳会句集⑤15名⑥平成7年⑦ラディアン⑧毎月第2日曜日⑩shinhara@sky.bbexcite.jp

六会川柳会

①〒252-0812 藤沢市西俣野71 森方②0466-81-3518③小野敬子⑤12名⑥昭和63年⑦六会公民館⑧毎月第2・第4火曜日⑪会員募集中

海老名　川柳天馬

①〒243-0406 海老名市国分北1-14-26-202 やまぐち方②090-2148-7422③やまぐち珠美④海老名 川柳天馬会報⑤29名⑥平成29年⑦海老名市文化会館⑧毎月第1木曜日

白根川柳会

①〒241-0004 横浜市旭区中白根3-6-20②045-951-2872③小中隆④白根川柳会合同句集⑤15名⑥2007年4月⑧第2水曜日（9時）⑩shi.geo2@vesta.ocn.ne.jp⑪「二宮茂男川柳の部屋」（HP）

川柳路吟社

①〒238-0006 横須賀市日の出町1-16 ハイネス401②046-825-5701③木村紀夫④川柳「路」⑤90名⑥昭和22年⑦神奈川県民センター⑧毎月第3月曜日

川柳友の会

①〒233-0011 横浜市港南区東永谷3-49-12②045-823-3290③斉藤禮義④川柳友の会「会報」⑤18名⑥昭和54年⑦フォーラム南太田（横浜市南区南太田1-7-20）⑧毎月第2水曜日⑪金子美知子氏指導の会。会費1,000円／月

川柳みちしお吟社

①〒221-0864 横浜市神奈川区菅田町1018-19③川原隆泉④川柳みちしお吟社⑤31名⑥平成7年⑦ユートピア青葉⑧毎月第4日曜日

川柳黒潮吟社

①〒212-0012 川崎市幸区中幸町4-12②044-511-7481③野村克己④川柳くろしお⑥昭和32年⑦野毛地区センター⑧毎月第4土曜日⑩rta09599@nifty.com

塩山川柳協会

①〒404-0042 甲州市塩山上於曽748-2②0553-33-2801③田口裕人

川柳ひがし吟社

①〒400-0862 甲府市朝気2-3-8②055-235-5572③矢野勝美⑤10名⑥昭和57年⑦甲府市勤労者福祉センター⑧毎月10日までに

甲府市役所川柳部

①〒400-0851 甲府市住吉4-3-34八巻方②0552-32-6239③八巻昭⑤10名⑥昭和48年

川柳甲斐野社

①〒400-0502 南巨摩郡富士川町最勝寺828-4②0556-22-3022③井上信太朗④川柳甲斐野⑤300名⑥昭和55年⑦甲府市中央公民館⑧毎月上旬⑪毎年月に「春雨賞」の作品を募集

富士川町文化協会川柳部

①〒400-0502 南巨摩郡富士川町最勝寺828-4②0556-22-3022③井上信太朗④富士川町文化協会川柳部⑤19名⑥昭和45年⑦富士川町町民会館⑧毎月1回⑪新人教室。毎月第1・第3金曜日

新柳会

①〒959-2062 新潟県阿賀野市市野山195-3②0250-62-5937③仁谷敏衛④新柳（年1回）⑤30名⑥昭和55年⑦新潟市総合福祉会館⑧第1、第3土曜日⑪第1土曜日は大野風柳先生の指導日

粟の子川柳会

①〒959-1313 加茂市幸町1-2-5②0256-52-1748③千葉世想児④粟の子川柳大会大会報（年1回発行）⑤10名⑥平成9年⑦加茂市上町コミセン⑧毎月第2日曜日

中越柳壇吟社

①〒959-1284 燕市杣木1245-1②0256-63-3808③江口てるお④中越柳壇⑤58名⑥昭和25年⑦三条市立図書館⑧毎月第4日曜日⑪川柳の句作鑑賞、川柳の質の向上を目指す。多読・多作・多参加が目標

川柳ぶんすい会

①〒959-0124 燕市五千石3245-1②0256-97-3044③吉田甚吾朗④川柳ぶんすい⑤12名⑥昭和34年⑦燕市分水文化センター⑧毎月第2月曜日

川柳さつき会

①〒956-0864 新潟市秋葉区新津本町2-3-23②0250-22-0940③渡辺推歩④川柳さつき（選句・選評をテープに録音）⑤28名⑥昭和58年⑦月岡温泉⑧毎年7月第1日曜日⑪視覚障害者のグループ

新津川柳教室

①〒956-0835 新潟市秋葉区朝日179②0250-24-5618③大矢六郎⑤20名⑥昭和56年⑦新津地域交流センター⑧毎月第3土曜日⑪講師・大野風柳

柳都川柳社

①〒956-0023 新潟市秋葉区美幸町3-4-6②0250-22-2517③大野風柳④柳都⑤800名⑥昭和23年⑦不定⑧年4～5回開催⑪「人間大好き」をテーマに川柳と取り組む

柳都にいがた川柳会

①〒950-0866 新潟市中央区西馬越5-23②025-244-3667③川合笑迷④柳都にいがた⑤50名⑥昭和57年⑦新潟万代市民会館⑧毎月第3木曜日

読売越路時事川柳くらぶ

①〒950-0131 新潟市江南区袋津1-1-27②025-381-6653③丘野旭④川柳うめぼし⑤21名⑥平成16年⑦新潟市万代市民会館⑧奇数月第3火曜日

新潟川柳文芸社

①〒950-0076 新潟市中央区沼垂西2-2-23②025-385-6421③真壁芳朗④川柳にいがた⑤130名⑥昭和44年⑦新潟市中央公民館⑧毎月第3日曜日

川柳人生社

①〒949-3216 上越市柿崎区柿崎671-2③水科利子⑤25名⑥平成10年⑦柿崎中央公民館⑧第3日曜日

川柳信濃川

①〒940-2042 長岡市宮本町3-2433②0258-46-5999③相田柳峰④投句専門誌 川柳信濃川⑤120名⑥平成15年10月⑦自宅

長陵川柳会

①〒940-0853 長岡市中沢2-1079-3②0258-35-9037③野田明夢④川柳長陵⑤25名⑥昭和26年1月⑦まちなかキャンパス⑧毎月第1日曜日

福野川柳社

①〒939-1734 南砺市竹林315 篠島隆方②0763-52-1561③六反日出緒④おっちゃやれ⑤27名⑥昭和38年⑦福野文化創造センター⑧毎月第3日曜日

富山番傘川柳会

①〒939-0245 射水市棚田128②0766-52-0830③門田宣子④山なみ⑤12名⑥昭和59年⑦とやま市民交流館⑧毎月第1月曜日

川柳魚津の会

①〒937-0002 魚津市平伝寺610-3②0765-22-3975③鈴木保子④『川柳えんぴつ』に掲載⑤15名⑥昭和53年⑦魚津市立図書館⑧毎月第2水曜日（1・8月を除く）

氷見川柳会

①〒935-0004 氷見市北大町5-22②0766-74-2872③古川政章④くじら⑤70名⑥昭和32年⑦氷見市加納町公民館⑧毎月第1日曜日⑪wildbanch2@yahoo.co.jp

川柳えんぴつ社

①〒933-0807 高岡市井口本江528-3②0766-24-1394③坂下清④川柳えんぴつ⑤250名⑥昭和30年⑧行なわない⑪岸本水府が社名の名付け親

川柳とんぼの会

①〒930-0884 富山市五福末広町834-22②076-441-8908③古沢康守④川柳えんぴつ⑤12名⑥平成10年⑦高志の国文学館⑧第3月曜日

根上番傘川柳会

①〒929-0112 能美市福島町ヲ29②0761-55-1552③髙塚夏生④「川柳白鳥」に掲載⑤20名⑥昭和48年⑦根上総合文化会館⑧毎月7日(土・日曜はその前後の日)

能登川柳会

①〒926-0817 七尾市藤橋町末部16-8(事務局・山形和子)②0767-53-5351③中山北斗④会報『のと』⑤25名⑥昭和50年⑦七尾市南藤橋町会館⑧毎月第1日曜日

羽咋川柳社

①〒925-0035 羽咋市本町コ34-3②0767-22-2361③西村宜子④あわの穂⑧第2日曜日

蟹の目川柳社

①〒924-0831 白山市藤波1-4-8②076-275-5161③岡本聡④現代川柳蟹の目⑤220名⑥昭和22年⑦金沢此花町公民館⑧毎月第3日曜日

辰口番傘川柳会

①〒923-1247 能美市出口イ55②0761-51-2608③浦 眞④川柳白鳥(番傘加越能川柳社刊)へ合流⑤15名⑥昭和50年⑦辰口町福祉会館⑧毎月10日

こまつ川柳社

①〒923-0303 小松市島町ル118-2②0761-44-2621③福田幹夫④川柳わかまつ⑤48名⑥昭和45年3月1日⑦芦城センター集会室⑧毎月第2土曜日

番傘加越能川柳社

①〒921-8134 金沢市南四十万3-23②076-296-1091③河崎香太郎④川柳白鳥⑤200名⑥昭和43年9月1日⑪柳社としての定例句会はなし。毎月傘下小集で実施

北国川柳社

①〒920-0337 金沢市金石西2-10-30②076-267-0939③今井ひさを④北国川柳社句会報⑤6名⑥昭和44年⑦金沢女性センター⑧毎月第3土曜日

和川柳社

①〒920-0027 金沢市駅西新町3-17-2 岩原方②076-223-4466③岩原茂明④和定例句会報⑤20名⑥1955年⑦金沢市公民館長町館⑧第4日曜日午後⑩zve03156@nifty.com(岩原茂明)

北陸労金福井地区友の会川柳会

①〒918-8135 福井市下六条町24-25-3 山下博方②0776-41-3530③山下博④北陸労金福井支店友の会機関誌『やすらぎ』に掲載⑤9名(最多時12名)⑥平成28年6月15日 ⑦北陸労金福井支店友の会事務所 ⑧毎月第3水曜日(年1回吟行会) ⑩あり⑪会員に国語教員OB、英語教員OGあり。友の会30周年行事等に「川柳会」として参加。

若狭番傘川柳会

①〒917-0232 小浜市東市場43-10-1②0770-56-0723③前川正子④若狭⑤20名⑥昭和42年⑦小浜市中央公民館⑧毎月第3土曜日⑪例会日は変更する場合もあり

若狭湾川柳舎

①〒914-0055 敦賀市鉄輪町1-7-15-2503 森口方②0770-47-6376③みつ木もも花④川柳若狭湾⑤20名⑥平成13年⑦小浜市文化会館⑧毎月第4土曜日

川中島川柳会

①〒381-2233 長野市川中島町上氷鉋919-6②026-284-0554③吉原犀水④川柳かわなかじま⑥平成7年⑦寺町公民館⑧毎月第3土曜日⑪入選作品を長野市民新聞及び週刊長野に掲載ほか、JR川中島駅待合室に掲示PR

川柳の仲間 旬

①〒396-0009 伊那市日影372②0265-72-8014③丸山健三④川柳の仲間 旬⑤7名⑥平成3年⑦伊那公民館⑧毎月第1火曜日（PM6：30～9：00）⑨http://blog.goo.ne.jp/syun-senryu-ina⑩syun372kensan@inacatv.ne.jp

飯田天柳吟社

①〒395-0803 飯田市鼎下山1288②0265-23-8976③曽我秋水④天柳⑤43名⑥昭和28年⑦橋南公民館⑧毎月25日前後の土曜日⑪大会は1月と7月の25日前後の日曜日

川柳キマロキ吟社

①〒389-2413 飯山市照里1831②0269-65-2613③石田一郎④キマロキ⑤30名⑥昭和29年⑦飯山市公民館⑧各支部毎に句会を開催⑪地方紙及びケーブルテレビの川柳壇で川柳を普及

川柳りんどう会

①〒388-8003 長野市篠ノ井小森402-3②026-292-2369③五十嵐立男④りんどう⑤31名⑥平成14年⑦長野市中央隣保館⑧毎月第1、第3月曜日⑪年2回吟行会、顧問石田一郎

川柳六文銭上田吟社

①〒386-0032 上田市諏訪形1228-10②0268-27-9037③佐藤崇子④川柳六文銭⑤70名⑥昭和36年⑦上田市中央公民館⑧毎月第1土曜日

川柳美すゞ吟社

①〒381-0036 長野市平林132-3②026-244-6921③白川清風④美すゞ⑤120名⑥昭和11年⑦長野市もんぜんぷら座⑧毎月第2日曜日

全国川柳結社一覧

岐阜県

岐阜川柳社

①〒502-0859 岐阜市城田寺684-42②058-231-2546③大島凪子④柳宴⑤130名⑥昭和29年⑦岐阜ハートフルスクエアーG⑧毎月上旬

川柳マガジンクラブ静岡句会

①〒537-0023 大阪市東成区玉津1-9-16 4F新葉館内②06-4259-3777③世話人・中前棋人・句ノ一(〒411-0934 静岡県駿東郡長泉町下長窪122-13 中前方)④川柳クラブ⑥平成19年⑦コミュニティながいずみ⑧毎月第1日曜日

浜松川柳社いしころ会

①〒431-1205 浜松市西区協和町106-1②053-487-2167③今田久帆④川柳いしころ⑤145名⑥昭和38年⑦浜松市福祉交流センター⑧毎月第4日曜日(4月12月は第3日曜日)⑩imada@khaki.plala.or.jp⑪誌代6ヶ月分(3000円)以上前納すれば会員

浜松川柳クラブ

①〒431-1205 静岡県浜松市西区協和町106-1②053-487-2167③今田久帆⑤28名⑦浜松あいホール⑧毎月第2日曜日午前9:30～⑩imada@khaki.plala.or.jp

静岡たかね川柳会

①〒420-0949 静岡市葵区与一5-1-2-109②090-4231-0097③松田夕介④川柳たかね⑤150名⑥昭和39年⑦アイセル21⑧毎月第3土曜日⑨http://takane.daa.jp/

下田川柳黒潮吟社

①〒413-0714 下田市北湯ヶ野515-2②0558-28-1000③土屋渓水④川柳黒潮⑤15名⑥昭和22年⑦市民文化会館小会議室⑧毎月第3木曜日

川柳さくら

①〒411-0934 駿東郡長泉町下長窪122-13②055-986-7712③中前棋人⑤14名⑥平成19年⑦コミュニティながいずみ⑧毎月第1日曜日

川柳ともしび吟社

①〒410-3302 伊豆市土肥553-1②0558-98-0337③佐藤灯人④木鶏⑤25名⑥昭和58年⑦伊豆市土肥支所ほか⑧毎月第2金曜日または第2土曜日

作家集団「琳琅」

①〒420-0866 静岡市葵区西草深町22-34 杉山方②054-266-3661③杉山夕祈④現代川柳琳琅⑤250名⑥平成5年⑨https://rinrou.com/⑩yuki_sugi_7877@nifty.com⑪2020年1月、160号より「現代川柳 新思潮」から改名。

名古屋川柳社
①〒488-0827 尾張旭市吉岡町3-10-30②0561-69-2979③杉本憩舟④川柳なごや⑤200名⑥昭和8年⑦大須コミュニティーセンター⑧毎月第3日曜日

岩倉川柳会
①〒482-0042 岩倉市中本町西出口4-13②0587-37-4054③中村志づか④せせらぎ⑤38名⑥昭和55年⑦生涯学習センター内2F第2会議室(サクランド岩倉駅前ビル内)⑧毎月第1日曜日

長瀬川柳会
①〒480-1122 長久手市城屋敷2324②0561-62-0457③山田八郎④なが勢⑤29名⑥昭和43年⑦長久手市役所西庁舎⑧毎月第2日曜日

とうかい柳壇川柳会
①〒477-0032 東海市加木屋町泡池11-301②0562-34-3134③板橋柳子④月刊とうかい⑤30名⑥昭和54年⑦東海市立文化センター⑧毎月第3土曜日

川柳きぬうらクラブ
①〒475-0862 半田市住吉町6-112 ②0569-21-4399③猫田千恵子④きぬうら⑤40名⑥昭和43年⑦半田市福祉文化会館(雁宿ホール)⑧半田句会・毎月第4日曜日／美浜句会・毎月第1日曜日

名古屋番傘川柳会
①〒471-0823 豊田市今町6-15-10②0565-28-6370③重徳光州④川柳めいばん⑤170名⑥昭和6年⑦日本特殊陶業市民会館⑧毎月第1日曜日⑪本格川柳を志向

さざなみ川柳
①〒466-0855 名古屋市昭和区川名本町1-16-2②052-762-0813③浅野滋子④さざなみ⑤30名⑥昭和42年⑦名古屋市東生涯学習センター⑧毎月第3火曜日

川柳那古美
①〒466-0002 名古屋市昭和区吹上町2-30②052-732-6220③木原広志④絆⑤120名⑥平成14年⑦名古屋市内各生涯学習センター他⑧毎月1回各グループごと⑪加盟グループ15社(川柳・絵手紙・絵画含む)。グループ総会年1回6月頃開催・作品発表兼ねる

中日川柳会
①〒457-0038 名古屋市南区桜本町137②052-811-2347③荒川八洲雄④中日川柳⑤300名⑥昭和26年⑦桜華会館⑧毎月第2日曜日⑨http://chunichisenryu.com/

岡崎川柳研究社
①〒444-0874 岡崎市竜美南4-13-6②0564-51-3791③山下吉宣④川柳おかざき風⑤60名⑥昭和26年⑦両町公民館⑧毎月第1土曜日⑪個性尊重。川上三太郎川柳の継承

川柳豊川やしの実会
①〒441-1231 豊川市一宮町栄131②0533-93-5744③福田素純④川柳やしの実豊川⑤30名⑦豊川市代田地区市民館⑧毎月第4土曜日⑩suzuki-futoshi@ccnet-ai.ne.jp

豊橋番傘川柳会
①〒441-1115 豊橋市石巻本町字西浦73②0532-88-0955③鈴木順子④川柳豊橋番傘⑤100名⑥昭和50年⑦豊橋市中部地区市民館⑧毎月第2日曜日

亀山川柳会

①〒519-0142 亀山市天神4-7-11②0595-82-1901③坂倉広美④川柳亀山⑤20名⑥昭和63年⑦亀山市御幸地区コミュニティセンター⑧毎月第2土曜日

名張番傘川柳ふりこ会

①〒518-0479 名張市百合が丘東9-124②0595-64-4056③久保光範④番傘川柳ふりこ⑤15名⑥昭和41年⑦名張総合福祉センター「ふれあい」⑧毎月第1木曜日

せんりゅうくらぶ翔

①〒510-0822 四日市市芝田1-5-25 シティーハイツ佐藤102号②090-7869-1508③松嶌聖一④翔⑤16名⑥平成15年⑦亀山市市民協働センターみらい⑧毎月第4土曜日

四日市川柳会

①〒510-0812 四日市市西阿倉川1641-11②059-332-6028③樋口仁④川柳よっかいち⑤60名⑥昭和46年⑦四日市市文化会館⑧毎月第1日曜日

全国川柳結社一覧

滋賀県

近江川柳会

①〒529-1152 彦根市安食中町166③青木十九郎④川柳近江⑤20名⑥昭和23年⑦彦根市南地区公民館⑧偶数月の第2土曜日⑪平成20年までの名称「盆地川柳会」

びわこ番傘川柳会

①〒524-0043 守山市二町町133-8②077-582-3314③笠川嘉一④川柳びわこ⑤185名⑥昭和29年⑦草津市立まちづくりセンター⑧毎月第1日曜日

全国川柳結社一覧

京都府

宮津番傘川柳会

①〒626-0033 宮津市宮村辻町1144②0772-22-4710(自宅)、0772-22-3412(会社)③大村松石④川柳かさまつ⑤16名⑥大正13年⑦宮津市島崎「歴史の館」⑧奇数月は第2日曜日。偶数月は第2土曜日⑪年1回(6月)吟行会(1泊2日または日帰り)

舞鶴番傘川柳会

①〒625-0083 舞鶴市余部上榎川8-678②0773-63-0191③森本芳月④川柳心種⑤20名⑥1837年⑦毎日新聞舞鶴支局会議室⑧毎月第3日曜日

長岡京川柳会

①〒617-0817 長岡京市滝ノ町2-7-3②075-951-7077③藤井孝作④川柳たけのこ⑤40名⑥平成13年⑦長岡京中央公民館⑧第4土曜日

京都番傘川柳会
①〒616-8124 京都市右京区太秦辻ケ本町18-5 前中知栄方②075-882-2922③前中知栄④川柳御所柳⑤200名⑥昭和5年⑦コープ・イン京都⑧毎月11日

宇治川柳会
①〒611-0029 宇治市天神台3-1-104③広瀬勝博④番茶⑤34名⑥平成21年⑦JR宇治駅前「ゆめりあうじ」⑧毎月第1水曜日

川柳凜
①〒610-1101（事務局）京都市西京区大枝北沓掛町1-5-3-311 こうだ方②075-332-2163③桑原伸吉④凜⑤160名⑥平成12年⑦ラボール京都⑧毎月第4日曜日⑩k-syuusei@spice.ocn.ne.jp

井手川柳会「美玉川」
①〒610-0302 綴喜郡井手町井手里38②0774-82-2190③寺島洋子④美玉川⑤17名⑥平成22年⑦山吹ふれあいセンター⑧毎月第3月曜日⑪少人数で講師の先生も含めて和気あいあいとやっています

川柳グループ草原
①〒606-8306 京都市左京区吉田中阿達町18シオン6号 中野方②075-752-8030③奥山晴生④川柳草原⑤150名⑥平成14年⑦ハートピア京都（京都府立総合社会福祉会館）⑧毎月第2水曜日

楽生会
①〒599-8261 堺市中区堀上町478②072-278-0204③上野楽生④楽生日記⑤50名⑥平成8年⑦句会は行わない⑨http://www.eonet.ne.jp/~rakusyo8823/⑩rakusyo8823@leto.eonet.ne.jp⑪川柳と詩とエッセイで綴る公開日記

岬川柳会
①〒599-0301 泉南郡岬町淡輪3592②072-494-3351③八十田洞庵④岬川柳会⑤35名⑥平成5年⑦岬町淡輪17区ふれあいセンター⑧毎月第3日曜日⑪「岬に川柳の木を育てよう」

岸和田川柳会
①〒596-0824 岸和田市葛城町891-22②072-428-0325③岩佐ダン吉④きしせん⑤40名⑥昭和24年⑦岸和田市立福祉総合センター⑧毎月第3土曜日

堺番傘川柳会
①〒590-0018 堺市堺区今池町6-6-15-602②072-221-5296③岩田明子④川柳ちぬ⑤60名⑥昭和3年⑦東洋ビルディング⑧毎月21日

川柳塔さかい
①〒590-0016 堺市堺区中田出井町3丁 4-31②072-232-4170③村上玄也④川柳塔さかい⑤45名⑥昭和24年頃⑦東洋ビル⑧毎月第2火曜日

プラザ川柳
①〒586-0077 河内長野市南花台4-12-9②0721-65-1077③坂上淳司④プラザ川柳⑤15名⑥平成19年⑦河内長野市南花台ふれあいプラザ⑧毎月第2火曜日

長柳会
①〒586-0041 河内長野市大師町16-8②0721-63-4552③村上直樹④長柳⑤38名⑥平成元年⑦千代田公民館⑧毎月第2・第4金曜日

川柳とんだばやし富柳会
①〒584-0064 富田林市不動ケ丘町8-31②0721-33-5030③山野寿之④富柳会⑤30名⑥昭和25年⑦富田林市中央公民館⑧毎月第1土曜日

西梅川柳会
①〒583-0881 羽曳野市島泉9-11-4②072-953-8700③井上一筒④川柳西梅⑤15名⑥平成21年⑦毎日文化センター⑧毎月第1・第3金曜日

川柳瓦版の会
①〒583-0881 羽曳野市島泉9-11-4②072-953-8700③井上一筒④川柳瓦版⑤100名⑥昭和34年⑦大阪市中央公会堂⑧毎月6日

はびきの市民川柳会
①〒583-0861 羽曳野市西浦6-4-21②072-957-2575③吉村久仁雄④川柳はびきの⑤42名⑥昭和54年⑦羽曳野市立陵南の森公民館⑧毎月第4日曜日

川柳藤井寺
①〒583-0026 藤井寺市春日丘2-8-22②072-952-2023③鴨谷瑠美子④川柳藤井寺⑤55名⑥昭和57年⑦藤井寺市立生涯学習センター⑧毎月第3日曜日

八尾市民川柳会
①〒581-0075 八尾市渋川町5-2-7②072-994-5121③中薗清④川柳やお⑤25名⑥昭和62年⑦渋川・安中集会所⑧毎月第2日曜日

くらわんか番傘川柳会
①〒573-0118 枚方市杉山手2-11-15 池田武彦方②072-859-1917③碓氷祥昭④川柳くらわんか番傘⑤88名⑥昭和54年⑦枚方市民会館⑧毎月27日

川柳ねやがわ
①〒572-0063 寝屋川市春日町9-9②072-827-9204③高田博泉④川柳ねやがわ⑤約40名⑥昭和50年⑦大阪府立産業会館⑧毎月第3日曜日

豊中もくせい川柳会
①〒569-0073 高槻市上本町5-26②072-671-8220③初代正彦④もくせい⑤35名⑥昭和59年⑦豊中市立中央公民館⑧毎月第3月曜日⑪入会・投句歓迎

いばらき川柳サークル
①〒567-0861 茨木市東奈良2-12-24②072-633-4066③岡田守啓④いばらき川柳サークル⑤30名⑥昭和57年⑦クリエイトセンター⑧毎月第2金曜日⑪研修会:毎月第4土曜日

大阪府

川柳二七会
①〒567-0057 茨木市豊川1丁目17-6③森 茂俊④川柳二七⑤30名⑥昭和34年⑦治兵衛道頓堀店⑧毎月27日⑨www.ma5.fiberbit.net/mn6aa4/⑩27sigetosi575@gmail.com

川柳夢華の会
①〒567-0009 大阪府茨木市山手台4-6-3-101 天根夢草方②072-649-5226③天根夢草④川柳夢華の会⑤10名⑥昭和61年⑦大阪府豊能郡豊能町立西公民館⑧毎月第2火曜日

川柳展望社
①〒567-0009 茨木市山手台4-6-3-101②072-649-5226③天根夢草④川柳展望⑤1300名⑥昭和50年⑦ルシオーレホール⑧奇数月第4木曜日

サンケイリビング新聞社カルチャー倶楽部川柳講座梅田教室
①〒567-0009 茨木市山手台4-6-3-101②072-649-5226③梶井良治④梅田川柳教室⑤8名⑥平成14年⑦メッセージ梅田ビル2F⑧毎月第1、第3火曜日

サンケイリビング新聞社カルチャー倶楽部川柳講座豊中教室
①〒567-0009 茨木市山手台4-6-3-101②072-649-5226③天根夢草④サンケイリビング豊中川柳講座⑤12名⑥平成5年⑦TAOビル2F⑧毎月第2土曜日

サンケイリビング新聞社カルチャー倶楽部川柳講座高槻教室
①〒567-0009 茨木市山手台4-6-3-101②072-649-5226③天根夢草④サンケイリビング新聞社カルチャー倶楽部川柳講座高槻教室⑤6名⑥平成26年⑦コンフォール高槻ビル2F サンケイリビング内⑧毎月第3水曜日

川柳夢久の会
①〒567-0009 茨木市山手台4-6-3-101②072-649-5226③篠原伸廣④川柳夢久の会会報⑤16名⑥平成9年⑦西宮市安井市民館⑧毎月第4土曜日

摂津川柳サークルくすの木
①〒566-0062 摂津市鳥飼上1-20-7②0726-54-6606③小林貞夫④川柳くすの木⑤25名⑥昭和61年⑦阪急摂津市駅前コミュニティプラザ⑧毎月第1木曜日

箕面凡凡川柳会
①〒562-0011 箕面市如意谷3-7 G202②072-721-5602③事務局・白井笙子④箕面ぼんぼん⑤34名⑥昭和42年⑦箕面市立中央生涯学習センター⑧毎月第3日曜日

番傘みどり川柳会
①〒560-0033 豊中市蛍池中町2-3-1-411②06-6853-0470③田中螢柳④番傘みどり⑤24名⑥昭和38年⑦豊中市立中央公民館⑧毎月第1日曜日

川柳文学コロキュウム
①〒560-0004 豊中市少路2-1-6-505②06-6857-3327③赤松ますみ④川柳文学コロキュウム⑤180名⑥平成15年

川柳塔すみよし
①〒558-0054 大阪市住吉区帝塚山東2-4-9②06-6675-8562③古今堂蕉子④川柳塔すみよし⑤65名⑥平成20年⑦住吉区民ホール⑧毎月第4土曜日⑪12月は休会

川柳・北田辺
①〒546-0043 大阪市東住吉区駒川1-10-22北から2軒目②06-7850-2337③くんじろう④川柳・北田辺⑥平成22年⑦長家ぎゃらりぃ・くんじろう⑧原則毎月最終日曜日⑪準備の都合があるので前日までに出欠連絡を

番傘わかくさ川柳会
①〒544-0031 大阪市生野区鶴橋5-8-11②06-6741-5833③田中新一④川柳わかくさ⑤170名⑥昭和21年⑦北鶴橋振興会館⑧毎月13日

川柳塔社
①〒543-0052 大阪市天王寺区大道1-14-17-201②06-6779-3490③小島蘭幸④川柳塔⑤2300名⑥大正13年⑦ホテル・アウィーナ大阪⑧毎月7日前後⑪「川柳塔」発行部数1700部

あかつき川柳会
①〒543-0013 大阪市天王寺区玉造本町3-6木村ビル2F②06-6764-7844③岩佐ダン吉④会報「あかつき」⑤220名⑥2001年⑦大阪保育運動センター⑧毎月第2金曜日⑨http://akatsuki-senryu.holy.jp⑩jkk2164@feel.ocn.ne.jp

サークル檸檬
①〒543-0012 大阪市天王寺区空堀町8-5②06-6762-4408③西出楓楽④檸檬⑤15名⑥平成5年⑧毎月第1日曜日または第2日曜日

川柳マガジンクラブ大阪句会
①〒537-0023 大阪市東成区玉津1-9-16 4F新葉館内②06-4259-3777④川柳クラブ⑤約15名⑥平成18年⑦大阪市中央公会堂⑧原則毎月第3火曜日

南大阪川柳会
①〒537-0002 大阪市東成区深江南2-10-28②06-6976-3648③井丸昌紀④南大阪川柳会⑤50名⑥昭和40年⑦大阪市立住まい情報センター⑧毎月第4月曜日（原則）⑩m-imaru@lapis.plala.or.jp

城北川柳会
①〒536-0001 大阪市城東区古市1-8-14②06-6933-7351③江島谷勝弘④城北川柳⑤80名⑥昭和36年⑦旭区老人福祉センター⑧毎月第1土曜日

豊中川柳会
①〒532-0025 大阪市淀川区新北野1-3-4-1307 本田智彦方②06-6303-7297③大堀正明④豊中川柳⑤48名⑥昭和30年⑦豊中市中央公民館⑧毎月22日⑪豊中市教育委員会所属の活動グループ

大阪川柳の会
①〒532-0025 大阪市淀川区新北野1-3-4-1307 本田智彦方②06-6303-7297③礒野いさむ④大阪川柳⑤300名⑥平成2年⑦JR大阪駅前第2ビル5F⑧偶数月の上旬⑪天位に産経新聞社賞

よどがわ川柳
①〒532-0025 大阪市淀川区新北野1-3-4-1307②06-6303-7297③本田智彦④よどがわ川柳⑤50名⑥平成11年⑦神津神社2F⑧毎月13日

うめだ番傘川柳会
①〒531-0072 大阪市北区豊崎3-18-3-4006②080-6228-1210③西山春日子④川柳うめだ⑤約15名⑥昭和24年⑦浪速ビル地階会議室⑧毎月第1土曜日⑪地下鉄谷町線中崎町3番出口スグ

番傘折鶴川柳会
①〒531-0063 大阪市北区長柄東2-5-2-608②06-4800-2283③三好聖水④折鶴⑤70名⑥昭和27年⑦住まいの情報センター⑧毎月20日ないし19日

番傘川柳本社
①〒530-0047 大阪市北区西天満5-6-26-605②06-6361-2455③田中新一④川柳番傘⑤1500名⑥大正2年⑦たかつガーデン⑧毎月9日

大阪府

リーガロイヤルホテル文化教室ロイヤル川柳

①〒530-0005 大阪市北区中之島5-3-68②06-448-1121③天根夢草④ロイヤル川柳⑤5名⑥平成10年⑦リーガロイヤルホテル⑧毎月第3月曜日

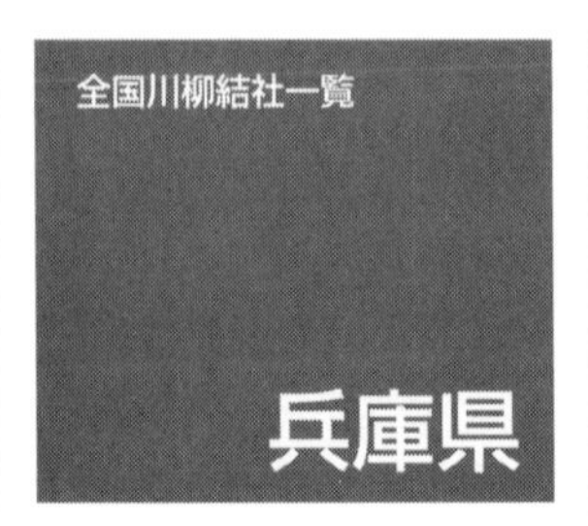

川柳すぎはらがわ

①〒679-1201 多可郡多可町加美区豊部619②0795-35-0625③寺尾麦人④川柳すぎはらがわ⑦加美コミュニティプラザ⑧毎月第3土曜日

川柳赤穂吟社

①〒678-0221 赤穂市尾崎268②0791-42-5201③金碇庄平④川柳赤穂⑤30名⑥平成24年⑦赤穂市民会館⑧毎月第2金曜日

相生川柳会（兵庫県）

①〒678-0024 相生市双葉2-20-24②0791-22-5608③横家利子④相生川柳会会報⑤30名⑥昭和62年⑦相生市山手2丁目陸（くが）公民館⑧毎月第3火曜日⑪（指導）岡田玖美

川柳ニューサロン

①〒675-0062 加古川市加古川町美ノ利377-16②079-424-1065③蛯原夏牛④川柳ニューサロン⑤140名⑥平成18年⑦サンライズビル5階⑧毎月第4日曜日

蛸壷川柳社

①〒674-0084 明石市魚住町西岡605-19　黒嶋方②078-947-4158③黒嶋海童④川柳蛸壷⑤130名⑥昭和28年⑦アスピア明石北館⑧毎月第4土曜日⑪昭和5年に創立、18年に中断

三木ゆうりん川柳会

①〒673-0444 三木市別所町東這田54-22②0794-82-5658③志原喜美子④三木ゆうりん川柳会⑤20名⑥昭和48年⑦三木市立高齢者福祉センター⑧毎月第2木曜日

川柳水柳会

①〒670-0884 姫路市城北本町9-15②079-223-3812③濱邉稲佐嶽④綿津見⑤個人誌につき会員なし⑥昭和59年⑦毎年1回誌上川柳大会開催

川柳創作夢工房夢人会

①〒670-0048 姫路市船橋町2-1　前田亮香方②079-297-3419③堀野隆史④だいとう夢人⑤12名⑥平成6年⑦シャッポービル4F⑧毎月第2・4月曜日

川柳灯台の会

①〒669-6124 豊岡市気比3213②0796-28-2322③榎本雅之④川柳灯台⑤30名⑥平成12年⑦豊岡市港公民館(研修室)⑧毎月第2日曜日(変動あり)⑪夏場は夜の句会

川柳さんだ

①〒669-1545 三田市狭間が丘5-10-19②079-565-8871③谷祐康④川柳さんだ⑤95名⑥平成12年⑦三田駅前キッピーモール⑧毎月第3火曜日

西宮川柳会

①〒663-8234 西宮市津門住江町11-15-303②0798-33-3685③小山紀乃④西宮川柳会報⑤25名⑥昭和60年⑦今津公民館⑧毎月第2水曜日⑪時の川柳社支部

西宮北口川柳会

①〒663-8112 兵庫県西宮市甲子園口北町27-4-602②0798-66-5612③梅澤盛夫④きたぐち⑤120名⑥昭和49年⑦プレラにしのみや、西宮市立中央公民館⑧毎月第2月曜日

川柳あまがさき

①〒661-0012 尼崎市南塚口町7-7-15②06-6422-8675③長浜美籠④川柳あまがさき⑤56名⑥改名前(尾浜川柳会):昭和52年/改名後:平成20年7月⑦尼崎市女性センタートレピエ⑧毎月第2火曜日

甲子園川柳社

①〒655-0048 神戸市垂水区西舞子1-1-11-102 アルファステイツ舞子2②078-600-8565③村上氷筆④川柳甲子園⑤70名⑥昭和24年⑦西宮市民会館⑧毎月第3土曜日

すばる川柳会

①〒654-0151 神戸市須磨区北落合4-28-12②078-793-3641③長島敏子④すばる⑤70名⑥平成17年⑦たちばな職員研修センター(水道局)⑧毎月第1日曜日

川柳神戸吟社

①〒654-0113 神戸市須磨区緑が丘2-23-5②050-3900-2456③大森一甲④川柳KOBE⑤50名⑥平成25年⑦JR神戸駅前神戸ストークビル6F⑧毎月第4日曜日

きやびん川柳会

①〒651-2303 神戸市西区神出町五百蔵28-46②078-965-1575③赤井花城④川柳きやびん⑤約40名⑥昭和31年⑦神戸市勤労会館⑧奇数月の第3又は第4日曜日

時の川柳社

①〒651-1322 神戸市北区東有野台4-8-9②078-981-5510③矢沢和女④時の川柳⑤450名⑥昭和32年⑦神戸市立婦人会館⑧毎月第1土曜日

野火の会

①〒651-1322 神戸市北区東有野台4-8-9 矢沢方②078-981-5510③矢沢和女④野火⑥平成26年⑦神戸市勤労会館⑧偶数月第4週

ふあうすと川柳社

①〒650-0011 神戸市中央区下山手通6-2-19甲陽会館内②078-360-9005③赤井花城④川柳ふあうすと⑤1350名⑥昭和4年⑦神戸市教育会館⑧毎月第2土曜日(1月のみ第2日曜日)⑪席題1題・兼題4題(各題2句)

神戸新聞文化センター（三宮ＫＣＣ）川柳講座

①〒567-0009 茨木市山手台4-6-3-101②072-649-5226③天根夢草④楽しい気分で！川柳⑤6名⑥令和元年12月7日⑦神戸新聞会館ビル17F⑧毎月第1月曜日

サンケイリビング新聞社カルチャー倶楽部川柳講座西宮教室

①〒567-0009 茨木市山手台4-6-3-101②072-649-5226③天根夢草④サンケイリビング西宮川柳講座⑤10名⑥平成6年⑦エビスタ西宮（阪神百貨店）⑧毎月第1土曜日

川柳マガジンクラブ神戸句会

①〒537-0023 大阪市東成区玉津1-9-16-4F新葉館内②06-4259-3777③世話人・長島敏子（〒654-0151 兵庫県神戸市須磨区北落合4-28-12 長島方 TEL078-793-3641）④川柳マガジンクラブ神戸句会⑤26名⑥平成24年⑦たちばな職員研修センター（水道局）⑧毎月第3木曜日

川柳マガジンクラブ赤穂義士句会

①〒537-0023 大阪市東成区玉津1-9-16-4F新葉館内②06-4259-3777③世話人・片山厚子（〒670-0884 兵庫県姫路市城北本町9-15 濱邉稲佐嶽方）④川柳マガジンクラブ赤穂義士句会⑤10名⑥平成28年⑦加里屋まちづくり会館⑧毎月第3月曜日

あすなろ川柳会（奈良県）

①631-0056 奈良市丸山1-1079-110②0742-47-2494③毛利元子④川柳柳茶屋⑤33名⑥昭和48年⑦奈良市西部公民館⑧毎月第2土曜日

奈良番傘川柳会

①〒639-1132 大和郡山市高田町9-1-13-202大楠紀子方②0743-25-7301③大楠紀子④柳茶屋⑤160名⑥昭和23年⑦奈良市中部公民館⑧毎月第2木曜日

郡山川柳会（奈良県）

①〒639-1101 大和郡山市下三橋町323-61②0743-52-9374③阪口幸若④川柳柳茶屋⑤35名⑥昭和54年⑦大和郡山市中央公民館（三の丸会館）⑧毎月第2日曜日⑩tsaka1946@yahoo.co.jp

柳壇「こぼれ花」

①〒638-0001 吉野郡下市町阿知賀1826-3②0747-52-0132③鶴本むねお④こぼれ花⑤31名⑥平成26年⑦例会は無し⑨http://koborebana.blog.fc2.com/

ぐるうぷ葦
①〒635-0067 大和高田市春日町1丁目セレナ209 板垣方②0745-52-4363④葦⑤約25名⑥昭和46年⑦奈良市芝辻町芝辻集会所⑧原則として毎月第4日曜日⑪勉強会形式

やまと番傘川柳社
①〒634-0077 橿原市南八木町1-4-15-901②090-9042-8452③阪本高士④川柳やまと⑤175名⑥昭和25年⑦大和高田市天神社⑧毎月第1土曜日⑩kiriri@mtb.biglobe.ne.jp

川柳塔なら
①〒633-0054 桜井市阿部787②0744-46-9156③安土理恵④篝火⑤40名⑥平成10年⑦奈良市立中部公民館⑧毎月第1木曜日

生駒番傘川柳会
①〒630-0253 生駒市新旭ヶ丘14-7②0743-74-6588③松本柾子④川柳いこま⑤68名⑥昭和49年⑦芸術会館「美楽来」⑧毎月第3日曜日

川柳天平の会
①〒547-0022 大阪市平野区瓜破東2-1-16平野ハイツ405②080-3834-5089③鈴木かこ④天平⑤48名⑥昭和42年⑦りーべる王寺東館5階実習室⑧毎月第3金曜日⑪天王寺川柳会と川柳平城の会を発展的合併(平成21年1月1日より)

川柳マガジンクラブ奈良句会
①〒537-0023 大阪市東成区玉津1-9-16 4F新葉館内②06-4259-3777③世話人・山田恭正(〒631-0804 奈良県奈良市神功4丁目16-8山田方)⑥平成19年⑦三条通り「かえる庵」⑧毎月第1日曜日

川柳岩出
①〒649-6257 岩出市相谷620-610②0736-61-6433③山崎稔④川柳岩出⑤17名⑥昭和62年⑦岩出町立根来公民館⑧毎月第3土曜日

はまゆう川柳会
①〒649-5332 東牟婁郡那智勝浦町朝日2-1②0735-52-2403③玉置泰作④川柳はまゆう⑤14名⑥平成8年⑦新宮市人権センター⑧毎月第2月曜日

日高番傘川柳会
①〒644-0011 御坊市湯川町財部240-8②0738-23-3330③山下修子④仁王門⑤25名⑥昭和39年⑦御坊市中央公民館2階⑧毎月第3日曜日

和歌山三幸川柳会
①〒642-0011 海南市黒江1-342②073-482-5098③三宅保州④七面⑤170名⑥昭和54年⑦和歌山商工会議所ほか⑧毎月第4土曜日⑩miyake.575tamotu@ezweb.ne.jp

川柳塔わかやま吟社

①〒640-8482 和歌山市六十谷1188-14②073-462-7229③川上大輪④川柳塔わかやま⑤150名⑥昭和45年⑦和歌山ビッグ愛⑧毎月第2日曜日

全国川柳結社一覧

鳥取県

大山滝句座

①〒689-2303 東伯郡琴浦町徳万597②0858-52-2414③新家完司④大山滝⑥平成11年⑦まなびタウンとうはく⑧毎月第3日曜日⑪会という組織ではなく、当日の出席者が座を構成するシステム

川柳塔鹿野みか月

①〒689-0405 鳥取市鹿野町鹿野1279②0857-84-2100③森山盛桜④川柳みか月⑤28名⑥昭和54年12月⑦鳥取市総合鹿野町老人福祉センターを主とする⑧毎月第1または第2の日曜日⑪毎年1回、11月に川柳大会を開催

川柳同友会みらい

①〒689-0343 鳥取市気高町飯里84-4②0857-84-2886③鈴木公弘④川柳いのちの詩

川柳ふうもん吟社

①〒689-0202 鳥取市美萩野2-171-3②0857-59-1056(事務局・中村金祥)③山下凱柳④川柳ふうもん⑤60名⑥昭和46年⑦県民ふれあい会館⑧毎月第3日曜日⑪国鉄鳥取の職場川柳会としてスタート

きゃらぼく川柳会

①〒683-0804 米子市米原5-1-3-304②0859-21-7656③竹村紀の治④きゃらぼく⑤22名⑥昭和38年⑦義方公民館⑧毎月第3水曜日

うぶみ川柳会

①〒680-0001 鳥取市浜坂2-4-19②090-3636-0057③小谷美ッ千④みずうみ⑤9名⑥昭和54年⑦湖山西地区公民館⑧毎月第4日曜日

面影川柳会

①〒680-0001 鳥取市浜坂5-1-3-103 加島方②090-7136-4877③加島修④面影川柳会⑤12名⑥平成4年⑦面影地区公民館⑧毎月第4土曜日⑪「川柳教室」を表看板にしており、披講中の質疑応答あり。

いずも川柳会

①〒693-0026 出雲市塩冶原町3-1-5 竹治方②0853-22-4309③竹治ちかし④川柳いずも⑤105名⑥大正15年⑦パルメイト出雲（出雲市）⑧隔月第2日曜日⑪令和2年10月25日、いずも川柳会95周年記念大会は来年に延期

川柳塔まつえ吟社

①〒690-0001 松江市東朝日町206-7②090-2003-5846③石橋芳山④川柳塔まつえ⑤80名⑥昭和43年⑦松江市雑賀公民館⑧毎月第1土曜日

川柳たましま社

①〒719-0104 浅口市金光町占見新田1325-10②0865-42-6039③北川拓治④川柳たましま⑤65名⑥昭和28年⑧年一回大会開催、合同句集発行

井笠川柳会

①〒714-0081 笠岡市笠岡2289②0865-62-6200③光井 伸④蘖（ひこばえ）⑤250名⑥平成12年⑦井笠川柳会事務局⑧第3水曜日

倉敷川柳社

①〒712-8011 倉敷市連島町連島925②086-444-5011③三宅基雄④川柳くらしき⑤45名⑥昭和48年⑦倉敷公民館⑧毎月第3土曜日

弓削川柳社

①〒709-3614 久米郡久米南町下弓削292-8 杉山静方②086-728-3540③光延憲司④川柳紋土（もんど）令和2年6月号で865号⑤450名⑥昭和24年⑦久米南町中央公民館⑧毎月第1土曜日⑪行政とタイアップして「川柳とエンゼルの里久米南」をPRしている。平成26年11月「世界最大の川柳教室」でギネス世界記録達成。令和2年4月現在、川柳句碑公園318基、339名。

なださき川柳社

①〒709-1201 岡山市灘崎町北7区842②08636-2-3302③神原無声④川柳なださき⑤18名⑥平成4年⑦灘崎町民会館⑧毎月第4木曜日

津山番傘川柳会

①〒708-0004 津山市山北2-11②0868-23-2502③小澤誌津子④川柳つやま⑤50名⑥昭和23年⑦津山市南新座アリコベール2階⑧毎月第2日曜日

粟の実川柳社

①〒707-0501 英田郡西粟倉村大茅566②0868-79-2642③井上吉男④川柳粟の実⑤30名⑥昭和35年⑦あわくら会館⑧毎月第3木曜日

川柳玉野社

①〒706-0132 玉野市用吉651②0863-71-1781③前田一石④川柳たまの⑤25名⑥昭和24年⑦玉野市中央公民館⑧毎月第2日曜日

西大寺川柳社

①〒704-8193 岡山市東区金岡西町833-4②086-943-4627③野島全④はだか⑤35名⑥昭和40年⑦西大寺公民館⑧毎月第3土曜日

川柳「塾」

①〒700-0986 岡山市北区新屋敷町3-15-2②086-241-3358③船越洋行④川柳塾⑤40名⑥昭和62年⑦天神山文化プラザ⑧毎月不定期

川柳マガジンクラブ岡山句会

①〒537-0023 大阪市東成区玉津1-9-16 4F新葉館内②06-4259-3777③世話人・原脩二・岩崎弘舟（〒710-0004 岡山県倉敷市西坂1480-138 原方）④川柳クラブ⑥平成23年⑦弘舟サロン（岡山市庭瀬）⑧毎月第3木曜日

大竹川柳会

①〒739-0612 大竹市油見2-2-29②0827-52-7611③弘兼秀子④川柳大竹⑤35名⑥昭和30年⑦大竹市総合市民会館⑧毎月第1日曜日

ふあうすと広島

①〒739-0612 大竹市油見2-2-29②0827-52-7611③弘兼秀子④川柳ふあうすと広島⑤35名⑥昭和47年⑦大竹市総合市民会館

広島川柳会

①〒739-0001 東広島市西条町西条424-1②082-422-2348③増田マスヱ④川柳ひろしま⑤110名⑥大正10年⑦広島市西区三條公民館2階⑧毎月第4日曜日⑪柳誌発行部数は200部

呉番傘呉柳会

①〒737-0045 呉市本通4-4-24②0823-21-5345③三浦 宏④呉柳⑥昭和31年⑦呉市立図書館⑧毎月第4日曜日

竹原川柳会

①〒725-0022 竹原市本町1-14-3②0846-22-6626③小島蘭幸④川柳たけはら⑤90名⑥昭和31年⑦道の駅たけはら⑧毎月第1土曜日

備後番傘三原万松川柳会

①〒723-0144 三原市沼田東町末広315-302②0848-66-4505③久保青花④万松⑤35名⑥昭和25年⑦三原市城町サン・シープラザ⑧毎月第1日曜日と第3土曜日

川柳奉行三原川柳会

①〒723-0044 三原市宗郷2-7-27②0848-63-1096③鴨田昭紀④みはら川柳奉行⑤40名⑥平成14年⑦三原市民福祉会館⑧毎月第1月曜日

因島番傘川柳会

①〒722-2323 尾道市因島土生町新生区1819-105②0845-22-5639③妹尾久夫④因島番傘句会報⑤18名⑥昭和49年⑦因島市土生町公民館⑧毎月下旬金曜日

川柳会ＵＦＯ

①〒720-0411 福山市熊野町乙728②084-959-1216③小山稔④川柳ＵＦＯ⑤25名⑥平成元年5月⑦公民館⑧第2木曜

萩川柳会
①〒758-0061 萩市椿金谷2908-15 大場孔晶方②0838-25-1825③大場孔晶(洋)④川柳萩⑤25名⑥昭和46年⑦萩市中央公民館講義室⑧毎月第2火曜日

小野田世面多留川柳会
①〒756-0092 山陽小野田市新生2-10-20②0836-83-6465③河東かおる④川柳せめんだる⑤153名⑥昭和40年⑦小野田市民館2階団体会議室⑧毎月第1日曜日

山口川柳吟社
①〒753-0214 山口市大内御堀2-7-18②083-924-2315③西田義舟④川柳やまぐち⑤27名⑥大正5年⑦山口市男女共同参画センター講座室⑧毎月第3土曜日(原則)⑩nsd-152@c-able.ne.jp

下関一杯水川柳会
①〒751-0815 下関市本町1-6-9②083-232-6534③上野悦子④川柳一杯水⑤25名⑥昭和27年⑦下関市立西部公民館⑧毎月第3日曜日

富田番茶川柳会
①〒746-0034 周南市富田2-12-35②0834-62-2394③近藤 弘④富田番茶川柳会誌⑤24名⑥昭和33年⑦周南市新南陽中央公民館⑧毎月第1木曜日⑪新年会1回、吟行会年2回、慰安会、毎年3月近郷川柳大会

徳山かおり川柳会
①〒745-0122 周南市須々万本郷2850-5②0834-88-0457③渋谷栄子④かおり句報⑤23名⑥昭和41年⑦周南シビック交流センター⑧毎月第2金曜日午前中⑪5年毎「かおり句集」発行

夫婦松川柳会
①〒742-1107 熊毛郡平生町曽根379②0820-57-2131③山田頼子④夫婦松川柳会報⑤34名⑥昭和22年⑦平生町曽根地域交流センター⑧毎月第3土曜日⑪会費300円(誌代共)

岩国川柳会
①〒740-0013 岩国市桂町2-2-18②0827-24-0334③廣中泰山④川柳五橋⑤30名⑥平成12年⑦岩国中央公民館第1講座室⑧毎月第2火曜日

あぐら川柳会
①〒769-2602 東かがわ市川東340-7②0879-25-0751③田中子開④あぐら川柳会作品集⑤9名⑥昭和36年⑦東かがわ市大内公民館⑧毎月第2日曜日

たかせ川柳会
①〒767-0002 三豊市高瀬町新名758②0875-72-1532③山路恒人④川柳たかせ⑤30名⑥昭和39年⑦みとよ未来創造館⑧毎月第2土曜日

香川町川柳会
①〒761-1703 高松市香川町浅野708-15②087-889-3473③川原喜吉④川柳かがわ⑤30名⑥昭和46年⑦大野公民館⑧ 毎月第1日曜日

さぬき番傘川柳会
①〒760-0073 高松市栗林町2-7-16②087-862-6884(事務局)③多田誠子④さぬき番傘川柳会会報⑤42名⑥平成2年⑦サンフリー高松⑧毎月第2日曜日

川柳のむら

①〒797-0013 西予市宇和町稲生821-1②0894-62-2960③薬師神ひろみ④川柳のむら⑤130名⑥昭和39年⑦グループの会場⑧グループごとに毎月1回、年2回合同句会

水郷川柳社

①〒795-0012 大洲市大洲25②0893-24-2529③山本智彦④川柳水郷⑤85名⑦市立肱南公民館⑧毎月第3土曜日⑪川柳教室を肱北公民館で毎月第2・第4木曜日に開催

汐風川柳社

①〒794-0052 今治市宮下町2-3-5②0898-23-8340③村田富美子④川柳汐風⑤200名⑥昭和24年⑦今治中央公民館⑧毎月第2金曜日

新居浜川柳峠社

①〒792-0827 新居浜市西喜光地町6-22②0897-41-1909③平井丹波④新居浜川柳峠⑤190名⑥昭和24年⑦公民館⑧毎月第2土曜日

にいはま川柳会

①〒792-0811 新居浜市庄内町6-10-66②0897-36-5605③高橋正明④川柳にいはま⑤80名⑥平成2年⑦新居浜ウイメンズプラザ・新居浜市高齢者生きがい創造学園⑧毎月第2月曜日・第3火曜日・第4金曜日⑩akmntk@nbn.ne.jp⑪会員制を保持

川柳まつやま吟社

①〒791-8055 松山市清住2-1162-22 大前尚道方②089-952-6774③高畑俊正④川柳まつやま⑤193名⑥昭和25年⑦愛媛県生活文化センター⑧毎月第1火曜日⑪愛媛県川柳文化連盟の中心的役割

てかがみ川柳会

①〒791-8002 松山市谷町甲1-1②089-978-1762③望月和美④ひめかがみ⑤30名⑥昭和41年⑦愛媛県生活文化センター⑧毎月第1木曜日

東温川柳会

①〒791-0213 東温市牛渕1921-6②089-964-4826③小川清④せんりゅう東温⑤15名⑥昭和60年⑦東温市中央公民館⑧毎月第2月曜日

せんりゅうぐるーぷGOKEN

①〒790-0067 松山市大手町1-8-2珈琲屋内②089-916-3058③原田否可立④せんりゅうぐるーぷGOKEN⑤50名⑥平成12年⑦珈琲屋⑧毎月1回不定

帆傘川柳社
①〒787-0050 四万十市渡川1-1-3②0880-31-1001③小笠原望④川柳帆傘⑤316名⑥昭和24年⑪高知県最古の川柳社

若鮎川柳会
①〒787-0050 四万十市渡川1-1-3②0880-31-1001③小笠原望④若鮎⑤40名⑥昭和39年⑦四万十市中央公民館

帆傘川柳社いの支部 漣川柳会
①〒781-2110 吾川郡いの町1868-3②088-892-2268③竹﨑たかひろ④川柳帆傘⑤20名⑥昭和21年⑦いの町立公民館⑧毎月第2日曜日

川柳木馬ぐるーぷ
①〒781-1101 土佐市高岡町甲588②088-852-0730③清水かおり④川柳木馬⑤15名⑥昭和54年

川柳「柳芽」発行所
①〒780-0965 高知市福井町2118-11②088-873-6564③澤村哲史④柳芽⑤30名⑥平成21年⑦毎月第2水曜日

久留米番傘川柳会
①〒839-0851 久留米市御井町2071-9②0942-44-5366③堤日出緒④川柳かすり⑤50名⑥昭和33年⑦えーるピア久留米⑧毎月第2水曜日⑪久留米ジュニア文芸大会を開催

連衆社
①〒837-0915 大牟田市大字久福木285-7②0944-56-1944③谷口慎也④連衆⑤92名⑥平成元年⑦連衆社⑧毎月第4日曜日⑪谷口慎也は俳人。俳・柳の交流を基本に、俳人・柳人の同一発表を実践している

川柳葦群
①〒832-0087 柳川市七ツ家426②0944-72-6046③梅崎流青④川柳葦群⑤250名⑥平成18年⑦柳川市総合福祉センター水の郷⑧3、6、9、12月の第1日曜日

大川川柳会えんのき
①〒832-0005 柳川市西蒲池834-1②0944-73-1427③古賀順子④えんのき⑤26名⑥昭和31年⑦大川コミュニティセンター⑧毎月第2土曜日⑪11月下旬に大川川柳大会開催

飯塚番傘川柳会
①〒820-0067 飯塚市川津640-4②0948-29-8877③坂本喜文④飯塚番傘⑤28名⑥昭和28年⑦飯塚中央公民館(コミュニティセンター)⑧毎月第2土曜日

川柳楠の会
①〒812-0041 福岡市博多区吉塚2-18-20②092-611-2942③萩原奈津子④川柳くすのき⑤106名⑥昭和61年⑦千早市民センター⑧毎月第1日曜日

川柳グループせぴあ
①〒812-0011 福岡市博多区博多駅前4-22-25-404②092-431-1295③近藤ゆかり④なし⑤10名⑥昭和63年⑦福岡市女性センター「アミカス」⑧毎月第3日曜日⑪平成8年11月合同句集「せぴあ」、平成17年3月「せぴあII」、平成25年5月「せぴあIII」発行

福岡番傘川柳会

①〒811-1355 福岡市南区桧原2-7-15②092-551-5898③出島磊太④ふくばん⑤30名⑥昭和8年⑦福岡市中央区笹丘公民館⑧毎月第4土曜日⑪筥崎宮ぼんぼり、博多祇園山笠、筥崎放生会など、年3回の川柳大会

川柳くろがね吟社

①〒809-0028 中間市弥生1-4-8②093-244-4354③古谷龍太郎④川柳くろがね⑤210名⑥昭和3年⑦八幡図書館⑧毎月第3土曜日

佐賀番傘川柳会

①〒840-0214 佐賀市大和町川上2866-3②0952-62-0455③横尾信雄④川柳むつごろ⑤50名⑥昭和20年⑦メートプラザ佐賀⑧毎月第2日曜日

川柳佐世保

①〒857-0851 佐世保市稲荷町25-22-604②0956-32-4528③石丸尚志⑤10名⑥平成4年⑦佐世保市北地区公民館⑧毎月第2土曜日

長崎番傘川柳会

①〒856-0023 大村市上諏訪町1304②0957-53-9897③永石珠子④南蛮やなぎ⑤40名⑥昭和31年⑦長崎市民会館⑧毎月第2土曜日

諫早川柳蛍会

①〒854-0004 諫早市金谷町7-1 井上万歩方②0957-22-1624③井上万歩

壱岐川柳会

①〒811-5731 壱岐市芦辺町国分当田触337②0920-45-1959③瀬川伸幸④鬼ケ島⑤15名⑥昭和24年⑦壱岐文化センター⑧毎月第4火曜日

全国川柳結社一覧

熊本県

熊本番傘お茶の間川柳会

①〒862-0971 熊本市中央区大江4-9-1-607②096-371-5670③黒川孤遊④壺⑤35名⑥平成27年⑦県民交流館パレア⑧毎月第1金曜日⑪全員で楽しむ学ぶ。

川柳噴煙吟社

①〒862-0907 熊本市東区水源1-5-5②096-369-7777③平田朝子④川柳ふんえん⑤380名⑥昭和25年⑦市民会館シアーズホーム夢ホール⑧毎月第1日曜日⑪一党一派に偏せずをモットーに

若葉川柳会

①〒862-0907 熊本市水源1-5-5②096-369-7777③平田朝子④川柳若葉⑤50名⑥平成8年⑦若葉集会場⑧毎月第4火曜日⑪新人育成と楽しく川柳を詠む、がモットー

熊本柳友川柳吟社

①〒861-1115 合志市豊岡2013-62②096-248-5290③安永理石④柳友熊本⑤70名⑥昭和60年⑪発表誌だけの会

全国川柳結社一覧

大分県

大分県番傘川柳連合会

①〒874-0937 別府市秋葉町7-24-1403②0977-22-7037③小代千代子④川柳高崎山⑤260名⑥昭和43年⑦各地川柳会が県下15地区で句会⑧各川柳会で日時は別⑪昭和43年、県下の川柳会を統合し連合会とする

大分番傘川柳会

①〒870-0105 大分市西鶴崎2-8-16②097-522-2321③山本たつお④「川柳高崎山」「だいばん」⑤37名⑥昭和7年⑦大分市ホルトホール⑧毎月2回

全国川柳結社一覧

宮崎県

川南土の子番傘川柳会

①〒889-1301 児湯郡川南町川南16071-17②0983-27-5773③岩崎哲④川柳みやざき⑤14名⑥昭和38年⑦川南町中央公民館⑧毎月第1日曜日

南樹川柳社

①〒889-0513 延岡市土々呂町4-4208②0982-37-7640③荒砂和彦④汎⑤20名⑥昭和27年⑦延岡市土々呂コミュニティセンター⑧毎月第2火曜日

宮崎番傘川柳会

①〒880-0934 宮崎市大坪東1-6-9②0985-52-5236③間瀬田紋章④川柳みやざき⑤150名⑥昭和30年⑦宮崎市西地区交流センター⑧毎月第2日曜日、大会・新年会別途。吟行句会あり。⑩koro169@yahoo.co.jp⑪「紋章川柳のブログ」https://blogs.yahoo.co.jp/maseda5236／

全国川柳結社一覧

鹿児島県

入来わくわく番傘川柳会

①〒895-1401 薩摩川内市入来町副田5955-105②0996-44-3330③石神紅雀④川柳つばさ⑦入来文化ホール別館⑧毎月第1木曜日

鹿児島県川柳同好会

①〒892-0877 鹿児島市吉野1-3-1②099-243-7229③麻井文博④川柳火のしま⑤71名⑥昭和56年⑦鹿児島市勤労者交流センター⑧毎月第1日曜日

全国川柳結社一覧

沖縄県

那覇川柳の会

①〒903-0111 中頭郡西原町与那城82 田村敏信方②098-945-3495③川平朝義④川柳なは⑤18名⑥平成6年⑦牧志駅前ほしぞら公民館⑧毎月第3火曜日

台湾川柳

①〒10699 台北郵局53-384信箱 台湾②886-910-128-169③杜青春④台湾川柳会会報⑤40名⑥平成6年⑦台北市南京東路1段118号2F国王飯店⑧毎月第1日曜日⑪入会希望者募集中

2020年度版

全国川柳雑誌一覧

凡例　北海道から都道府県別に配列、以下順不同。
ゴシックは原則として川柳雑誌名。記載順序は①住所②編集人③発行人④体裁⑤売価⑥発行形態⑦創刊年⑧発行川柳結社

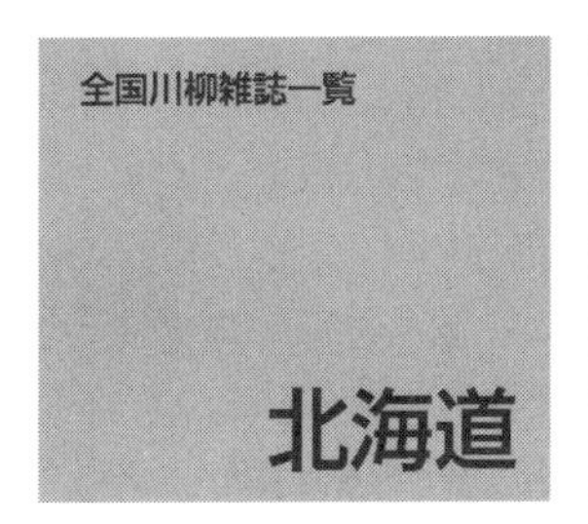

あつべつ川柳会句会報「あつべつ」

①〒004-0011 札幌市厚別区もみじ台東7-8-14②志村ふみ子③梶原百華④A5判⑤200円⑥月刊⑦平成元年⑧あつべつ川柳会

道産子

①〒004-0064 札幌市厚別区厚別西4-4-14-26②三浦強一③発行・北海道川柳研究会④A5判約60頁⑤誌代年間7200円⑥月刊⑦昭和49年⑧北海道川柳研究会

川柳さっぽろ

①〒006-0042 札幌市手稲区金山2条3-1-16②折原博美③岡崎守④A5判約84頁⑤頒価700円⑥月刊⑦昭和33年⑧札幌川柳社

川柳あきあじ

①〒006-0812 札幌市手稲区前田2条4-6-13橋爪方②編集発行・橋爪まさのり④A5判28頁⑤500円⑥月刊⑦昭和43年⑧川柳あきあじ吟社

川柳こなゆき

①〒047-0021 小樽市入船2-23-3②清水ひろ子③斎藤はる香④A5判約30頁⑤頒価700円⑥月刊⑦昭和23年⑧小樽川柳社

連盟だより

①〒061-1103 北広島市虹ヶ丘3-2-15 佐藤芳行方②磯松きよし③高橋みっちょ④B5判6頁⑥年1～2回⑧北海道川柳連盟

東北海道川柳連盟

①〒061-1103 北広島市虹ヶ丘3-2-15②編集発行・佐藤芳行④B5判4頁⑥不定期⑦昭和38年⑧東北海道川柳連盟

水脈

①〒067-0005 江別市牧場町31-9 一戸涼子方②浪越靖政④A5判約40頁⑤年間2000円⑥年3回⑦平成14年⑧水脈

川柳柳の芽

①〒068-0828 岩見沢市鳩が丘3-14-12②浜中道子③岡嘉彦④A5判11頁⑥月刊⑦昭和56年⑧岩見沢柳の芽川柳会

川柳江別

①〒069-0813 江別市野幌町4-1パラスプラザ401②田中しげ子③丸山英柳④B6判22頁⑤200円⑥月刊⑦昭和45年5月⑧江別川柳会

川柳あさひ

①〒070-0035 旭川市5条通1-2411-4事務局佐藤富子方②庄司昭志登③鎌田正勝④A4判変型横30頁⑤頒価500円(〒90)⑥月刊⑦昭和11年⑧旭川川柳社

川柳そらち

①〒073-0015 滝川市朝日町東2-3-15②編集人・田中忠幸③深田勝④A5判約20頁⑤頒価500円(〒共)年6000円⑥月刊⑦昭和45年⑧川柳そらち運営同人会

川柳くしろ

①〒085-0821 釧路市鶴ケ岱2-5-256 ロジェ鶴ケ岱502号②高橋みのる③高橋光緒④A5判8頁⑤600(〒共)⑥月刊⑦昭和45年⑧釧路川柳社

オホーツク

①〒090-0033 北見市番場町4-10 辻方②編集発行・辻晩穂④A5判約40頁⑤600円(〒込)⑥隔月刊⑦昭和28年⑧オホーツク文庫(北見川柳社)

川柳嶺

①〒093-0007 網走市南7条東5-1-1②編集発行・嶺岸柳舟④A5判20頁⑤500円⑥季刊⑦平成8年⑧北網川柳社

いわき

①〒037-0016 青森県五所川原市字一ツ谷522-5 沢田百合子方②沢田百合子③佐藤ぶんじ④B5判6頁⑥月刊⑦昭和12年⑧川柳岩木吟社

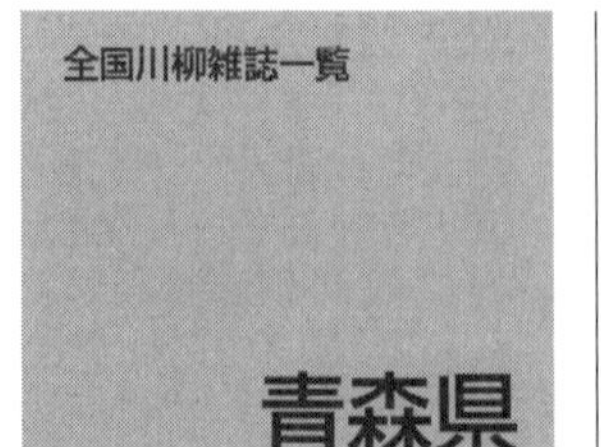

月刊おかじょうき

①〒030-1212 東津軽郡蓬田村大字阿弥陀川字汐干43-3②Sin③むさし④A5判約50頁⑥月刊⑦昭和26年⑧おかじょうき川柳社

川柳かぱちぇっぽ

①〒034-0092 十和田市西一番町19-29-1②佐々木銀湖③佐藤允昭④B5判10頁⑤会員年5000円⑥月刊⑦昭和42年⑧十和田かぱちぇっぽ川柳吟社

林檎

①〒036-8227 弘前市桔梗野3-3-3②内山孤遊③千島鉄男④A5判40頁⑤非売品⑥隔月刊⑦昭和10年⑧弘前川柳社

川柳塔みちのく

①〒036-8275 弘前市城西1-3-10②稲見則彦③福士慕情④A5判22頁⑤非売品⑥季刊⑦昭和63年⑧川柳塔みちのく

触光

①〒038-0004 青森市富田2-7-43②編集発行・野沢省悟④A5判32頁⑤会費1万円、誌友費5,000円⑥年4回⑦平成19年⑧川柳触光舎

うまっこ

①〒039-1101 八戸市尻内町字鴨ケ池108-6 瀧尻善英方②編集発行・瀧尻善英④A5判約20頁⑤500円⑥隔月刊⑦昭和8年⑧はちのへ川柳社

胆沢川柳会報

①〒023-0402 岩手県奥州市胆沢区小山字龍ヶ馬場13-10②事務局長・門脇酔文③角掛往来児④A4判4～6頁⑤3000年（年会費）⑥隔月刊⑧胆沢川柳会

全国川柳雑誌一覧

岩手県

川柳人

①〒023-0402 奥州市胆沢小山字斎藤104-1②編集発行・佐藤岳俊④A5判32頁⑤500円⑥隔月⑦明治38年⑧川柳人社

水沢川柳会句会報

①〒023-0842 奥州市水沢区真城が丘 佐藤一夫方②佐藤一夫③角掛往来児④B5判10頁⑤年会費4000円⑥月刊⑦昭和51年⑧水沢川柳会

川柳はなまき

①〒025-0315 花巻市二枚橋町南1-76②高橋範生③あべ和香④A5判16頁⑤年間会費4000円(〒1500円)、同人10000円(〒共)⑥月刊⑦昭和46年⑧花巻川柳会

川柳原生林

①〒028-3307 紫波郡紫波町桜町三本木31-10②中島久光③澤田文朋④A5判16頁⑤500円(〒共)⑥月刊⑦昭和52年⑧川柳原生林社

川柳連盟だより

①〒028-3309 紫波郡紫波町北日詰大日堂18-2 熊谷方②熊谷岳朗③岩手県川柳連盟事務局④B5判新聞タイプ12頁⑤会員無料配布⑥年2回刊⑦昭和56年⑧岩手県川柳連盟

せんりゅう紫波

①〒028-3309 紫波郡紫波町北日詰大日堂18-2②熊谷岳朗③発行・いわて紫波川柳社④A5判約20頁⑤400円(〒共)⑥月刊⑦昭和58年⑧いわて紫波川柳社

川柳北光

①〒028-7906 九戸郡洋野町中野3-15-15②編集発行・柳清水広作④A5判16頁⑥月刊⑦昭和48年⑧久慈川柳社

全国川柳雑誌一覧

宮城県

川柳宮城野

①〒980-0011 仙台市青葉区上杉2-4-8朝日プラザ上杉607②仁多見千絵③雫石隆子④A5判約60頁⑤頒価500円(〒別)⑥月刊⑦昭和22年⑧川柳宮城野社

川柳くろかわ

①〒981-3626 黒川郡大和町吉岡南1-22-10②編集発行・織田寿④A4判約8頁⑤年6000円⑥月刊⑦昭和55年⑧黒川川柳会

たかもり

①〒983-0821 仙台市宮城野区岩切字洞ノ口東7-3②編集発行・戸田信④B5判4頁⑤非売品⑥月刊⑦平成17年⑧岩切川柳会

はっとせ

①〒985-0076 塩釜市長沢町6-8②編集発行・吾妻久岳④A5判16-20頁⑤句会費共700円⑥月刊⑦平成4年⑧塩釜川柳会「はっとせ」

川柳ふうせん

①〒986-0857 石巻市築山3-7-72②編集発行・飯田駄骨④A4判8頁⑤無料⑥月刊⑦平成7年⑧川柳ふうせん座

川柳けせんぬま

①〒988-0064 宮城県気仙沼市九条494-15谷かすみ方②谷かすみ③橋おさむ④B5判16頁⑤非売品⑥月刊⑧川柳けせんぬま吟社

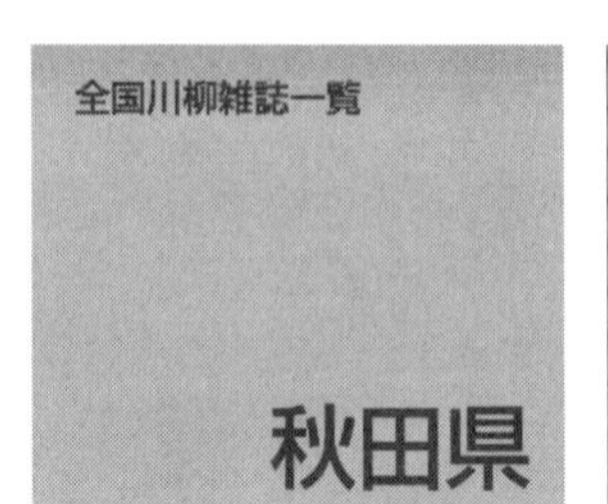

川柳銀の笛

①〒010-0973 秋田市八橋本町4-3-18②編集発行・長谷川酔月④A5判40頁⑤頒価500円(〒共)⑥月刊⑦平成6年⑧川柳銀の笛吟社

秋田県川柳作家年鑑「竿燈」

①〒010-0973 秋田市八橋本町4-3-18②編集発行・長谷川酔月④A5判約300頁⑤3000円⑥年刊⑦昭和60年⑧秋田県川柳懇話会

川柳すずむし

①〒018-1724 南秋田郡五城目町東磯ノ目1-7-11②すずむし吟社編集部③渡辺松風④A5判約40頁⑤頒価600円(〒共)⑥月刊⑦昭和51年⑧川柳すずむし吟社

綺羅星

①〒018-1856 南秋田郡五城目町下山内字深堀78-2②荒川祥一郎③大石一粋④B6判10頁⑤4000円(1年)⑥月刊⑦平成23年⑧川柳グループ柳山泊

全国川柳雑誌一覧

山形県

川柳べに花

①〒990-2305 山形市蔵王半郷455-11②編集発行・青木土筆坊④A5判30頁⑤頒価500円(〒共)⑥月刊⑦昭和32年⑧川柳べに花クラブ

川柳まつかわ

①〒992-0057 米沢市成島町2-1-79②編集発行・山口まもる④A5判85頁⑥3年毎⑧川柳米沢松川吟社

川柳足迺

①〒993-0035 長井市時庭2570-1②編集発行・安藤邦子④A5判30頁⑥年1回⑦平成元年⑧長井川柳会

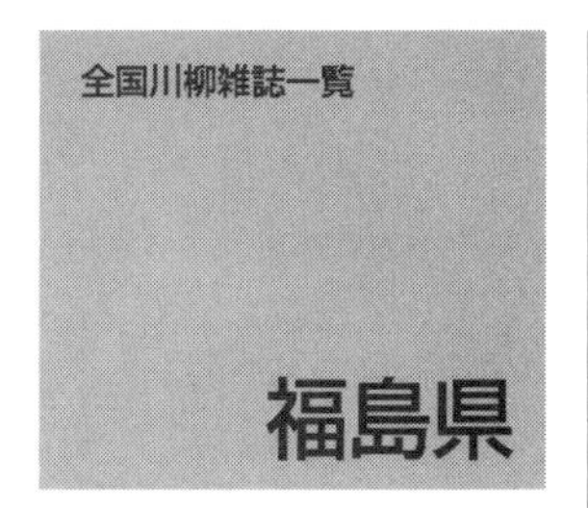

川柳にちりん
①〒960-8253 福島市泉字清水内8-11②鈴木吉泉③熊坂よし江④A4判8頁⑥月刊⑦昭和49年⑧福島日輪川柳社

能因
①〒961-0836 白河市みさか1-12-6③駒木一枝④A5判約20頁⑤頒価500円(〒共)⑥月刊⑦昭和2年⑧川柳能因会

川柳連峰
①〒963-8025 郡山市桑野2-35-11③山田昇④A5判30頁前後⑤500円⑥隔月、奇数月発行⑦平成15年7月⑧川柳連峰社

郡山川柳広場
①〒963-8862 郡山市菜根3-14-2②編集発行・鈴木英峰④B5判約22頁⑥月1回句会投句、1年に1回合同句集を発行⑦昭和27年⑧郡山川柳会(福島県)

平川柳会会報
①〒973-8408 いわき市内郷高坂町1-12-1②編集発行・先﨑正三④B5判約6頁⑤非売品⑥月刊⑦昭和38年⑧平川柳会

全国川柳雑誌一覧

茨城県

牛久川柳会句会報
①〒300-0032 土浦市白鳥町978-128②宮寄勇造③石原昭④B5判4頁⑤非売品⑥月刊⑦平成14年⑧牛久川柳会

９９９土浦川柳会
①〒300-0341 稲敷郡阿見町うずら野1-40-19手塚方②編集発行・手塚好美④A5判14頁⑥月刊⑦2012年⑧999土浦川柳会

川柳芽柳
①〒300-0848 土浦市西根西1-11-12②後藤建坊③堤丁玄坊④A5判25頁⑤300円⑥月刊⑦平成12年⑧土浦芽柳会

川柳つくばね
①〒300-1256 つくば市森の里73-2②編集発行・江崎紫峰④B5判約16頁⑤頒価500円⑥月刊⑦平成2年⑧つくばね番傘川柳会

川柳白牡丹
①〒300-1264 つくば市泊崎193-2②編集発行・片野晃一④B5判⑤300円⑥月刊⑦平成8年⑧つくば牡丹柳社

雪柳会句報
①〒301-0855 龍ケ崎市藤ケ丘5-1-43②編集発行・矢野義雄④B5判⑤無料⑥月刊⑦平成10年⑧龍ケ崎雪柳川柳会

取手川柳会会報
①〒302-0013 取手市台宿2-7-56②大森恵子③石塚流川④A4判4頁⑤無料⑥月刊⑦平成18年⑧取手川柳会

川柳那珂
①〒311-0111 茨城県那珂市後台3124-6②編集発行・髙橋昌也④A4判4頁⑥月刊⑦平成23年⑧那珂川柳会

川柳みと
①〒311-4152 水戸市河和田2-2222-10②小原正路③佐瀬貴子④B5判4頁⑤無料⑥月刊⑦昭和45年⑧水戸川柳会

川柳しろさと
①〒311-4302 東茨城郡城里町那珂西2122②編集発行・丹下節子④A4判2頁⑥月刊⑦平成19年⑧しろさと川柳会

川柳ひたち野
①〒316-0034 日立市東成沢町3-6-25②編集発行・植木利衛④A5判約26頁⑥月刊⑦昭和51年⑧川柳ひたち野社

全国川柳雑誌一覧

栃木県

川柳宇都宮
①〒321-0151 宇都宮市西川田町1059②編集発行・武田一歩④A6判9頁⑤半年分3500円 一年分7000円⑥月刊⑦昭和30年⑧宇都宮川柳会

鬼怒の芽
①〒321-0226 下都賀郡壬生町中央町16-18②編集発行・三上博史④A5判4頁⑥月刊⑦平成9年⑧川柳研究会「鬼怒の芽」

川柳しもつけ
①〒321-0942 宇都宮市峰2-13-12②川俣秀夫③刑部仙太④A5判約40頁⑤頒価600円⑥月刊⑦慶応3年(1867)⑧下野川柳会

綿の花
①〒321-4364 真岡市長田431-73②編集発行・吉田三郎④A5判⑥月刊⑦昭和49年⑧川柳綿の花吟社

川柳かぬま
①〒322-0072 鹿沼市玉田町382-29②編集発行・松本とまと④A5判16頁⑤500円⑥月刊⑦平成12年⑧かぬま川柳会

川柳不二見
①〒328-0014 栃木市泉町18-18②編集発行・渡辺裕司④A5判16頁⑥月刊⑦昭和23年⑧不二見川柳社

全国川柳雑誌一覧

群馬県

竹柳苑
①〒370-2132 高崎市吉井町吉井297②広田悦子③荻原亜杏④A5判約4頁⑤非売品⑥月刊⑦昭和23年⑧川柳竹柳会

川柳太田
①〒373-0844 太田市下田島町1243-65②編集発行・原名幸雄④A5判約12頁⑤無料⑥月刊⑦平成10年⑧太田市川柳協会

あいおい川柳
①〒376-0011 桐生市相生町3-178-19②編集発行・松井賢一④A5判20-32頁⑥年1回⑦平成6年⑧相生川柳会(群馬県)

上州時事川柳クラブ会報
①〒377-0805 群馬県吾妻郡東吾妻町植栗922-2②山津隆③黒崎和夫④A4判⑤非売品⑥月刊⑦平成6年⑧上州時事川柳クラブ

川柳まえばし
①〒379-2143 前橋市新堀町64-2②編集発行・田中寿々夢④A5判20頁⑥月刊⑦昭和55年⑧前橋川柳会

川柳きりゅう
①〒379-2313 みどり市笠懸町鹿4462-14②編集発行・亀山夕樹子④A5判8～12頁⑥月刊⑦昭和52年⑧川柳きりゅう吟社

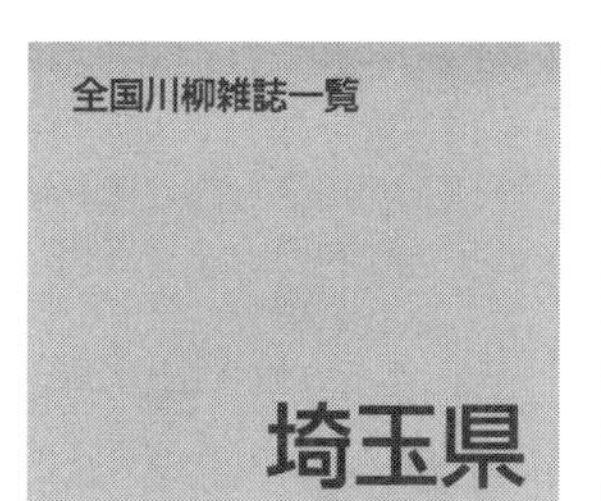

大宮川柳
①〒330-0834 さいたま市大宮区天沼町1-666-7②石田隆宏③佐藤美文④B5判2頁⑥月刊⑦昭和52年⑧大宮川柳会

川柳雑誌「風」
①〒330-0834 さいたま市大宮区天沼町1-666-7②編集発行・佐藤美文④A5判約48頁⑤定価1000円(〒160円)1年分3000円(〒共)⑥年4回発行⑦平成9年⑧川柳雑誌「風」発行所

佐知川川柳教室会報
①〒331-0811 さいたま市北区吉野町2-29-20③吉永真人④A5判約16頁⑥月刊⑦平成3年⑧佐知川川柳教室

初雁川柳
①〒350-0275 坂戸市伊豆の山町4-10②編集発行・木崎栄昇④B4判8頁⑥月刊⑦昭和11年⑧初雁川柳会

埼川協だより
①〒350-0312 比企郡鳩山町鳩ヶ丘2-14-6②開坂武彦③上田健太④A5判14頁⑤非売品⑥年2回。他に大会誌発行⑧埼玉県川柳協会

ノエマ・ノエシス
①〒351-0115 和光市新倉1-22-70②編集発行・高鶴礼子④A5判96頁⑤1200円⑥年3回刊⑦2005年12月25日⑧ノエマ・ノエシス

あすなろ
①〒355-0026 東松山市和泉町7-46②編集発行・國嶋武④B5判10-12頁⑥月刊⑦昭和35年⑧東松山新柳会

川柳さいたま
①〒359-0004 所沢市北原町870-5-1206②編集発行・願法みつる④A5判30頁⑤頒価500円⑥月刊⑦昭和33年⑧埼玉川柳社

ざんまい
①〒360-0803 熊谷市柿沼920-1②編集発行・四分一周平④A5判10枚程度⑥季刊⑧熊谷川柳三昧会

川柳空っ風
①〒366-0041 深谷市東方3676-17②編集発行・酒井青二④A5判16頁⑤300円⑥月刊⑦平成21年3月⑧川柳空っ風吟社

千葉北川柳会瓦版

①〒262-0045 千葉県千葉市花見川区作新台8-1-1-212②編集発行・勝畑五楽④A4判7頁⑤無料⑥月刊⑦平成13年⑧千葉北川柳会

川柳千葉番傘

①〒270-0034 松戸市新松戸2-147②編集発行・宗吉みちお④A5判12頁⑤頒価500円⑥月刊⑦昭和63年⑧千葉番傘川柳会

川柳ぬかる道

①〒270-1108 我孫子市布佐平和台5-11-3②六斉堂茂雄③江畑哲男④B5判40～50頁⑤頒価500円年間誌代5000円(〒共)⑥月刊⑦昭和62年⑧東葛川柳会

川柳新潮

①〒274-0814 船橋市新高根2-11-11②編集発行・川口雅生④B5判2頁⑥月刊⑦昭和38年⑧川柳新潮社

鶏鳴

①〒276-0043 八千代市萱田2215-15②編集発行・鈴木みち子④A5判12頁⑤非売品⑥月刊⑦平成5年⑧八千代鶏鳴川柳会

せんりゅう悠遊

①〒276-0046 八千代市大和田新田59-101②編集発行・岩波敬祐④A4判約20頁⑤非売品⑥月刊⑦平成6年⑧悠遊川柳会

新樹

①〒277-0033 柏市増尾7-4-9 佐竹明吟方②吉田格③川崎信彰④B5判7頁⑤非売品⑥月刊⑦平成18年⑧川柳会・新樹

からたち川柳会句会報

①〒285-0831 佐倉市染井野7-27-5②編集発行・及川竜太郎④B5判約4頁⑥月刊⑦昭和55年⑧からたち川柳会

わかしお

①〒289-1104 八街市文違132-85②編集発行・柴垣一④B5判5頁⑤無料⑥月刊⑦平成2年⑧わかしお川柳会

犬吠

①〒290-0143 市原市ちはら台西2-9-1 デュオセーヌ213号②編集発行・津田暹④B5判約60頁⑤500円⑥月刊⑦1964年⑧千葉県川柳作家連盟

矢那川会報

①〒292-0815 木更津市大久保4-3-10②編集発行・藤沢健二④A4判約3頁⑤無料⑥月刊⑦平成14年⑧矢那川吟社

全国川柳雑誌一覧

東京都

川柳きやり
①〒084-0004 小金井市本町3-14-5②安藤波瑠③竹田光柳④A5判104頁⑤500円⑥月刊⑦大正9年⑧川柳きやり吟社

川柳新堀端
①〒111-0031 台東区千束1-19-4②内田博柳③伊藤睦子④B4判⑥月刊⑦昭和30年⑧川柳新堀端

台東川柳
①〒111-0041 台東区元浅草4-4-17-202②編集発行・内田博柳④B6判20頁⑥年2回⑦昭和26年⑧台東川柳人連盟

川柳東京
①〒112-0014 文京区関口1-23-6-814②佐藤孔亮③中島和子④A5判12-16頁⑤頒価400円⑥月刊⑦昭和29年⑧東京番傘川柳社

文京川柳会会報
①〒113-0034 文京区湯島3-18-10-701②尾藤川柳③堤牛歩④A4判2～8頁⑤会員内⑥月刊⑦平成21年⑧文京川柳会

川柳あすか
①〒114-0005 北区栄町38-2 尾藤方②浅岡わさ美③尾藤川柳④A5判28頁⑤500円⑥年刊⑦平成25年⑧川柳あすか

川柳はいふう
①〒114-0005 北区栄町38-2②編集発行・尾藤川柳④A5判約70頁⑤年会費6000円(単部1000円)⑥隔月刊⑦平成27年⑧川柳公論社

足立川柳
①〒120-0015 足立区足立3-26-1④A5判約24頁⑤非売品⑥月刊⑦昭和57年⑧足立川柳会

かつしか
①〒124-0006 葛飾区堀切3-20-1 田中八洲志方②栃原輝昭③田中八洲志④A5判32頁⑤無料⑥月刊および年刊誌⑦昭和23年⑧川柳かつしか吟社

川柳向島
①〒124-0006 葛飾区堀切3-20-1 田中八洲志方②編集発行・中嶋修④A5判約50頁⑤無料⑥年刊⑦昭和48年⑧川柳向島

葛飾川柳連盟会報
①〒124-0006 葛飾区堀切3-20-1②中嶋修③田中八洲志④A5判約20頁⑤無料⑥年刊⑦昭和54年⑧葛飾川柳連盟

すみだ川柳会報
①〒131-0032 墨田区東向島2-45-9②編集発行・大貫友康④B5判4頁⑥隔週刊⑦平成9年⑧すみだ川柳会

川柳江戸川
①〒133-0061 江戸川区篠崎町4-17-9 福井方②編集発行・福井勲④A5判約20頁⑥隔月刊⑦昭和33年⑧江戸川区川柳作家連盟

川柳研究
①〒134-0088 江戸川区西葛西7-17-15 野中方 いしがみ鉄②齊藤由紀子③安藤紀楽④A5判60頁⑤頒価500円(〒共)⑥月刊⑦昭和5年⑧川柳研究社

白梅
①〒145-0064 大田区上池台3-39-14②遠藤三太③近江あきら④A5判約13頁⑤頒価年間3000円⑥隔月刊⑦昭和53年⑧川柳白梅会

川柳ながや
①〒154-0012 世田谷区駒沢2-30-1 安藤紀楽方②安藤紀楽④B6判約130頁⑤1000円(送料別)⑥2年毎⑦昭和22年⑧東都川柳長屋連

川柳サロン会報
①〒154-0012 世田谷区駒沢2-30-1③安藤紀楽④A5判約8頁⑤500円⑥月刊⑦平成4年⑧川柳サロン

川柳レモンの会会報
①〒158-0083 世田谷区奥沢5-18-6 速川方②川邑光昭③速川美竹④B5判約24頁⑤500円⑥月刊⑦平成4年(2018年5月現在305号)⑧川柳レモンの会

九品仏川柳会句会報
①〒158-0083 世田谷区奥沢5-18-6 速川方②編集発行・速川美竹④B5判10頁内外⑤非売品⑥月刊⑦2002年⑧九品仏川柳会

白帆
①〒165-0034 中野区大和町4-31-11②編集発行・上村脩④A5判約20頁⑤500円⑥季刊⑦昭和22年⑧川柳白帆吟社

川柳さわやか
①〒190-0162 あきる野市三内678-10②編集発行・市川一④A5判14頁⑤585円⑥月刊⑦昭和59年⑧読売多摩川柳クラブ

川柳のぞみ
①〒193-0832 八王子市散田町2-31-3②編集発行・播本充子④B5判4頁⑥季刊⑦平成23年2月(16年2月創刊の「川柳塔のぞみ」より改称)⑧のぞみ川柳会

都庁川柳
①〒270-2251 松戸市金ヶ作267-78②横塚隆志③松尾仙影④A4判約12頁⑤非売品⑥月刊⑦平成4年4月⑧とうきょうと川柳会

銀河
①〒271-0064 千葉県松戸市上本郷386-1-306②編集発行・島田駱舟④A5判12頁⑤150円⑥月刊⑦平成12年⑧印象吟句会 銀河

川柳港
①〒350-0241 埼玉県坂戸市鶴舞4-21-27 青木方②丸山芳夫③青木薫④A5判23頁⑤年間5000円⑥月刊⑦昭和39年⑧東京みなと番傘川柳会

全国川柳雑誌一覧

神奈川県

川柳みちしお吟社
①〒221-0864 横浜市神奈川区菅田町2519-2③川原隆泉④A5判14頁⑤非売品⑥月刊⑦平成7年⑧川柳みちしお吟社

川柳路
①〒238-0006 横須賀市日の出町1-16 ハイネス401②編集発行・木村紀夫④A5判約50頁⑤頒価500円(〒80円)⑥月刊⑦昭和22年⑧川柳路吟社

時事作家協会
①〒245-0053 横浜市戸塚区上矢部町39-2-211②編集発行・渡辺貞勇④B5判20頁⑤年間4000円⑥月刊⑦平成10年⑧時事川柳作家協会

鮎
①〒259-1111 伊勢原市西富岡1356②編集発行・瀬戸一石④B6判横約12頁⑥月刊⑦昭和61年⑧川柳あゆつ吟社

全国川柳雑誌一覧

新潟県

川柳長陵
①〒940-0853 長岡市中沢2-1079-3②山岸喜久男③野田明夢④A5判11頁⑤会員制⑥隔月刊⑦昭和26年⑧長陵川柳会

川柳にいがた
①〒950-0076 新潟市中央区沼垂西2-2-23②編集発行・真壁芳朗④A5判35頁⑤頒価500円(〒共)⑥月刊⑦昭和44年⑧新潟川柳文芸社

土曜川柳
①〒950-0087 新潟市中央区東大通2-3-26②編集発行・細井吉之輔④B5判20頁⑥年刊⑦平成元年⑧NHK新潟文化センター土曜川柳

川柳うめぼし
①〒950-0131 新潟市江南区袋津1-1-27②編集発行・丘野旭④A4判4～5頁⑤非売品⑥隔月⑦平成17年⑧読売越路時事川柳くらぶ

柳都にいがた
①〒950-0866 新潟市中央区西馬越5-23②湯井祥人④B5判4頁⑥月刊⑦昭和57年⑧柳都にいがた川柳会

柳都
①〒956-0023 新潟市秋葉区美幸町3-4-6②編集発行・大野風柳④A5判約42頁⑤頒価500円(〒別)⑥月刊⑦昭和24年⑧柳都川柳社

川柳ぶんすい
①〒959-0124 燕市五千石3245-1②編集発行・吉田甚吾朗④B5判約4頁⑤非売品⑥隔月刊⑦昭和34年⑧川柳ぶんすい会

中越柳壇
①〒959-1284 燕市杣木1245-1③江口てるお④A5判16頁⑤非売品⑥隔月刊⑦昭和33年⑧中越柳壇吟社

新柳
①〒959-2062 阿賀野市市野山195-3②編集発行・仁谷敏衛④A5判52頁⑤非売品⑥年1回⑦昭和57年⑧新柳会

川柳さつき(カセットテープ)
①〒959-2334 新発田市月岡533-1②編集発行・三浦五十弥⑥月刊⑦昭和58年⑧川柳さつき会

全国川柳雑誌一覧

富山県

おっちゃやれ
①〒932-0112 小矢部市清沢1879 六反方②篠島隆③六反日出緒④B4判4頁⑤投句は80円切手3枚⑦昭和55年⑧福野川柳社

川柳えんぴつ
①〒933-0807 高岡市井口本江528-3②森谷正成③坂下清④A5判40頁⑤頒価600円(〒共)⑥月刊⑦昭和30年⑧川柳えんぴつ社

くじら
①〒935-0004 氷見市北大町5-22②編集発行・古川政章④B5判約20頁⑤非売品⑦昭和44年(くじら命名)⑧氷見川柳会

山なみ
①〒939-0245 射水市棚田128②編集発行・門田宜子④B5判約6頁⑥月刊⑦昭和59年⑧富山番傘川柳会

全国川柳雑誌一覧

石川県

和定例句会報

①〒920-0027 金沢市駅西新町3-17-2 岩原方②岩原茂明③岩原茂明④A4判8頁⑤無料⑥月刊⑦不明⑧和川柳社

北国川柳社句会報

①〒920-0337 金沢市金石西2-10-30③今井ひさを④A5判4頁⑥月刊⑧北国川柳社

川柳白鳥

①〒921-8134 金沢市南四十万3-23②高塚夏生③河崎香太郎④A5判約30頁⑤頒価600円(〒共)⑥月刊⑦昭和43年⑧番傘加越能川柳社

川柳わかまつ

①〒923-0303 小松市島町ル118-2③福田幹夫④A5判約20頁⑤500円⑥隔月(奇数月)⑦昭和45年3月1日⑧こまつ川柳社

石川県川柳協会会報

①〒924-0014 白山市五歩市町436-1③本田一三一④A5判6頁⑤無料⑥季刊⑦昭和48年⑧石川県川柳協会

現代川柳蟹の目

①〒924-0831 白山市藤波1-4-8③岡本聡④A5判約24頁⑤420円(〒共)⑥月刊⑦昭和22年⑧蟹の目川柳社

のと

①〒926-0001 七尾市鵜浦町50-5②編集発行・中山北斗④B5判約4頁⑥月刊⑦昭和50年⑧能登川柳会

北陸労金福井支店友の会機関誌『やすらぎ』

①〒918-8135　福井市下六条町24-25-3　山下博方 ②編集発行・山下博⑥年4回⑧北陸労金福井地区友の会川柳会

全国川柳雑誌一覧

福井県

川柳若狭湾

①〒914-0055 敦賀市鉄輪町1-7-15-2503 森口方②安斎寿賀江③みつ木もも花④A5判10頁⑤200円⑥隔月発行⑦平成13年⑧若狭湾川柳舎

若狭

①〒917-0232 小浜市東市場43-10-1②編集発行・前川正子④A5判10～14頁⑤会費含め年間1万円⑥月刊⑦昭和46年⑧若狭番傘川柳会

全国川柳雑誌一覧

山梨県

山川協だより

①〒400-0064 甲府市下飯田2-9-14　風間方②風間なごみ③玉島よ志子④B5判10頁⑤無料⑥年1回⑦平成10年⑧山梨県川柳協会

川柳甲斐野

①〒400-0807 甲府市東光寺2-20-7　坂田方③井上信太朗④A5判変型約40頁⑤頒価800円(〒共)⑥月刊⑦昭和55年⑧川柳甲斐野社

全国川柳雑誌一覧

長野県

川柳雑誌 美すゞ

①〒381-0036 長野市平林132-3②深見多美夫③白川清風④A5判30頁⑤650円(〒共)⑥月刊⑦昭和11年⑧川柳美すゞ吟社

川柳あさま

①〒384-0011 小諸市赤坂1-9-7②編集発行・井出秀夫④A5判変型17頁⑤頒価350円(〒90円)⑥月刊⑦昭和23年⑧川柳浅間吟社

川柳六文銭

①〒386-0032 上田市諏訪形1228-10②羽毛田渓泉③佐藤崇子④A5判約20頁⑤500円⑥月刊⑦昭和36年⑧川柳六文銭上田吟社

キマロキ

①〒389-2413 飯山市照里1831②編集発行・石田一郎④B6判約10頁⑦昭和30年⑧川柳キマロキ吟社

天柳

①〒395-0004 飯田市上黒田1649②北沢龍玄③曽我秋水④A5判30頁⑤年会費5000円⑥月刊⑦昭和53年⑧飯田天柳吟社

川柳の仲間 旬

①〒396-0009 伊那市日影372②樹萄らき③丸山健三④A5判40頁⑤年間3000円(〒込)⑥隔月刊⑦平成3年⑧川柳の仲間 旬

全国川柳雑誌一覧

岐阜県

柳宴

①〒502-0859 岐阜市城田寺684-42②編集発行・大島凪子④A5判24頁⑤頒価500円⑥月刊⑦昭和29年⑧岐阜川柳社

全国川柳雑誌一覧

静岡県

木鶏

①〒410-3302 伊豆市土肥553-1②編集発行・佐藤灯人④A5判⑤非売品⑥月刊⑦昭和58年⑧川柳ともしび吟社

川柳黒潮

①〒415-0022 下田市2-2-30②堀沢靜巴③土屋渓水④A4判4頁⑤年会費7000円⑥月刊⑦昭和22年⑧下田川柳黒潮吟社

川柳たかね

①〒420-0949 静岡市葵区与一5-1-2-109②編集発行・松田夕介④A5判16頁⑥月刊⑦昭和39年⑧静岡たかね川柳会

川柳いしころ

①〒431-1205 浜松市西区協和町106-1②編集発行・今田久帆④A5判22頁⑤頒価500円(〒共)⑥月刊⑦昭和38年⑧浜松川柳社いしころ会

現代川柳 琳琅

①〒420-0866 静岡市葵区西草深町22-34②編集発行・杉山夕祈④A5判約40頁⑤頒価年間3000円⑥隔月刊⑦平成5年⑧作家集団「琳琅」

川柳 豊橋番傘
①〒441-1115 豊橋市石巻本町字西浦73②編集発行・鈴木順子④A5判26頁⑤400円⑥月刊⑦平成18年⑧豊橋番傘川柳会

川柳やしの実豊川
①〒441-1231 豊川市一宮町栄131②鈴木太③福田素純④A5判25頁⑤500円⑥季刊⑦平成28年⑧川柳豊川やしの実会

川柳おかざき風
①〒444-0874 岡崎市竜美南4-13-6③山下吉宣④A5判約28頁⑤400円⑥月刊⑦昭和26年⑧岡崎川柳研究社

中日川柳
①〒457-0038 名古屋市南区桜本町137②原田多喜③荒川八洲雄④A5判40頁⑤625円⑥月刊⑦昭和26年⑧中日川柳会

川柳あいち
①〒457-0038 名古屋市南区桜本町137②当番吟社③荒川八洲雄④A5判24頁⑥年2回⑦昭和39年⑧愛知川柳作家協会

さざなみ
①〒466-0855 名古屋市昭和区川名本町1-16-2②編集発行・浅野滋子（編集補佐・須田よしえ）④A5判⑤500円⑥隔月刊⑦昭和42年⑧さざなみ川柳

川柳めいばん
①〒471-0823 豊田市今町6-15-10③重徳光州④A5判36頁⑤500円⑥月刊⑦昭和6年⑧名古屋番傘川柳会

きぬうら
①〒475-0862 半田市住吉町6-112 ②川柳きぬうらクラブ編集部③猫田千恵子④A5判30頁⑤頒価500円⑥隔月刊⑦昭和44年⑧川柳きぬうらクラブ

月刊とうかい
①〒477-0032 東海市加木屋町泡池11-301②編集発行・板橋柳子④A5判25頁⑤半期5000円（12冊）⑦昭和56年⑧とうかい柳壇川柳会

なが勢
①〒480-1122 長久手市城屋敷2324②編集発行・山田八郎④A5判22頁⑤400円（〒90円）⑥隔月刊⑦昭和43年⑧長瀬川柳会

せせらぎ
①〒482-0042 岩倉市中本町西出口4-13③中村志づか④A5判16～20頁⑤なし1ヶ月会費400円⑦昭和55年6月⑧岩倉川柳会

川柳なごや
①〒488-0827 尾張旭市吉岡町3-10-30②編集発行・杉本憩舟④A5判約35頁⑤頒価500円⑥月刊⑦昭和8年⑧名古屋川柳社

全国川柳雑誌一覧

三重県

川柳よっかいち

①〒510-0812 四日市市西阿倉川1641-11②樋口仁③四日市川柳会④A5判15頁⑤300円⑥月刊⑦昭和46年⑧四日市川柳会

翔

①〒510-0834 四日市市ときわ5-5-28 ときわマンション403号②松嶌聖一・大海戸定・大野たけお・宮村典子③松嶌聖一④A5判約20頁⑤300円⑥月刊⑦平成15年⑧せんりゅうくらぶ翔

番傘川柳ふりこ

①〒518-0479 名張市百合が丘東9-124②編集発行・久保光範④A5判4頁⑥月刊⑦昭和41年⑧名張番傘川柳ふりこ会

川柳亀山

①〒519-0142 亀山市天神4-7-11②編集発行・坂倉広美④A5判約26頁⑤無料⑥月刊⑦昭和63年⑧亀山川柳会

全国川柳雑誌一覧

滋賀県

川柳びわこ

①〒524-0043 守山市二町町133-8②徳永政二③笠川嘉一④A5判約20頁⑥月刊⑦昭和29年⑧びわこ番傘川柳会

川柳近江

①〒529-1152 彦根市安食中町166②編集発行・青木十九郎④B5判約10頁⑤非売品⑥隔月刊（偶数月）⑦昭和23年⑧近江川柳会

全国川柳雑誌一覧

京都府

川柳草原

①〒606-8306 京都市左京区吉田中阿達町18シオン6号 中野方②中野六助③奥山晴生④A5判32頁⑤500円⑥隔月刊⑦平成14年⑧川柳グループ草原

凜

①〒610-1101 京都市西京区大枝北沓掛町1-5-3-311 こうだ方②こうだひでお③桑原伸吉④A5判約40頁⑤誌代年間3000円（〒共）⑥季刊⑦平成12年⑧川柳凜

番茶

①〒611-0029 宇治市天神台3-1-104②宇治川柳会③広瀬勝博④A5判6～8頁⑤非売品⑥月刊⑦平成21年⑧宇治川柳会

川柳御所柳

①〒616-8124 京都市右京区太秦辻ケ本町18-5 前中方②編集発行・前中知栄④A5判約28頁⑤定価500円（〒別）⑥月刊⑦昭和5年⑧京都番傘川柳会

川柳たけのこ
①〒617-0817 長岡京市滝ノ町2-7-3②編集発行・藤井孝作④A5判⑤無料⑥月刊⑦平成15年⑧長岡京川柳会

川柳心種
①〒625-0083 舞鶴市余部上榎川8-678②森本芳月③森本芳月④B5判15頁⑤150円⑥月刊⑦1837年⑧舞鶴番傘川柳会

川柳かさまつ
①〒626-0033 宮津市宮村辻町1144②遠藤小夜子③大村松石④A5判15〜18頁⑤非売品⑥隔月刊⑦大正13年⑧宮津番傘川柳会

川柳番傘
①〒530-0047 大阪市北区西天満5-6-26-605②大堀正明③田中新一④A5判150頁⑤700円⑥月刊⑦大正2年⑧番傘川柳本社

川柳折鶴
①〒531-0063 大阪市北区長柄東2-5-2-608②編集発行・三好聖水④A5判約18頁⑤頒価450円(〒90円)⑥月刊⑦昭和27年⑧番傘折鶴川柳会

川柳うめだ
①〒531-0072 大阪市北区豊崎3-18-3-4006②編集発行・西山春日子④A5判約10頁⑤200円⑥月刊⑦昭和24年⑧うめだ番傘川柳会

大阪川柳
①〒532-0025 大阪市淀川区新北野1-3-4-1307②編集発行・事務局本田智彦④B5判8頁⑥隔月刊⑦平成3年⑧大阪川柳の会

よどがわ川柳
①〒532-0025 大阪市淀川区新北野1-3-4-1307②編集発行・本田智彦④B5判4頁⑥月刊⑧よどがわ川柳

豊中川柳
①〒532-0025 大阪市淀川区新北野1-3-4-1307②本田智彦③大堀正明④B5判4頁⑥月刊⑦昭和30年⑧豊中川柳会

城北川柳
①〒536-0001 大阪市城東区古市1-8-14②編集発行・江島谷勝弘④B5判6頁⑤非売品⑥月刊⑦昭和36年⑧城北川柳会

南大阪川柳会
①〒537-0002 大阪市東成区深江南2-10-28②編集発行・井丸昌紀④B5判4頁⑥月刊⑦昭和40年⑧南大阪川柳会

檸檬
①〒543-0012 大阪市天王寺区空堀町8-5②吉田あずき③西出楓楽④A5判4頁⑥月刊⑦平成5年⑧サークル檸檬

きしせん
①〒543-0013 岸和田市葛城町891-22②宮野みつ江③岩佐ダン吉④B5判6頁⑤年間1000円⑥月刊⑦昭和24年⑧岸和田川柳会

あかつき
①〒543-0013 大阪市天王寺区玉造本町3-6木村ビル2F②西川ひろし③岩佐ダン吉④A5判24頁⑤1部300円、年間3000円⑥月刊⑦2001年⑧あかつき川柳会

川柳塔
①〒543-0052 大阪市天王寺区大道1-14-17-201②木本朱夏③小島蘭幸（和幸）④A5判約130頁⑤頒価800円（〒92円）⑥月刊⑦大正13年⑧川柳塔社

わかくさ
①〒544-0031 大阪市生野区鶴橋5-8-11 田中方②油谷克己③田中新一④B5判28頁⑤400円⑥月刊⑦昭和21年⑧番傘わかくさ川柳会

川柳文学コロキュウム
①〒560-0004 豊中市少路2-1-6-505②編集発行・赤松ますみ④A5判72頁⑤年間6000円（〒共）⑥季刊⑦平成15年⑧川柳文学コロキュウム

番傘みどり
①〒560-0033 大阪府豊中市蛍池中町2-3-1-411②編集発行・田中螢柳④A5判約12頁⑤500円⑥月刊⑦昭和38年⑧番傘みどり川柳会

箕面ぼんぼん
①〒562-0001 箕面市箕面6-1-30-202②編集発行・笠田幹治④A5判⑥月刊⑦昭和42年⑧箕面凡凡川柳会

川柳くすの木
①〒566-0062 摂津市鳥飼上1-20-7②編集発行・小林貞夫④B5判4頁⑥月刊⑦平成元年⑧摂津川柳サークルくすの木

川柳夢華の会
①〒567-0009 大阪府茨木市山手台4-6-3-101②勝藤隆③足立千恵子④A4判約6頁⑥月刊⑦昭和61年⑧川柳夢華の会

ロイヤル川柳
①〒567-0009 茨木市山手台4-6-3-101②きとうこみつ③天根夢草④A5判⑥月刊⑦平成10年⑧リーガロイヤルホテル文化教室ロイヤル川柳

梅田教室
①〒567-0009 茨木市山手台4-6-3-101②梶井良治③天根夢草④A5判8頁⑥月2回刊⑦平成14年⑧サンケイリビング新聞社カルチャー倶楽部川柳講座梅田教室

サンケイリビング豊中川柳講座
①〒567-0009 茨木市山手台4-6-3-101②三村舞③天根夢草④A5判10頁⑥月刊⑦1993年⑧サンケイリビング新聞社カルチャー倶楽部川柳講座豊中教室

サンケイリビング新聞社カルチャー倶楽部川柳講座 高槻教室
①〒567-0009 茨木市山手台4-6-3-101②三村舞③天根夢草④A5判6頁⑥月刊⑦平成26年⑧サンケイリビング新聞社カルチャー倶楽部川柳講座高槻教室

川柳夢久の会会報
①〒567-0009 茨木市山手台4-6-3-101②編集発行・篠原伸廣④A5判12頁⑥隔月刊⑦平成9年⑧川柳夢久の会

川柳展望
①〒567-0009 茨木市山手台4-6-3-101②編集発行・天根夢草④A5判約156頁⑤頒価1030円（〒210円）⑥季刊⑦昭和50年⑧川柳展望社

川柳二七
①〒567-0057 茨木市豊川1丁目17-6②編集発行・森茂俊④その他6頁⑤300円⑥月刊⑦昭和34年⑧川柳二七会

いばらき川柳サークル
①〒567-0861 茨木市東奈良2-12-24②錦織久③岡田守啓④B6判20頁⑥月刊⑦昭和57年⑧いばらき川柳サークル

もくせい
①〒569-0073 高槻市上本町5-26②編集発行・初代正彦④B5判4頁⑥月刊⑦昭和59年⑧豊中もくせい川柳会

川柳ねやがわ
①〒572-0063 寝屋川市春日町9-9②編集発行・高田博泉④B5判約4頁⑤出席会費500円⑥月刊⑦昭和50年⑧川柳ねやがわ

川柳くらわんか番傘
①〒573-0118 枚方市杉山手2-11-15 池田武彦方③碓氷祥昭④A5判20頁⑥隔月刊⑦昭和54年⑧くらわんか番傘川柳会

川柳やお
①〒581-0083 八尾市永畑町2-1-7②土田欣之③発行・八尾市民川柳会④B5判4頁⑥月刊⑦昭和62年⑧八尾市民川柳会

川柳はびきの
①〒583-0861 羽曳野市西浦6-4-21②宇都宮ちづる③吉村久仁雄④B5判4頁⑥月刊⑦昭和54年⑧はびきの市民川柳会

川柳瓦版
①〒583-0881 羽曳野市島泉9-11-4②立蔵信子③井上一筒④A5判22頁⑤頒価400円(〒62円)⑥月刊⑦昭和34年⑧川柳瓦版の会

富柳会
①〒584-0064 富田林市不動ケ丘町8-31②編集発行・山野寿之④B5判4頁⑥月刊⑦昭和25年⑧川柳とんだばやし富柳会

プラザ川柳
①〒586-0077 河内長野市南花台4-12-9(坂上方)②松岡篤③坂上淳司④B5判⑥月刊⑦平成19年⑧プラザ川柳

川柳塔さかい
①〒590-0016 堺市堺区中田出井町3丁 4-31②内藤憲彦③村上玄也④B5判⑥月刊⑦昭和24年頃⑧川柳塔さかい

川柳ちぬ
①〒590-0018 堺市堺区今池町6-6-15-602②編集発行・岩田明子④A5判約28頁⑤頒価400円(〒90円)⑥月刊⑦昭和40年⑧堺番傘川柳会

岬川柳会
①〒599-0301 泉南郡岬町淡輪3592②編集発行・八十田洞庵④A5判8頁⑥月刊⑦平成5年⑧岬川柳会

楽生日記
①〒599-8261 堺市中区堀上町478②編集発行・上野楽生④A5判10頁⑤200円⑥月刊⑦平成8年⑧楽生会

大阪府

全国川柳雑誌一覧

兵庫県

サンケイリビング西宮川柳講座
①〒567-0009 茨木市山手台4-6-3-101②篠原伸廣③天根夢草④A4判8頁⑥月刊⑦平成16年⑧サンケイリビング新聞社カルチャー倶楽部川柳講座西宮教室

楽しい気分で！川柳
①〒567-0009 茨木市山手台4-6-3-101②車田邦夫③天根夢草④A5判10頁⑥月刊⑦令和元年12月7日⑧神戸新聞文化センター（三宮KCC）川柳講座

兵川協だより
①〒651-0092 神戸市中央区生田町2-5-16-103 ふあうすと川柳社内②村上氷筆③赤井花城④A5判約8〜10頁⑥年2回⑦昭和51年⑧兵庫県川柳協会

川柳ふあうすと
①〒650-0011 神戸市中央区下山手通6-2-19甲陽会館内②村上氷筆③赤井花城④A5判約90頁⑤600円⑥月刊⑦昭和4年⑧ふあうすと川柳社

野火
①〒651-1322 神戸市北区東有野台4-8-9 矢沢方③矢沢和女④B5判4頁⑥隔月刊⑦平成26年⑧野火の会

時の川柳
①〒651-1322 神戸市北区東有野台4-8-9③矢沢和女④A5判50頁⑤600円⑥月刊⑦昭和32年⑧時の川柳社

川柳きやびん
①〒651-2303 神戸市西区神出町五百蔵28-46②樋口祐子③赤井花城④A4判約12頁⑤非売品⑥隔月刊⑦昭和31年⑧きやびん川柳会

川柳ＫＯＢＥ
①〒654-0113 神戸市須磨区緑が丘2-23-5大森方②濱邉稲佐嶽③大森一甲④A5判16頁⑤300円⑥隔月刊⑦平成25年7月⑧川柳神戸吟社

あじさいだより
①〒654-0141 神戸市須磨区竜が台7-11-12②中野文擴③渡邉稲佐嶽④A4判8頁⑥年刊⑦昭和43年⑧神戸川柳協会

すばる
①〒654-0151 神戸市須磨区北落合4-28-12②毛利きりこ③長島敏子④A5判12頁⑥月刊⑦平成17年⑧すばる川柳会

川柳マガジンクラブ神戸句会
①〒654-0151 神戸市須磨区北落合4-28-12②城戸幸二③長島敏子④A5判6頁⑥月刊⑦平成24年6月⑧川柳マガジンクラブ神戸句会

川柳甲子園
①〒655-0048 神戸市垂水区西舞子1-1-11-102 アルファステイツ舞子2②村上秀夫③村上氷筆④B5判約8頁⑥月刊⑦昭和24年⑧甲子園川柳社

川柳あまがさき
①〒661-0012 尼崎市南塚口町7-7-15②編集発行・長浜美籠④A4判4頁⑥月刊⑦通巻431号⑧川柳あまがさき

きたぐち
①〒663-8112 西宮市甲子園口北町27-4-602②編集発行人・梅澤盛夫④A4判4頁⑥月刊⑦昭和49年⑧西宮北口川柳会

西宮川柳会報
①〒663-8234 西宮市津門住江町11-15-303②山田恵子③小山紀乃④B5判6-7頁⑤会員制⑥月刊⑦昭和60年⑧西宮川柳会

川柳さんだ
①〒669-1545 三田市狭間が丘5-10-19②谷口修平③谷祐康④A4判4頁⑤無料（会員以外は送料として年1000円）⑥毎月月末（句会報として）⑦平成12年⑧川柳さんだ

川柳灯台
①〒669-6124 豊岡市気比3213②竹岡俊彦③榎本雅之④A5判18頁⑥月刊⑦平成12年⑧川柳灯台の会

川柳創作夢工房だいとう夢人
①〒670-0048 姫路市船橋町2-1　前田亮香方②濱邉稲佐嶽③堀野隆史④A5判6頁⑤非売品⑥月刊⑦平成6年2月⑧川柳創作夢工房夢人会

播磨
①〒670-0884 姫路市城北本町9-15②編集発行・濱邉稲佐嶽④A5判14頁⑤150円⑥年1回⑦平成22年11月⑧播磨川柳協会

綿津見
①〒670-0884 姫路市城北本町9-15②編集発行・濱邉稲佐嶽④A5判20頁⑤200円⑥年1回（誌上大会）⑦昭和59年2月⑧川柳水柳会

三木ゆうりん川柳句会
①〒673-0444 三木市別所町東這田54-22②編集発行・志原喜美子④A5判6頁⑤非売品⑥月刊⑦昭和49年⑧三木ゆうりん川柳会

蛸壷
①〒674-0084 明石市魚住町西岡605-19②金澤準一③黒嶋海童④A5判18頁⑦昭和28年⑧蛸壷川柳社

川柳ニューサロン
①〒675-0062 加古川市加古川町美ノ利377-16②岡田篤③蛯原夏牛④B5判7頁⑥月刊⑦平成18年⑧川柳ニューサロン

相生川柳会会報
①〒678-0091 相生市矢野町中野11②井口と志女・丸山喜美代③古沢美子④B4判4頁⑥月刊⑦昭和62年⑧相生川柳会（兵庫県）

川柳赤穂
①〒678-0221 赤穂市尾崎268②濱邉稲佐嶽③金碇庄平④A5判18頁⑤150円⑥年3回⑦平成24年⑧川柳赤穂吟社

川柳赤穂義士句会
①〒678-0239 赤穂市加里屋1992　花岳寺内②編集発行・濱邉稲佐嶽④A5判6頁⑤非売品⑥月刊⑦平成27年⑧川柳マガジンクラブ赤穂義士句会

全国川柳雑誌一覧

奈良県

天平
①〒547-0022 大阪市平野区喜連瓜破2-1-16　平野ハイツ405　鈴木方②木嶋盛隆③鈴木かこ④A5判20頁⑥毎月発行⑦昭和42年⑧川柳天平の会

川柳いこま
①〒630-0253 生駒市新旭ヶ丘14-7②松岡俊平③松本柾子④A5判18頁⑥月刊⑦昭和49年⑧生駒番傘川柳会

篝火
①〒633-0054 桜井市阿部787　安土方②安福和夫③安土理恵④B5判8頁⑤月会費500円⑥月刊⑦平成10年⑧川柳塔なら

川柳やまと
①〒634-0077 橿原市南八木町1-4-15-901②西澤知子③阪本高士④A5判38頁⑤年会費8000円、誌友6000円⑥月刊⑦昭和35年頃⑧やまと番傘川柳社

川柳奈良
①〒634-0835 橿原市東坊城町22-45②(毎年変更)③阪本高士④A5判15頁⑥年刊⑦昭和33年⑧奈良県川柳連盟

葦
①〒635-0067 大和高田市春日町1丁目セレナ209 板垣方②板垣孝志④A6判約36頁前後⑥月刊⑦昭和46年⑧ぐるうぷ葦

こぼれ花
①〒638-0001 吉野郡下市町阿知賀1826-3②編集発行・鶴本むねお④A5判16頁⑥隔月刊⑦平成26年⑧柳壇「こぼれ花」

柳茶屋
①〒639-1132 大和郡山市高田町9-1-13-202 大楠紀子方②吉富ひろし③大楠紀子④A5判約24頁⑤500円⑥月刊⑦昭和23年1月6日⑧奈良番傘川柳会

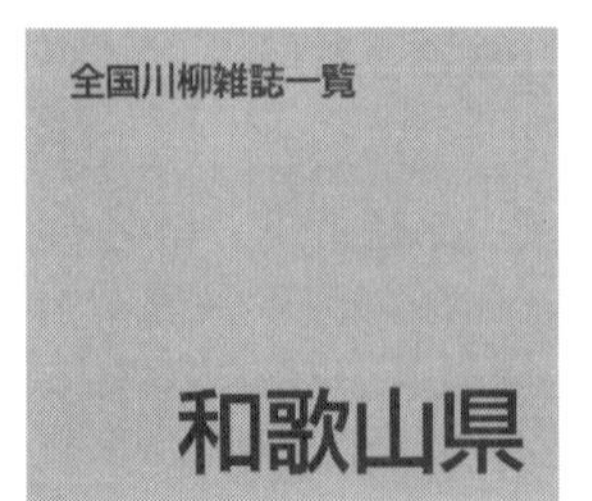
全国川柳雑誌一覧

和歌山県

七面
①〒640-8111 和歌山市新通7-17 古久保方②古久保和子③三宅保州④A5判変型約18頁⑤誌代年間3000円⑥月刊⑦昭和54年⑧和歌山三幸川柳会

川柳塔わかやま
①〒640-8482 和歌山市六十谷1188-14②川上大輪③川柳塔わかやま吟社④A5判16頁⑤300円(〒共)⑥月刊⑦昭和45年⑧川柳塔わかやま吟社

仁王門
①〒644-0011 御坊市湯川町財部240-8③山下修子④A5判変型10頁⑥月刊⑦昭和44年⑧日高番傘川柳会

川柳はまゆう
①〒649-5332 東牟婁郡那智勝浦町朝日2-1②編集発行・玉置泰作④B5判6～8頁⑥月刊⑦平成8年⑧はまゆう川柳会

川柳岩出
①〒649-6257 岩出市相谷620-610③山崎稔④B5判約10頁⑤無料⑥月刊⑦昭和62年⑧川柳岩出

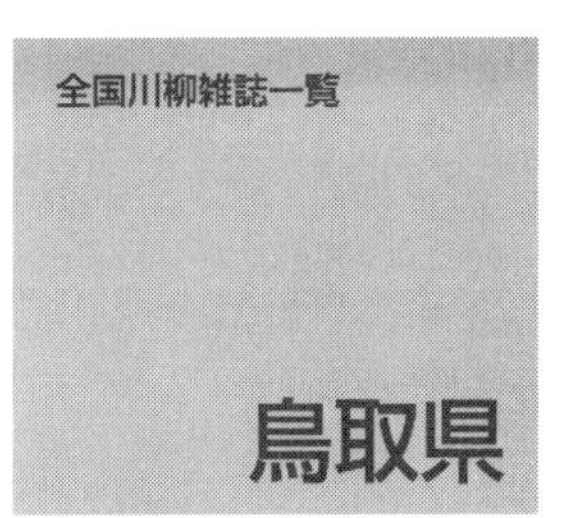

みずうみ

①〒680-0001 鳥取市浜坂2-4-19②山本仁③小谷美ッ千④A4判約7頁⑥月刊⑦昭和54年⑧うぶみ川柳会

面影川柳会

①〒680-0001 鳥取市浜坂5-1-3-103 加島方②平尾まさと③面影川柳会④A5判⑥月刊⑦平成5年⑧面影川柳会

会報とっとり川協

①〒682-0034 倉吉市大原637-3 牧野方②編集発行・鳥取県川柳作家協会事務局④A5判4頁⑥年1回⑦昭和52年⑧鳥取県川柳作家協会

きゃらぼく

①〒683-0804 米子市米原5-1-3-304②編集発行・竹村紀の治④B5判4-6頁⑥月刊⑦昭和38年⑧きゃらぼく川柳会

川柳みか月

①〒689-0405 鳥取市鹿野町鹿野1279②中原みさ子③森山盛桜④B5版約6頁⑥月刊⑦昭和55年⑧川柳塔鹿野みか月

川柳ふうもん

①〒689-0202 鳥取市美萩野2-171-3(事務局・中村金祥)③山下凱柳④B4判⑥月刊⑦昭和46年⑧川柳ふうもん吟社

大山滝

①〒689-2303 東伯郡琴浦町徳万597②編集発行・新家完司④A5判8頁⑤非売品⑥毎月1回⑦平成11年⑧大山滝句座

全国川柳雑誌一覧

島根県

川柳塔まつえ

①〒690-0001 松江市東朝日町206-7②編集発行・石橋芳山④A5判約19頁⑤500円⑥隔月刊⑦昭和44年⑧川柳塔まつえ吟社

しまね川柳連盟会報

①〒693-0026 出雲市塩冶原町3-1-5③竹治ちかし④B5判6頁⑥年1回⑧島根県川柳連盟

川柳いずも

①〒693-0026 出雲市塩冶原町3-1-5③編集発行・竹治ちかし④A5判24頁⑤500円⑥隔月(年6回)⑦大正15年⑧いずも川柳会

全国川柳雑誌一覧

岡山県

川柳 塾
①〒703-8253 岡山市中区八幡東町12-12②船越洋行④A5判約23頁⑤年会費5000円⑥隔月刊⑦昭和62年⑧川柳「塾」

はだか
①〒704-8193 岡山市東区金岡西町833-4②工藤千代子・東槇ますみ・成本二三子③野島全④B5判10頁⑤年2000円（誌友）⑥月刊⑦昭和40年⑧西大寺川柳社

川柳たまの
①〒706-0132 玉野市用吉651②編集発行・前田一石④A5判14-16頁⑥月刊⑦昭和24年⑧川柳玉野社

川柳粟の実
①〒707-0505 英田郡西粟倉村大茅566②編集発行・井上吉男④A4判4頁⑥月刊⑦昭和35年⑧粟の実川柳社

川柳つやま
①〒708-0004 津山市山北2-11②編集発行・小澤誌津子④A5判7頁⑥月刊⑦昭和24年⑧津山番傘川柳会

川柳なださき
①〒709-1211 岡山市灘崎町迫川1305②編集発行・山田香園④B5判約6頁⑥月刊⑦平成4年⑧なださき川柳社

川柳紋土
①〒709-3614 久米郡久米南町下弓削1146-7 柴田ゆうみ（投句先）②市田鶴郎③光延憲司④A5判約48頁⑤600円⑥月刊⑦昭和24年⑧弓削川柳社

岡山県川柳協会会報
①〒714-0007 笠岡市山口1777②北川拓治③高木勇三④A5判12頁⑤無料⑥年2回⑦平成16年⑧岡山県川柳協会

蘖（ひこばえ）
①〒714-0081 笠岡市笠岡2289②髙木勇三③光井伸④B5判20頁⑤1000円⑥季刊⑦平成13年⑧井笠川柳会

川柳たましま
①〒719-0104 浅口市金光町占見新田1325-10②牧野ねえね③北川拓治④A5判24頁⑥月刊⑦昭和28年⑧川柳たましま社

全国川柳雑誌一覧

広島県

川柳会ＵＦＯ
①〒720-0411 福山市熊野町乙728②編集発行・小山稔④B4判1枚⑤無料⑦平成5年⑧川柳会UFO

因島番傘句会報
①〒722-2323 尾道市因島土生町新生区1819-105③妹尾久夫④A4判4頁⑤400円⑥月刊⑦昭和48年⑧因島番傘川柳会

みはら川柳奉行
①〒723-0044 三原市宗郷2-7-27②編集発行・鴨田昭紀④A5判20頁⑤非売品⑥月刊⑦平成14年⑧川柳奉行三原川柳会

万松
①〒723-0144 三原市沼田東町末広315-302②編集発行・久保青花④A5判20頁⑤500円⑥月刊⑦昭和25年⑧備後番傘三原万松川柳会

川柳たけはら
①〒725-0022 竹原市本町1-14-3②編集発行・小島蘭幸④A5判約20頁⑤会費半年2500円（〒共）⑥月刊⑦昭和31年⑧竹原川柳会

ふあうすと広島
①〒739-0612 大竹市油見2-2-29②原正吾③弘兼秀子④A5判16頁⑦昭和47年⑧ふあうすと広島

川柳大竹
①〒739-0612 大竹市油見2-2-29②編集発行・弘兼秀子④A5判12-14頁⑥月刊⑦昭和30年⑧大竹川柳会

川柳ひろしま
①〒739-1414 広島市安佐北区白木町秋山1213-13 杉本清子方②吉川美佐子・山本恵子③増田マスヱ④A5判約16頁⑤〒込500円⑥隔月刊⑦昭和25年⑧広島川柳会

広島県川柳協会誌上大会作品集
①〒723-0044 広島県三原市宗郷2-7-27 鴨田方②鴨田昭紀③広島県川柳協会④A5判17頁⑦平成25年⑧広島県川柳協会

川柳五橋（句会報）
①〒741-0072 岩国市平田5-37-7②山本一③廣中泰山④A5判約10頁⑤非売品⑥月刊⑦平成18年⑧岩国川柳会

夫婦松川柳会報
①〒742-1107 熊毛郡平生町曽根379②濱本高志③山田頼子④A5判20頁⑤200円（〒共）⑥毎月1日発行⑦昭和22年⑧夫婦松川柳会

富田番茶川柳会誌
①〒746-0034 周南市富田2-12-35②編集発行・近藤 弘④B5判⑥月刊⑦平成元年⑧富田番茶川柳会

川柳一杯水
①〒751-0815 下関市本町1-6-9②編集発行・上野悦子④A5判21頁⑤年会費5000円⑥月刊⑦昭和27年⑧下関一杯水川柳会

川柳やまぐち
①〒753-0214 山口市大内御堀2-7-18②吉村正枝・加藤富清・坪井けい・森重ゆっこ③西田義舟④B5判8頁⑤無料（会員及び交流川柳会及びマスコミ等に配布）⑥月刊⑦昭和26年⑧山口川柳吟社

川柳せめんだる
①〒756-0092 山陽小野田市新生2-10-20③河東かおる④A5判約26頁⑤年会費4800円（〒共）⑥月刊⑦昭和40年⑧小野田世面多留川柳会

川柳萩
①〒758-0061 萩市椿金谷2908-15 大場方②編集発行・大場孔晶④B5判4-8頁⑤非売品⑥月刊⑦昭和46年⑧萩川柳会

全国川柳雑誌一覧

香川県

さぬき番傘川柳会会報

①〒760-0073 高松市栗林町2-7-16 多田方②神内澄子③さぬき番傘川柳会④A5判10頁⑤会員無料配布⑥月刊⑦平成2年⑧さぬき番傘川柳会

川柳かがわ

①〒761-1703 高松市香川町浅野708-15②髙岡光子③川原喜吉④5-6頁⑤非売品⑥月刊⑦昭和46年⑧香川町川柳会

かわやなぎネットワークかがわ

①〒762-0024 坂出市府中町970②香川大③谷本清雲④A4判約4頁⑤無料⑥年1回⑦平成21年⑧香川県川柳協会

川柳たかせ

①〒767-0002 三豊市高瀬町新名758②編集発行・山路恒人④A5判18頁⑥月刊⑦昭和39年⑧たかせ川柳会

全国川柳雑誌一覧

愛媛県

せんりゅうぐるーぷGOKEN

①〒790-0067 松山市大手町1-8-2 珈琲屋内②原田否可立③同上④B5判14頁⑤年間2000円⑥隔月（偶数月）⑦2000年⑧せんりゅうぐるーぷGOKEN

せんりゅう東温

①〒791-0213 東温市牛渕1921-6②小川清③好永ひろし④A5判⑥月刊⑦平成元年⑧東温川柳会

ひめかがみ

①〒791-8002 松山市谷町甲1-1②新本倫子③望月和美④A5判6頁⑤会費に含む⑥月刊⑦昭和41年⑧てかがみ川柳会

川柳まつやま

①〒791-8055 松山市清住2-1162-22 大前尚道方②大内せつ子③高畑俊正④A5判32頁⑤500円⑥月刊⑦昭和25年⑧川柳まつやま吟社

川柳にいはま

①〒792-0811 新居浜市庄内町6-10-66②井原みつ子③高橋正明④A5判16頁⑤誌代年間2000円（〒別）⑥月刊⑦平成2年⑧にいはま川柳会

新居浜川柳峠

①〒792-0827 新居浜市西喜光地町6-22 平井方②編集発行・平井丹波④A5判28頁⑤年間5000円（〒共）⑥月刊⑦昭和24年⑧新居浜川柳峠社

川柳汐風

①〒794-0052 今治市宮下町2-3-5②編集発行・村田富美子④A5判30頁⑤400円⑥月刊⑦昭和24年⑧汐風川柳社

川柳水郷

①〒795-0012 大洲市大洲25②沖永浩子・井手隣之・上甲満男③山本智彦④B5判20頁⑤500円⑥月刊⑦昭和35年⑧水郷川柳社

川柳のむら

①〒797-0013 西予市宇和町稲生821-1②編集発行・薬師神ひろみ④A5判25頁⑤300円⑥月刊⑦昭和39年⑧川柳のむら

全国川柳雑誌一覧

高知県

川柳「柳芽」

①〒780-0965 高知市福井町2118-11②編集発行・澤村哲史④A5判約20頁⑤年間4000円⑥隔月刊⑦平成21年⑧川柳「柳芽」発行所

川柳木馬

①〒781-1101 土佐市高岡町甲588②山下和代③清水かおり④A5判約33頁⑤500円⑥季刊⑦昭和54年⑧川柳木馬ぐるーぷ

若鮎

①〒787-0050 四万十市渡川1-1-3②丑本寿美子・遠近哲代③小笠原望④A5判16頁⑤年間1500円⑥月刊⑦昭和39年⑧若鮎川柳会

川柳帆傘

①〒787-0050 四万十市渡川1-1-3②編集発行・小笠原望④A5判約25頁⑤400円(〒90円)⑥月刊⑦昭和24年⑧帆傘川柳社

全国川柳雑誌一覧

福岡県

川柳くろがね

①〒809-0028 中間市弥生1-4-8③編集発行人・古谷龍太郎④A5判40頁⑤頒価500円(〒共)⑥月刊⑦昭和4年⑧川柳くろがね吟社

ふくばん

①〒811-1355 福岡市南区桧原2-7-15②編集発行・出島磊太④B5判20頁⑤500円⑥年3回⑦昭和29年⑧福岡番傘川柳会

川柳くすのき

①〒812-0041 福岡市博多区吉塚2-18-20③萩原奈津子④A5判30頁⑤500円⑥季刊⑦昭和62年⑧川柳楠の会

飯塚番傘

①〒820-0067 飯塚市川津640-4③坂本喜文④B6判16頁⑤400円⑥年4回⑧飯塚番傘川柳会

えんのき

①〒832-0005 柳川市西蒲池834-1②会員交代で作成③古賀順子④B6判約22頁⑤無料⑥月刊⑦平成2年⑧大川川柳会えんのき

川柳葦群

①〒832-0087 柳川市七ツ家426②編集発行・梅崎流青④A5判42頁⑤年間4000円⑥季刊⑦平成18年⑧川柳葦群

連衆

①〒837-0915 大牟田市大字久福木285-7②星野 泉・谷口慎也③谷口慎也④A5判約64頁⑤頒価1000円⑦平成元年⑧連衆社

川柳かすり

①〒839-0851 久留米市御井町2071-9②松永千秋③堤日出緒④B6判約40頁⑤500円⑥季刊⑦昭和33年⑧久留米番傘川柳会

全国川柳雑誌一覧

佐賀県

川柳むつごろ

①〒840-0214 佐賀市大和町川上2866-3②編集発行・横尾信雄④B6判20頁⑤年会費6000円⑥月刊⑦昭和28年⑧佐賀番傘川柳会

全国川柳雑誌一覧

長崎県

鬼ケ島

①〒811-5731 壱岐市芦辺町国分当田触337②編集発行・瀬川伸幸⑤2000円⑥5年毎⑦昭和54年⑧壱岐川柳会

南蛮やなぎ

①〒856-0023 大村市上諏訪町1304②三瀬清一朗③永石珠子④B6判約32-34頁⑤500円⑥月刊⑦昭和31年⑧長崎番傘川柳会

全国川柳雑誌一覧

熊本県

柳友熊本

①〒861-1115 合志市豊岡2013-62②編集発行・安永理石④B5判4頁⑤200円⑥月刊⑦昭和60年⑧熊本柳友川柳吟社

川柳若葉

①〒862-0907 熊本市水源1-5-5②編集発行・平田朝子④A5判6〜8頁⑤100円⑥月刊⑦平成8年⑧若葉川柳会

川柳ふんえん

①〒862-0907 熊本市東区水源1-5-5 平田方②編集発行・平田朝子④A5判44〜50頁⑤500円⑥月刊⑦昭和25年⑧川柳噴煙吟社

壺

①〒862-0971 熊本市中央区大江4-9-1-607②編集発行・黒川孤遊④A5判26頁⑤200円⑦平成27年⑧熊本番傘お茶の間川柳会

全国川柳雑誌一覧

大分県

川柳高崎山

①〒874-0937 別府市秋葉町7-24-1403③小代千代子④A5判約34頁⑤500円(〒100円)⑥月刊⑦昭和39年⑧大分県番傘川柳連合会

全国川柳雑誌一覧

宮崎県

川柳みやざき

①〒880-0934 宮崎市大坪東1-6-9②西岡南風③間瀬田紋章④A5判変型約40頁⑤誌友年間3000円 同人年間7000円⑥季刊⑦昭和41年「暖竹」、現在誌は昭和51年⑧宮崎番傘川柳会

汎

①〒889-0513 延岡市土々呂町4-4208②編集発行・荒砂和彦④A5判約40頁⑤非売品⑥年2回(2月・8月)刊⑦昭和34年7月⑧南樹川柳社

全国川柳雑誌一覧

鹿児島県

川柳火のしま

①〒892-0877 鹿児島市吉野1-3-1②編集発行・麻井文博④A5判30頁⑤700円⑥月刊⑦昭和56年⑧鹿児島県川柳同好会

川柳つばさ

①〒895-1401 薩摩川内市入来町副田5955-105②春田あけみ③石神紅雀④A5判60頁⑤500円⑥月刊⑦平成20年⑧入来わくわく番傘川柳会

全国川柳雑誌一覧

沖縄県

川柳なは

①〒903-0111 中頭郡西原町与那城82 田村敏信方②田村敏信③那覇川柳の会編集部④B6判36頁⑤200円⑥月刊⑦平成16年1月1日⑧那覇川柳の会

全国川柳雑誌一覧

海外・ほか

川柳ポスト

①〒518-0734 三重県名張市黒田1123-1②編集発行・稲葉岩明④A5判約18頁⑤頒価300円⑥月刊⑦昭和33年⑧全国郵政川柳人連盟

鉄道川柳

①〒719-0104 岡山県浅口郡金光町占見新田1325-10②編集発行・北川拓治④A5判約30頁⑥隔月刊⑦昭和32年⑧全国鉄道川柳人連盟

台湾川柳会会

①〒10699 台北郵局53-384信箱 台湾②編集発行・杜青春④A5判12頁内外⑤年間会費台湾NT$2000元(日本10000円)⑥月刊⑦平成6年⑧台湾川柳会

2020年度版

全国川柳協会・連盟一覧

凡例　各県の総括団体、または県以上で活動を行なう団体のみを、北海道から地方別に配列。
ゴシックは原則として協会連盟名。記載順序は①代表者②事務局住所③電話番号④事務局長⑤所属結社数⑥所属会員数⑦創立年⑧定期刊行物⑨メモ

北海道川柳連盟

①高橋みっちょ②〒061-1103 北海道北広島市虹ケ丘3-2-15 佐藤方③090-8630-9332④佐藤芳行⑤20社⑦昭和40年⑧連盟だより

東北海道川柳連盟

①佐藤芳行②〒085-0065 釧路市美原2-25-3③0154-36-8672④高橋みのる⑤5社⑦昭和38年⑧東北海道川柳連盟会報

宮城県川柳連盟

①雫石隆子②〒980-0011 宮城県仙台市青葉区上杉2-4-8朝日プラザ上杉313③022-227-0575④堀之内稔夫⑤25社⑥800名⑦昭和48年⑧宮城県川柳連盟会報

東北川柳連盟

①山口まもる②〒999-0142 東置賜郡川西町堀金2542③0238-42-3383④寒河江清望⑤東北6県の川柳連盟が参加⑦昭和52年⑧東北川柳連盟会報

青森県川柳連盟

①高瀬霜石②〒038-3288 青森県つがる市木造出来島雉子森33③0173-45-3811④濱山哲也⑤22社⑥500名⑦昭和61年⑧

山形県川柳連盟

①山口まもる②〒999-0142 山形県東置賜郡川西町堀金大字堀金2542 寒河江方③0238-42-3383（FAX同）④寒河江清望⑤10社⑥200名⑦昭和37年⑧会報年1回

岩手県川柳連盟

①熊谷岳朗②〒028-3309 岩手県紫波郡紫波町北日詰大日堂18-2 熊谷方③0193-62-1137（伊藤）④伊藤豊志⑥250名⑦昭和50年⑧川柳連盟だより

福島県川柳連盟

①小林左登流②〒963-8862 郡山市菜根3-14-2 鈴木方③024-933-6524④鈴木英峰⑤22社⑥500名⑦昭和37年⑧福島県川柳連盟会報（年1回発行）

秋田県川柳懇話会

①長谷川酔月②〒010-0973 秋田市八橋本町4-3-18③018-864-3782④菅原浩洋⑤24結社⑥260名⑦昭和30年頃⑧「竿燈」「秋田県川柳懇話会だより」

埼玉県川柳協会
①上田健太②〒350-0312 埼玉県比企郡鳩山町鳩ヶ丘2-14-6③049-296-1908④開坂武彦⑤62名⑧埼川協だより

千葉県川柳作家連盟
①津田暹②〒274-0067 千葉県船橋市大穴南1-19-6③047-461-5028④島根写太⑤43社⑥吟社単位の加盟(「犬吠」購読者約400名)⑦昭和39年⑧川柳「犬吠」

山梨県川柳協会
①玉島よ志子②〒400-0064 山梨県甲府市下飯田2-9-14　風間方③055-226-0266④風間なごみ⑥500名⑦平成10年⑧

川柳人協会
①西潟賢一郎②〒120-0013 東京都足立区弘道1-21-22 大野方③03-5681-1390④大野征子⑤個人のみ⑥150名⑦昭和22年⑧川柳文化祭報

時事川柳作家協会
①渡辺貞勇②〒245-0053 神奈川県横浜市戸塚区上矢部町39-2-211渡辺方③045-811-9177⑥200名⑦平成9年⑧時事作家協会

神奈川県川柳協会
①渡辺貞勇②〒245-0053 神奈川県横浜市戸塚区上矢部町39-2-211渡辺方③045-811-9177⑤個人加盟⑥100名⑦平成17年⑧京浜川柳大会会報など

長野県川柳作家連盟
①近藤魁風②〒387-0007 千曲市屋代1973③026-272-3359⑤22社⑥約500名⑦昭和39年⑧長野県川柳作名鑑

富山県川柳協会
①坂下清②〒939-8045 富山市本郷町274-11やまぐち九方③076-421-2403④やまぐち九⑤16団体⑥245名⑦平成7年⑧

石川県川柳協会
①本田一三一②〒924-0014 白山市五歩市町436-1③076-276-0169④端河潔⑤24社⑥274名⑦昭和48年⑧石川県川柳協会会報

新潟県川柳連盟
①大野風柳②〒950-0005 新潟県新潟市東区太平4-15-2菅原方③025-274-1068④菅原孝之助⑤21社⑦平成18年⑧

三重県川柳連盟

①久保光範人②〒514-1111 津市久居桜が丘町1711-90③059-256-0610④大嶋都嗣子⑤8社⑥130名⑦昭和50年⑧三重県川柳連盟川柳大会会報（毎年春）、三重県民文化祭川柳大会会報（毎年秋）

岐阜県川柳作家協会

①鷲見敏彦②〒501-2525 岐阜市春近古市場南164③058-229-2395④藤吉政春⑤3社⑥440名⑦昭和61年⑧

静岡県川柳協会

①今田久帆②〒431-1205 静岡県浜松市西区協和町106-1③053-487-2167 ④山田とく子⑤17社⑥220名⑦昭和41年⑧

愛知川柳作家協会

①荒川八洲雄②〒457-0038 名古屋市南区桜本町137③052-811-2347④冨田末男⑤17社⑥520名⑦昭和39年⑧川柳あいち

奈良県川柳連盟

①阪本高士（理事長）②〒634-0835 橿原市東坊城町22-45③0744-24-0273④植野美津江⑤6社⑥430名⑦昭和30年⑧川柳奈良（年刊）

京都川柳作家協会

①こうだひでお②〒606-8306 京都市左京区吉田中阿達町18 シオン6③075-332-2163④中野六助⑤個人加入⑦平成4年⑧川柳大会作品集

兵庫県川柳協会

①赤井花城②〒651-0092 兵庫県神戸市中央区生田町2-5-16-103 ふあうすと川柳社内③078-251-1453④前川千津子⑥400名⑦昭和51年⑧兵川協だより

神戸川柳協会

①岡田篤②〒662-0831 西宮市丸橋町4-47 岡田方③0798-67-6310④毛受彰⑥200名⑦昭和43年⑧あじさいだより

和歌山県川柳協会

①三宅保州②〒640-8111 和歌山県和歌山市新通7-17 古久保和子方③073-423-8930⑥約300名⑧和歌山県川柳大会結果発表誌

播磨川柳協会

①濱邉稲佐嶽②〒670-0884 兵庫県姫路市城北本町9-15 濱邉方③079-223-3812④堀野隆史⑤12社⑥100名⑦平成22年⑧川柳播磨

鳥取県川柳作家協会

①牧野芳光②〒682-0034 鳥取県倉吉市大原637-3③0858-23-0140④牧野芳光⑤16社⑥235名⑦昭和52年⑧会報とっとり川協

岡山県川柳協会

①高木勇三②〒714-0007 岡山県笠岡市山口1777③0865-65-0827⑤29社⑥約500名⑦平成15年⑧岡山県川柳協会会報

広島県川柳協会

①小島蘭幸②〒739-0612 広島県大竹市油見2-2-29 弘兼方③0827-52-7611④弘兼秀子⑤18グループ⑥400名⑦平成11年⑧広島県川柳協会誌上大会作品集

山口県川柳協会

①大場孔晶②〒758-0061 山口県萩市椿2908-15③0838-25-1825⑤11社⑥392名⑦昭和58年⑧

島根県川柳連盟

①竹治ちかし②〒693-0013 島根県出雲市荻杼町539-5 柳楽方③0853-22-4309(竹治)④柳楽孔明⑤15社⑥300名⑦平成14年⑧しまね川柳連盟会報

愛媛県川柳文化連盟

①西村寛子②〒791-8055 愛媛県松山市清住2-1162-22 大前方③089-952-6774④大前尚道⑤25社⑥1000名⑦昭和21年⑧

香川県川柳協会

①谷本清雲②〒762-0024 香川県坂出市府中町970③0877-48-0516④香川大⑤27社⑥502名⑦平成7年⑧かわやなぎネットワークかがわ

福岡県川柳協会

①萩原奈津子②〒812-0041 福岡県福岡市博多区吉塚2-18-20③092-611-2942④下釜京⑤16社⑥約800名⑦平成13年⑧福岡県川柳協会会報

熊本県川柳協会

①古閑萬風②〒861-2118 熊本市東区花立3丁目39-5-203 緒方方③096-360-5767④緒方正堂⑤15団体⑥300名⑦昭和62年⑧

鹿児島県川柳協会

①麻井文博②〒892-0877 鹿児島市吉野1-3-1③0992-42-7229⑤3社⑥120名⑦昭和56年⑧「火のしま」「つばさ」

一般社団法人 全日本川柳協会

①小島蘭幸②〒530-0041 大阪府大阪市北区天神橋2-北1-11-905③06-6352-2210④本田智彦⑤柳社数286⑥個人会員61⑦法人化:平成4年⑧日川協通信、平成柳多留

全国郵政川柳人連盟

①稲葉岩明②〒518-0734 三重県名張市黒田1123-1③0595-63-5028⑥300名⑦昭和31年⑧川柳ポスト

全国鉄道川柳人連盟

①北川拓治②〒719-0104 岡山県浅口市金光町占見新田1325-10③0865-42-6039④北川拓治⑤120名⑦昭和32年⑧鉄道川柳

その他